PARANORMAL

드래곤 킨
시리즈

ROMANCE   4

드래곤을 미치게 하는 법 1
HOW TO DRIVE A DRAGON CRAZY

드래곤을 미치게 하는 법 1

ⓒ G. A. 에이켄 2017

초판1쇄 인쇄	2017년 5월 12일
초판1쇄 발행	2017년 5월 18일
지은이	G. A. 에이켄
옮긴이	손수지
펴낸이	박대일
편집	이문영 · 임유리 · 신지연 · 전보라
마케팅	송재진 · 임유미
디자인	박현주
일러스트	실베스테르 송
펴낸곳	파란썸(파란미디어)
출판등록	2004년 9월 14일 제313-2004-00214호
주소	04072 서울시 마포구 성지1길 32-36(합정동)
전화	02.3141.5589(영업부) 070.4616.2012(편집부)
팩스	02.3141.5590
전자우편	paranbook@gmail.com
카페	http://cafe.naver.com/paranmedia
페이스북	http://www.facebook.com/paranbook
ISBN	978-89-6371-423-3(04840)
	978-89-6371-422-6(전2권)

드래곤을 미치게 하는 법 **1**

HOW TO DRIVE A DRAGON CRAZY

파란

등장인물 소개

이지

에이브히어

데저트랜드의 놀웬 마녀인 어머니 탈라이스가 드래곤 퀸의 둘째 아들 브리크와 짝을 맺으면서 드래곤 왕가의 일원으로 받아들여졌다. 열여섯 소녀였던 당시 에이브히어를 보고 첫눈에 사랑에 빠진다. 그의 아름다운 푸른빛 머리카락을 잡아당기고 귀찮게 굴며 끊임없이 마음을 표현하지만 번번이 거부당해 지금은 거의 포기 상태다. 여왕 앤뷜을 향한 무한한 충성심으로 앤뷜 군대를 지휘하는 장군의 위치까지 오른다. 맨손으로 적의 머리통도 뽑아낼 수 있는 무력을 선보여 '위험한 자'라는 호칭을 얻었다.

드래곤 퀸의 막내아들이자 다정한 성격'이었던' 블루 드래곤. 친구의 죽음 이후 슬픔과 분노로 광전사로 각성하여 살육자들의 천지라는 미루나크 부대로 보내진다. 그 후 아이슬랜드 전역에서 가장 증오 받는 드래곤이자 미루나크 사이에서조차 비정하고 잔인한 분대장으로 변하고 만다. 이지를 사랑하지만 조카와 삼촌이라는 관계에 얽매여 이지를 밀어내기만 한다. 그러나 모든 것이 어설펐던 열여섯 꼬마 소녀가 10년 후 성숙하고 위험한 여자로 돌아오자 더 이상 자신의 감정을 숨길 수 없게 된다.

리안웬

앤뷜

보랏빛 눈동자와 은빛 머리카락, 갈색 피부가 아름다운 열여섯 소녀. 브리크와 탈라이스의 둘째 딸. 타고난 순진무구함과 따스하고 환한 미소로 드래곤 왕가 모두에게 사랑 받는다. 태어날 때부터 갖고 있던 막강한 마법의 힘을 스스로도 통제할 수 없어 소중한 사람들을 다치게 만들자 자책하며 괴로워한다. 힘을 다스릴 수 있도록 데저트랜드의 놀웬 마녀들에게 수련을 받으려 하지만 언니 이지의 반대로 무산될 위기에 처한다.

사우스랜드 다크플레인의 인간 여왕. 평생을 군대와 함께 보냈으며 앞길을 가로막는 자는 누구든 해치워 버리는 광포하고 무자비한 전사로서 '피의 여왕', '잘린 머리 수집가', '가반 아일의 미친 계집', '피투성이 앤뷜'이라는 다양한 호칭을 얻었다. 드래곤 퀸의 큰아들 피어구스의 짝으로 인간과 드래곤 사이에는 불가능하다는 아이들을 낳았으며 불의한 자들을 절대로 용납하지 않고 철저하게 응징하는 성벽으로 인해 여러 세력의 표적이 된다.

탈라이스

데저트랜드 출신 놀웬 마녀. 인간 남자와 결혼해서 딸 이지를 낳았으나 남편이 죽고 혼자 살다가 브리크를 만나 짝이 되었다. 이지를 가졌다는 이유로 친어머니에 의해 고향땅에서 추방당했다. 다시는 만나고 싶지 않지만 놀웬 마녀들이라면 리안웬의 힘을 다스릴 방법을 알려줄 수 있기에 어쩔 수 없이 도움을 구하려고 한다.

브리크

드래곤 퀸의 둘째 아들. 용맹한 전사로 이름 높아 '막강한 자'라고 불리는 실버 드래곤. 하늘을 찌르는 오만함과 딸에 대한 도가 넘치는 애정으로 주변을 불편하게 만드는 딸바보. 이지를 '완벽하고 완벽한 딸'이라 부르며 친딸처럼 키웠고, 둘째 딸인 리안웬에게 눈길을 주는 놈이라면 누구든 화염을 내뿜어 구워 버리곤 한다.

바테리아

웨스트랜드 퀸틸리안 독립국의 지배자이자 강철 드래곤의 대군주였던 트라시우스의 딸. 이 세상이 자신들의 왕국이 되어야 한다고 믿고 일족조차 즐거움을 위해 잔혹하게 해치기를 서슴지 않았다. 그러나 가이우스에게 지배권을 빼앗기고 도망친다. 세상 모두가 오직 자기만을 숭배하기를 원하는 탐욕스러운 신 '크람네신드'를 섬기며 복수를 계획한다.

가이우스

대군주 트라시우스의 조카이자 세상에서 가장 잔혹한 개자식으로 악명 높은 강철 드래곤. 삼촌의 잔혹하고 사악한 지배 방식에 반기를 들었다가 패해 '반역왕'이라는 호칭을 얻었으나 앤빌과 이지의 도움으로 퀸틸리안의 지배권을 되찾는다. 바테리아가 살아 있으며 복수를 다짐하고 있다는 사실을 알고 앤빌과 이지에게 도움을 요청한다.

브란웬

이지와 수많은 전장과 수많은 술병, 수많은 일족을 함께 겪은 전우이자 에이브히어의 사촌 여동생인 블랙 드래곤. 이지와 함께 데저트랜드로 향하는 여행길에 오른다. 미루나크 못지않은 전투력을 자랑하는 '지독한 자'.

탈원, 탈란

앤빌과 피어구스의 쌍둥이 아이들. 앤빌마저 고개를 젓게 만드는 사고뭉치들이며 지옥의 악마도 겁먹게 할 만한 강력한 전사로 성장 중이다. 사촌 동생인 리안웬을 끔찍이 아끼며 그녀를 늘 호위한다.

How to Drive a Dragon Crazy

여왕으로부터 내려온 명령은 직설적이고 명확했다.

아이스랜드 드래곤의 재결집과 공격을 막아라.

노스랜더들은 수년간 이른바 '뿔 드래곤'이라 불리는 아이스랜드 드래곤들이 영역 경계를 넘지 못하도록 자력으로 저지해 왔다. 하지만 노스랜드에 침범해서 드래곤 군주의 영역을 위험에 빠트린 뿔 드래곤들이 같은 시간 같은 장소에 충분한 군세를 집결하지 못하게 막은 것은 실질적으로 미루나크였다.

물론 쉬운 일은 아니었다. 특히 그들에게는 쉽지 않았다. 미루나크는 모두 화염 드래곤이었고, 지금 그들은 드래곤들에게도 신들에게도 가장 가혹하다고 알려진 땅에 갇혀 있었기 때문이다. 아이스랜드는 가혹한 겨울과 그보다 더 가혹한 토착민으로 악명 높았다.

하지만 그것이 바로 미루나크가 이곳으로 보내진 이유였다. 미루나크는 그들 종족 가운데 가장 강인하고 가장 지독한 자들이었던 것이다. 그들은 어디에도 소속되지 않았다. 그들은 버림받은 자들이었고 문젯거리였고 싸움꾼이었다. 누구도 그들을 가까이하고 싶어 하지 않았지만, 한편으로는 도저히 헤쳐 나올 수 없는 궁지에 빠졌을 때 부르고 싶은 자들이기도 했다.

그들은 살육자들이었다. 스스로의 명예를 위해서, 그들의 여왕을 위해서 살육하는 자들이었다. 그리고 살육에 있어서는 전문가라 할 만했다.

미루나크 부대장 앵고어는 산꼭대기에 내려앉아 부대의 움직임을 지켜보았다. 병사들은 그가 훈련시킨 대로 신속하고 은밀하게 움직이고 있었다.

드래곤이 세상에서 가장 거대한 종족이라고 해서 어디서나 쿵쾅거리며 돌아다니란 법은 없었다. 빙설 폭풍으로 스스로의 자취를 감출 수 있는 뿔 드래곤처럼 예외적인 존재들도 있었다. 그러나 폭풍이 아니라 그 무엇이라도 자신들의 여왕이 내린 명령을 수행하는 미루나크를 가로막지는 못했다.

한 줄기 검날이 번쩍이고 어디서 솟아난 것인지 모를 푸른 발톱이 뿔 드래곤 우두머리의 갈기를 잡아채는 걸 보고 앵고어는 미소를 지었다. 브로드소드가 자신의 목을 뭉개듯 끊어 놓을 때까지도 뿔 드래곤의 얼굴에는 놀란 표정이 그대로 남아 있었다.

적의 영토로 침투하기 위해 우두머리 주위로 모여들고 있던 뿔 드래곤들이 은백색 비늘에 흩뿌려진 피를 뒤집어쓰고 얼어붙었다.

그때, 미루나크의 공격이 시작되었다. 뿔 드래곤들의 발밑에서 솟구치듯 튀어나온 그들 가운데 몇몇은 이 순간을 위해 며칠 동안이나 땅속에 은신해 있었다.

앵고어는 부하들이 뿔 드래곤을 몰살시키는 광경을 느긋하게 지켜보았다. 오래 걸리지는 않았다. 그들은 전투가 아니라 학살을 위해 훈련해 온 자들이었기 때문이다. 학살이야말로 그들이 가장 잘하는 일이었다. 그들은 기습을 주로 하고 협상하지 않으며 포로를 남기지도 않았다.

미루나크는 다 해서 예순여섯뿐이었지만 꽉 채운 군단 병력의 몫을 해낼 수 있었다──실제로 그렇게 해 왔다. 그들은 드래곤 퀸의 가장 치명적인 병기였으며 드래곤 세계에서 혐오의 대상이자 공포의 대상이었다. 물론 충분히 그럴 만한 이유가 있었다.

앵고어는 분대장들이 코앞에 내려앉을 때까지 편하게 주저앉아 기다렸다.

"다 끝났습니다. 낙오한 놈들을 처리하도록 제 분대를 보내 놨고요."

분대장 중 하나가 보고했다.

"잘했다. 우리는 며칠 안에 사우스랜드로 귀환한다."

"진짭니까?"

다른 분대장이 물었다.

하지만 궁금하기는 다들 마찬가지였다. 여왕은 미루나크를 아이스랜드로 보내 놓고 수년 동안 오락가락하게 했다. 물론 미루나크 중 누구도 원하는 바는 아니었다. 그들은 그저 여왕의 명령을 따랐을 뿐이다.

앵고어는 머리를 옆으로 휙 젖히며 말했다.

"진짜다, 이 자식들아. 가서 준비나 시켜 둬, 야간에 이동할 테니까."

그리고 뿔 드래곤 우두머리를 죽였던 분대장을 불렀다.

"너, 넌 기다려."

앵고어는 나머지 분대장들이 산 아래로 내려갈 때까지 기다렸다가 자신이 직접 훈련시킨 그 드래곤을 향해 몸을 돌렸다.

솔직히 말해서 앵고어는 거의 십 년 전 이 녀석을 억지로 떠맡았던 때만 해도 아무런 희망을 품지 않았다. 녀석은 매사에 쓸데없이 화를 냈고 어처구니없이 신랄했다. 가장 간단한 작업조차 거부했으며 중요한 임무 중에 무모한 짓을 해서 저 자신은 물론이고 전우들을 위험에 빠트리기도 했다.

하지만 앵고어는 그 모든 분노 너머의 무언가를 볼 수 있었고, 그래서 이 어린 드래곤을 가까이 두고 첫날부터 혹독하게 단련시켰다. 맞을 짓을 하면 흠씬 패 버렸고 잘한 일이 있으면 칭찬도 해 주었다. 그리하여 이제는?

이제 그는 아이스랜드 전역에서 가장 증오받는 드래곤이자 미루나크 사이에서조차 유례없을 만큼 비정하고 살벌하며 무도한 개자식이 되어 있었다.

무시무시한 미루나크 분대장인 동시에 사우스랜드의 왕자인 '무도한 자' 에이브히어는 또한 맹목적일 만큼 충성심이 강하고 믿을 수 없을 만큼 기민했다.

앵고어와 그의 짝은 후손을 원해 본 적이 없어 가지지도 않았지만 앵고어는 이 녀석이 그에 가장 가까운 존재일 거라고 생각했다.

이 왕족 녀석에게 유일한 문제가 있다면, 책을 너무 많이 읽는다는 점이었다. 앵고어가 생각하기에는 그에게 문젯거리만 잔뜩 안겨 주는 것 같았기 때문이다. 아니, 애초에 그 망할 책들이 다 무슨 소용이란 말인가?

"무슨 일을 시키시게요?"

에이브히어가 물었다.

"우리는 저 뿔 드래곤 놈들이 노스랜드의 드래곤 영토로 진입하려는 걸 막아 내고 아이스랜드 부족의 어린 우두머리 놈과 만나지 못하게 만들었지. 이제 난 네가 놈들 진영으로 네 분대를 데리고 들어가서 그 어린놈을 치고 오길 바란다. 그러고 나면 뿔 드래곤 놈들도 이 소똥 같은 짓은 끝이라는 걸 완전히 이해하게 되겠지."

"알겠습니다."

"네 분대만 데리고 가. 나머지는 나와 함께 간다."

"그러죠."

"영토 경계 근처로 가면 놈들을 찾을 수 있을 거다. 그, 절망의 산맥인가 뭔가 하는 곳 말이다."

에이브히어가 피식 웃으며 말했다.

"'고통과 고난의 산맥'이겠죠."

"그래, 뭐든. 가라. 가서 우두머리 놈을 죽이고 끝장을 봐. 그래야 아무 걱정 없이 집으로 돌아갈 수 있지."

"끝난 일이라고 보셔도 됩니다."

"그러고 나면 네 가족에게 돌아가도 좋다, '무도한 자' 에이브히어. 집에 가서 어머니를 뵈어야지."

에이브히어가 몸을 굳히더니 눈을 깜빡였다.

"뭐라고요?"

"집으로 가라고, 어머니 뵈러."

"어…… 음, 왜요? 무슨 일 있습니까?"

"네 녀석이 배은망덕한 아들놈이란 거 말고? 없지."

"배은망덕? 여왕님을 위해 드래곤들을 죽이고 또 죽여 왔는데 말입니까?"

"좋아서 한 일이잖아."

에이브히어는 어깨를 으쓱였다.

"그렇긴 하죠."

"십 년이 지났다. 어머니께 얼굴을 보여 드려야지."

"아직도 어머니한테 끌리시나 봅니다."

"난 내 여왕님께 충성한다. 왜인 줄 아느냐?"

"제발 그 얘긴 또 꺼내지 마시죠."

에이브히어가 사정하듯 말했다.

"네 녀석의 우라질 아버지란 작자가 명령 불복종으로 날 처형하려 했을 때……."

"그야 대장님이 아버지 명령을 따르는 대신에 도끼를 들고 쫓아가셨으니까 그런 거죠."

"하지만 네 어머니가 안 된다고 하셨지. 여왕님은 내 가치를 알아보신 게야. 그래서 난 마지막 숨이 다하는 순간까지 여왕님께 충성한다. 넌 닥치고 어머니나 뵈러 가."

에이브히어는 앵고어를 탐색하듯 바라보았다.

"저를 쫓아내시겠다는 말씀입니까?"

"한번 미루나크는 영원한 미루나크다, 이 자식아. 이제는 알 때도 되지 않았다. 하지만 가족을 영원히 피할 순 없어."

"전 아무것도 피하지 않습니다만."

에이브히어는 한쪽 송곳니를 드러내며 빙긋 웃었다.

"더 이상은 아니죠."

"그래, 그렇지. 그러니까 집으로 가. 가서 어머니를 뵈라. 어머니를 행복하게 해 드려. 날 봐서라도."

앵고어는 젊은 드래곤에게서 몸을 돌리고 앞서 봐 두었던 아이스랜드 황소들을 향해 갔다. 부하들이 살육하는 광경을 지켜보노라면 언제나 배가 고파졌다.

"임무를 끝내고 나면 제 분대원들은요? 대장님 쪽으로 가라고 할까요?"

에이브히어가 소리쳐 물었다.

"그러기만 해 봐. 그놈들도 데리고 가. 어차피 다른 분대에서 받아 주지도 않을 테니까."

앵고어는 발톱을 내저으며 말했다.

"집에 가라, '무도한 자' 에이브히어. 가서 어머니도 뵙고 가족들도 만나 봐. 너를 키워 준 이들과 시간을 가져라. 휴가를 받은 걸로 생각하면 되겠지. 그러다 보면 애초에 왜 떠났는지를 떠올리게 될 거다. 그때 가서 미루나크로 돌아와. 우린 서부 산맥 근처에 숙영지를 세울 테니까, 거기서 우리가 잘하는 걸 하면서 기다리마."

"죽이는 거요?"

에이브히어가 물었다.

"그야, 뭐⋯⋯."

앵고어는 킬킬거리며 중얼거렸다.

"그렇다고 할 수 있지."

2

'무도한 자' 에이브히어―한때는 그저 블루 드래곤에 불과했던―는 자기 분대원들을 향해 다가갔다. 미루나크는 네 명에서 여섯 명으로 구성된 분대들로 나누어졌다. 앵고어가 그들의 부대장이었지만 그 자리를 탐내는 이는 아무도 없었다.

미루나크의 일원이 되기 위해서는 강력한 전사여야 할 뿐 아니라 기본적인 명령조차 따를 줄 모르는, 성질 고약하고 비정한 개자식이어야 했다. 형태는 다를지라도 그들은 수세기 동안 주로 전시에, 그것도 특정한 전투가 있을 때만 소집되는 식으로 존재해 왔다. 다만 미루나크로서의 진정한 정체성을 갖게 된 것은 에이브히어의 조부 아일레안―명령 따위는 따를 줄 몰랐지만 전투에서 스스로의 가치를 입증해 보인 빛나는 전범典範이었다―이 합류하고부터였다.

물론 당시에는 이름이 없었다. 그저 너무 강력한 전사라서 완전히 배제할 수는 없지만, 화끈한 전투 중에 공훈을 쌓으려고 애쓰는 다른 드래곤들과 함께 그들을 맡게 된 불운한 지휘관에게 지나치게 신경 거슬리는 자들이라는 의미에서 '믿을 수 없는 비정한 개자식들' 정도로 불렸을 뿐이다.

드래곤 퀸의 군대에서 명령을 따르지 않는 드래곤워리어라는 것은 위험한 골칫거리나 다름없었다. 하지만 강함이 최고의 미덕인 미루나크 사이에서는 여왕의 유용한 종이라는 의미가 되었다. 미루나크는 다른 이들이 하지 않을 일들을 주로 하기 때문이었다. 에이브히어가 그것이 정확히 어떤 의미인지를 깨닫기까지는 시간이 좀 걸렸지만 마침내 깨달았을 때는 척살조의 일원, 그것도 분대장이 되어 있었다.

조금 전 그들이 뿔 드래곤들을 해치우면서 그랬듯이, 미루나크는 주로 밤의 어둠을 뒤집어쓰고 적의 동굴에 침투하여 적병들을 도살했다. 필요하다면 땅굴을 파고 전장 한복판을 기습하여 적의 우두머리를 죽인 다음 나머지 병사들을 몰살시키기도 했다.

드래곤 퀸의 군대에 소속된 대부분의 전사들은 그런 전투 방식을 불명예스러운 것으로 여겼다. 그러나 미루나크라면? 술과 술집과 여자라면 모를까, 그따위 명예는 얻다 쓰느냐고 되물을 것이다. 자신들이 가장 잘하는 일을 하러 갈 때를 빼고는 하루 종일 잘 수 있고 밤새 마실 수 있는데 계급이며 명령이며 군율이며 잡다한 일과 업무 따위가 왜 필요하느냐고.

미루나크로 하여금 때가 되면 반드시 전장으로 돌아오게 만드는 것은 지위나 권력이 아니었다. 신들이여, 맙소사! 계급 따위도 절대 아니었다. 그것은 피에 대한 갈망이요, 전투에 대한 갈망이요, 파괴에 대한 갈망이었다. 여왕의 적들이 특별히 그들을 두려워하는 데는 충분히 그럴 만한 이유가 있는 것이다.

"어떻게 됐어?"

서부 산맥의 왕족 출신인 골드 드래곤 '신성한 자' 에이단이 물었다.

"우린 마지막 임무를 위해 노스랜드로 들어간다."

"그래?"

"그래. 뿔 드래곤 우두머리 조르게손의 아들을 죽이러 가는 거야. 그 어린놈이 제 아비의 자리를 차지할 수 있다고 생각하는 모양이니까."

"우리가 조르게손을 죽여 줬기 때문이겠지. 그래서 그런 일이 가능하다고 생각하는 거야."

"맞아. 어쨌든 그 어린놈을 처치하고 다크 플레인으로 간다. 대장님이 나더러 집에 다녀오라고 하셔서."

에이단이 눈을 끔뻑이더니 금방 뭉개 버린 드래곤의 머리를 떨어뜨렸다.

"집에? 너네 집?"

"왜 그런 식으로 말하는 거야? 넌 나보다도 더 오래 가족과 떨어져 있어 놓고."

"난 내 가족을 혐오하고 내 가족은 날 혐오하잖아. 넌 아닌 것 같은데, 넌 네 가족을 좋아하는 것 같다고. 하지만 네가 집으로 돌아가는 게 좋은 일이 될지 나쁜 일이 될지는 모르겠다."

에이단이 바닥에 널브러진 뿔 드래곤을 —전혀 그럴 필요가 없어 보이는데도— 주먹으로 내리치며 대답했다.

"그래, 난 내 가족이 좋아."

에이브히어는 잠시 생각해 보고 말을 더했다.

"그러니까 여자들 말이야. 내가 좋아하는 건 가족 여자들이지…… 대부분."

항구도시 근처 산맥 출신인 괴팍한 갈색 드래곤 '야비한 자' 우서가 으르렁거리며 —그는 거의 언제나 으르렁거리지만— 불평하듯 물었다.

"네가 행복한 가족 놀이를 하는 동안 우린 뭘 하지? 다른 분대와 합류하나?"

그는 붙잡고 있던 아이스랜드 드래곤의 두 다리를 잡아 뽑으며 뿌드득 송곳니를 갈았다. 귀에 거슬리는 비명이 길게 울려 퍼졌다.

"네놈들이 저번에 그런 짓을 해 놓고서?"

에이브히어가 되물었다.

"내 잘못은 아니었다고!"

'도살자' 캐스윈이 소리쳤다.

"그 자식이 날 그렇게 몰아붙이지 말았어야지. 내가 너나 저기 꽃미남 자식……"

"내가 확실히 꽃미남이긴 하지."

에이단이 빙그레 웃으며 맞장구를 쳤다.

"아무튼 내가 네놈들처럼 왕족 나부랭이는 아니지만 그렇다고 그 개자식이 날 막 대해도 괜찮은 건 아니잖아?"

"막 대했다고? 네 임무가 뭔지 물은 게 막 대한 거냐?"

에이브히어가 참지 못하고 다시 물었다.

"그 자식 말투가 글러 먹었다고, 안 그래?"

"그래서 양팔을 찢어 놨단 말이지."

캐스윈은 고개를 슬쩍 낮추며 검은 날개를 곤두세웠다.

"지금 네 말투도 별로 맘에 안 드는데."

"그러시겠지. 하지만 에이브히어의 팔은 못 찢어 놓잖아. 시도를 안 해 본 것도 아니지. 너 몇 주 동안이나 의식불명이었다고."

우서가 상기시켜 주듯 말했다.

"좀 길게 쉰 것뿐이야."

에이브히어는 한차례 눈알을 굴리고 말했다.

"너희 모두 나와 함께 간다."

우서가 고개를 번쩍 쳐들더니 물었다.

"네 누이들도 거기 있지?"

에이브히어는 그의 열렬한 어조를 흉내 내 응수해 주었다.

"물론이지. 내 아버지도 함께 계시고!"

우서의 머리가 단박에 숙여졌다.

"우……."

에이단이 생각에 잠긴 듯 턱을 톡톡 두들겼다. 그러는 사이에도 뒷다리로는 나자빠진 뿔 드래곤의 머리를 밟아 주고 있었다. 역시 불필요한 짓―그 뿔 드래곤은 이미 죽은 지 한참이었으므로—으로 보였지만. 그러다가 물었다.

"네 아버지는 대체 어째서 미루나크가 아니신 거냐? 충분히 무자비하신 거 같은데 말이야."

"충분하고도 넘치시지. 하지만 명령을 따르실 수 있거든."

에이브히어가 대답했다.

"아아아!"

다들 입을 모아 이해의 탄성을 올렸다.

"그러니까 우리가 너와 함께 가면……."

캐스윈이 말을 맺지 못하고 질문으로 돌렸다.

"우린 뭘 하냐?"

에이브히어는 어깨를 으쓱였다.

"가반아일이잖아. 술도 있고 여자도 있다고. 뭐가 더 필요해?"

가반아일은 사우스랜드의 인간 여왕 '피투성이' 앤뒬의 권좌가 있는 곳이었다. 에이브히어의 큰형의 반려자이자 미친 군주 앤뒬은 숭배받는 존재인 동시에 증오당하는 존재—그 정도가 딱 반반인—였지만 에이브히어에게는 그저 가족일 뿐이었다.

"더 필요한 건 없지. 슬프게도 말이야."

우서가 으르렁거렸다.

"일단 노스랜드의 뿔 드래곤 우두머리부터 처치하자고."

에이브히어의 말에 그의 분대원들이 일제히 짜증 섞인 신음을 토했다.

"뭐?"

"이놈의 눈과 얼음이 지겨워서 그런다. 자주색도 흰색도 지겹고. 난 초원을 보고 싶어. 나무들도 보고 싶고 까마귀가 아닌 새들도 보고 싶어!"

캐드윈이 투덜거렸다.

"노스랜드에 오래 있지는 않을 거다. 몇 놈만 더 죽이면 된다고. 네놈들이 좋아하는 일이잖아, 안 그래?"

"엄청 좋아하지. 하지만 노스랜더들이 널 싫어한다는 거 잊어버렸냐?"

에이단이 상기시켜 주었다.

"아이스랜더들만큼은 아니지."

"그야 지난 십 년간은 널 보지 못했으니까. 장담하는데, 봤다면 더 싫어했을 거다."

"난 케이타 누나가 보고 싶어. 내가 알기로, 누나는 여전히 라그나와 함께 노스랜드에 머물고 있거든."

에이단이 감탄 어린 한숨을 내쉬었다.

"야만족 가운데 한 떨기 우아함이라⋯⋯. 가 볼 만한 가치가 있겠다."

"그러니까 이놈부터 끝내자."

에이브히어는 슬금슬금 기어서 도망치려는 뿔 드래곤을 가리키며 말했다.

평소 같았으면 그의 분대는 그자를 공들여 밟아 놓았으리라. 팔다리를 못 쓰게 만들고 고문도 제대로 하고 나서야 죽였을 것이고. 하지만 지금으로써는 팔다리를 못 쓰게 만들거나 고문하는 건 시간 낭비가 될 터였다. 술과 여자를 찾아가려면 가능한 한

빨리 처치하는 편이 나았다. 솔직히, 다들 이미 같은 생각을 하고 있었다.

"출발하자고."

에이브히어는 몸을 돌려 다른 분대와 싸우고 있는 뿔 드래곤을 바라보았다. 하지만 그가 검을 뽑아 들고 그들을 도우러 가려는 순간, 에이단이 붙잡았다.

"인마."

친구가 말했다.

"뭐?"

"너 가반아일에 돌아가면 무슨 일이 기다리고 있을지 생각은 해 봤어?"

"내 어머니의 애정 가득한 따스함? 내 아버지의 경탄? 내 형들의 환대?"

"좀 진지할 수 없냐?"

에이브히어는 피식 웃으며 뿔 드래곤의 옆구리를 검으로 내리쳤다. 아이스랜드 드래곤은 머리 꼭대기부터 등줄기를 타고 꼬리 끝까지 지랄 맞은 뿔들이 돋아나 있기 때문에 옆구리를 치는 것이 좀 더 쉬운 공격법이었다.

에이브히어는 자유로운 다른 손으로 적의 목을 찍어 누르고 박힌 검날을 비틀었다. 뿔 드래곤이 마지막 숨을 토하는 걸 확인한 그는 검날을 뽑고 공격 중이던 다른 분대장과 눈인사를 나눈 후에야 친구를 마주하고 섰다.

"알아, 집에 가면 무슨 일이 기다리고 있을지 나도 안다고."

"그래서?"

"그래서는 무슨. 이미 오래전 일이잖아. 뭐…… 인간한테는 그렇지. 게다가, 난 사과도 했어."

에이단이 이마를 찌푸렸다.

"언제? 너 그 여자를 안 본 지 거의 십 년이나 됐다고."

"기억 안 나? 내가 편지 보냈잖아."

"……아, 그 편지…… 그래, 기억난다. 편지……."

에이단이 시선을 돌리며 말했다.

"답장을 못 받긴 했지만. 무례한 계집애 같으니."

"그……래, 무례했지."

"하지만 틀림없이 그녀도 다 잊었을 거야. 내가 그 편지에서 아주 설설 기어 줬거든. 그녀는 굽실거리는 걸 좋아하지."

"틀림없이 그랬을…… 거다."

"그러니까 걱정할 거 전혀 없다고."

에이브히어는 갑자기 몹시 과묵해진 친구의 어깨를 다독여 주며 말했다.

"우리 모두 가는 거야. 가서 내 가족이랑 시간을 좀 보내지, 뭐. 그리고 나서 가반아일과 서부 산맥 사이에 있는 술집이란 술집은 다 들러 가며 부대로 복귀하는 거야. 우린 환상적인 휴가를 즐길 만한 자격이 충분하잖아."

에이단이 그제야 그를 돌아보며 물었다.

"하지만 일단 노스랜드로 들어가야지?"

"그래, 일단은. 저 불쌍한 번개 자식들을 위해 새 뿔 드래곤 우두머리를 처치해 줘야지."

"노스랜더들 면전에 대고 그렇게 불러도 될까? 내 생각에는 아주 좋아할 거 같은데 말이야."

"일이 끝나면 사우스랜드로 출발하기 전에 내가 케이타 누나한테 물어봐 주지."

"노스랜더들과 함께 사는 케이타한테 물어본다고? 그게 현명한 짓이라고 생각하냐?"

"또 그 소리야? 그것도 오래전 일이라고. 지금쯤은 라그나도 틀림없이 용서했을걸."

에이브히어는 친구의 염려를 간단히 무시해 버렸다.

"그래, 틀림없이 그랬을 거다."

에이단이 코웃음을 쳤다.

"결투를 신청한다."

뿔 드래곤 우두머리가 소리쳤다. 머리 꼭대기부터 척추를 따라 꼬리 끝까지 하얀색 뿔이 돋아나 있고 백은색 갈기를 길게 땋아 바닥에 이르도록 늘어뜨린 뿔 드래곤 우두머리가 등 뒤로 빛나는 흰 날개를 펼치며 외쳤다.

"이 승부로 모든 것을 결판내지."

그리고 그렇게 양측의 합의가 이루어졌다. 뿔 드래곤 대표 대 번개 드래곤 대표의 한판 승부로.

하지만 라그나의 첩자들이 수집해 온 소문들에 따르면, 그 모든 것은 단순히 먹음직스러운 미끼일 터였다. 노스랜더들로 하여금 전쟁이 끝났다고 믿게 해서 그들이 고향으로 발길을 돌리면 퇴로에서 그들을 친 다음, 다른 뿔 드래곤 연대와 연합하여 영역 경계를 넘어 아직 훼손되지 않은 노스랜드로 침투하려는 젊은 뿔 드래곤 우두머리의 계략인 것이다. 왜냐하면 뿔 드래곤과 달리 노스랜드 드래곤에게는 명예가 전부이기 때문이었다.

그렇다, 노스랜더에게는 명예가 전부였다. 하지만 그들은 또한 무작정 상대 역시 명예롭게 행동하기를 기대할 만큼 우둔하지도 않았다. 라그나는 이미 아이스랜드에 있는 연락책을 통해 영역 경계를 넘으려는 또 다른 뿔 드래곤 연대를 저지하라는 명령을 내려놓았다. 어떤 수단을 써서라도. 그렇게 방비를 해 놓았기에 눈앞에서 펼쳐지는 결투를 즐길 수도 있었다.

라그나는 뿔 드래곤 대표로 나선 자를 탐색하듯 뜯어보았다. 그자는 라그나가 지금껏 본 그 어느 드래곤보다 컸다. 거의 성 두 개를 합쳐 놓은 크기였다. 비늘은 그 자체로 갑옷이 불필요할 만큼 단단해 보였고 목에 작은 드래곤들의 머리로 만든 목걸이를 걸고 있었으며 무겁게 내쉬는 숨소리에 주변의 나무들이 진동할 정도였다. 라그나는 그 드래곤이 과연 날 수나 있을는지 의심스러웠다. 그 모든 무게에 단단한 두개골 무게까지 합하면⋯⋯.

"맙소사. 동족을 먹는 놈이잖아."

사촌 형 마인하르트가 옆에서 속삭였다.

"뭘 먹어?"

동생 비골프의 물음에 라그나는 설명해 주었다.

"드래곤을 잡아먹는다고. 제 동족을 먹는 놈이야. 그래서 저런 꼴이 된 거지."

뿔 드래곤 결투자가 번개 드래곤 결투자의 어깨를 겨냥해 배틀랜스를 쑤셨다. 조그만 산에다가 큼직한 구멍 하나는 족히 뚫어 놓을 만한 엄청난 힘이 느껴졌다. 하지만 번개 드래곤 결투자는 이른 아침 태양 빛을 반사해 번쩍이는 배틀랜스를 잡아채 그대로 버텼다.

뿔 드래곤이 잡힌 제 무기를 회수하려고 힘껏 당겼지만, 배틀랜스는 꼼짝도 하지 않았다. 성난 포효를 내지른 그자가 반대 쪽 발톱을 내뻗자 적 진영에서 누군가 검을 던져 주었다. 뿔 드래곤은 검을 붙잡은 그대로 상대의 목을 노리고 크게 휘둘렀다. 하지만 이번에도 번개 드래곤은 검을 잡아채고 놓아주지 않았다.

두 드래곤이 서로를 밀어붙이는 동시에 어느 쪽도 꼼짝 않고 버티는 힘과 힘의 대결 양상이 펼쳐졌다. 그러나 뿔 드래곤 쪽은 인내심이란 게 없었다. 그자가 몸을 숙이며 구덩이 같은 입을 쩍 벌렸다. 물론 번개 드래곤 결투자는 상대가 하려는 짓이 뭐든 간에 기다려 주지 않았다. 한발 먼저 상대의 목구멍 깊숙한 곳을 향해 길게 전격 줄기를 내뿜은 것이다. 숨통이 막힌 뿔 드래곤이 무기를 놓고 주춤거리며 물러섰다.

번개 드래곤 결투자는 상대의 무기를 던져 버리고 자기 무기를 집어 들었다. 배틀액스와 워해머였다. 두 개의 무기를 나눠 쥔 그는 뿔 드래곤이 미처 자세를 바로잡지 못한 틈을 노려 한꺼번에 휘둘렀다. 워해머가 먼저 상대의 머리를 움푹 파고들어 정신을 뺏어 놓았고 곧바로 배틀액스가 같은 쪽 머리와 어깨가 연결되는 부분을 찍었다. 이 한 번의 공격에 뿔 드래곤 결투자가 뒤에 서 있던 드래곤 몇을 깔아뭉개며 나가떨어졌다.

번개 드래곤은 공중으로 날아올랐다가 적을 향해 무시무시한 속도로 내리꽂히며 배틀액스와 워해머를 동시에 휘두르기 시작했다. 얼굴과 목과 가슴을 노려 퍼부어지는 공격에 뿔 드래곤이 노성을 지르며 상대를 떼어 놓으려고 발버둥 쳤다. 그자가 몸을 끌다시피 해서 기어이 일어서자 그 비틀거리는 걸음을 피해 번개 드래곤이 뒤로 물러났다.

뿔 드래곤 결투자는 숨을 깊이 들이쉬고 다시 입을 쩍 벌렸다. 날붙이와 전혀 상관없는 그만의 무기를 휘두르기 위해서였다.

"방패를 들어라!"

비골프가 외치는 소리에 그들 진영의 드래곤들이 일제히 방패를 들어 올리고 앞으로 나섰다.

라그나는 뿔 드래곤 결투자가 번개도 아니고 화염도 아니고 물도 아닌, 모든 드래곤들이 애초부터 지니고 태어나는 그 어떤 것도 아닌 무언가를 내뿜는 것을 보았다. 그것은 산酸이었다.

태생적으로 산을 무기로 쓸 수 있는 드래곤은 불사 드래곤뿐이었다. 불사 드래곤들은 신들로부터 그 무기를 받는다. 그러나 동족을 잡아먹는 자들이 산을 무기로 쓰게 되는 것은 일종의 저주였다. 산성 위액을 토해 내는 것이기 때문이다.

산 용액이 단단한 강철 방패를 때리자 지글지글 타들어 가는 소리가 울렸고 그중 한 덩이는 번개 드래곤 결투자를 향해 곧장 떨어져 내렸다. 번개 드래곤도 방패를 움켜쥐고 얼굴과 가슴을 가리며 들어 올렸지만, 그 힘에 처박히듯 뒤로 밀려났다. 산이 금속을 뚫을 듯이 타오르자 방패를 던져 버린 그는 공격을 재개하기 위해 자세를 가다듬었다.

그때 갑자기 뒤에서 누군가가 그를 잡아채듯 당겼다. 그리고 아이스랜더들이 주로 입는다는 죽은 동물 털로 몸을 감싼 드래곤이 그와 뿔 드래곤 결투자 사이로 떨어져 내렸다.

라그나는 동생과 사촌 형을 돌아보았지만, 그들도 영문을 모르겠다는 표정이었다.

"함정일까?"

비골프가 물었다. 만약 그렇다면, 비극적이게도 성급한 함정이리라. 라그나는 지금 이곳에 전투준비를 갖춘 완전한 군대를 거느리고 있으니 말이다.

뿔 드래곤 결투자가 더 많은 산을 뿜기 위해 다시금 입을 벌렸다. 그러나 아이스랜드 야만족의 차림을 한 정체불명의 드래곤이 한발 더 빨랐다. 그자는 몸을 휙 돌리면서 들고 있던 창을 뿔 드래곤의 벌린 입속에 쑤셔 박았다. 산을 뿜을 능력 자체를 ─적어도 한동안은─ 막아 버리겠다는 듯한 기세였다.

낯선 드래곤이 가죽 건틀릿을 감싼 거대한 두 팔만으로 뿔 드래곤을 때려눕혔다. 그리고 무식하게 큰 배틀액스를 들어 뿔 드래곤의 머리를 향해 유연하게 휘둘렀다. 배틀액스에 실린 힘이 뿔 드래곤의 목을 꺾고 두꺼운 비늘을 파고들었지만 그는 멈추지 않았다. 머리가 척추에서 분리될 때까지 계속해서 배틀액스를 내리찍었다.

이윽고 그는 갈기를 잡아 뿔 드래곤의 머리를 높이 들어 올린 채 모두가 잘 볼 수 있도록 천천히 몸을 돌렸다. 그리고 뿔 드래곤 진영으로 그 머리를 내던진 뒤, 날아간 머리통이 뿔 드래곤 우두머리의 콧잔등을 때리고 튀어오르는 것을 보며 킬킬거렸다.

낯선 드래곤은 뿔 드래곤들에게서 몸을 돌려 라그나와 그의 형제들을 마주하고 섰다. 그자가 발톱을 들어 머리에 뒤집어쓴 털 망토의 후드를 뒤로 넘기자 푸른빛 머리칼이 쏟아지듯 드러났다. 아이스랜더들이 하는 식으로, 동물의 뼈와 가죽을 섞어 갈래갈래 땋아 내린 머리였다.

"우리 쪽으로 넘어오려는 아이스랜더인지도 모르겠는데. 뭐, 그게 잘못됐다는 건 아니지만. 그런데…… 머리에 달고 있는 뼈들은 일부러 저렇게 한 걸까?"

비골프가 물었다.

"그런 거 같다. 멋으로 꾸민 건가 보지. 케이타가 드레스에 공을 들이는 것처럼 말이야."

"어쩌면 아이스랜더는 다들 저렇게 하고 다녀야 하는 걸 수도 있어."

낯선 아이스랜더가 라그나 앞으로 다가와 멈추었다.

"어이."

그 친숙한 어조에 놀라 라그나는 이마를 찌푸렸지만, 마인하르트가 드래곤 군주 앞에서 무례를 범한 아이스랜더의 머리를 날려 버리겠다는 듯 배틀액스를 뽑으려 하자 재빨리 그의 팔을 붙잡았다.

"어이라니?"

라그나가 물었다.

"누나는 어디 있지?"

상대의 반문에 라그나는 다시 이마를 찌푸렸다.

"그걸 내가 어찌 아나?"

아이스랜더가 눈을 깜빡였다.

"누나가 또 뭔 짓을 했어? 아니다, 그냥 당신을 떠났나?"

그는 어깨를 추썩이더니 말을 더했다.

"뭐, 당신이 최고로 오래가긴 했네."

완전히 혼란스러운 데다 짜증스럽기도 해서 라그나는 붙잡고 있던 사촌 형의 팔을 놓아주었다. 마인하르트가 이 자식의 머리를 따 버리고 나면 우라질 뿔 드래곤들과의 지랄 맞은 전쟁을 끝내고 고향으로 돌아갈 수 있을 테니 말이다.

하지만 그때 그들 뒤에서 들려온 여인의 목소리가 마인하르트를 멈추게 했다.

"에이브히어?"

라그나는 뒤를 흘끗 돌아보았다.

그들 군대의 수석 야장冶匠이자 비골프의 짝 '두려움 없는 자' 로나가 스스로 만든 투구를 벗고 병사들을 헤치며 그들 쪽으로 다가왔다. 대장장이들은 전투에 참가하지 않는 게 보통이지만 로나는 달랐다. 그녀는 굉장히 위력적인 전사였기 때문에 라그나도 이의를 제기하지 않았다. 비골프 또한 인정—이의라니, 말할 것도 없었다—하는 바였다.

"에이브히어가 왔어? 어디 있는데?"

비골프의 물음에 로나가 아이스랜더를 가리켜 보였다.

"여기 있잖아."

충격 같은 놀라움에 라그나는 동생을 쳐다보고, 사촌 형을 본 다음에, 다시 눈앞의 낯선 드래곤을 바라보았다. 한때 사랑에 눈이 멀어 쓸모없고 어처구니없는 어린놈으로 취급당했다가, 잠시 존중도 받았으나, 결국 더 이상 누구도 참아 줄 수 없게 되어 제 아버지가 드래곤 퀸 군대의 어느 부대로인가 보내 버렸던 블루 드래곤.

비골프는 입을 딱 벌린 채 머리를 내저었고, 마인하르트는 저도 모르게 중얼거렸다.

"그럴 리가……."

"에이브히어라고?"

라그나가 물었다.

"그렇다니까. 내 누나는?"

그가 다시금 물었다.

"뭐?"

"케이타 누나 말이야. 기억 안 나? 맙소사, 누나가 떠난 게 대체 언제 적 얘기인 거야?"

딱딱거리는 그 말투에 라그나는 다시 짜증이 솟구쳤다. 버릇없는 자식!

"케이타는 안 떠났다, 이 쓸모없는 꼬마……."

"그럼 어디 있는데?"

입을 벌린 채로 멍하니 서 있던 비골프가 케이타를 보호하기 위해 대대 병력과 함께 남겨 두고 온 산맥 쪽을 가리켜 보였다.

"그렇군."

에이브히어는 뒤쪽을 돌아보며 명령했다.

"미루나크, 가자."

로나 곁을 지나가면서 그녀의 어깨를 살짝 두들겨 준 그는 비골프가 가리킨 방향으로 걸음을 옮겼다. 그의 뒷모습을 멍하니 보고 있던 라그나 앞에 아이스랜드식의 차림을 한 또 다른 화염 드래곤이 나타났다. 그자가 피 칠갑이 된 뿔 드래곤의 머리통을 내밀며 물었다.

"이거 줄까?"

라그나는 한때 뿔 드래곤 우두머리의 목 위에 붙어 있었던 그 머리통을 두말없이 받아 들었다. 조금 전만 해도 생생하게 살아 있었는데 어느새 죽은 걸까 궁금해하면서.

에이브히어를 뒤따라가는 세 미루나크를 위해 길을 열어 준 비골프가 물었다.

"지금 이 순간 가장 무시무시한 사실이 뭔지 알아?"

"뭔데?"

"우리가 마지막으로 본 이후로 저 블루 자식의 덩치가 더 커졌다는 거."

케이타는 독에 관한 책을 펼쳐 들고 바닥에 길게 누워 있었다. 거기 실린 모든 독을 이미 시험해 본 바 있는 그녀는 뿔 드래곤의 수원에 풀어놓을 최상의 독을 찾는 중이었다.

짧은 휴가라도 좋으니 따뜻한 사우스랜드로 돌아가고 싶어 죽을 지경이었지만 저 터무니없는 아이스랜더들과의 끊임없는 전투가 그것을 불가능하게 했다.

진짜로 이놈의 노스랜더들이란! 눈뜨면 하는 짓이라곤 싸움뿐이지. 끝도 없는 싸움이야. 그야말로 카드왈라드르 친척들과 내내 붙어 있는 거나 마찬가지잖아.

다시 책장을 넘긴 그녀가 탄성을 올렸다.

"오오!"

마침내 완벽한 독초를 찾아낸 듯했기 때문이다. 하지만 그때 독서를 방해하는 소리가 들려왔다. 그녀가 머물고 있는 동굴 바깥을 지키는 병사 중 하나가 경계 신호를 올린 것이다. 전투의 소음이 그 뒤를 이었다.

케이타는 재빨리 몸을 일으키며 독성이 있는 나무껍질을 한 움큼 집어 들었다. 필요하다면 그걸 드래곤의 주둥이에 처넣어 순식간에 끝장을 낼 수도 있는 그녀였다.

아이스랜드 드래곤 하나가 동굴 입구로 들어서더니 지극히 낮은 목소리로 그녀를 불렀다.

"케이타……."

케이타는 낯선 자가 자신의 이름을 알고 있다는 사실에 충격을 받으면서도 그자가 다가오자 멈추라는 듯 비어 있는 손을 재빨리 들어 올리며 소리쳤다.

"산 채로 날 잡아가진 못할 거다!"

하지만 자기가 내뱉은 말을 잠깐 생각해 보고는 말을 이었다.

"그래, 뭐…… 산 채로 잡아갈 순 있어. 하지만 무엇보다 중요한 건 내 얼굴이 상하지 않도록 조심해야 한다는 거지."

그녀는 고개를 살짝 숙여 속눈썹 너머로 상대를 올려다보며 방긋 미소를 지었다.

"이 아름다운 송곳니도 마찬가지야."

침입자가 상체를 뒤로 물리며 역겨움 비슷한 표정을 띠었다. 그러니까 역겨워하는 것처럼 보였다는 뜻이다. 분명하게 말하기 어려운 것은 풍성하게 내려와 얼굴을 덮다시피 한 푸른빛 머리칼 때문이었다.

잠깐…… 아이스랜더는 머리칼이 흰빛이어야 하지 않나? 아니면 은빛이거나? 적어도 아이스랜드의 눈으로 뒤덮인 세상에 쉽게 녹아들 수 있는 빛깔일 텐데?

"나야, 이 바보야."

침입자가 말했다.

케이타는 가슴 위로 팔짱을 끼고 상대를 노려보았다.

"나로서는 드물게 진짜로 솔직히 말하는 건데, 내 평생 아이스랜더와는 자 본 적이 없거든. 이제 와서 잘 생각도 없고!"

침입자가 눈을 가늘게 뜨더니 길고 깊은 한숨을 내쉬었다.

"나라니까…… 에이브히어."

"에이브히어가 누군데?"

그가 들고 있던 칼을 내동댕이쳤다.

"동생이지 누구야!"

케이타는 천천히 팔을 풀어 내리고 눈앞의 드래곤을 똑바로 쳐다보다가 저도 모르게 입을 벌렸다. 다음 순간 그녀가 동굴이 떠나가라 웃음을 터트렸다.

"어떻게 자기 친동생을 잊어먹을 수가 있어?"
"내 탓을 할 일이 아니지!"
누이가 발작적으로 웃음을 흘리며 반박했다. 사실을 말하자면 꽤나 짜증 나게 만드는 웃음이었다.
"네가 그 꼴을 하고 있는데 어떻게 알아보니? 드래곤들과 신들을 포함한 온 세상에서 가장 저급한 야만족 같은 몰골을 하고 있는데."
"난 아이스랜드에 십 년 동안이나 살았다고, 이 속물 누나야! 그 땅에 섞여 들어야 했단 말이지."
"뭐…… 확실히 섞여 들긴 했겠다."
에이브히어는 진저리를 치며 몸을 돌렸다. 애초에 누이를 찾아오는 게 아니었다고 생각하면서.
하지만 채 한 걸음도 떼기 전에 케이타가 그의 팔을 붙잡고 매달렸다.
"미안해, 미안하다고."
그녀는 여전히 웃음을 흘리면서 말한 다음 그의 앞으로 돌아와 두 팔로 동생을 덥석 껴안았다.
"너 보니까 정말 좋다."
"진심이야? 별로 그런 것 같지 않은데."

"네가 너무 크게 자라 버려서 놀란 거야, 꼬마 동생아."

그녀는 고개를 한껏 뒤로 젖히고 동생을 올려다보았다.

"두 팔로 다 안을 수도 없잖아! 너 엄청나게 커졌어!"

"뭐, 그렇게까지."

"내 잘생기고 위풍당당한 동생아, 부디 그만 자라 줬으면 좋겠다. 이대로 가다가는 온 세상을 뒤덮고 말 테니까."

"켄타우루스 똥 같은, 입에 발린 말로 놀려 먹는 거나 그만두지그래."

에이브히어는 두 팔로 누나를 꼭 끌어안으면서 웅얼거렸다.

"제아무리 달콤하게 굴어도 소용없어. '독사' 케이타의 본색을 내가 아니까."

"물론 그렇겠지. 넌 세상에서 가장 강력한 드래곤 왕자니까 말이야. 그 정도는 충분히 되리라고 나도 믿어."

케이타가 그의 가슴에 머리를 기대고 한숨을 내쉬었다.

"그래…… 여기는 무슨 일로 온 거니?"

"노스랜더들을 위해서 뿔 드래곤들을 좀 없애 주려고 왔지. 이제 집으로 갈 거야. 나 집 떠난 지 꽤 됐잖아."

에이브히어는 누나의 몸이 긴장으로 굳어지는 걸 느꼈다.

"네가 집에 간다고? 지금?"

"그래."

케이타가 몸을 떼더니 그의 주위로 천천히 걷기 시작했다.

"흠, 어머니도 알고 계시니? 오빠들과 다른 가족들도?"

"아니. 왜?"

"어…… 그게, 내 생각에는 다들 네가 맡아 주기를 바라는 아주 중요한 임무가 있는 것 같아서 말이야."

"어떤 임문데?"

"자세한 내용은 모르지만 내가 확실히 알아볼 수 있지. 어쨌든 네가 집으로 돌아가기 전에 처리해야 할 거야."

"정말이야?"

에이브히어는 누나를 시야에서 놓치지 않기 위해 그녀를 따라 천천히 돌아섰다.

"그럼. 사랑하는 동생아, 미안하구나. 네가 얼마나 집에 돌아가고 싶어 하는지 알아. 얼른 모두를 만나고 싶어 한다는 것도. 장담하는데, 그 임무는 별로 시간이 걸리는 일도 아닐 거야."

"그래서 얼마나 걸리는데?"

"이 주…… 길어도 삼 주면 될걸. 집에는 그다음에 가면 돼. 가족들이랑 보낼 시간은 충분할 거야."

"누나 거짓말하고 있는데."

케이타가 놀랐다는 듯 숨을 삼키며 그를 향해 몸을 획 돌렸다.

"에이브히어! 네가 나한테 어떻게 그런 소리를 할 수가 있니? 이 누나한테 말이야!"

"난 누나가 거짓말하는 걸 알아볼 수 있으니까. 누나는 지금 분명히 거짓말을 하고 있어. 임무 같은 건 없는 거야. 임무가 있었다면 우리 대장님이 얘기하셨겠지. 그러니까 내가 궁금한 건 이거야. 누난 왜 내가 집에 가는 걸 바라지 않아? 시간이 십 년이나 지났는데?"

"물론 나도 네가 집에 가기를 바라지. 그래, 가렴! 의무 따위는 무시해 버리고 그냥 가. 틀림없이 모두들 널 보면 좋아할 거다, 꼬마 동생아."

에이브히어는 가슴 위로 팔짱을 끼고 손톱을 톡톡 두들겼다.

"말해 봐, 누나. 누나가 이러는 게 이지와는 아무 상관 없다고 말할 수 있으면 해 보라고."

그러면서도 거의 구걸하듯 답을 청하는 자신에게 너무나 짜증이 났다.

"뭐? 물론 상관없지! 그런 얘길 하는 것 자체가 어처구니없다. 이지가 대체 지금 무슨 상관이겠니?"

에이브히어는 또다시 누나가 거짓말을 하고 있음을 알아챘다. 이지와 상관이 있는 정도가 아니라 이지에 관한 일인 게 틀림없었다.

'위험한 자' 꼬마 이지. 적어도 그가 그녀를 처음 만났을 때는 그렇게 생각했다. 그녀의 나이 열여섯 무렵이었다. 예쁘지만 마른 몸에 팔다리만 길쭉해 매사가 어설펐던 소녀. 그보다 더 안 좋았던 것은 그녀가 조카라는 사실이었다. 아니, 순수한 혈족은 아니었다. 하지만 그의 형이 이지의 어머니와 짝을 맺었고 일족 전체가 그 모녀를 가족으로 받아들였다.

이지가 어설프고 멀쑥한 아이인 채로 머물러 있었다면 문제가 생기지 않았을지도 모른다. 하지만 그렇지 않았다. 그녀는 하루가 다르게 자라났고, 자라면서 점점 더 강해지고 점점 더 아름다워졌다. 또는 그의 가족들이 모른 척 일이 흘러가는 대로 두었다면 문제가 되지 않았을지도 모른다. 하지만 가족들은 그들을 내 버려 두지 않았고, 지금도 여전히 그러려는 모양이었다.

"이지 얘기 중이었나?"

비골프와 마인하르트를 뒤에 달고 동굴로 들어오던 라그나가 물었다.

"우리 대신에 에이브히어가 이지를 데리러 가는 거야?"

그 순간 케이타가 움찔하는 것을 에이브히어는 보고 말았다. 그래서 코웃음을 치며 반사적으로 말했다.

"오, 그럼. 내가 이지를 데리러 가지."

그녀가 대체 어디 있는지도 몰랐지만 상관없었다.

"아니, 네가 가는 거 아냐."

하지만 케이타의 목소리에는 당황한 기색이 역력했다.

"보초들한테 무슨 짓을 한 거냐, 꼬마야."

비골프가 동굴 바깥쪽을 가리키며 물었다.

"내 앞을 가로막잖아."

간단히 대답한 에이브히어는 다시 누나에게 시선을 주었다.

"그보다, 내가 내 친애하는 조카를 데리러 간다는데 왜 안 된 다는 거야?"

"안 되니까."

"네가 누군지 보초들한테 확실히 말하기는 한 거냐?"

비골프가 또 물었다.

"그럴 기분이 아니었는데. 그리고 누나는, 나한테 부탁을 하는 판국에 '안 되니까.'라는 대답으로 충분하다고 생각해?"

케이타가 눈을 가늘게 하고 동생을 노려보자, 에이브히어도 눈매를 가늘게 접어 누이를 노려봐 주었다.

"다짜고짜 보초들을 공격하는 대신에 누나를 보러 왔다고 말만 해도 됐잖아."

비골프가 끈질기게 물고 늘어졌다.

에이브히어는 길게 한숨을 내쉬고 밖을 향해 소리쳤다.

"에이단! 그놈들 아직 숨은 붙어 있나?"

"그래, 붙어 있어."

미루나크 셋이 동굴 안으로 들어왔다. 에이단은 입구에서 걸음을 멈추고 한쪽 어깨를 벽에 기대고 섰다.

"사지도 아직 붙어 있지. 우리로서는 많이 봐준 거라고."

에이브히어는 비골프를 돌아보며 물었다.

"이제 됐나?"

"뭐, 딱히."

"내 조카는 우리가 알아서 할 거야. 넌 그냥 집으로 가."

케이타가 고집스럽게 말하자 에이브히어는 피식 웃고 말았다.

"진심으로 나를 그 애한테서 떼어 놓으려는 거야? 이렇게나 시간이 지났는데?"

"나만 그러는 게 아니란다, 동생아. 우리 모두가 이지에게 최선이 되는 일을 하려는 거지."

"이런, 젠장! 누나, 오래전 얘기잖아. 난 사과도 했다고."

"사과를 했어? 언제? 십 년 동안 그 애를 보지도 못했으면서 무슨 소리야!"

"오 년 전에 사과 편지를 보냈지."

"어, 그게…….."

불쑥 뒤에서 들려온 목소리에 에이브히어는 어깨 너머로 에이단을 돌아보았다.

"그게 뭐?"

캐스윈이 에이단을 쳐다보며 물었다.

"너 얘기 안 한 거야?"

"얘기? 무슨 얘기?"

에이브히어는 답답함에 대답을 채근했다.

"적당한 때를 기다리느라고."

"적당한 때? 뭐에 적당한데? 대체 무슨 소릴 하는 거야?"

에이단은 에이브히어를 잠시 바라보다가 마침내 인정했다.

"우리가 네 편지를 태워 버렸거든."

"너희가 뭘 어쨌다고?"

"화낼 거 없어. 너한테 최선이 되는 일이라고 생각해서 그런 거니까."

"이지에게 쓴 편지를 태워 버리는 게 어떻게 나한테 최선이 되는데?"

"물론 그냥 보낼 수도 있었지."

"하지만 여자들은 그런 거 싫어한다고. 편지라니, 직접 만나서 얘기할 수 없다면 편지 같은 건 쓸 필요도 없어."

설명할 필요가 있다고 느꼈는지 우서가 나섰다.

"그러니까 우리가 그녀를 데리러 간다는 거지?"

에이단이 친구들에게 윙크하며 화제를 돌렸다.

"그럼 너 가반아일로 가는 길에 그녀에게 직접 얘기할 수도 있잖아."

에이브히어는 다시 누나를 향해 시선을 주었다.

"내가 이지를 데리러 가야 할 모양이네. 직접 얘기할 수 있게 말이야."

케이타가 어처구니없다는 듯 눈알을 굴렸다.

"넌 대체 왜 꼭 이렇게 까다로워야 하니?"

"타고난 피가 그렇잖아."

"그런 변명 더 이상은 안 통해!"

에이브히어는 손을 뻗어 누나의 뺨을 가볍게 두들겼다.

"누나가 잘 있는 걸 봐서 좋네."

그러고는 몸을 돌려 출구로 향했다.

"이지를 찾으려면 어디로 가야 해?"

"블라스나트 숲에서 오거들과 싸우고 있어."

라그나가 대답했다.

에이브히어는 걸음을 멈추고 노스랜드의 드래곤 군주를 흘긋 돌아보며 물었다.

"누나가 하라니까 하긴 할 건데…… 이지를 가반아일로 데려가야 하는 이유는 뭐지?"

"난 여전히 네가 가면 안 된다고 생각……."

케이타가 항의하듯 말을 꺼냈지만, 라그나가 그녀의 입을 막으며 그에게 고개를 끄덕여 보였다.

"잘 가라. 며칠 후에 가반아일에서 다시 만나지."

에이브히어는 라그나가 자신의 질문에 대답하지 않았을 뿐 아니라 대답해 줄 생각 자체가 없다는 사실을 알아챘다. 몇 번을 거듭해서 물어도 소용없으리라는 것 또한.

그렇다면 뭐하러 계속 묻겠는가. 그는 다시 걸음을 떼었다. 이지를 찾아가, 오 년 전에 하려 했던 일을 이제라도 하기 위해서.

에이브히어와 그의 위험한 동료들이 동굴을 완전히 나가고 나자, 케이타는 입을 막고 있는 짝의 손을 찰싹 때리고 그를 향해 돌아섰다.

"대체 왜 그런 거야?"

"난 뭐가 문젠지 모르겠는데, 케이타."

"물론 모르시겠지."

그녀는 천치 같은 노스랜더들을 훑듯이 가리키며 소리쳤다.

"당신들도 다 마찬가지야!"

"에이브히어가 어디로 가는 거야?"

어느새 동굴로 들어온 로나가 그녀에게 다가서며 물었다.

"이 천치 같은 작자들……."

"천치 같은 작자들이라니, 무슨 뜻이야?"

비골프가 인상을 찌푸리며 끼어들었다.

"이 천치들이 에이브히어에게 이지를 데리러 가게 했어."

로나는 걸음을 멈추고 비골프를 돌아보았다.

"당신, 뭘 했다고?"

"내가 그런 거 아냐. 라그나가 했지."

라그나가 진저리가 난다는 듯 한숨을 내쉬었다.

"네 나약함에 신물이 난다, 동생아."

비골프는 어깨를 추썩였다.

"난 그저 내가 할 일을 하면서 하루하루를 견뎌 내는 거라고."

"노스랜더들이란! 도대체 뭐 하나 잊어버리는 법이 없지."

로나가 비웃음을 담아 말했다.

"난 당신이 무슨 소리를 하는지 모르겠는데, 로나."

"이거 날개와 뿔을 잃은 당신네 사촌 얘기잖아, 안 그래?"

"그건 오래전 얘기야. 우린 집착…… 같은 거 안 한다고. 뭐, 최소한 사과 정도는 했으면 좋았겠지만."

비골프가 따지듯 말했다.

"개자식들. 당신들 전부 다 개자식들이야."

로나는 한숨을 내쉬며 머리를 저었다.

"다들 무슨 얘기를 하고 있는 건지 당최 모르겠는데 말이지. 뭐, 상관없어. 난 그저 당신들 모두 믿을 수 없을 만큼 명청하다고 얘기하고 싶을 뿐이야."

케이타가 으르렁거렸다.

"에이브히어는 더 이상 어린애가 아니야, 케이타. 당신이 왜 아직도 그 녀석을 어린애로 취급하는지 모르겠는데."

라그나가 정색을 하고 말했다.

"하지만 이지는……."

"이지는 말할 것도 없지. 확실히 아이가 아니야. 더 이상은 아니라고. 그러니까 당신 동생한테서 그녀를 보호할 생각은 이제 그만둬."

케이타는 천천히 자리에 앉아 가슴 위로 팔짱을 끼고는 도전적인 시선으로 짝을 바라보았다.

"대체 왜 내가 이지를 보호하려 한다고 생각하는 거지?"

세 노스랜더가 일제히 코웃음을 쳤다.

라그나는 뒤쪽 송곳니가 쑤시는 걸 느끼면서도 짐짓 순진무구한 표정을 지어내며 물었다.

"아…… 당신 걱정하는 게 그거였어?"

로나가 한숨을 내쉬고는 몇 상자나 쌓여 있는 술병 쪽으로 향했다.

"내가 말했지, 케이타. 개자식들. 다들 개자식들이라니까."

인간의 모습을 하고 미늘 갑옷 위로 아이스랜드식 털 망토를 얼굴까지 뒤집어쓴 네 명의 미루나크들이 계곡이 내려다보이는 산등성이에 서 있었다. 반원형으로 이어진 산맥과 격전이 벌어지는 거대한 숲 사이 낀 중간 지점이었다.

"난 왜 우리가 저들 속으로 뚫고 들어가서 싸워야 하는지 모르겠는데. 그냥 확 들이쳐서 휩쓸어 버리면 좋잖아."

에이단이 불평하듯 말했다.

"오늘은 안 돼."

한쪽에서 전투의 함성이 솟아오르자 우서가 그쪽으로 몸을 돌리고 그들을 향해 달려드는 사내의 배를 갈라 멀리 던져 버렸다.

에이브히어는 한숨을 내쉬었다.

"그자는 앤널의 병사였어."

"아⋯⋯."

우서가 어깨를 추썩였다.

"미안."

"앤널의 군대는 붉은색과 은색의 기장을 달고 있잖아. 적은 오거들이야. 피부가 칙칙한 녹색인 데다 사람이 아니라고. 그러니까 구별하는 게 그렇게 어렵진 않을 텐데."

"대체 오거랑은 왜 싸우는 거야?"

캐스윈이 물었다.

"앤널이 격투장에서 오거들과 싸워야 했던 적이 있거든. 그 뒤로 오거를 싫어하게 됐지."

"흥미로운 여자네. 너네 인간 여왕 말이야."

에이브히어는 산등성이 아래로 내려가는 길을 찾아 걸음을 옮겼다. 곧장 전장으로 이어지는 길이었다. 목적지로 가는 동안 그들은 위협을 가해 오지 않는 한 교전하지 않았다.

"그래, 그 악명 높은 이지는 어디 있지?"

에이단이 물었다.

"보면 모르겠어?"

"난 알겠다."

캐스윈이 걸음을 멈추고, 검은 종마 위에서 검을 번쩍이며 주변을 둘러싼 남자들에게 명령을 내리고 있는 여전사를 가리켜 보였다.

에이단은 웃음을 터트렸다.

"퍽이나 그렇겠다."

"왜? 저 여자, 여왕의 군대를 전장으로 이끌기에 적당한 전사처럼 보이는데."

"그게 문제지. 에이브히어가 뭐든 '적당한' 대상에게 흥미를 느끼는 거 본 적 있냐?"

"그럼 누구지?"

에이단은 전장을 훑어보았다. 그리고 마침내 미소를 지으며 어딘가를 가리켰다.

"저 여자다."

미루나크들은 그가 가리키는 곳을 바라보았다. 그러나 에이브히어의 눈에 보이는 것이라고는 한 무리의 오거들이 곤봉으로 무언가를 두들겨 패고 있는 광경뿐이었다.

그런데 다음 순간 오거들의 중앙에서 한 줄기 고함 소리가 터지더니 방패가 솟아올라 놈들을 밀어냈다. 그리고 온통 녹색 덩치들 가운데서 한 여자가 몸을 일으켜 당당한 자세로 버티고 섰다. 여자는 그가 마지막으로 보았던 때의 어린 소녀도 아니었고, 그가 미련 없이 돌아서 버린 풋내기 병사도 아니었다. 지금의 그녀는 뭔가 아주 달랐다.

흉터와 멍과 피로 뒤덮인 이지가 긴 방패를 높이 든 채 앞을 가로막는 오거들을 쑤시고 두들겨 패며 길을 열기 시작했다.

그녀의 왼쪽에서 오거 하나가 곤봉을 휘둘렀다. 그녀는 팔을 들어 놈의 곤봉을 붙잡았다. 으르렁거리며 오거의 무기를 빼앗은 그녀는 그쪽으로 몸을 틀며 놈의 배에 발길질을 날렸다. 또 다른 오거가 그녀의 방패를 잡아챘지만, 그녀는 자유로워진 손으로 놈의 곤봉을 빼앗아 놈을 때려눕혔다. 이제 양손에 곤봉을 쥐게 된 그녀는 그중 하나를 수평으로 휘두르면서 다른 하나의 가시가 돋친 머리 부분으로 오거의 얼굴을 뭉개 버렸다. 그리고 고함을 지르며 놈의 두개골에서 곤봉을 뽑아낸 후, 곧장 다음 공격자를 향해 덤벼들었다.

캐스윈이 에이브히어를 돌아보며 말했다.

"에이단 말이 맞아. 저 여자가 분명하네."

탈라이스와 브리크의 딸, 인간 여자와 팔크마이 바브 과이어 드래곤 가문 남자의 결합에 의해 공주가 되었으며 현재는 가반아일과 다크플레인의 여왕 '피투성이' 앤닐 군대의 세 개 연대——팔, 십사, 이십육 연대——를 지휘하는 장군 이사벨은 머리를 향해 날아드는 돌도끼를 몸을 숙여 피하고 자신의 목숨의 노린 오거의 다리 사이로 곤봉을 힘껏 들어 올렸다.

놈이 꽤액 하는 비명을 지르며 그 자리에 무릎을 꿇었다. 이지는 가시가 돋친 곤봉으로 놈의 몸을 찢어 놓은 다음, 웅크린 자세로 인해 그녀와 거의 같은 높이에 이르게 된 놈의 머리를 쳤다.

두 달이나 계속된 이 망할 놈의 지저분한 전쟁도 이제 슬슬 끝이 보이는 듯했다. 드디어 우두머리 오거를 잡을 기회가 왔기 때문이다. 그놈만 죽이고 나면 나머지 군대는 저절로 흩어지고 말 터였다.

"이지!"

갑작스럽게 들려온 브란웬의 경고에 반사적으로 몸을 움직인

이지는 뒤에서 날아온 오거의 공격을 아슬아슬하게 피해 냈다. 하지만 놈의 돌도끼가 팔을 긋고 지나가는 것은 막지 못했다. 팔에서 즉시 피가 솟아오르는 것을 보니 꿰매야 할 정도로 깊은 상처일 터였다. 그러나 당장은 그런 걱정을 할 때가 아니었다. 마침내 우두머리 오거가 시야에 잡힌 지금은 아니었다. 놈이 겨우 서른 걸음 앞에 있었다. 너무나 가까웠다.

이지는 몸을 휙 돌리며 뒤쪽으로 도망치려는 오거의 목을 노리고 곤봉을 내리쳤다. 놈이 얼굴을 처박으며 고꾸라지자 그녀는 검을 뽑아 오거의 뒤통수를 힘껏 내리쳤다.

"이지."

또다시 그녀의 이름을 부르는 소리가 들려왔다. 이번에는 브란웰의 목소리가 아니었다. 그녀의 목소리와 아주 달랐지만, 여전히 공격을 받는 중이었기에 이지는 무시할 수밖에 없었다.

망할, 이놈의 오거들은 지칠 줄을 모르는군.

그녀는 얼굴을 노리고 날아든 돌망치를 왼손에 쥐고 있던 곤봉을 들어 막고 검으로 오거의 질긴 대퇴동맥을 잘라 버렸다. 곧바로 몸을 돌려 놈의 목 줄기를 끊어 놓은 그녀는 회전하던 기세로 검을 휘둘렀다.

그러나 이번에는 그녀의 검이 살벌하게 거대한 배틀액스에 막히고 말았다. 이지는 그 무기가 오거의 것이 아님을 알아보았다. 놈들은 돌로 만든 무기만을 사용했다. 놈들의 손에 들리면 치명적인 위력을 발휘하지만 무기 자체는 조잡한 것들이었다. 하지만 이 배틀액스는 진정한 장인이 만든 훌륭한 무기였다.

그래서 이지는 검 대신 다른 손의 곤봉으로 상대의 무릎을 쳤다. 무거운 돌망치에 부딪친 듯한 충격이 손을 저릿하게 울리고 온몸에 두꺼운 털 망토를 얼굴까지 뒤집어쓴 상대로부터 성난 으르렁거림이 터져 나왔다.

"이지, 멈춰!"

들려온 명령조의 목소리를 무시하고 이지가 다시 검을 휘두르는 순간, 장갑을 낀 거대한 손이 뻗어 와 그녀를 거칠게 밀쳤다.

"이런, 우라질! 이지! 나란 말이야!"

상대가 털 망토의 후드를 휙 젖히자, 잘생긴 얼굴과 짙푸른 머리칼이 드러났다. 머리칼의 일부는 가죽끈과 깃털, 조그만 동물 뼈를 엮어 땋아 내린 형태였다.

"에이브히어라고!"

"그래요, 나도 알아."

이지는 솔직하게 대답했다. 그리고 검을 쥔 팔을 힘껏 뒤로 당겨 그의 머리를 향해 곧장 내던졌다.

에이브히어는 그 무지막한 덩치 때문에 종종 느릿할 것이라고 오해받곤 했다. 그가 아무것도 안 하고 서 있을 때면 '둔해 보인다'고 말하는 이들도 있었다. 그러나 스스로 무슨 짓을 하는지 정확히 아는 여자가 내던진 짧은 검이 자신을 향해 곧장 날아오는 것을 본 순간, 에이브히어는 그런 오해를 해 준 모든 이들에게 감사한 마음마저 들었다. 그는 사실 민첩했다. 그것도 아주 민첩했다. 그리고 그 민첩함 덕분에 찰나의 순간에 바닥으로 납작 엎드려 목숨을 구할 수 있었다.

일단 바닥에 배를 붙이고 누운 그는 고개를 들었고 이지가 달려드는 모습을 보았다. 그녀가 자신을 한 방 걷어차려는 것인지 아니면 아주 끝장을 내려는 것인지 확신할 수는 없었지만, 그녀를 주먹으로 쳐서 날려 버리거나 화염을 내뿜어 구워 버릴 생각 같은 건 —바보 같은 짓이었으리라— 에이브히어의 머릿속에 떠오르지 않았다.

그 이유는 도저히 알 수 없지만…….

코앞에 다다른 이지가 그의 허리띠에 걸린 검을 잡아채면서 그의 어깨를 지지대 삼아 한 발로 딛고 훌쩍 뛰어올랐다. 같은 다리로 바닥에 내려앉은 그녀는 벌떡 일어나면서 그대로 한 바퀴 회전했다. 에이브히어는 몸을 뒤집으면서 이지가 보통의 인간 남자들도 들지 못할 것 같은 검을 가뿐하게 들어 올려 그의 뒤쪽에 서 있던 삼 미터 크기의 오거에게 쑤셔 넣는 장면을 보았다. 그가 이지에게만 너무나 집중하고 있었던 탓에 인간의 해골들을 엮어 만든 목걸이를 건 그 거대한 개자식이 접근한 것을 알아채지 못했던 것이다.

그러나 검이 정수리를 파고들었음에도 불구하고 오거는 아직 죽지 않았다. 놈이 으르렁거리며 검에 매달린 이지를 향해 이를 딱딱 부딪치자, 그녀도 녹색 괴물에게 뭐라고 대꾸를 했다.

에이브히어는 그녀가 무슨 소리를 한 건지 이해하지 못했지만, 오거는 확실히 알아들은 모양이었다. 그 소리는 지독하게 잠긴 목소리와 상당히 귀에 거슬리는 울림을 섞어 놓은 듯했는데,

에이브히어는 그녀가 낸 소리가 고대의 오거 말이라는 것을 알아챘다.

이지는 제 할 말만 하고는 검을 잡은 손을 놓아 버렸다. 그대로 바닥으로 떨어져 내린 그녀가 놈의 배에 깔끔한 발차기를 날리자 오거는 뒤로 나자빠졌고, 재빨리 놈의 머리 쪽으로 돌아간 그녀는 양손으로 곤봉을 집어 들고 머리 위로 힘껏 들어 올렸다가 사정없이 내리쳐 오거의 얼굴을 뭉개 버렸다.

살아남은 오거들이 하나둘 싸움을 멈추고 몸을 돌리거나 멀리 산맥 쪽으로 달아나기 시작하는 것을 보고서야 에이브히어는 방금 죽은 놈이 오거의 우두머리였다는 것을 깨달았다. 아마 남은 놈들은 새 우두머리를 뽑고 군대를 가다듬기 위해 물러나는 것일 터였다.

죽은 오거의 머리에서 검을 뽑아 내는 이지는 이미 그 사실을 알고 있는 듯했다.

"이 자식들아, 놈들이 동굴로 가지 못하게 해! 다 죽여! 빨리 안 튀어 가나!"

그녀가 소리쳤다. 그러고는 그의 곁에 멈춰 서서 그를 올려다보며 물었다.

"여긴 무슨 일로 왔어요?"

"널 집에 데려가려고."

"안 돼요."

이지가 그의 배 쪽으로 불쑥 검을 내밀었고, 에이브히어는 검날이 주요 장기를 손상시키기 직전에 간신히 잡아채는 식으로 자기 검을 돌려받았다.

"아직 안 끝났어요."

그녀는 그에게서 몸을 돌리고 눈길도 주지 않았다.

"알리스테어."

건장한 인간 남자가 그녀 곁으로 와 섰다.

"예, 장군님."

"병사들을 집결시켜라. 몇 명은 따로 빼서 부상자를 치유사에게 데려가게 하고. 전사자는 나중에 수습한다. 난 오늘 밤 달이 중천에 오르기 전에 오거 놈들이 지옥에서 제 놈들의 녹색 가죽 조상들과 만나기를 바란다. 알아들었나?"

"예, 장군님."

"가라."

그자가 떠나가고 다른 여자가 이지 곁으로 다가와 섰다.

"피욘, 전황은 어떻지?"

"좋습니다. 남쪽 계곡에서 아직도 산발적인 전투가 벌어지고 있긴 합니다만."

"분견대를 데려가라. 기습해서 제압하고 와."

"장군님, 팔이……."

피욘이라 불린 여자가 이지의 팔 상처를 지적했다.

"그래그래, 나도 알아. 곧 치료받지."

이지는 별일 아니라는 듯 웃으며 손을 저어 여자를 물리쳤다. 그리고 에이브히어를 거기 남겨 둔 채 뒤도 한 번 돌아보지 않고 어디론가 걸어가 버렸다.

"오빠가 왜 그렇게 충격받은 얼굴을 하고 있는지 모르겠네."

뒤쪽에서 들려온 목소리에 고개를 돌린 에이브히어는 사촌 동생 브란웬의 얼굴을 바라보았다.

"이지가 어떻게 나올 거라고 기대한 거야? 이 자리에서 덜컥 무릎 꿇고 앉아 빨아 주기라도 할 줄 알았어?"

뭐…… 그런 생각이 잠깐 스치기는 했다.

4

이지는 자신의 막사로 들어섰다. 그녀의 종자 새뮤얼이 곧바로 뒤따라 들어오며 물었다.

"모르신다니 무슨 뜻입니까? 어떻게 이 톤짜리 동물을 잃어버릴 수가 있습니까?"

이지는 연달은 질문에 어깨만 으쓱이고 말았지만, 그의 일상적인 분노와 짜증을 은근히 즐기고 있었다. 깨끗한 물이 담긴 유리병으로 손을 뻗으며 그녀가 한마디 했다.

"막센과 함께 가버렸거든."

"그러니까 장군님 말이 그 사악하고 혐오스러운 야수와 함께 가도록 내버려 두셨단 말씀입니까? 둘이서만?"

"이봐, 내 개를 그렇게 말하면 안 되지."

"그 짐승이 뭔지는 모르겠지만, 제 평생 그런 개는 본 적이 없습니다.”

새뮤얼이 그녀를 살피듯 보더니 이맛살을 찌푸렸다.

“전투에 그렇게나 능하신 분치고는 언제나 참으로 많이도 얻어맞으십니다.”

“너 그 반항적인 태도로 태형을 당할 수도 있다는 걸 잘 알 텐데. 좀 순순한 놈으로 만들어 줄까 보다.”

“진심이십니까? 그럼 저를 누구로 대체하실 건데요?”

“그야⋯⋯.”

“그러실 줄 알았습니다.”

이지의 갑옷을 조이고 있는 가죽끈을 풀어 주면서 그가 말을 이었다.

“다시 전장으로 나가시기 전에 흉갑을 교체해야겠군요.”

“뭐⋯⋯.”

“제가 처리하겠습니다. 마르쿠스는 여전히 장군님을 상대하지 않겠다니까요.”

“덩치도 커다란 대장장이가 끔찍하게도 예민하단 말이지.”

“그 팔도 꿰매야겠습니다. 가서 치유사를 데려오죠.”

한숨을 가장한 넌더리를 내며 새뮤얼이 말했다. 그러고는 출구를 향해 걷다 멈춰 서서 이지를 노려보며 덧붙였다.

“제가 돌아올 때까지 여기 꼼짝 말고 계십시오.”

그가 등을 돌리자마자 이지는 몸을 떨기 시작했고, 그가 어깨 너머로 돌아보는 순간 뚝 멈추었다. 하지만 새뮤얼이 자신과 마찬가지로 웃지 않으려고 애쓰는 것을 알아채고 윙크를 날렸다.

그제야 그도 안심하고 막사 밖으로 나섰다.

피로한 어깨를 길게 뻗어 한차례 기지개를 편 이지는 물컵 가득 마실 물을 따른 후, 남은 물은 피가 흐르는 팔에 부었다. 상처의 통증이 심하자 그녀는 출혈량이 적지 않았음을 떠올리고 조금 염려가 되었다. 하지만 그에 대해 걱정하는 대신에 술 한 잔을 가득 따랐다. 술이 틀림없이 도움이 될 터였다.

이지는 술잔을 든 채 가장 좋아하는 의자를 향해 걸어갔다. 머릿속으로는 이미 이 지역의 오거들을 끝장내기 위해 필요한 다음 수순을 생각하고 있었다. 하지만 그와 동시에 바닥에 등을 대고 누운 거대한 멍청이 블루 드래곤의 빌어먹게도 근사한 모습이 자꾸만 떠올랐다.

개자식. 대체 여기서 뭘 하고 있는 거야? 십 년 동안 코빼기도 안 비친 주제에 그렇게 불쑥 나타나 내 삶에 다시 끼어들겠다고? 망할 놈의 자식!

몸을 돌려 의자에 앉으려던 이지는 갑자기 지금 이곳이 자신의 막사가 아니라는 것을 깨달았다. 실상은 착각일 수도 있었지만, 분명한 것은 더 이상 그녀가 속한 세상이 아니며 눈앞에 난생처음 보는 아름다운 골짜기가 펼쳐져 있다는 사실이었다.

"안녕, 꼬마 이지."

이지는 천천히 몸을 돌려 뒤에 있는 존재를 마주 보고 섰다.

거기 서 있는 것은 신이었다. 드래곤들의 신. 검은 비늘에, 거대한 머리 위로 솟은 열두 개의 뿔, 온갖 빛깔로 반짝이는 검은 갈기가 드래곤 신전을 따라 길게 늘어져 있었다. 그녀는 그가 지하 세계에서 기어 올라온 추악한 악마라고 말하고 싶었지만, 그럴 수 없었다. 그는 언제나처럼 아름다웠다.

"네 팔이…… 피를 많이 흘렸구나."

그가 발톱으로 그녀의 팔을 가리켜 보이며 말했다.

이지가 아무런 대꾸도 하지 않자 그는 그녀의 팔을 따라 허공에 발톱을 그어 내렸다. 그녀는 즉시 그가 자신을 치유해 주고 있음을 알아챘다.

"이제 괜찮지?"

그가 물었다. 이번에도 이지는 반응하지 않았다.

"이지? 나한테 할 말 없니?"

당신한테 할 말 없냐고? 하!

그래, 물어봤으니 말해 주지…….

"이지는 어디 있지?"

에이브히어는 사촌 동생에게 물었다. 하지만 브란웰은 대답 대신 가슴 위로 팔짱을 끼고 입술을 오므리며 코웃음을 쳤다.

"난 네가 대답을 해 줬으면 좋겠다, 동생아."

"난 내 꼬리가 더 길었으면 좋겠어, 오빠. 하지만 우리가 원하는 걸 다 가질 수는 없는 법이지, 안 그래?"

에이브히어의 눈이 가늘어졌다. 사촌 동생은 삼 년 전에 시험에 통과했고, 공식적으로 드래곤워리어가 되었다. 보아하니 그때 이래로 꽤나 오만한 계집애가 된 모양이었다.

"설마 나와 내 동료들이 이지를 찾느라 너희 인간 군대의 숙영지를 뒤집어엎어 버리게 되는 사태를 바라지는 않겠지?"

그는 대답을 기다릴 것도 없이 말을 이었다.

"내가 그러고도 남을 거라는 사실을 잘 테니 하는 말이다."

"오빠의 동료들…… 미루나크 말이지."

브란웬이 조소를 띠었다.

"그런 식으로 말할 건 없잖아."

에이단이 농담처럼 끼어들었다.

"시끄러, 왕족."

"에이브히어도 왕족인데."

"하지만 그는 내 일족이거든. 결함도 눈감아 줄 수 있는 일족이지."

"난 왕족이 아닌데."

불쑥 내뱉은 우서는 자신에게 시선이 모이자 어깨를 추썩이며 덧붙였다.

"사실이잖아, 뭐."

브란웬은 한숨을 내쉬고 다시 에이브히어를 마주 보았다.

"대체 여기서 뭘 하고 있는 거야?"

"그건 이지와 얘기할 문제야."

브란웬이 다시금 입술을 오므리며 한쪽 발로 바닥을 톡톡 찼다. 일족의 여자들이 얼마나 고집스러울 수 있는지 잘 알기에 에이브히어는 인간 병사들 중 하나의 목 줄기를 붙잡아 사촌 동생 앞으로 들어 올렸다. 목이 졸려 허공에 뜬 병사가 공포에 질린 비명을 올렸다.

브란웬이 다시 코웃음을 치며 말했다.

"이지가 오빠를 보고 싶어 한다면……."

에이브히어는 인간 병사를 붙잡은 손에 힘을 더했고, 병사가 그의 손아귀에서 벗어나려고 발버둥 치기 시작했다.

브란웬이 혐오감을 담아 으르렁거렸다.

"아주 비열한 개자식이 되셨군그래."

"이지 말이야, 어디 있다고?"

"우선 그 녀석을 내려놔."

에이브히어는 병사를 휙 내던지고 사촌 동생에게 앞장서라는 몸짓을 보냈다.

"베르세락 삼촌을 그대로 빼다 박았어!"

기어이 찍는 소리 한마디를 더하고 브란웬이 몸을 돌려 걷기 시작했다.

그는 사촌 동생의 뒤통수를 노려보았다.

"……그거야말로 치사한 소리잖아."

"다음으로, 당신은 앤널의 의사에 반해서 아이를 갖게 만들었을 뿐 아니라 그분이 당신을 가장 필요로 하는 순간에 내치기도 했죠."

이지가 신을 향해 다가가며 말했다.

이제 뤼데르크 하일은 몸을 굴려 시선을 하늘로 향한 채 등을 대고 누워 있었다. 짜증이 담긴 한숨이 터져 나와 그가 그녀를 끌고 들어온 세상 전체를 울렸다.

"내 말은, 대체 누가 그런 짓을 하냐는 거예요! 그다음으로는 앤널을 되살려 놓기는커녕 그분의 아이들을 뺏어 갈 음모를 꾸몄죠. 나도 알고 당신도 아는 사실이지만, 당신에게는 앤널을 되살릴 능력이 충분히 있는데도 말이에요. 그리고 내가 경애하는 다정한 다그마 숙모가 당신을 화나게 하자 그분마저도 버렸죠. 그것도 아이들과 함께 미노타우루스 소굴에 떨궈 놓았잖아요!"

그녀가 소리쳤다.

"내 기억력이 뛰어나다는 걸 너도 알 텐데, 이지. 네가 말한 모든 걸 난 다 기억하……."

이지는 손가락을 들어 그를 똑바로 가리키며 다시 소리쳤다.

"할 말이 있냐며요! 그래서 하고 있는 거잖아요!"

에이브히어는 브란웬을 따라 막사로 들어섰다. 그러나 내부를 한차례 훑어보고는 두 손을 들어 올렸다.

"대체 이지는 어디 있는 거야?"

"나도 몰라."

브란웬의 대답에 그는 머리를 한쪽으로 꺾었다. 그녀가 두 손을 들어 보이며 만류하듯 말했다.

"내가 찾을게, 찾아낸다고."

그러고는 그를 밀치듯 지나쳐 막사 밖으로 향했다.

"치사한 자식."

이번에도 한마디 덧붙이는 걸 잊지 않고서.

짜증이 담긴 한숨을 내뱉은 에이브히어는 막사 안을 천천히 걷기 시작했다.

이지는 여전히 정리 정돈이라고는 모르는 듯했다. 무기들이 사방에 널려 있었다. 그것도 온갖 종류로. 배틀액스만 해도 한 자루로 만족할 수 없었는지 세상 모든 군대의 배틀액스들을 모아 놓은 것 같았다. 아마도 그녀가 맞서 싸웠던 적들로부터 빼앗은 것들이리라. 게다가 길게 늘어놓은 장검과 단검, 만곡도, 톱니칼…… 확실히 칼을 좋아하는 여자였다. 피와 칼자국으로 뒤덮인 옷가지들이 바닥에 아무렇게나 널브러져 있고, 여왕과 사방에 흩어져 있는 앤빌 군대의 다른 장군들로부터 온 것이 분명한 전령들이 여기저기 잔뜩 쌓여 있었다.

그런데 침대 머리맡 오른쪽 바닥에 책이 한 권 보였다. 에이브히어의 어머니 쪽 할아버지가 왕족으로서 군대를 이끌고 웨스트랜드의 강철 드래곤들과 맞서 싸운 첫 번째 전쟁에 관한 역사책이었다. 책 앞에 웅크리고 앉은 에이브히어는 표지를 열고 거기 손 글씨로 적힌 문장을 읽어 내렸다.

이지에게.

이 모든 일이 어떻게 시작되었는지 당신이 궁금해할 거라고 생각했어.

당신이 해 준 모든 일에 감사해.

난 언제나 당신에게 충실할 테고, 이마를 핥는 늑대에게 맞서던 당신의 모습은 잊지 못할 거야.

―가이우스

가이우스? 웨스트랜드의 '반역왕' 가이우스 말인가?

에이브히어는 잠시 기억을 더듬었다. 자신이 '반역왕'의 개자식 삼촌 대군주 트라시우스를 죽이고 몇 시간이 지난 후 그를 직접 만났다는 사실이 떠올랐다. 하지만 당시만 해도 에이브히어는 친구 레드 드래곤 아우스텔의 죽음으로 인해 분노와 고통으로 가득 차 있었다. 그러니 지금에 와서는 길거리에서 '반역왕'과 마주친다 해도 그를 알아보지 못할 터였다.

어쨌든, 그보다 중요한 것은 '반역왕'이 왜 이지에게 책을 보냈냐는 점이었다. 이지가 읽을거리에는 거의 무관심하다는 점을 감안하면 의문스럽지 않을 수 없었다. 그것도 그냥 책만 보낸 게 아니라 애정이 담긴 기묘한 문구를 적어 보낸 것이다.

이마를 핥는 늑대는 또 뭐지?

그때, 갑자기 발소리가 들려왔다. 에이브히어는 그것이 이지의 것도 브란웬의 것도 아니라는 사실을 알아챘다. 막사 한쪽이 열리고 인간 남자가 걸어 들어왔다.

"장군님, 의논할 게 있……."

에이브히어가 천천히 몸을 일으켜 똑바로 일어서는 사이, 남자의 말도 서서히 사그라졌다.

"아…… 저는, 어…… 장군님을 만나러 왔습니다만."

남자가 에이브히어를 응시하며 말했다.

"여기 없어."

"언제 돌아오십니까?"

에이브히어는 어깨만 으쓱해 보였다.

"아······."

"전할 말이 있으면 나한테 해."

에이브히어는 낯선 남자가 누군지에 호기심을 느끼며 말했다.

"아닙니다, 그냥 기다리죠."

"그래? 그럼 함께 기다리지."

에이브히어는 가슴 위로 팔짱을 끼고 인간 남자를 똑바로 바라보았다. ······계속해서 바라보았다.

"그뿐이 아니죠. 당신은 또······."

그녀의 말을 자르듯 뤼데르크 하일이 몸을 굴려 배를 깔고 엎드렸다.

"오, 맙소사! 입 닥쳐라!"

이지는 웃음이 터지려는 것을 애써 참고 신을 올려다보았다. 신이 눈을 감더니 몇 번인가 심호흡을 했다. 그리고 훨씬 평온해진 어조로 말을 꺼냈다.

"이렇게나 시간이 지났는데도 넌 여전히 내 성질을 긁어 대는구나, '위험한 자' 이사벨."

"할 말이 없냐고 물은 건 당신······."

"그래, 나도 알아!"

뤼데르크 하일은 여전히 눈을 감은 채 또다시 심호흡을 했다. 잠시 후 평온함을 되찾은 그가 말했다.

"내가 너에게 뭐라고 했는지는 나도 잘 안다, 이지. 그리고 지난 수년 동안 널 실망시켰다는 것도 알지."

"과소평가네요."

보랏빛 눈동자가 번쩍이며 그녀를 향해 고정되었다. 이지는 그 시선을 피하듯 재빨리 먼 곳의 나무를 바라보았다.

"말했다시피, 내가 널 실망시켰다는 건 알고 있다. 하지만 넌 내게 갚아야 할 목숨값이 있어."

이지는 놀라서 저도 모르게 다시 신을 쳐다보았다.

"목숨값이라고요?"

"넌 내게 약속을 했다."

"열여섯 살 때 얘기죠."

"네 어머니를 살려 주는 대가로 내게 봉사하기로 약속했지."

그가 상기시키듯 말했다.

"어머니를 죽인 게 당신이잖아요!"

지금까지도 이지는 자신을 살리기 위해 어머니가 뤼데르크 하일에게 목숨을 내놓았던 그 순간을 악몽으로 꾸다가 식은땀을 흘리며 깨어나곤 했다. 탈라이스가 기꺼이 치렀던 대가였다. 그러니 이지로서도 달리할 수가 없었다.

하지만 뤼데르크 하일은 그 모든 사실을 개의치 않는다는 듯 발톱을 내저었다.

"아무튼! 난 네 어머니를 되살려 줬어."

"당신은 전혀 변하지 않았군요, 그렇죠?"

"이사벨, 난 신이다. 변할 필요가 없어. 누구를 위해서든. 언제까지든. 그게 신이란 존재가 갖는 놀랄 만한 미덕이지."

"하, 그 놀랄 만한 미덕 따위는 당신 똥구멍……."

"이사벨!"

"장군님이 자리를 비우신 지 꽤 됐습니까?"

여전히 인간 남자를 응시하고 있던 에이브히어는 대답의 의미로 가볍게 목 울리는 소리를 냈다.

"병사들과 함께 오거들을 추적하러 가셨나 보군요."

한 번 더 목 울림.

"……저는 나중에 다시 오는 게 좋겠습니다."

좀 누그러진 목 울림.

남자가 그의 시선을 피하려 애쓰며 막사 여기저기를 애매하게 훑었다.

"그러니까…… 장군님의 친구이신가 봅니다?"

이번에는 아무 소리도 내지 않고 에이브히어는 눈매만 가늘게 좁혔다. 인간 남자가 반사적으로 한 걸음 뒤로 물러났다.

"언젠가는 내가 그 빚을 받아 내리라고 생각 못 했다는 거냐? 네 어깨에 여전히 나의 표식이 새겨져 있는데도?"

진정으로 놀랐다는 듯이 뤼데르크 하일이 물었다.

이지는 자기 어깨의 표식을 흘깃 내려다보았다. 오래전 그가 살을 태워 새겨 넣은 표식이었다.

"그냥…… 당신이 빚을 받을 작정이든 아니든 상관없이 영구적으로 남아 있을 거라 생각했죠. 게다가……."

그녀는 어깨를 추썩였다.

"드래곤을 좋아하는 자에게는 근사해 보이기도 하고요. 난 드래곤을 좋아하니까, 뭐. 그저 당신을 좋아하지 않는 거죠."

그가 깊은 한숨을 내쉬고 거대한 머리를 천천히 가로저었다.

"변함없이 위험한 승부를 즐기는구나, 탈라이스의 딸 이사벨."

"이름값을 하는 거죠. 그리고 난 배신당하는 걸 좋아하지 않아요. 신들이 여흥 따위를 위해서 내가 사랑하는 이들에게 상처 주는 것도 좋아하지 않고요. 그래서 당신 신경에 거슬렸다면 미안하게 됐네요. 나의 불충함을 용서하시죠."

"내가 너에게만 관심을 갖는다고는 생각하지 마라, 이사벨."

"그럼 대체 뭘 원하시는데요?"

"이제 곧 알게 될 게야."

그녀는 눈알을 굴리며 말했다.

"또다시 날 가지고 놀 생각이라면……."

하지만 말을 끝내기도 전에 그가 발톱을 들어 가볍게 튕겼다. 다음 순간 그녀는 날고 있었다.

"저는 이만 가 보는 게 좋겠습니다."

인간 남자가 말했다. 목소리가 떨리는 걸 억누르느라 애쓰는 기색이 역력했다.

"그러든가."

"예. 전…… 음, 예……."

남자가 재빨리 몸을 돌려 막사 밖으로 나가자 에이브히어는 히죽 미소를 지었다. 이만큼 나이를 먹었으니 그런 종류의 위협을 즐겨서는 안 되련만, 그는 즐거웠다.

그나저나 이지는 대체 어디 있는 거야?

브란웬을 찾아봐야겠다고 생각하며 막사를 나서려던 에이브히어는 뒤쪽에서 들려온 소리에 걸음을 멈추었다.

"……집어치우…… 으아아아!"

이어진 비명에 그는 재빨리 몸을 돌렸다.

"당신이 이런 짓을 할 때마다 열 받는다고!"

이지가 막사의 천장 쪽에 대고 소리쳤다.

"대체 어디서 갑자기 나타난 거야?"

에이브히어는 물었다. 그녀가 막사의 다른 쪽으로 몰래 숨어들었다면 자신이 충분히 알아챘으리라 생각했기 때문이다.

하지만 그가 오히려 그녀를 놀랜 것이 틀림없었다. 이지가 몸을 휙 돌리면서 허벅지에 차고 다니는 단검을 뽑아 그의 머리를 향해 던진 것이다. 에이브히어는 반사적으로 움칠 옆으로 비켜 콧등을 꿰뚫을 뻔한 그 망할 것을 간신히 피했지만, 칼날이 대신에 그의 뺨을 찢고 지나가 진한 칼자국을 남겨 놓았다.

에이브히어는 피가 흐르는 뺨을 잡고 넌더리를 내며 버럭 고함쳤다.

"이지, 나란 말이야!"

이지가 마주 고함쳤다.

"알아요, 나도 안다고요!"

브란웬이 짙은 밤색 눈을 동그랗게 뜬 채 막사 안으로 뛰어 들어왔다.

"이지? 너 어디 있었던 거야?"

"브란웬, 나가라."

에이브히어가 사촌 동생에게 명령했다. 이지는 브란웬에게 시선을 주고서 그녀가 슬슬 사촌 오빠의 성질을 돋우기 시작하는 것을 지켜보았다.

"난 당신에게 명령받지 않아, 블루 드래곤 에이브히어."

에이브히어가 거대한 손을 들어 그녀의 얼굴에 대고 막사 밖으로 밀어냈다.

"난 누구에게도 명령받지 않아!"

"이 무례한 개자식아!"

막사 밖에서 브란웬이 고함쳤다.

에이브히어는 이지를 마주하고 섰다.

"넌 왜 자꾸 나한테 뭔가를 집어 던지는 거야?"

"표적이 큼직하니 좋……."

"이지."

"여기는 왜 온 거예요?"

이지는 좌절감을 느끼며 물었다. 뤼데르크 하일과의 대화는 그녀를 짜증 나게 했다. 마지막으로 그와 연결된 것이 십 년도 전의 일이었다. 하지만 그와의 대화는 변함없이 신경을 긁었다.

오래전 그녀가 아이였을 때는 뤼데르크 하일이 언제나 그녀와 함께했다. 저 암캐 같은 여신이 이지를 어머니에게서 빼앗았을 때 그녀를 구해 준 것도 뤼데르크 하일이었다. 그는 세 명의 인간 왕족 전사들을 보내 그녀를 보호하고 지키게 했다. 수년 동안 이지와 세 명의 수호자들은 사우스랜드 전역을 떠돌아다녔고, 그러는 내내 그의 목소리가 그녀의 머릿속에서, 그녀의 꿈속에서 들려왔다. 언젠가는 그녀가 어머니와 함께하게 되리라고 약속하는 목소리였다. 그리고 그는 자기 약속을 지켰다.

그때만 해도 이지는 그를 사랑했다. 그저 또 하나의 신으로서가 아니라 자신을 아껴 주는 존재에 대한 사랑이었다. 그러나 어머니는 그녀에게 경고하려 애썼다. 신들은 절대로 믿어서는 안되는 존재들이라고 설득하려 했다. 이지는 어머니의 말에 귀 기울이지 않았고, 이제 뤼데르크 하일이 그녀에게 뭔가를 바라고 있었다. 대체 그게 뭔지, 그녀는 짐작도 할 수 없었다. 하지만 그의 뜻대로 해 주지는 않을 생각이었다. 이지도 그 정도는 알고 있었다.

그렇게 이미 짜증이 나 있는 그녀였기에, 에이브히어가 여기 있다는 사실은 그저 열 받을 일이 늘어난 것밖에 되지 않았다. 푸른빛 머리칼을 전사들식으로 땋아 내린 것이며, 강압적으로 밀어붙이고 있음에도 지랄 맞게 사랑스러운 모습이었지만 말이다.

"난 너를 찾으러 가라고 명령받았어."

그가 그녀를 세심하게 살피며 설명했다. 아마도 상당히 혼란스러운 모양이었다.

좋아, 혼란스러워하라지!

"찾아서 가반아일로 데려가라는 명령이야."

"왜요? 난 아무런 명령도 전달받지 못했는데요. 어머니한테서도, 라이한테서도……."

이지는 문득 꼬마 동생을 떠올렸다.

"나도 널 데리고 집으로 돌아가라는 얘기만 들었을 뿐이야."

"누구한테서요?"

"라그나."

이지는 앓는 소리를 냈다.

"신들이여, 맙소사."

"왜?"

"라그나 님한테서 나온 얘기면 케이타한테서 나온 얘기나 마찬가지잖아요. 케이타는 모르퓌드 고모나 아버지한테서 무슨 얘기를 들은 걸 테고, 그렇다면……."

"하려는 얘기가 뭐야?"

"어머니와 라이가 또 그러는 거군."

이지는 머리를 내젓고, 지도와 전령과 무기 들로 뒤덮인 거대한 나무 책상 쪽으로 다가갔다.

"이러고 있을 시간 없어요."

"네 어머니와 동생에게 내줄 시간이 없다고?"

그녀는 에이브히어를 똑바로 바라보았다.

"그런 말을 하다니 참 뻔뻔하시네요. 마지막으로 집에 간 게 언제 적이죠?"

그녀의 직설적인 질문에 대답하는 대신에 그는 그녀의 팔을 가리키며 물었다.

"네 팔…… 상당히 빨리 아물었네."

이번에는 그녀가 대답하지 않았다. 뤼데르크 하일과 자신이 나눈 대화를 블루 드래곤 에이브히어가 알게 되는 건 절대로 원하지 않았기 때문이다. 맙소사, 어떤 난리가 벌어질지 상상도 하기 싫었다.

"난 가반아일로 돌아가지 않아요."

"왜 안 가?"

"정말 중요한 일이 있다면 앤널이 내게 전령을 보냈겠죠. 그러니까 어머니와 라이는 자기들끼리 알아서 해야 할 거예요. 적어도 내가 여기 일을 마칠 때까지는."

"여기 일이 뭔데?"

이지는 탁자 위에 지도를 펼쳐 놓고 적들이 숨어 있을 만한 곳을 찾고 있었다.

"여왕님이 이 지역의 오거들을 말끔히 소탕하기를 바라세요. 그게 내가 하려는 일이죠."

"알겠어, 그럼."

하지만 에이브히어는 막사를 나가는 대신에 털망토를 벗어 가까이에 있는 의자 위에 던졌다. 그리고 온몸에 걸치고 있던 다량의 무기들을 끄르기 시작했다.

그 모습을 홀린 듯 바라보면서 ─뭐야, 완전히 발가벗으려는 거야? 아니, 내가 그걸 왜 신경 써?─ 이지는 탁자를 돌아가 엉덩이를 그 끝에 걸치고 가슴 위로 단단히 팔짱을 끼었다.

마침내 무기들을 거의 다 내려놓은 에이브히어는 그녀의 침대로 가더니 두 팔을 머리 뒤로 받치고 길게 누운 채 기다란 두 다리를 발목께에서 꼬았다. 그가 두 눈을 감고 지친 듯한 한숨을 내뱉자 이지는 참지 못하고 감정을 담지 않은 목소리로 물었다.

"대체 뭐하자는 지랄이에요?"

"나 말이야?"

"그래요, 당신."

"난 미루나크야. 임무를 완수하기 전에는 멈추지 않는다고."

"그게 정확히 무슨 뜻이죠?"

"네가 갈 준비가 될 때까지 나도 함께 있을 거라는 뜻이지. 바로 네 곁에. 가반아일로 널 데려갈 수 있을 때까지 딱 붙어 있을 거라고."

"나한테 딱 붙어 있을 거라고요?"

"그래."

"기생충처럼?"

"충실한 동반자라고 생각해 줬으면 좋겠는데. 하지만 뭐, 걱정하지 마."

그가 그녀를 향해 빙그레 미소 지었다.

"금방 나한테 익숙해질 거야."

어째서인지, 이지로서는 별로 그럴 것 같지 않았다.

5

'막강한 자' 브리크와 탈라이스의 딸이자 드래곤 퀸 리아논과 '위대한 자' 베르세락의 손녀딸이며 타고난 놀웬 마녀이고 화이트 드래곤 모르퓌드와 '파괴자' 피어구스와 '독사' 케이타와 '미남자' 그웬바엘과 '노스랜드의 야수' 다그마와 다크플레인의 인간 여왕 '피투성이' 앤닐의 조카이며 장차 사우스랜드 최고의 예술가가 될 리안웬은 숲 속에 앉아 자신이 좋아하는 일을 하고 있었다. 그림 그리기였다.

그녀는 가능할 때마다 성 밖으로 나와 혼자만의 시간을 보내는 걸 좋아했다. 특히 외부의 손님이 방문해 영빈관에 머물고 있어서 집 전체가 이런저런 움직임─하인들의─들과 골칫거리─그녀의 일족들─로 북적거리는 때는 더했다. 앤닐 숙모는 외부자도 왕족도 좋아하지 않았다. 그러니 그 둘이 합쳐진 경우라면······.

하지만 리안웬에게는 다 괜찮았다. 이번에 방문한 왕족 폼브레이 경이 열일곱 살짜리 아들을 데려왔기 때문이다. 키가 크고 꽤나 잘생긴 얼굴의 소년이었다. 물론 그는 인간이고 리안웬은 절반만 인간이었다. 그녀의 어머니는 놀웬 마녀이고 그녀의 아버지는 사우스랜드의 강력한 드래곤 왕자였던 것이다.

두 개의 전혀 다른 종족이 만나 생겨난 존재로 산다는 건 쉬운 일이 아니었지만 ─많은 이들이 그녀와 그녀의 쌍둥이 사촌들이 존재한다는 사실 자체를 혐오스럽게 여겼는데, 그 부분은 리안웬이 공공연히 걱정해서는 안 되는 문제였다─ 확실히 유용한 점들도 있었다.

예를 들면, 리안웬의 극도로 예민한 후각은 일 킬로미터도 더 떨어진 곳에서 폼브레이 경의 아들이 다가오는 것을 알려 주었다. 그의 냄새가 아주 좋았기 때문에 그녀는 그다지 꺼려지지 않았다.

주변을 슬쩍 훑어본 리안웬은 재빨리 머리를 매만지고 드레스 자락을 정리했다. 그리고 양피지를 고정시켜 놓은 판을 들어 올려 그림을 그리는 척하는 동시에 온화한 표정을 띠었다. 그녀는 자신의 모습이 온화해 보인다는 걸 알고 있었다. 자기 방에서 종종 거울을 보며 연습하곤 했기 때문이다.

그녀는 남자애들이 '내 앞길을 막는 건 닥치는 대로 해치워 버리겠다!'는 식의 성난 태도보다는 온화한 모습에 더 좋게 반응한다는 것을 알아챘다. 그녀의 사촌 탈원이 남자애들에 관한 한 대체로 포기하게 된 주원인이기도 했다.

"리안웬 공주님."

그녀는 천천히 시선을 들고 미소를 지으며 왕족 소년에게 고개를 끄덕여 보였다. 그는 아직 열여덟 살도 되지 않았지만 아주 근사한 구레나룻이 자라기 시작했고 멋진 미소를 갖고 있었다. 가장 좋은 옷을 차려입은 그가 그녀의 눈앞에 뒷짐 진 자세로 서 있었다.

"알브레히트 님, 무슨 일이 생긴 건 아니죠?"

리안웬은 조심스럽게 그림을 바닥에 내려놓으며 물었다.

"아, 아닙니다. 다 좋아요."

"뭐 필요한 게 있으신가요? 숙소는 마음에 드세요?"

"예, 굉장히 멋집니다. 굉장히 크기도 하고요."

"저희 영빈관이 방문객들 사이에 꽤나 인기가 좋은 것도 그 크기 덕분이랍니다."

그 말인즉, 방문하는 왕족들이 식사 때마다 그녀의 일족을 참아 낼 필요가 없다는 의미였다. 그녀의 아버지와 삼촌들이 인간 왕족들을 상대로 아침에는 으르렁거리고 저녁에는 아예 없는 듯이 무시한다는 사실만으로도 충분히 좋지 않았지만 진짜 문제는 앤뉠이었다.

리안웬의 숙모이자 사우스랜드의 인간 여왕인 그녀는 인간이건 다른 어떤 존재건 왕족이라면 일정 시간 이상 자신의 성에 머무는 것을 거의 불가능하게 만들었다. 앤뉠은 외부자들을 거의 참아 내지 못했고 별로 믿지 않았으며, 그녀가 누군가의 머리를 잘라 버리겠다고 위협할 때는 진심인 경우가 많았다.

그래서 다그마 숙모는 가반아일에 어떤 왕족이 방문해도 머물 수 있는 거대한 영빈관을 짓게 했다. 독자적인 관리인들과 인간 경비대를 갖춘 작은 규모의 성과 같은 건물이었다. 일단 영빈관이 완성되자 왕족들은 여왕을 접견할 중요한 약속을 위해 다크플레인으로 향하는 여행을 좀 더 편안하게 받아들이게 되었다. 리안웬으로서는 쉽게 이해되지 않는 이유가 있는 모양이었다.

"여왕님은 방문객들에게 넓은 공간을 허용해야 한다고 생각하시죠."

알브레히트가 고개를 끄덕이더니 공연히 주변을 둘러보았다. 그를 재촉할 필요가 없었기 때문에 리안웬은 가만히 기다렸다.

"당신을 방해하려던 건 아니었습니다."

마침내 그가 말했다.

"아, 전혀 방해하지 않으셨어요. 그냥 그림을 그리고 있었거든요. 전 이 조용한 곳에 나와 있는 걸 좋아한답니다. 성안은 굉장히 바쁘게 돌아가서요."

"그렇죠."

그가 다시 할 말을 찾지 못해 당황한 듯 보이자 리안웬은 살짝 유도하듯 물었다.

"잠시 여기 앉았다 가시겠어요?"

"음…… 예. 예, 그러죠."

그는 그녀를 향해 다가오다가 걸음을 멈췄다. 그리고 눈을 깜빡이더니 뒷짐 지고 있던 팔을 불쑥 내밀었다. 그의 손에는 꽃다

발이 들려 있었다.

"잊을 뻔했군요. 당신께 드리려고 가져온 겁니다."

"어머나! 너무 예뻐요!"

리안웬은 꽃다발을 받아 들기 위해 두 손을 내밀었다. 하지만 알브레히트가 몸을 그녀 쪽으로 기울이고 팔을 내민 순간 한 줄기 화염이 날아와 꽃다발을 태워 버렸다. 가엾은 소년은 작은 동물처럼 비명을 지르고 말았다.

"지금 대체 무슨 짓을 하고 있는 거냐, 꼬맹아?"

'막강한 자' 브리크의 목소리가 골짜기를 가로질러 천둥소리처럼 울려왔다.

"아버지!"

"조용히 해라, 라이!"

아버지가 나무들 사이로 쿵쿵거리고 다가오면서 명령했다. 그나마 인간의 모습을 하고 있어서 다행이었다. 리안웬은 '막강한 자' 브리크가 실버 드래곤의 모습을 하고서 나타났다면 알브레히트는 틀림없이 속옷을 적시고 말았으리라는 느낌을 받았다.

아버지가 그를 향해 손가락질을 하며 말했다.

"너 따위가 어찌 완벽하고도 완벽한 내 딸에게 어울리는 존재라고 생각할 수 있는 거냐, 이 쓸모없는 인간 놈아. 내 저녁상에 인간 꼬치구이로 오르기 전에 썩 꺼져라!"

알브레히트가 화염에 그슬린 손을 쥐고 허둥지둥 도망치자, 리안웬은 벌떡 일어섰다.

"아휴, 아버지!"

그녀는 두 발을 구르며 소리쳤다.

"어떻게 그러실 수가 있어요?"

아버지가 무슨 소린지 모르겠다는 얼굴로 어깨를 추썩이고는 평온한 어조로 되물었다.

"내가 뭘?"

할데인의 딸 탈라이스는 거대한 식탁 앞에 앉아 자신에게 동서가 되는 여인이 눈앞에서 천천히 왔다 갔다 하는 것을 바라보았다. 잘 훈련된 전투견 두 마리가 언제나처럼 그녀의 보조에 맞추어 뒤따르고 있었다.

탈라이스는 다시금 말했다.

"난 당신이 왜 그렇게 화를 내는지 모르겠는데요."

"왜냐면 안 된다고 말하는 게 옳았으니까요. 맙소사, 내가 정말로 이런 일을 허락했다니!"

'피투성이' 앤널 영토의 관리인이자 가반아일의 총군사 다그마 라인홀트가 걸음을 멈춰 그녀를 마주하고 섰다.

"난 안 된다고 말해야 했어요."

"하지만 그러지 않았죠. 그러니까 이제 그만 좀 넘어가요."

그녀에게 고정된 강철 같은 잿빛 눈동자가 동그란 안경 뒤에서 가늘게 좁아졌다.

"당신은 별로 공감하는 것 같지 않네요."

"내가 그래야 하는 줄은 몰랐는데요."

탈라이스는 두 손을 허공에 내젓고 말을 이었다.

"봐요, 다그마. 난 다 괜찮을 거라고 확신해요. 당신 조카도 혈족의 일원이잖아요. 나빠 봤자 얼마나 나쁘겠어요?"

"당신도 내 아버지를 만나 봤잖아요. 그런데도 모르겠어요?"

"난 당신 아버지가 좋던데."

"사람 심란하게 만드는 소리네요."

탈라이스는 다그마의 손을 붙잡으며 말했다.

"다 괜찮을 거예요."

"그래, 당신 말이 맞아요. 내가 또 아무것도 아닌 일에 과도하게 흥분하는 거겠죠."

다그마가 슬쩍 손을 빼고 ─그녀는 아이들과 자신의 짝 그웬바엘을 제외하면 살이 닿는 걸 좋아하지 않았다─ 깊은 한숨을 내쉬었다. 그리고 다음 순간 다그마 라인홀트의 완벽한 본모습을 되찾았다.

탈라이스가 이 조그만 노스랜더에게 절대적으로 부러움을 느끼는 점이 있다면 바로 그런 모습이었다. 스스로를 다스리는 능력. 탈라이스로서는 화가 날 때마다 사라지는 능력이었고, 앤뉠의 경우는 애초에 존재하지 않는 것 같은 능력이었다.

다그마 라인홀트를 처음 보았을 때 탈라이스는 향락주의자 '미남자' 그웬바엘이 어떻게 한번 해보려고 데려온 불쌍하고 평범한 여인으로 생각하고 무시해 버렸다. 평범한 잿빛 드레스에 털 부츠, 머리를 감싼 잿빛 스카프까지 그녀는 영락없이 노처녀 하인처럼만 보였다.

오, 그 얼마나 잘못된 생각이었던지!

다그마 라인홀트에게 불쌍한 점이라곤 없었다. 오히려 그녀는 상대를 매혹시키는 동시에 겁에 질리게 만들었다─덕분에 그녀는 '피투성이' 앤널의 법정에서 맹활약을 하고 있었다.

미친 여왕의 권좌 뒤에 숨은 실세라는 역할이 다그마에게는 아주 잘 어울렸다. 그런데 그런 여자가 자기 혈족의 일원이 사우스랜드를 방문한다는 사실만으로 가엾은 여인처럼 불안해하고 있었다. 탈라이스는 다그마의 갑옷에 틈이 생긴 것 같은 모습은 처음 보았다. 그것도 그웬바엘과 아무 상관도 없는 사안에서 말이다.

"그래…… 당신은 별일 없어요?"

당장이라도 도착할 수 있는 일족을 맞을 준비를 하듯 스스로를 고요히 다스리려 애쓰면서 다그마가 물었다.

"나쁘지 않아요. 하지만 뭐, 당신도 알다시피 상황이란 건 언제든……."

"어머니!"

"……변할 수 있으니까요."

탈라이스는 한숨을 내쉬며 식탁에서 떨어졌다. 잠시 후 그녀의 막내딸이 눈물범벅을 한 채 대전으로 달려 들어왔다. 흐느끼며 울상을 하고 있는데도 리안웬은 여전히 아름다웠다. 그녀의 구릿빛 피부와 구불거리는 긴 머리는 탈라이스의 데저트랜드 혈통에서 비롯되었지만, 근사한 은빛 머리칼과 생기 어린 보랏빛 눈동자는 아버지를 그대로 빼닮았다.

리안웬이 탈라이스의 두 팔 안으로 몸을 던지며 그녀의 어깨에 대고 흑흑 느껴 울었다.

"왜 그러는 거니?"

탈라이스는 뭔가 끔찍한 일이 터진 것이 아닌지 걱정하며 물었다.

"아빠한테 물어보세요!"

걱정이 사그라지는 것을 느끼며 그녀는 즉시 건너편의 다그마를 쳐다보았고, 두 여자는 누가 먼저랄 것도 없이 눈을 굴리며 기다렸다.

"난 네가 왜 그렇게 화를 내는지 모르겠구나."

브리크가 딸아이를 뒤따라 대전 안으로 걸어 들어오며 투덜거렸다.

"내가 널 불행하고 지루한 삶에 빠져들지 않게 구해줬는데도 말이다."

"이번엔 또 무슨 짓을 한 거야?"

탈라이스는 자신의 짝에게 따지듯 물었다.

"당신은 또 왜 그런 식으로 말하는 거야?"

"왜냐면 내가 당신을 빌어먹게도 잘 아니까."

"그는 제게 꽃을 건네주려던 것뿐이었다고요! 그런데 아버지가 그를 구워 버렸잖아요!"

리안웬이 울먹거리며 소리쳤다.

"그럼 쓸모없는 천한 인간 따위가 네 곁에서 알짱거리는 꼴을 그냥 보고만 있어야 했단 말이냐? 내가 그런 일이 일어나게 놔둘 거라고 진심으로 생각하는 건 아니겠지?"

"하지만 전 그가 좋단 말이에요!"

브리크가 눈을 굴리며 비아냥거리듯 말했다.

"그래, 그놈은 아주 착한 남자니까 언젠가는 아주 착한 여자를 만날 거고 둘이서 아주 착한 아기들을 낳을 거라 믿는다. 하지만 넌 괄크마이 바브 과이어 왕가의 공주야. 그런 천한 것들과 어울려서는 안 되지."

리안웬은 다시 울음을 터트리며 탈라이스의 어깨에 얼굴을 묻었다.

"난 대체 네가 왜 그렇게 신경질적으로 나오는지 모르겠다. 지금 그 울보 놈처럼 굴고 있잖아."

브리크가 다시 투덜거렸다.

"둘 다 그만해."

탈라이스는 딸을 살짝 밀어 떼어 놓고는 눈물 자국으로 얼룩진 그녀의 얼굴을 똑바로 보며 물었다.

"누가 네게 꽃을 주려고 한 거니, 라이?"

"그 멍청이 자식……."

브리크가 딸보다 먼저 대답을 꺼냈지만 리안웬이 아버지를 노려보았다.

"그는 멍청이가 아니에요! 알브레히트는 완벽하게 착한……."

"알브레히트?"

다그마가 브리크를 마주하고 섰다.

"폼브레이 경의 아들을 구워 버린 거예요?"

"녀석이 라이에게 꽃을 주려고 하잖소. 우리 모두 그런 짓이 어디로 이어지는지 알지."

다그마는 천천히 두 주먹을 쥐었다.

"맙소사! 당신 대체 어디가 잘못된 거예요?"

브리크는 무심하게 어깨를 추썩였다.

"아무것도. 왜요?"

탈라이스는 다른 이들이 정말로 근심하는 바를 그가 전혀 이해하지 못한다는 것을 알고 있었다. 그래서 다그마가 브리크가 자고 있는 사이 그의 비늘을 홀딱 벗겨 버릴 계획을 세우기 전에 서둘러 말했다.

"모르퓌드에게 가 보는 게 좋겠어요. 모르퓌드가 그 애를 치료해 줄 거예요."

다그마는 출구를 향해 걷기 시작했다. 물론 브리크를 충분히 오래 노려봐 주는 걸 잊지는 않았다.

"날 왜 그렇게 쳐다보는 거요?"

브리크를 향해 말없이 한차례 으르렁거린 그녀가 쿵쿵거리며 밖으로 나가 버렸다.

"다들 왜 이렇게 화를 내는지 당최 모르겠군. 누구든 내가 그 터무니없는 자식이 완벽하고도 완벽한 내 딸에게 접근하도록 내버려 둘 거라고 진심으로 생각하는 건 아니겠지?"

"전 완벽하지 않다고요! 왜 자꾸 그렇게 말씀하시는 거예요?"

리안웬이 항의하듯 소리쳤다.

"왜냐하면 네 어머니한테서 물려받은 게 틀림없는 네 사소한 결점들을 내가 자애롭게도 눈감아 주기로 결심했기 때문이지. 애

통하게도 그 부분만은 나도 어쩔 수가 없구나. 하지만 그럼에도 불구하고 난 널 사랑한단다."

리안웬이 그녀의 팔을 붙잡고 버티지 않았더라면, 탈라이스는 확실히 그 잘난 척하는 개자식의 콧대를 찢어 놓았으리라!

"오빠가 뭘 어쨌다고요?"

"내 애기의 어느 부분을 이해하지 못한 거예요?"

다그마는 짝의 누이인 드래곤위치 모르퓌드에게 따지듯 되물었다.

"하지만…… 대체 왜요?"

다그마는 한숨을 내쉬었다.

"알브레히트 군이 라이에게 꽃을 준 모양이에요. 그 애에게 반한 것 같아요."

잠시 침묵에 빠져 시선을 돌리고 있던 모르퓌드가 말했다.

"그건…… 확실히 잘못한 거네요. 그 애는 그렇게 잘생기지도 않았잖아요."

"모르퓌드!"

그녀가 다시 다그마를 똑바로 보았다.

"나한테 소리 지르지 말아요."

"내가 소리 지르게 만들지를 말아야죠! 라이는 사랑스러운 소녀예요. 당연히 남자애들이 관심을 보이겠죠. 그렇다고 당신 오빠가 그 애들을 구워 버리고 다녀도 되는 건 아니라고요."

"물론 그렇죠. 하지만 그래도…… 내 아버지가……."

"딸에 관한 한 그분께 이성적인 사고를 기대할 수 없다는 건 널리 알려진 사실이죠. 그게 내가 당신의 브라스티아스를 앤닐 군대의 장군이자 사령관으로 지명할 때 그분께 의견을 여쭤 볼 생각도 하지 않은 이유이기도 하고요. 사실, 브라스티아스가 당신 아버지와 오빠들과 함께하면서 이토록 오래 살아남았다는 건 그의 생존 능력에 대해 시사하는 바가 크답니다. 그건 그렇고, 시간이 흐르는 거나 마찬가지로 라이가 점점 자라고 있다는 건 피할 수 없는 현실이에요. 그것도 더욱더 아름다워질 테죠. 난 이 땅에 그녀에게 접근하는 젊은이란 젊은이는 일단 구워 버리고 보는 드래곤이 존재하는 상황을 감당할 수 없어요."

"이 땅? 앤닐의 땅을 말하는 거겠죠?"

"모르퓌드!"

드래곤위치가 두 손을 들어 올렸다.

"진정해요. 저녁때까지는 내가 그 애를 치료해 놓을 테니까. 참, 나…… 왜 그렇게 화를 내는지 모르겠네."

그녀는 웅얼거리며 영빈관을 향해 걸음을 옮겼다.

"난 그저 브리크가 그럴 때는 꼭 이성적이라고 할 수 없다는 사실을 지적하……."

그 시점에서 다그마는 귀를 닫아 버렸다. 대신에 지끈거리는 머리를 문지르며 남은 하루가 어떻게 흘러가려는지 걱정하기 시작했다.

관자놀이를 손가락으로 누른 채 서 있던 그녀는 문득 뒤에서 누군가의 기척을 느꼈다. 언제나 뛰어난 관찰력을 자랑하는 것은 아니지만, 아버지의 영토에서 숲에 홀로 나와 있다가 가까운 바위 뒤에서 자신을 지켜보고 있는 굶주린 늑대를 감지했던 것처럼 다그마는 언제나 포식자의 접근을 알아챌 수 있었다.

천천히 몸을 돌린 그녀는 앤뉠과 피어구스의 아들을 올려다보았다.

"탈란."

소년이 미소를 지었다.

맙소사, 정말 잘생긴 녀석이야. 믿기지 않을 만큼 잘생겼어.

제 아버지의 눈과 제 어머니의 얼굴을 빼다 박은 데다 제 삼촌 그웬바엘의 인간 형태만큼 키가 큰 그의 거대한 어깨 위로 밤색 머리칼이 흘러내렸다. 하지만 쌍둥이 누이와 마찬가지로, 그에게는 무언가…….

"다그마 숙모."

쌍둥이가 어린아이였을 적에는 말을 거의 하지 않는다는 사실로 인해 모두들 염려했지만, 그들이 말을 하게 된 후에도 다그마는 그런 염려가 조금이라도 덜해졌다고 생각할 수가 없었다.

……물론 그들이 그냥 가만히 서서 바라보고만 있을 때는 훨씬 괜찮은 기분이 들긴 했다.

"뭐 필요한 게 있니, 탈란?"

"거칠어 보이는 외모에 웅얼거리듯이 말하는 남자들로 이루어진 대상단이 오고 있는데요. 드래곤이 아닌 걸 보니 숙모님의 일족인 듯싶어서요."

다그마는 살짝 코웃음을 쳤다.

"그래, 듣자 하니 내 일족 같구나."

"지금 성문을 통과하고 있어요. 누군가를 보내서 맞이하게 할까요?"

"아니야, 내가 갈게."

그가 고개를 끄덕였다. 하지만 곧 시선을 들더니 그녀 등 뒤의 무언가를 노려보았다. 다그마는 어깨 너머를 돌아보고 분이 솟구치는 것을 막기 위해 두 주먹을 꼭 쥐었다.

"저 둘이 요즘 자주 붙어 다니는구나."

신경 쓰인다는 것을 드러내지 않기 위해 그녀는 무덤덤하게 말했다.

탈란이 어깨만 추썩여 보이고 어디론가 가 버리자 다그마는 쌍둥이가 오직 저희 마음이 내킬 때만 말을 한다는 사실을 떠올렸다.

당장이라도 성문으로 나가 봐야 했지만 그녀는 탈란의 쌍둥이 누이 탈윈이 다가오는 것을 보고 그대로 자리를 지켰다. 탈윈은 함께 걷던 여인에게 고개를 끄덕여 보이고는 다그마를 향해 똑바로 걸어와 섰다.

"다그마 숙모."

"탈윈."

탈란과 마찬가지로 칠흑처럼 검은 머리칼에 제 어머니의 초록색 눈을 물려받은 탈윈은 키가 크고 아름다웠다. 하지만 그녀는 끊임없이 그 아름다움을 숨기려 들었다. 거의 빗질을 하지 않는 머리칼과 거의 닦아내는 법이 없는 흙먼지와 지옥의 악마도 겁먹을 그 꿰뚫어 보는 듯한 시선으로.

다그마는 다른 쪽으로 멀어져 가고 있는 여인을 흘끗 건너다 보았다. 그녀는 평범한 여인이 아니었다. 절대로 아니었다. 그녀는 아이스랜드에서 온 퀴비치의 일원인 것이다. 너무나도 강력하고 위협적이어서 신들조차도 꼭 필요한 때가 아니면 찾지 않는다는 전사 마녀들 가운데 하나.

그녀들은 십육 년 전에 쌍둥이를 보호하기 위해 가반아일로 왔다. 아이들의 어머니가 퀸틸리안 독립국과 전쟁을 치르느라 서부로 떠나 가반아일을 비웠을 때였다. 당시에도 다그마는 그녀들에게 감사하는 한편으로 그들을 경계하고 있었다. 퀴비치가 태어날 때부터 마녀인 경우는 드물었기 때문이다. 그녀들은 보통 두 살도 안 된 여아를 어머니에게서 빼앗아 자기네 일원으로 만들었다. 하지만 그보다 나이가 많은 소녀를 받아들인 예외적인 경우도 없진 않았다.

탈원은 이제 겨우 열여덟 살이 되었을 뿐이지만 강력한 힘을 갖고 있었다. 그녀의 전투술은 최고로 노련한 전사들을 제외하면 상대할 자가 없을 정도였다. 즉, 탈원은 퀴비치가 원하는 종류의 전사에 딱 들어맞는 것이다.

그래서 퀴비치가 탈원 주위를 맴도는 걸 볼 때마다 다그마의 염려는 점점 더 깊어졌다.

"아스타 사령관이 무슨 흥미로운 얘기라도 해 준 거니?"

그녀가 탈원에게 물었다.

"아니요."

언제나 그러듯 다그마는 좀 더 기다렸다. 하지만 함께한 세월이 있다 보니 조카딸을 잘 알았고 그래서 다시 입을 열었다.

"탈원, 내가 걱정해야 할 일이……."

"야만족 무리가 성문 앞에 와 있는 거 아세요?"

하지만 탈원이 그녀의 말을 잘라 버렸다.

다그마는 라인홀트 일족이 도착했다는 사실을 실제로 보지도 않은 탈원이 어떻게 알았는지 캐 보고 싶은 마음을 억누르며 되물었다.

"그 사람들을 그냥 가족이라고 불러 줄 수는 없겠니?"

탈원이 끊임없이 눈으로 파고드는 검은 머리칼 사이로 그녀를 바라보다가 불쑥 말했다.

"그러죠, 진심은 아니겠지만."

절로 실소가 터지는 걸 막지는 못했지만 다그마는 고개를 끄덕였다.

"그만하면 공정하네."

탈원이 더 이상 아무 말 없이 ─그녀는 제 오빠보다 말수가 더 적었다─ 훈련장 쪽으로 걸음을 돌렸다. 그녀는 필요 이상으로…… 아니, 세상 그 누구보다도 무기류 훈련을 많이 했다. 그녀의 뒷모습을 잠시 바라보던 다그마는 무거운 한숨을 내쉬며 성문을 향해 걸음을 옮겼다.

다그마는 시간 여유를 낼 수 있는 한 종종 그웬바엘과 함께 연로한 아버지를 방문했고 심지어 탈라이스나 앤벌을 데리고 가기도 했지만, 가반아일에서 그녀의 일족 중 누구라도 맞이해 본 적은 없었다.

그러나 아버지가 직접 편지를 보내왔다. 물론 아버지가 구술한 것을 그녀가 아버지를 위해 직접 뽑아 준 비서가 받아 적은 것이겠지만. 어쨌든 아버지가 직접 청한 일이었다. 어찌 거절할 수 있겠는가?

다그마는 거절하지 못했다. 그래서 감내하는 수밖에 없었다. 탈라이스의 말대로, 이제 그만 좀 넘어가야 하는 것이다.

그녀는 안뜰을 향해 나아가면서 거대한 노스랜드 종마를 타고 막 그곳에 도착한 오빠들의 아들들을 바라보았다. 큰오빠 에이문드의 큰아들 알피가 말에서 내려 그녀 앞으로 다가와 섰다. 그는 고개를 까딱 숙여 보이고는 그녀를 빤히 바라보다가 인상을 찡그렸다. 마치 그녀의 큰오빠가 뭔가 혼란스러울 때 그랬던 것처럼.

"다그마 고모……."

그의 찡그림이 심해졌다.

"저……는……."

"너는 뭐?"

"지금쯤 되게 늙으셨을 줄 알았다고요."

알피의 동생이 불쑥 끼어들었다.

"그런데 똑같으시네요, 안 그래요?"

다그마는 굳이 설명하려 들지 않았다. 그웬바엘과 평생을 함께하기로 약속한 후에 드래곤 퀸이 베풀어 준 선물, 드래곤의 수명과 비슷한 오랜 삶을 보장받았다는 사실에 대해서 구구히 늘어놓을 필요는 없었다. 대신에 그녀는 간단히 대답했다.

"난 너희 모두가 흙먼지가 되어 사라지고 난 후에도 오랫동안 이런 모습으로 남아 있을 거란다."

조카들이 그녀를 좀 더 빤히 쳐다보았지만 이내 알피가 어깨를 추썩이더니 말했다.

"예, 뭐. 먹을 것 좀 없나요?"

다그마는 경비대의 식당을 가리켜 보였다. 그들 중 누구라도 대전으로 보낼 생각 같은 건 애초에 염두에 두지도 않았다. 거기서 그들이 사랑스러운 리안웬을 우연히 보기라도 한다면…… 상상만으로도 끔찍했다. 신원 확인이 불가능할 정도로 구워진 조카들의 몸뚱이가 오빠들에게 보내진다면…… 몇 날 밤을 잠 못 이루게 할 만한 상상이었다.

나머지 조카들도 말에서 내려 알피를 따라갔다. 하나만 빼고. 그 애는 말 등에서 혼자 내려온다는 개념 자체를 이해할 수 없다는 듯 끙끙거리고 있었다.

다그마는 천천히 걸음을 옮겨 그가 타고 있는 말 곁에 섰다.

"안녕, 프레더릭."

프레더릭 라인홀트, 프리드마 오빠의 여덟 번째 아들. 그리고 아버지가 편지에서 보다 불만스럽게 지칭한 대로라면 '집안의 공인된 바보 자식'.

열네 살짜리 소년이 그녀를 내려다보며 고개를 숙였다.

"다그마 고모."

"도와줄까?"

"아니요, 아니에요. 전 괜찮아요."

다그마는 그의 말을 진심으로 믿지 않았기 때문에 조카들의 말을 돌봐 주러 와 있던 종자들 중 하나에게 이리로 오라는 몸짓을 보냈다. 하지만 그 종자가 도움을 주기 위해 걸음을 떼려는 순간, 그녀는 재빨리 뒤로 물러나야 했다. 프레더릭이 말에서 미끄러져 철퍼덕 바닥에 고꾸라졌기 때문이다.

"아우⋯⋯."

그가 뭐라고 웅얼거리는 소리를 들으며 다그마는 길고 고통스러운 한숨이 터져 나오는 것을 참지 못했다.

맙소사! 대체 내가 이 일에 왜 동의한 거야!

6

"그만 가시죠."

"못 가. 난 결심했⋯⋯."

"나가요."

이지가 명령하듯 말했다.

에이브히어는 어깨를 으쓱해 보였다.

"나가게 만들어 봐."

"나가게 만들어요?"

맙소사, 그녀는 잔뜩 짜증이 난 모양이었다. 그로서도 그녀를 탓할 생각은 들지 않았다. 하지만 그 짜증이 그녀가 뒤집어쓴 피와 먼지와 죽음의 냄새와 합해지자 몹시 유혹적인 것이 되었다.

'위험한 자' 이지는 확실히 수년 전 그가 버려두고 떠났던 소녀가 아니었다. 키가 크고 강건한 체격에 맨살을 드러낸 팔, 강인하게 다듬어진 근육질의 몸부터 눈에 보이는 피부 구석구석까지가 인간 여왕의 군대에서 그녀가 보낸 고된 삶을 그대로 보여 주었다. 하지만 그녀의 아름다움, 그것만은 변하지 않았다. 오히려 더 선명해지고 더 강렬해졌다.

심지어 지금, 열 받은 게 분명한 상황에서조차도 그의 시야를 가득 채운 것은 자신을 노려보는 커다란 밤색 눈과 섬세하게 조각된 듯한 얼굴을 감싸고 어깨 높이에서 구불거리는 연밤색 머리칼, 선명한 관골과 웃지 않을 때면 사라지고 마는 보조개였다. 도톰한 입술은 뾰로통하니 —그의 눈에는 그렇게 보였다— 부풀어 있고, 한때 날카로웠던 콧날은 더 이상 그대로가 아니었다. 아마 부러진 적이 있는 모양이었다. 그것도 여러 번을. 하지만 그런 약간의 흠집이 오히려 그녀를 더 아름다워 보이게 했다. 적어도 에이브히어가 보기에는 그랬다.

"에이브히……."

"난 안 가."

이지가 그의 머리를 받치고 있던 손 하나를 붙잡고 당기기 시작했다. 하지만 에이브히어는 그대로 누워 그녀가 하는 양을 보고만 있었다.

"빌어먹을! 당신 몸무게가 얼마나 되는 거예요? 망할 내 말만큼이나 무겁잖아!"

"인간의 몸을 하고 있을 때는 그렇지."

그녀가 으르렁거리며 팔을 내팽개쳤지만 에이브히어는 간신히 제 팔에 얼굴을 얻어맞는 꼴을 피할 수 있었다.

"나가라고요!"

"이 일이 다 끝날 때까지 난 네 곁에 있을 거야, 공주."

"장군이다, 이 개자식아."

"나한테 욕을 퍼붓는다고 달라질 건 없어."

"내가 당신 목 줄기를 따 버리면 확실히 달라지겠죠."

"하지만 그러면 난 드래곤의 본체로 돌아갈 테고 네 침대를 부숴 놓을 텐데."

어처구니없다는 듯 눈알을 굴린 그녀가 그에게서 몸을 돌린 순간 막사 출입구 쪽이 열렸다. 그녀의 병사들 중 하나가 안으로 들어오다가 거기 버티고 누워 있는 에이브히어를 보고 걸음을 멈췄다.

"나중에 다시 올까요, 장군님?"

병사가 물었다.

"몸뚱이 어디 한 군데를 잃고 싶다면."

반사적으로 대답한 이지는 병사를 흘끗 보며 되물었다.

"다이를 찾았나?"

"말씀하신 것처럼 막센과 함께 있었습니다."

그녀가 병사를 마주하고 섰다.

"막센은 어디 있는데?"

"밖에 있습니다."

"안으로 들여."

병사가 에이브히어를 흘끗 보더니 다시 이지에게 시선을 주며 물었다.

"괜찮으시겠습니까?"

어깨를 추썩여 보인 이지는 업무 책상을 향해 걸음을 옮겼다.

"여긴 그의 막사이기도 해."

"막센."

병사가 막사 바깥쪽에 대고 소리쳤다.

"막센!"

이지에게 남자가 있었나? 남편일 리는 없었다. 그 점만큼은 에이브히어도 확신할 수 있었다. 그녀에게 남편이 생겼다면 일족들이 그에게도 알려 줬을 게 분명했다. 하지만 그녀와 함께 사는 남자라면……? 다른 전사일까?

뭐…… 잘된 일이네.

그녀가 짝을 짓는 건 당연한 일이었다. 가깝게 느끼고 의지할 수 있는 누군가를 갖는 건 좋은 일이기도 했다. 그렇다, 정말 아주 잘된 일이었다. 에이브히어는 이지가 자신에게 충실하고 자신과 어울리는 상대를 골랐으리라고 믿어 의심치 않았다.

그는 다시금 두 팔을 머리 뒤로 베고 누워 그 '어울리는 상대'가 들어오기를 기다렸다. 하지만 극도로 무거운 헐떡임이 들려온 다음 순간, 뭔가 거대한 털북숭이 생명체가 막사 출입구를 통해 돌진해 들어와 곧바로 그의 얼굴을 향해 몸을 날렸다.

이지는 삼 년 전 자신이 피투성이로 죽어 가는 상태로 발견했던 그 동물이 블루 드래곤 에이브히어의 얼굴을 깔아뭉개려는 듯 몸을 날리는 광경을 지켜보았다.

막센은 조련된 전투견이 아니었다. 물론 다그마가 공들여 교배시키고 관리하는 개들 중 하나도 아니었다. 이지는 전투가 끝난 후 전장 한구석에서 녀석을 발견했다. 당시만 해도 아직 강아지였는데, 녀석은 흠씬 얻어맞은 몸을 빈 나무줄기 속에 억지로 밀어 넣고 있었다. 끙끙거리며 온몸을 부들부들 떠는 가엾은 몽골의 강아지를 이지는 도저히 모른 척할 수가 없었다. 몸 여기저기에 벌어진 상처들, 왼쪽 귀는 반쯤 날아가 버렸고 한쪽 눈은 너무 심하게 손상되어 머리에 찍힌 우웃빛 점이나 마찬가지인 상태였다.

그녀는 떨고 있는 녀석을 집어 들고 자기 막사로 돌아와 이것저것 살펴 주었다. 일단 깨끗이 씻기고 상처들을 치료해 준 다음, 혼자 힘으로 먹지도 못하는 녀석에게 손수 음식을 먹여 주었다. 밤에는 따뜻하게 잘 수 있도록 침대 위의 자기 옆자리도 내주었다. 그렇게 하루하루가 지나갔고 이지는 곧 강아지가 점점 강해지고 점점 커지고 있음을 알아챘다. 이윽고 아주 커졌다. 이 녀석이 진짜 개가 맞나 의심스러울 만큼 커졌다. 어쩌면 그녀가 한 번도 본 적이 없는 다른 어떤 야수일지도 모른다는 생각마저 들었다. 늑대들도 막센만큼 크지는 않았다.

막센은 그녀가 아는 그 어떤 갯과 짐승보다 송곳니가 더 길고, 턱 힘이 더 셌으며, 털이 더 수북했다. 하지만 녀석은 그녀에게 맹목적으로 충성했고 이지가 나가는 모든 전투에서 함께 싸웠으며 그녀나 새뮤얼이 없을 때 그녀의 말을 보호하기도 했다.

그리고 감히 허락 없이 그녀의 막사에 들어온 자에게는 녀석의 앙화가 덮칠지니!

막센이 보기에 에이브히어는 허락을 받고 거기 있는 게 틀림없었다. 그의 공격을 전혀 개의치 않았기 때문이다. 하지만 이지 이외의 다른 누군가가 자신의 자리를 차지하고 있다는 사실은 막센을 화나게 했다. 그래서 그가 이곳에 속해 있지 않다고 판단한 수컷들에게 언제나 하던 대로 했던 것이다.

"맙소사! 이게 무슨 냄새야?"

에이브히어가 막센을 떼어 놓으려 밀어내며 소리쳤다.

이지는 히죽 웃었다.

"아, 녀석이 또 콩을 먹었나 보네요."

"막센이 콩을 좋아하긴 하죠."

새뮤얼이 덧붙였다. 그는 냄새를 막기 위해 코 아래에 손을 붙이고 있었다. 겨우 아홉 살 무렵 아버지가 강제로 입대시켜 버린 이래로 새뮤얼이 군에서 보내온 그 지난한 세월을 생각하면, 이지에게는 그가 개의 방귀 냄새 따위도 못 견뎌 한다는 사실이 언제나 놀랍기만 했다.

하지만…… 에이브히어 역시 못 견디겠는 모양이었다.

그가 막센을 방 건너편으로 내던지고 똑바로 앉으려 했지만, 막센은 그 거대한 발로 바닥을 긁으며 내려앉기 무섭게 에이브히어의 머리를 향해 다시 덤벼들었다.

이제 이지는 손으로 입을 막고 온몸을 떨어 가며 미친 듯이 웃고 있었다. 새뮤얼도 그녀에게서 물러나듯 몸을 기울이기는 했지만 역시 웃고 있었다.

"그렇게 보고만 있을 거야! 이놈 좀 떼어 놔!"

에이브히어가 다시 개를 내던졌지만 막센은 물러나지 않았다. 바닥에 내려앉기 무섭게 튕기듯 다시 덤벼들었다. 사실 그건 막센이 잘하는 짓이었다. 무수한 적병들이 수년에 걸쳐 체득하게 된 바이기도 했지만, 막센은 쉽게 물리칠 수 있는 상대가 아니었다. 일단 물리쳤다 해도 그대로 물러나는 법이 없었다. 그건 그의 본능에 어긋나는 일이었다.

개가 지칠 줄을 모르고 거듭해서 에이브히어에게 덤벼드는 와중에 피욘이 막사 안으로 들어와 이지에게 몸짓을 보냈다.

"왜?"

이지는 그녀 곁으로 다가서며 물었다.

"문제가 생겼습니다."

에이브히어는 마침내 개를 바닥에 때려눕혔지만, 막사 안에 자기와 개만 남아 있다는 사실을 뒤늦게 깨달았다.

뭔가가 부츠를 짓씹어 대는 느낌에 그는 아래를 내려다보았다. 적어도 녀석이 개인 건 틀림없는 모양이었다. 그 순간에도 녀석은 부츠의 두꺼운 가죽을 찢어발기려 애쓰고 있었다.

에이브히어가 녀석을 진정시키는 대신에 더 세게 억누르자, 야수는 더 흥분해서 더 심하게 저항했다. 그 모습이 인상적이었기에 에이브히어는 발을 들어 녀석을 놓아주었다. 비틀거리며 물러난 개는 몸을 굴려 바로 서더니 다시금 그를 향해 달려들 자세를 취했다.

에이브히어는 녀석의 몸집을 재듯이 살피면서 살짝 몸을 기울였다.

"넌 신이 아니로구나, 그렇지?"

으르렁거림과 함께 개가 몸을 날리자 그는 주먹을 휘둘러 녀석을 막사 반대편으로 날려 버렸다. 이번에야말로 개가 등부터 떨어져 의식을 잃고 나뒹굴었다.

에이브히어는 만족감을 느끼며 이지의 냄새를 찾아 허공에 대고 코를 킁킁거렸다. 그녀는 아직 멀리 가지 않았다. 막사에서 겨우 몇 걸음 떨어진 곳에 부하들에게 둘러싸인 채 서 있었다. 소규모의 분견대가 한쪽에 대기 중이었고, 장교 하나를 바닥에 무릎 꿇린 채 두 명의 병사가 지키고 서 있었다.

에이브히어는 에이단과 동료들 곁으로 다가갔다.

"무슨 일이야?"

그가 목소리를 낮추어 물었다.

"네 장군님이 오거 우두머리를 죽인 줄 알았는데 사실은 그게 아니었나 봐."

"미끼였나?"

"그래. 오거들이 저자에게 미리 언질을 받았던 모양이야."

에이단이 바닥에 무릎 꿇고 있는 장교를 고갯짓으로 가리켜 보이며 말했다.

"장군이 이끄는 부대가 미끼와 싸우고 있는 동안, 진짜 우두머리는 근처의 인간 마을로 내려가 길거리에서 소녀 하나를 잡아다가……."

에이브히어는 손을 들어 그의 말을 막았다. 더 들을 필요가 없었다. 대신에 상황이 어떻게 돌아가는지 지켜보기 위해 몸을 돌렸다.

하지만 다음 순간, 이 상황을 주도한 것이 이지라는 사실에 생각이 미쳤다. 앤닐이 아닌 것이다. 앤닐이었다면 지금 그의 발치에는 저 개자식의 머리가 나뒹굴고 있을 터였다.

대신에, 이지는 확실히 혐오감을 느끼면서도 부하들을 향해 뭐라고 열심히 떠들어 대고 있었다. '법률'이니 '규칙'이니 하는 단어와 함께 이 무가치한 개자식이 한 일과 하지 않은 일은 전사라는 그의 역할을 불명예로 몰아넣었다는 사실에 기반해서 어쩌고저쩌고…….

맙소사! 쟤가 지금 장난하나? 왜 저렇게 시간을 낭비하고 있는 거지? 무엇보다 중요한 내 시간까지도 말이야.

마지못해 좀 더 기다린 에이브히어는 에이단을 향해 고개를 살짝 꺾어 무릎 꿇은 장교를 가리켜 보였다.

에이단이 인상을 찌푸리더니 다음 순간 눈을 크게 뜨며 고개를 내저었다. 절대로 그의 우라질 명령을 받아들일 수 없다는 의미였다. 그래서 에이브히어는 우서에게로 시선을 돌렸다. 하지만 우서의 유일한 문제점이 뭔가를 파악하는 데 약간 느리다는 점이었는데, 이는 그가 쉽게 싫증을 내고 주의를 기울이는 법이 없기 때문이었다. 에이브히어가 세 번에 걸쳐 단호한 고갯짓을 보내고 난 후에야 우서는 눈을 끔뻑이더니 탄성을 내뱉었다.

"아!"

그리고 킬킬거리며 덧붙였다.

"미안."

머리를 절레절레 내저은 에이브히어는 다시 몸을 바로 하고는 기다렸다.

그나마 부하들 중 두 명이 사정 청취를 원하긴 했지만, 나머지는 하나같이 그냥 그 장교의 머리를 쳐 버리고 오거들에게 초점을 맞추기를 원했다. 이지는 세부 사항을 꼼꼼하게 따지는 것을 귀찮아하지 않았지만 그것도 시간 여유가 있을 때의 이야기였다. 오거 우두머리의 정확한 위치를 파악하게 된 지금은 정말이지 그럴 때가 아니었다.

그녀는 어떤 경우에도 그 장교의 동료들이 끼어들지 못하도록 주시하라는 의미로 피온에게 고개를 끄덕여 보인 다음, 검집으로 손을 가져갔다. 하지만 검을 완전히 뽑기도 전에 브란웬의 목소리가 들려왔다.

"어, 이지?"

다음 순간 배신자의 머리가 목에서부터 분리되어 그녀의 다리 곁으로 데구루루 굴러가더니 몇 걸음 앞에서 멈추었다.

모두들 침묵에 빠졌고 그녀의 부하들은 너도나도 시선을 피했다. 왜냐하면 그들 모두가 자신들의 상관을 잘 알았기 때문이다. 그런 식의 반응이 그녀를 더 화나게 만들 수도 있었지만, 일단 그녀의 분노를 피…….

"방금 무슨 일이 일어난 거야?"

이지는 마지못해 몸을 돌리며 브란웬에게 물었다.

"어어어……."

그녀가 브란웬에게 '어어어…….' 말고는 할 말이 없는지 따져 물으려는 순간, 에이브히어가 눈앞에 나타났다.

"이제 가도 되나?"

그가 씨익 웃으며 물었다.

이지는 검집에서 검을 뽑을 뻔했지만 브란웬이 둘 사이를 가로막고 끼어들어 한 손으로 에이브히어를 가 버리라는 듯 밀어붙이고 다른 손으로 그녀의 팔을 세게 붙들었다.

"동굴로 간다. 오거들을 추적해서 오늘 밤 안에 끝장을 보는 거야. 당장 움직여!"

브란웬은 주변을 둘러싼 장교들에게 명령을 내리고 이지를 말 쪽으로 끌어갔다.

"뭐하는 거야?"

이지는 새뮤얼이 고삐를 쥐고 있는 말에 오르면서도 끝내 따져 물었다.

"나야말로 묻고 싶다. 에이브히어가 무슨 얘기를 한 거야?"

브란웬이 참을성 있게 기다려 준 자기 말에 오르며 물었다.

"……날 가반아일로 데려가라는 명령을 받았대."

"그쪽에 무슨 일이 생겼나?"

"난 아무 소리도 못 들었어. 하지만 내 어머니가 아닌 다른 누구에게서 나온 명령일 수도 있지."

"어쨌든 넌 안 갈 거고?"

"정말 중요한 일이 있다면 앤널이 전언을 보냈을 거야. 그 멍청한 자식이 아니라 제대로 된 전령을 통해서. 그러니까 안 가, 브란웰. 집에는 내 마음이 내킬 때 갈 거야. '성가신 자' 에이브히어가 가자고 할 때가 아니라 내가 원할 때."

"그래⋯⋯."

불쑥 에이브히어의 목소리가 들려왔다. 그는 어느새 그녀가 탄 말 곁에 서서 그녀의 부츠에 손을 올려놓고 있었다.

"오거 두목 놈을 죽이는 데 시간이 얼마나 걸릴까? 그리고 나면 출발할 수 있는 거야?"

이지는 으르렁거리며 발을 흔들어 그의 손을 떨쳐 버리고, 혓소리로 말에게 신호를 보냈다. 곧바로 다이에게 박차를 가한 그녀는 '성가신 자' 에이브히어를 남겨 두고 오거들의 동굴을 향해 달리기 시작했다.

"너 뭐하고 있는 거야?"

에이단이 물었다.

에이브히어는 어깨를 추썩였다.

"내가 원하는 대로 할 때까지 귀찮게 구는 거지."

그는 친구를 흘끗 보며 덧붙였다.

"전에는 통했다고."

"이지에게?"

"⋯⋯아니. 하지만 다른 이들에게는 통했어."

우서가 피로 뒤덮인 날을 닦고 검을 검집에 갈무리한 다음 에이단 곁에 나란히 섰다.

"이제 우린 뭘 하지?"

"지루해."

캐스윈이 투덜거리자 모두가 그를 돌아보았다.

"뭐? 사실이 그렇잖아. 그런 걸로 거짓말을 할 수는 없지."

"그래."

에이브히어는 이지를 따라 말을 몰고 가는 그녀의 병사들을 바라보았다. 그녀가 지휘하는 몇 개의 대대가 동굴들 쪽으로 곧장 달려가고 있었다. 이것이 함정일 경우를 대비한 듯 그녀는 동굴 주위로 포진할 연대 병력을 남겨 놓았다. 만약 상황이 그렇게 흘러간다면 남은 병력이 숲에서부터 동굴 쪽으로 진입해 들어갈 터였다. 오거들이 믿을 수 없는 종족임을 감안하면 현명한 작전이었다.

에이단이 말했다.

"오거들은 죽이기가 쉽지 않은데. 진짜 두목 놈은 훨씬 더 어려울 거고. 그러니까 시간이 꽤 걸릴 수도 있겠군."

에이브히어는 양손으로 허리를 짚으며 중얼거렸다.

"음, 내가 그런 꼴은 못 보지."

거세게 내리쳐진 돌도끼가 또 다른 인간의 머리를 깨부쉈다. 우두머리는 자기가 해 놓은 일에 아무런 감흥도 느끼지 못했다. 이 인간들은 그에게 킬트감으로 쓸 가죽, 혹은 그가 가장 좋아하는 암컷에게 선물할 이빨들, 혹은 그의 잔을 채워 줄 피 주머니에 불과했다.

그는 음식과 암컷과 노예를 찾기 위해 이 인간 마을로 부대를 이끌고 왔다. 이번 사냥철에는 수확이 꽤 좋았다. 그들은 전원 지대를 관통하여 길을 내듯 피와 죽음과 불행의 자취를 길게 남겨 놓았다. 그것이야말로 그가 가장 잘하는 일이었다. 사냥철마다 그가 즐겨 하는 일이기도 했다.

하지만 그러던 와중에 인간들의 군대가 나타났다. 그는 부대를 동굴 속으로 이동하게 하고 거기서 전사들을 내보내 인간들과 싸우게 했다. 그것이 지겨워지자, 비교적 우둔한 놈들 중 하나를 골라 인간들 앞에서 자신인 척 행세하게 했다. 그놈이 죽고 인간 전사들이 최악의 순간은 끝났다고 생각하고 있을 때 자신이 나가 저들을 끝장내 버릴 계획이었다.

좋은 작전이었고, 심지어는 도움을 줄 인간을 구하기도 했다. 황금이 좀 들어가긴 했지만 말이다. 사실 황금은 오직 인간들에게만 의미가 있었다. 오거에게는 아무것도 아니었다. 그들에게 조금이라도 의미 있는 것은 고기와 피와 죽음뿐이었다. 강력한 오거들에게는 오직 전투와 전쟁만이 의미가 있었다.

그의 작전은 이번에도 잘 풀리는 듯했다. 하지만 배신자가 발각당하고 말았고 인간 전사들이 그의 남은 부대를 이 동굴까지 추적해 왔다.

물론 그는 여기서 죽을 생각이 전혀 없었다. 저 약해 빠진 인간들의 손에 죽어 줄 수는 없었다. 그 부드러운 가죽이며, 조그만 몸집, 얄팍한 갑주며 무기들이라니! 진정한 전사는 몸을 덮을 갑주 따위를 필요로 하지 않는 법이다. 진정한 전사는 그런 것 없이도 충분히 싸울 수 있었다.

"피의 지도자!"

그는 고개를 들고 자신을 향해 다가오는 인간 여자를 바라보았다. 여자는 그들의 언어로 그에게 적합한 칭호를 써서 주의를 끌었다. 그녀는 갑주라 할 만한 것은 별로 걸치지 않았지만 여러 가지 복잡한 무기들을 지니고 있었다. 암컷치고 키가 컸고 가죽은 구릿빛이었다. 그 점은 기묘했다. 그런 색깔의 가죽은 본 적이 없었다. 하지만 그녀는 건장하고 강했다. 좋은 양육자가 될 터였다.

지금 죽여야 한다는 게 아까울 뿐……

우두머리는 도끼를 들어 올리고 결투를 받아들인다는 의미로 고개를 끄덕여 보였다. 인간이 단검을 획획 내저으며 그를 향해 성큼성큼 다가오다가 어느 순간 전력을 다해 쇄도했다.

그는 입술을 말아 올리고 돌도끼를 휘둘렀다. 덩치를 감안하면 상당히 빠른 속도로 여자가 몸을 숙여 그의 무기를 피하고 계속해서 그를 향해 달려왔다. 그러는 내내 여자는 아무 소리도 내지 않았다. 경고의 전투 고함도 분노의 외침도 없었다. 언제라도 검을 휘두를 수 있는 자세를 갖춘 채 그를 향해 달리기만 했다.

그가 다시 도끼를 휘둘렀지만 여자는 훌쩍 뛰어 올라 그의 가슴께로 부딪쳐 왔다. 온몸을 밀어붙인 그대로 회전하며 그의 목을 노리고 검을 휘둘렀다. 여자는 놀랄 만큼 강했다. 그녀의 검이 그의 두꺼운 녹색 가죽과 겹겹이 층을 이룬 팽팽한 근육을 가르고 깊숙이 파고들었다.

우두머리는 저도 모르게 비틀거렸고 상처에서 피가 분수처럼 뿜어져 나왔다. 하지만 그는 죽지 않았다. 아직은 아니었다. 아직 멀었다. 그의 종족을 죽이려면 상당한 수고가 필요했다. 하지만 여자는 이미 그 사실을 알고 있는 듯했다. 이 싸움이 결코 쉽지 않으리라는 것도.

아아아, 진정한 결투로다. 멋지군.

그는 다시금 강력한 돌도끼를 들어 올렸다. 이 도끼는 오직 부족의 우두머리만이 휘두를 수 있었고 그는 우두머리였다. 가장 강력하고 가장 잔혹한 오거였고 자신의 첫아이를 통째로 삼켜 버림으로써 모두에게 그 사실을 입증해 보였다. 의사를 관철시키는 동시에 크게 잃은 것도 없는 한 수였다. 어차피 암컷으로 기껏해야 번식에 쓸 도구에 불과했던 것이다.

저 인간 여자도 마찬가지였다. 죽이기 어려워 봤자 얼마나 어렵겠는가?

그는 인간 여자의 머리를 노리고 다시금 도끼를 내리쳤다. 하지만 그녀에게는 닿지도 않았을뿐더러 오히려 여자가 팔을 들어 도끼 손잡이를 붙잡아 버렸다.

여자는 도끼를 놓지 않았다. 도끼에 실린 그의 힘을 버텨 낸 것이다. 그는 도끼를 당겨 여자의 손에서 회수하려 했지만 여자는 여전히 도끼 자루를 굳게 쥐고 놓지 않았다. 그는 자신의 힘이 그렇게 약하지 않다는 것을 알고 있었다. 적어도 인간 여자 따위가 그의 무기를 붙잡아 저지할 수 있을 만큼은 아니었다. 이 도끼야말로 그를 우두머리로 만들어 준 무기가 아닌가.

그러나 여자는 도끼 자루를 굳게 쥐고 마침내 그의 손에서 빼앗아 버렸다. 우두머리는 감히 자신의 도끼를 빼앗은 여자에게 격노하여 맨손으로 덤벼들었다. 하지만 여자가 한쪽으로 슬쩍 피하면서 도끼를 높이 들어 올려 사정없이 내리쳤다. 그녀를 향해 내민 그의 팔 한쪽이 잘려 나갔다.

우두머리는 무심결에 자신의 팔이 달려 있던 자리를 내려다보았고, 그 순간 여자가 그의 다리오금을 걷어차는 바람에 그대로 무릎을 꿇고 말았다.

사방에서 그의 병사들이 죽어 가면서 비명처럼 오거의 신들을 향해 부르짖는 소리가 들려왔다. 인간들의 소리는 들리지 않았다. 그 역시 인간들에게서 그런 소리를 끌어내지는 못하리라. 지금은 물론이고 앞으로도.

인간 여자가 그에게로 다가와 탐색하듯 내려다보았다. 그는 무릎 꿇은 자세로 주저앉았고 그의 생명이 담긴 피가 뭉클뭉클 쏟아져 나오고 있었다.

여자가 부츠 신은 발을 들어 그의 가슴팍에 대고 밀치자 그는 바닥에 드러누울 수밖에 없었다.

"그렇게 바보는 아니겠지. 날 그리 쉽게 죽일 수 있을 거라고 생각하다니!"

으르렁거림을 섞어 그가 말했다. 여자가 알아듣는 것이 분명했기에 그들의 언어로 내뱉은 말이었다.

그는 아직 남아 있는 왼팔을 불쑥 내밀어 근처에 죽어 나자빠진 사체로부터 곤봉을 잡아채면서 그대로 여자를 향해 휘둘렀다. 그녀의 다리를 부러뜨려 주저앉히고 다음으로 머리를 노릴 작정이었다.

하지만 그 순간 뭔가가 여자의 허리를 휘감았다. 길고 비늘이 돋은 데다 푸른빛을 띤 뭔가였다. 눈앞에서 그를 끝장내기 위해 도끼를 들어 올리던 여자가 다음 순간 뭔가에 당겨져 사라져 버린 것이다. 우두머리는 고개를 들었고 생전 처음 보는 엄청난 크기의 드래곤과 얼굴을 마주했다. 그는 그렇게 거대한 드래곤이 존재하는 줄도 몰랐다.

야수가 크게 숨을 들이켰다. 화염이 온몸을 뒤덮기도 전에 우두머리는 그것이 자신을 죽이리라는 것을 알았다.

뜨겁게 불타오르는 화염이 그의 살과 근육을 태웠다. 그의 부하들이 내지르는 비명이 동굴을 가득 채웠다. 어둠이 의식을 잠식하는 것을 느끼며 우두머리는 드래곤이 인간 여자에게 말하는 소리를 들었다.

"이제 정말 출발해도 되지?"

이지가 바닥에 내려앉자마자 브란웬은 재빨리 팔을 뻗어 그녀를 붙잡듯 끌어안았다. 단단히 안고 버텼다. 이지가 에이브히어를 죽여 버린다면 일족들도 가만있을 수가 없게 되리라는 것을 알고 있었기 때문이다. 가만있지 못할 가능성이 높았다.

어머니 '학살자' 글레안나라면야 에이브히어가 여전사와 그녀의 사냥감 사이에 끼어들었다는 사실을 알고 나면 이지를 충분히 이해해 주겠지만 말이다. 카드왈라드르 일족 사이에서 해서는 안 되는 일들이 몇 가지 있는데, 그건 그중에서도 심각한 종류에 속했다.

하지만 브란웬은 에이브히어가 심한 자아도취에 빠져 있다는 걸 알기에 죽고 싶지 않고서야 해서는 안 되는 일을 했을 리가 없다는 사실도 알 수 있었다. 그렇다면 그가 하고 있는 짓에는 또 다른 이유가 있는 게 분명했다.

그게 뭔지 알아내야겠다고 마음먹은 브란웬은 일단 이지를 에이브히어와 미루나크 동료들로부터 멀리 떼어 놓기로 했다. 그래서 이지의 부관인 피욘에게로 데려갔다. 그제야 이지를 풀어 준 브란웬은 그녀가 단순한 화를 훨씬 넘어선 상태라는 것을 즉시 알아보았다. 이지가 아무 말도 하지 않았기 때문이다. 말은 물론이고 아무 짓도 하지 않았다. 그저 동상처럼 서 있기만 했다.

이건 좋지 않은데…….

마지막으로 이지가 이런 상태였을 때, 브란웬은 전군이 몰살당하는 광경을 목격한 기억이 있었다. 당시에도 보기 좋은 광경은 아니었지만, 이번에는 혈족에게 그 같은 일이 일어나는 것일 테니 훨씬 보기 좋지 않으리라. 브란웬은 자신이 이 문제를 다루어야 한다는 걸 알았다.

강력하고 힘센 뭔가가 에이브히어의 갈기를 확 잡아채더니 질질 끌어당겼다.

"대체 무슨 빌어 처먹을 꿍꿍이를 품고 있는 거야?"

에이브히어는 시선을 돌려 자신에게 소리치고 있는 사촌 동생을 바라보았다.

"너야? 진짜 네가 이런 짓을 한 거야?"

그는 감탄했다는 듯이 되물었다.

"나 말고 누가 있어?"

"맙소사, 너 진짜 힘이 세구나! 미루나크가 될 생각 해 본 적 없냐?"

"오빠 같은 개망나니가 아니라서 말이야. 난 여왕님만이 아니라 모든 상관들의 명령에 복종한다고. 그러니까 미루나크에 걸맞은 재목이라고 할 수는 없지."

"우리도 우리 지휘관의 명령은 따르는데."

에이단이 오거 한 마리의 머리통을 쥐고 포도알을 따듯 뽁 잡아 뽑으며 말했다.

"적어도 앵고어 대장님의 명령은 따르지. 우린 그저 우리가 원하는 때, 우리 식으로……."

그는 발톱에 묻은 오거의 피와 살점을 털면서 말을 이었다.

"임무를 완수하는 것뿐이라고."

"대단하시군."

브란웬은 비웃음을 흘리며 에이단에게서 몸을 돌렸다.

"물어볼 게 하나 있어, 오라버니. 대답해 봐."

하, 얘 좀 봐라.

사촌 동생은 지난 수년간 꽤나 강압적으로 변한 듯했다. 그게 어느 순간 도를 넘으면 성질이 날 것 같기도 했다.

"나에겐 이지를 집으로 데려가야 할 임무가 있어."

"이지가 하려는 일을 방해하면서까지?"

"이지가 까다롭게 굴고 있잖아. 그냥 내가 하라는 대로만 하면……."

브란웬이 번쩍 손을 들었다. 그리고 아무렇지도 않게 말했다.

"알고 있는지 모르겠는데…… 지금 꼭 베르세락 삼촌처럼 말하고 있거든."

에이브히어는 진심으로 화가 나 소리쳤다.

"너 왜 이렇게 못되게 구는 거야?"

"오빠가 하는 짓이 정확히 그거니까. 삼촌을 그대로 따라 하고 있잖아. 오빠네 형제들이 그랬던 것처럼 말이야. 이제 오빠도 핏값을 요구할 생각이지? 브리크가 이지의 엄마에게 했던 것처럼, 안 그래?"

에이브히어는 잠시 생각해 본 후 물었다.

"만약 내가 그렇게 한다면 뭘 얻을 수 있을까?"

브란웬이 그의 갈기를 노리고 다시 손을 뻗었다. 그는 급하게 뒤로 물러나며 그녀를 떨쳐 버리기 위해 두 팔을 내저었다.

"알았어, 알았다고. 그냥 농담한 거야."

"오빠가 진짜로 원하는 게 뭐야?"

"이지를 집에 데려가는 거. 지금 내가 전념하고 있는 건 그것뿐이야."

"그리고?"

에이브히어는 슬쩍 어깨를 으쓱였다.

"그리고 사과할 기회를 만드는 거."

"켈뤈이랑 그 망할 일 얘기야? 또다시?"

"내가 단언하는데, 절대로 그것 때문에 여기 온 건 아니야. 맹세해."

브란웬의 눈이 가늘어지는 것을 보고 그는 서둘러 덧붙였다.

"난 미안하다고 말하고 싶은 것뿐이야. 그걸로 끝이라고."

"그게 전부야?"

"그게 전부야. 네가 이지에게 말 좀 해 줄래?"

그는 머리를 약간 낮추고 눈을 깜빡거렸다.

"부탁해."

"으윀. 징그럽다, 징그러워. 하지만 확실히 그웬바엘의 발자취는 따르지 않은 모양이네. 그라면 그런 꼴은 하지 않을 테니까!"

브란웬은 쿵쿵거리며 이지 곁으로 돌아왔다. 오는 길에 마주친 도망 중이던 오거를 꼬리에 꿴 채였다. 그녀는 에이브히어를 찾으러 가면서 본체로 변신했었다. 아직 주변에 오거들이 남아 있기에 안전을 위해 그런 것이 아니었다. 그와 이야기를 나눌 때 똑바로 그의 눈을 들여다보고 싶었기 때문이다.

이제 이지 곁에 이른 브란웬은 인간으로 모습을 바꾸고 앞서 그녀의 발치에 던져두었던 옷가지를 집어 재빨리 몸에 걸치기 시작했다.

"그래서?"

하지만 그녀가 채 바지를 입기도 전에 이지가 따지듯 물었다.

브란웬은 힐끗 이지를 올려다보았다. 그녀의 입술이 천천히 호선을 그리며 미소를 띠었다.

"뭐가?"

미늘 갑옷 상의를 집어 든 그녀는 똑바로 서서 보호구 안으로 상체를 넣고 팔을 내밀었다.

"널 집으로 데려가라는 명령을 받았대. 미루나크로서 임무에 전념하는 중이고. 절대로 단념하지 않을 거야."

"그런데 너 왜 웃고 있는 거야?"

브란웬은 셔츠에 머리를 꿰고 허리까지 끌어 내렸다.

"에이브히어는 너한테 사과할 기회를 찾고 있대."

혼란스러움을 느끼며 이지가 되물었다.

"사과? 무슨 사과?"

대답 대신 브란웬의 미소가 더욱 짙어졌다.

"아이고, 맙소사! 그건 오래전 일이잖아. 오래오래 전이라고!"

옷을 다 입은 브란웬은 무기들을 회수하고는 깔깔 웃으며 말했다.

"그러게 말이야. 하지만 어떤 이유에선지 직접 사과할 필요를 느끼는가 봐."

"이렇게 시간이 지났는데도?"

"이지, 왕족의 피가 얼마나 진하든 간에 '무도한 자' 에이브히어는 마음 깊숙한 곳에서부터 영혼까지 카드왈라드르 남자야."

"그게 무슨 뜻인데?"

이지는 몸을 휙 돌리면서 뒤쪽에서 그녀를 노리고 다가오던 오거에게 장검을 찔러 넣었다.

"자기가 원하는 것을 얻을 때까지 결코 만족하지 않을 거라는 뜻이지."

얼굴에 튄 거무튀튀한 녹색 피를 닦아 내면서 이지는 다시 브란웬을 마주 보았다.

"사과를 하고 싶다고? 그럼 그냥 하고 가면 되잖아? 내가 장담하는데, 그나 그의 친구들이 도와주지 않아도 나 혼자 가반아일로 돌아갈 수 있다고."

"아휴, 이지. 그보다는 잘 알 텐데. 너도 우리 일족들 사이에서 살아왔잖아."

브란웬이 이지의 손에서 검을 잡아채 공중으로 휘둘렀다. 이지는 몸을 숙여 아슬아슬하게 피했지만, 왼쪽에서 그들을 향해 달려오던 오거는 오른쪽 어깨부터 왼쪽 엉덩이까지 거의 반으로 쪼개지고 말았다.

"우리 일족이 일을 처리하는 방식을 알잖아. 사과는 그저 한 부분일 뿐이야. 에이브히어는 자기가 용서받고 싶은 거라고 믿는 것 같아. 그게 내가 그의 눈에서 읽어 낸 전부야."

"그리고?"

브란웬은 이지에게 검을 돌려주었다.

"그리고 난 너에게 그를 용서해 주라고 말하겠어."

"그렇게만 하면 그가 날 내버려 두나?"

"아이고, 아니지."

브란웬은 무시무시한 전사 드래곤이라기보다는 꼬마 계집애처럼 깔깔거렸다.

"편안함이란 카드왈라드르 남자들이 이해하거나 어떻게 다루어야 하는지 알 수 있는 개념이 아니야. 그러니까…… 그게 바로 네가 참아 낼 수 있는 한 그를 용서해 주고 편안하게 해 줘야 하는 이유이기도 하지."

이지가 머리를 내저으며 활짝 웃었다.

"이런 몰인정한 계집애. '지독한 자' 브란웬, 넌 정말 잔인하고 냉담한 여자야. 그리고 난 그런 널 태양들처럼 사랑해."

브란웬은 어깨를 추썩이고는 검은 눈을 깜빡였다.

"나 역시 널 사랑하지. 자, 이제 우리 함께 진정한 피바다의 악몽을 펼쳐 보자. 재밌을 것 같잖아!"

우서는 주먹을 휘둘러 오거들을 납작한 녹색 판때기로 만들어 갔다. 한동안은 죽이는 게 재밌기도 했다.

"여자를 얻는 데 그보다 쉬운 방법이 얼마든지 있지 않냐?"

에이단이 에이브히어에게 말했다. 그는 캐스윈이 꼬리로 쓸어 버린 오거들을 차근차근 밟아 주고 있었다. 하지만 에이브히어는 그저 가만히 서 있기만 했다. 뭔가를 기다리는 듯이……

"그 여자가 여전히 싫다고 하면 어쩔 건데?"

우서가 물었다.

"우리가 그냥 끌고 가지."

캐스윈이 제안했다.

에이단은 오거들을 짓밟던 것을 멈추고 물었다.

"'위험한 자' 이지를 그냥 끌고 가?"

"우린 드래곤 넷이야. 이지는 인간 여자일 뿐이고. 어려워 봤자 얼마나 어렵겠어?"

에이단이 에이브히어를 향해 비웃음을 날렸다.

"나보다는 네가 더 잘 설명해 줄 수 있겠지?"

에이브히어가 캐스윈을 바라보았다.

"이지는 열일곱 살 때 올게어손 일족의 수장을 죽였어. 뭐, 자기 어머니의 도움을 약간 받긴 했지만. 열아홉 살 때는 퀴비치 마녀들과 맞서 싸웠고 그날의 일을 지금까지 이야기할 수 있을 만큼 건재했지. 스물다섯 살 때는 퀸틸리안 독립국의 격투장에 던져졌지만 살아남았고, 당시의 강철 드래곤 수장이었던 대군주 트라시우스의 등판에 드래곤의 배틀액스를 박아 넣었어."

캐스윈이 눈을 끔뻑였다.

"오!"

"무엇보다 그녀는 뤼데르크 하일이 직접 자신의 표식을 새겨 대리인으로 만든 여자야."

"으음, 그렇군."

"그러니까 그저 생각일 뿐이라도 말이야, 이지를 화나게 하는 건 좋은 일이 아니야."

에이단이 덧붙였다.

"에이브히어처럼 굴지 말란 얘기지?"

우서의 물음에, 모욕감으로 에이브히어가 발끈했다.

"난 그녀를 도와주려 한 거라고."

다음 순간 동료들이 일제히 웃음을 터트리는 바람에 그는 더욱 화가 나고 말았다.

"어이!"

그때 누군가 그들을 향해 외치는 소리가 들려왔다. 미루나크들은 일제히 그쪽으로 시선을 돌렸고 발치에 서 있는 인간 여자를 보았다.

그녀는 전신에 오거의 피를 뒤집어쓴 채 양손에 검을 들고 똑바로 서 있었다. 자신을 간단히 뭉개 버릴 수 있는 거대한 드래곤을 넷씩이나 눈앞에 두고도 그녀는 전혀 두려워하는 ──드래곤에 대한 두려움이든 다른 무엇에 대한 두려움이든── 것 같지 않았다. 우서는 인정할 수밖에 없었다. 에이브히어가 그녀에게 그렇게도 끌리는 이유를 알 듯싶었다. 물론 검을 든 여자라는 건 언제나 묘한 무언가이긴 했다. 그게…….

"내일 아침에 출발할 거예요, 날이 밝는 대로."

그녀가 그들에게 말했다.

"그럼……."

에이브히어는 말을 꺼내려 했지만 이지가 검 하나를 들어 그를 가리켰다.

"입 다물어요, 난 당신에게 말하는 게 아니니까."

"계속 그러기야?"

"당신은 진정한 멍청이에요, 블루 드래곤 에이브히어."

그녀는 으르렁거리듯 내뱉고 몸을 돌려 어디론가 가 버렸다.

"너 진짜 여자 다루는 법을 잘 아는구나."

에이단의 말에, 블루 드래곤은 빙그레 미소를 지었다.

"여자들이 날 좋아하긴 하지."

이지가 말한 대로, 그들은 다음 날 아침 날이 완전히 밝기도 전에 출발했다. 하지만 이지는 에이브히어가 그녀의 말과 개를 태워 줄 수 없다고 하자 날아가기를 거절했다. 에이브히어는 동료들에게 두 짐승을 태우라고 요청할 만큼 어리석지 않았다. 드래곤은 짐말이 아니었다. 그 모든 인간들 중에서 특히 이지라면 그것도 모를 정도로 어리석어서는 안 되는 것 아닌가.

다행히 브란웬이 미루나크의 말들은 인간의 모습을 한 드래곤의 무게를 충분히 감당할 수 있을 만큼 강할 뿐 아니라 드래곤을 태우는 데 전혀 거리낌이 없다는 사실을 그럭저럭 알아차렸다.

그들은 네 시간쯤 쉬지 않고 말을 달리다가 한낮이 되자 나무들이 울창한 숲 지역에 멈춰 짧은 점심시간을 가졌다. 다들 여행 가방에서 육포를 꺼내고 있을 동안, 이지는 낮 두껍게도 개라고 부르는 흉물 덩어리를 데리고 어디론가 사라져 버렸다. 그 흉물 덩어리는 오전 내내 이지의 곁에서 달렸는데도 숨찬 기색조차 보이지 않았다.

어떻게 누구도 그걸 이상하다고 생각하지 않는 거지?

시간이 좀 있었기에 에이브히어는 이지를 따라갔다. 그녀의 흔적은 깨끗한 시냇가로 이어졌다. 그녀의 개가 물고기를 잡으려고 바쁘게 첨벙거리고 있었고, 이지는 냇가에 쪼그리고 앉아 두 손으로 물을 떠 마시고 있었다.

"저 녀석 곰이 아닌 거 확실해?"

에이브히어는 크게 소리쳐 물었다. 몰래 접근했다는 오해를 받고 싶지 않았기 때문이다. 그는 이지가 자꾸 뭔가를 던져 대는 데 진력이 나 있었다. 그웬바엘이 그런 종류의 일을 끊임없이 당하면서도 어떻게 참아 내는지 궁금할 지경이었다.

이지가 젖은 손을 흔들어 털며 대답했다.

"개 맞아요. 확실해요."

에이브히어는 그녀 곁에 쪼그려 앉았다. 그녀가 한숨을 내쉬었다.

"원하는 게 뭐예요?"

그도 한숨을 내쉬고 고개를 푹 떨구었다.

"사과하는 거."

"오거 두목을 죽여서요? 아니면 내 부하들 중 하나를 죽여서? 그것도 아니면 거절을 거절로 받아들이지 않아서?"

"어…… 지금 말한 것들이 사과해야 할 일인지는 몰랐는데."

"세상에, 사과해야 할 일인지를 몰랐……."

그녀가 머리를 내저으며 벌떡 일어섰다.

"됐어요. 다 그만둬요."

에이브히어는 그녀의 손을 붙잡았다.

"가지 마."

이지가 그의 손을 뿌리쳤다.

"왜요? 내가 왜 여기 있어야 하는데요? 난 대체 당신이 무슨 빌어 처먹을 사과를 하겠다는 건지도 모르겠어요. 그리고 솔직히, 그걸 알아보고 싶은 기분도 아니에요."

에이브히어도 자리에서 일어났다.

"미안해, 이지. 모든 게 다 미안해."

"내가 당신에게 빌린 단검 얘기로 내 어머니 앞에서 소리쳤던 일에 대해서도요?"

"빌려? 넌 그 망할 것을 훔쳤……."

에이브히어는 거기서 말을 멈추었다. 그들이 만난 이래로 끊임없이 계속되었던 어이없는 말다툼으로 다시금 그녀가 자신을 못살게 굴도록 내버려 둘 수는 없었기 때문이다.

"이지……."

"아니면 내 아버지에게 그웬바엘이 날 태우고 날아다녔다고 일러바쳤던 일에 대해서도요?"

"네 어머니가 드래곤이 널 태우고 날아다니는 건 싫다고 못 박았단 말이야."

"아니면 당신이……."

"알았어!"

에이브히어는 긴 한숨을 내뱉었다.

"맙소사, 이 여자야! 난 지금 사과를 하려는 거잖아."

"그래요, 모든 일에 대해서. 그보다……."

그녀가 제안하듯 말을 이었다.

"아주 중요한 사과로만 범위를 좁혀 보지 그래요."

"좋아. 너와 나와 켈뤈 사이에 있었던 일에 대해 사과하지."

"그게 정확히 어떤 일인데요?"

"너 날 괴롭히려고 작정을 했구나."

"그러니까 내가 켈뤈과 자는 사이란 걸 알게 된 당신이 그를 흠씬 두들겨 패 놓고 당신 일족들 앞에서 날 창녀라고 불렀던 일을 말하는 거예요?"

"……그래, 그거."

에이브히어는 마지못해 인정했다.

"그때 당신이 벌인 일 때문에, 적어도 당신 고모들 중 셋은 아직도 날 '사촌 사이를 틀어 놓은 창녀 계집'이라고 부른다는 건 알고 있어요?"

에이브히어는 그녀를 빤히 바라보았다.

"내 고모들 중 누가 됐건 널 창녀라고 부르는데 네가 그걸 순순히 들어 넘겼다는 얘기를 나보고 믿으라는 거야?"

이지가 어깨를 으쓱하고는 말했다.

"뭐, 저녁 식사 자리에서 몇 차례 칼싸움이 난 후로 더 이상 그런 소리를 하지 않게 되긴 했죠. 하지만 그렇게 생각하는 건 여전해요. 그런데 이제 와서……."

그녀는 으르렁거리며 말을 이었다.

"십 년이나 지난 일을 꺼내 그저 간단히 사과한다고요? 이렇게 과거를 끄집어내 가면서?"

"그게 말이야…… 이지, 사실 난 이미 사과를 했어."

"아하, 그래요? 한데 그 자리에 나도 있었나요? 난 도통 기억이 나지 않아서 말이죠."

"사과 편지를 썼다는 얘기야. 하지만 내 동료들이, 그러니까 에이단이랑 그 녀석들이 너에게 보내지 않고 태워 버린 거지."

"편지? 편지로 사과를 했다고요?"

"그때만 해도 좋은 생각 같았거든."

"그건 언제 일인데요?"

"오 년쯤 전이야."

"……그렇군요."

"들어 봐, 이지. 네가 날 믿지 않는다는 거 알아. 하지만 그 일에 대해서는 정말 미안하게 생각해. 진심이야."

한동안 그녀가 그를 탐색하듯 뜯어보았다. 그는 수년을 묵히느라 더더욱 신랄해졌을 그녀의 혀가 토해 낼 말들을 기다렸다. 하지만 돌연 이지가 미소를 짓더니 그의 어깨를 가볍게 두들기며 말했다.

"당신의 사과를 받아들일게요, 에이브히어. 사과해 줘서 고마워요. 굉장히 사려 깊었어요."

그리고…… 아무렇지도 않게 몸을 돌려 걷기 시작했다.

에이브히어는 잠시 멍하니 그녀를 바라보다가 소리쳤다.

"잠깐만."

그녀가 걸음을 멈추고 그를 마주했다.

"왜요?"

"그게 끝이야? 너 날 용서한 거야?"

"물론 용서했죠. 왜 내가 과거 따위에 집착해야 해요?"

"내 말은, 과거에 집착해야 한다는 게 아니라…… 그게 그러니까……."

"그러니까 뭐요?"

그녀가 다시 그의 곁으로 돌아왔다.

"다 끝난 일이에요, 에이브히어. 당신은 사과를 했어요. 그게 중요한 거죠. 게다가, 난 당신에게 적대감 같은 건 품지 않아요. 당신이 내게 그런 감정을 품으리라고 생각할 수 없는 거나 마찬가지죠. 그때 우린…… 어렸잖아요. 어리고 바보 같았죠. 하지만 과거예요. 지나간 일은 지나간 대로 두자고요."

그녀의 눈썹이 염려를 담아 부드럽게 휘었다.

"하지만 당신이 알아 둘 게 있어요. 브란웬이 그러는데, 며칠 안에 켈륀이 가반아일로 올지도 모른대요. 난 둘 사이도 괜찮아졌으면 좋겠는데. 아, 물론 이미 괜찮아진 게 아니라면요. 그는 당신 사촌이고 가족이야말로 가장 중요한 거잖아요, 에이브히어. 그 점을 절대로 잊으면 안 되죠."

그녀는 몸을 돌리고 일행을 향해 다시 걷기 시작했다.

"이렇게 우리 일이 잘 해결돼서 정말 기뻐요."

그녀가 몸을 휙 돌리더니 그를 향한 채 뒷걸음질을 치며 말을 이었다.

"당신 편지를 읽어 보지 못한 게 아쉽긴 하네요. 분명 굉장히 아름다웠을 텐데……."

그러고는 가 버렸다.

그만의 망상이라고 부를 만한 생각과 함께 남겨진 에이브히어는 다음 순간 머리를 향해 날아든 거대한 털북숭이 근육 덩어리로 인해 쭉 뻗어 정신을 잃고 말았다.

"너 무슨 짓을 한 거니?"

이지는 웃음이 터지려는 것을 힘들게 눌러 참으며 자신의 개에게 물었다. 맙소사, 그녀는 정말이지 웃고 싶었다.

하지만 막센이 대답으로 돌려준 것이라고는 데굴 몸을 굴려 배를 내놓고 네발을 공중으로 들어 올린 채 과도하게 기다란 혀를 입 밖으로 늘어뜨린 모습이었다. 과히 보기 좋은 광경은 아니었지만, 그녀는 막센의 그런 모습조차도 사랑했다.

에이브히어 곁으로 돌아온 그녀는 쪼그리고 앉아 몸을 기울이고 그의 얼굴을 살펴보았다.

"에이브히어?"

그의 어깨를 가볍게 두들기며 다시금 불렀다.

"에이브히어?"

반응이 없는 그의 모습에 당혹스러워진 그녀는 개를 흘끗 돌아보며 말했다.

"그는 너랑 함께 있고 싶어 하지 않을 거야, '은밀한 습격자' 녀석아."

그녀는 에이브히어의 얼굴을 덮은 머리칼을 쓸어 넘기고 이마를 꼼꼼히 살펴보았다. 좀 전에 바닥에 부딪쳤을 때 생긴 것인 듯 큼지막한 혹이 생겨나 있었다. 물론 진짜로 심각한 손상이라고는 생각되지 않았다. 어머니 탈라이스의 말에 따르면 에이브히어에게로 이어진 혈통의 남자들은 머리가 단단하기로 악명이 높았기 때문이다.

이지는 그의 무릎 위에 팔을 올려놓으며 중얼거렸다.

"적어도 엄청나게 잘생긴 것만큼은 여전하네요, '편지나 보내는 개자식' 님."

그리고 머리를 내저으며 어느새 바로 옆에 와 있는 막센을 돌아보았다.

"편지라고? 내가 누구야? 자기 할머니라도 돼?"

막센이 에이브히어의 머리 쪽으로 몸을 기울이더니 그의 얼굴에 엄청난 양의 침을 흘리기 시작했다.

이지의 병사들 중 많은 이들이 그녀에게 막센을 왜 늘 곁에 두는지 묻곤 했다. 녀석은 냄새가 고약하고 침을 질질 흘리는 데다 진짜로 먹으면 안 되는 것들을 먹었다. 게다가 별 이유도 없이 으르렁거리고 딱딱거렸으며 의도와 상관없이 제 밥그릇 가까이 오는 손이라면 일단 물어뜯고 보았다. 혹은 숙영지로 썩은 사체를 끌고 오기도 했다.

하지만 이지는 언제나 그에게 충실했고 막센 역시 충실함으로 보답했다. 둘 다 맹목적인 수준으로.

에이브히어가 콜록거리며 인상을 찡그리더니 두 손을 내저어 젖은 얼굴을 닦아 냈다. 그는 머리를 들고 은빛 눈을 가늘게 좁혀 막센을 노려보다가 그녀에게 시선을 돌렸다.

"그 개 싫어."

언제나처럼 엉겨 붙어 있는 막센의 털 사이로 손가락을 넣어 빗질하듯 쓸어내리던 이지가 웃음을 터트렸다.

"막센도 당신을 싫어하는 것 같네요. 하지만 걱정 말아요, 이 녀석도 이제 곧 당신에게 익숙해질 테니까. 당신과 내가 다시 친구가 됐잖아요."

에이브히어는 몸을 일으켜 앉으며 그녀의 말을 못 믿겠다는 듯 낮게 으르렁거렸다. 그러자 막센이 뒤로 살짝 물러나더니 마주 으르렁거리며 송곳니를 드러냈다.

에이브히어의 눈썹이 낮게 찌푸려지는 것을 본 이지는 재빨리 경고했다.

"녀석에게 불티 하나만 튀어도 당신, 후회하게 될 거예요."

"그럼 개를 좀 다스리든가."

그녀는 다시 웃음을 터트리며 일어섰다.

"예예, 그러죠."

이지는 여전히 깔깔거리며 일행을 향해 걸음을 옮겼다.

에이브히어는 이지가 멀어져 가는 모습을 바라보았다.

깔깔거리며 웃다니! 대체 그녀에게 무슨 지랄 맞은 일이 벌어지고 있는 걸까?

그는 이지가 화려하게 갖다 바친 용서의 말들이 진심이라고는 단 일 초도 믿지 않았다. 그가 기억하는 이지라면 진심일 리가 없었다. 그렇다면 그저 그를 달래기 위해 한 말이었을까? 왜? 그녀는 누군가를 회유하고 어쩌고 할 사람이 아니었다. 다만 그 대상이 그의…….

형들!

생각만으로도 혐오감을 느끼며 에이브히어는 자리에서 일어났다. 그리고 털 망토 자락으로 가엾게도 무방비했던 자신의 얼굴에 묻은 개 침을 닦아 냈다.

이지는 언제나 그의 형들, 특히 브리크와 피어구스를 회유하려 들었다. 그리고 물론 그의 아버지 베르세락이 있었다. 이지는 그의 아버지를 회유하는 데 있어서만큼은 왕관을 쓸 경지에 도달해 있었다. 하지만 에이브히어는 그의 아버지도 아니고 그의 형들도 아니었다. 이지의 생각으로 그가 듣고 싶어 할 말을 해 주는 건 원하지 않았다. 그가 원하는 건…….

뭐, 그건 중요하지 않아.

그는 다만 그런…… 켄타우루스 똥 같은 상투적인 소리는 듣고 싶지 않다는 사실을 알 뿐이었다.

가족이야말로 가장 중요하다고? 농담해?

둘 사이의 문제는 전혀 끝난 게 아니라고 생각을 정리한 에이브히어는 일행을 향해 몸을 돌렸다. 하지만 그가 첫발을 떼기도 전에 이지의 개가 사악하게 눈을 빛내며 이빨을 드러내고 —또

다시!— 덤벼들었다.

맙소사! 장난해?

"별일 없지?"

브란웬은 이지만 들을 수 있도록 목소리를 낮추어 물었다.

"물론이야. 다 용서해 줬지."

이지가 씨익 웃으며 덧붙였다.

"너도 알지, 가족이 가장 중요하잖아."

브란웬은 지그시 눈을 감았다 뜨고는 말했다.

"오, 멋진 한 수야."

그러고는 둘이서 키득거리는데, 에이브히어의 동료 에이단이 그들 곁으로 다가와 물었다.

"별일 없죠?"

두 여자는 일제히 고개를 끄덕였다.

"그럼요."

"물론이지."

그의 연한 빛깔 눈이 살짝 가늘어지자, 에이브히어의 미루나크 동료들 중에서 에이단이 가장 영리하다는 것을 감지한 이지는 자기 개를 찾는 척 시선을 여기저기로 돌리며 소리쳤다.

"막센? 막센!"

"녀석도 곧 올 거야."

에이브히어가 숲에서 걸어 나오며 말했다.

"곧 오다니, 무슨 뜻이에요?"

"조금만 기다려 봐."

그가 몇 걸음 물러서자 막센이 거대한 곰을 질질 끌고서 행복한 듯이 공터로 들어섰다.

"아이고, 또야!"

브란웰이 한숨처럼 내뱉었다.

에이단이 눈을 끔뻑거리며 물었다.

"또? 저 녀석이 얼마나 자주 곰을 공격하는데?"

"막센은 곰을 좋아해요."

이지가 시인했다.

"곰이 내 뒤에서 나타났거든. 그러니까 이 녀석이 먹음직한 뼈라도 본 듯이 덤벼들더라고."

에이브히어가 설명했다.

브란웰은 곰을 가리키며 물었다.

"막센 혼자서 저놈을 때려잡았다고?"

타당한 질문이었다. 막센은 곰에게 덤벼들기를 좋아했지만 대개는 이지나 그녀의 병사들이 완전히 곰을 때려잡고 난 후에야 배를 채울 수 있었다.

에이브히어는 일행에게 다가가 슬쩍 몸을 기울이며 속삭였다.

"사실은 아니지. 보니까 곰이 꽤 기분 상한 것 같더라고. 그래서 막 개를 찢어 놓으려는데 내가……."

어깨를 추썩인 그가 말을 이었다.

"저 녀석이 안 보는 사이에 한 방 먹여 줬지. 곰은 그대로 뻗어 버렸고. 그러니까 놈이 깨어나기 전에 출발하는 게 좋겠다."

"왜 그렇게 속삭이는 거야?"

브란웬도 속삭여 물었다.

"저 녀석 좀 봐."

에이브히어가 눈짓으로 막센을 가리켜 보였다.

"아주 의기양양해 있잖아. 녀석에게서 저런 기쁨을 빼앗을 수는 없지."

브란웬은 눈알을 굴리며 사촌 오빠에게서 물러나 배낭을 집어 들고 어깨에 걸쳤다.

"왜?"

그가 물었지만, 이제 이지까지 그를 빤히 쳐다보고 있었다.

"아니……."

그녀는 웃음을 터트렸고 끝내 멈추지 못한 채 친구를 따라 걷기 시작했다.

"아무것도 아니에요."

9

그들은 늦은 저녁까지 말을 달렸고, 가반아일에서 몇 시간쯤 떨어진 계곡에 이르러서야 멈추었다. 다 함께 조용히 쇠고기 육포와 빵을 먹은 그들은 저마다 침낭을 꺼내 잠자리에 들었다.

다음 날 아침 눈을 떴을 때 에이브히어는 혼자라는 사실을 깨달았다. 하지만 피나 살점의 흔적이 보이지 않으니 모두들 어딘가에 살아 있을 터였다. 그는 아침으로 쇠고기 육포와 빵을 씹으면서 가반아일로 돌아가면 먹을 수 있는 음식들을 생각하기 시작했다. 그것은 그가 노스랜드에 살았던 대부분의 시간 동안 가장 그리워한 점이기도 했다.

아이스랜더들은 몇 가지 아주 흥미로운 양념을 사용했고, 잘 조리된 풍미 깊은 음식은 그 혹독한 세상에서 그들 스스로에게 허용하는 유일한 탐닉이기는 했다. 하지만 그와 그의 분대는 대부분의 시간을 아무것도 모르고 다가오는 어떤 부족의 우두머리 따위를 습격하기 위해 얼음과 흙먼지 속에 숨어서 보내야 했기 때문에 그런 아이스랜드식 가정 요리를 자주 즐길 수가 없었다.

그래, 약간의 휴가를 갖는 것도 좋겠지. 일족들을 만나는 것도…… 뭐, 어머니와 형들의 짝들에 한해서지만. 어쨌든 나쁘지 않을 거야.

식사를 끝낸 에이브히어는 더 이상 혼자가 아니라는 사실을 알아챘다. 하지만 그 곁에 나타난 것은 그 망할 개뿐이었다.

다들 대체 어디 있는 거야?

개가 그를 가운데 두고 한 바퀴 돌더니 마침내 쭈뼛쭈뼛 다가 왔다. 녀석의 시선은 그의 손에 들린 육포에 꽂혀 있었다.

에이브히어는 야수에게 말을 걸었다.

"네 녀석은 좀 굶어야 해. 지난밤 내내 코를 골아 모두를 고문 했다는 사실만으로도 굶어 마땅하지."

하지만 그는 결국 남은 육포 조각을 녀석에게 던져 주었다. 그 저 가반아일로 돌아가기도 전에 개가 죽었다가는 이지에게 싫은 소리를 들을 것이기 때문이었다. 그는 정말로 이지가 불평하는 소리를 듣고 싶지 않았다.

"대체 다들 어디 있는 거래냐?"

개가 육포를 다 먹자 그는 물어보았다.

녀석은 말이 뒷발로 서듯이 펄쩍 몸을 일으키더니 휙 돌아 몇 걸음쯤 달려갔다가 다시 돌아와 그를 빤히 쳐다보았다.

녀석을 따라가도 손해 날 건 없으리라 판단한 에이브히어는 몸을 일으켰다. 개가 그를 이끌고 경사가 가파른 산등성이로 향했고 그는 산꼭대기의 거대한 나무 곁에 서서 그 너머 반대쪽 지상을 내려다보고 있는 동료 미루나크들을 발견했다.

에이브히어는 한마디도 꺼내지 않고 조용히 그들 뒤로 다가섰다. 그들 모두 키가 컸지만 에이브히어는 그들보다 더 컸기 때문에 살짝 뒤꿈치를 드는 것만으로 그들의 시선이 향한 곳을 볼 수 있었다.

하지만 시야에 나타난 호수의 광경을 보자마자 그는 뒤꿈치를 내리고 혐오감에 머리를 내저었다.

역겨운 자식들! 더러운 개자식들!

"이 자식들아!"

그는 벌컥 소리부터 지르고 그들 모두가 놀라서 펄쩍 뛰는 꼴을 즐기며 말을 이었다.

"너희가 탐욕스럽게 보고 있는 건 내 형의 딸이라고, 이 역겨운 개자식들아."

우서가 인상을 찌푸렸다.

"난 그녀가 네 사촌인 줄 알았는데."

"오, 오!"

캐스윈이 여전히 시선을 산등성이 너머에 고정한 채로 우서의 어깨를 치며 말했다.

"그녀가 다시 온다."

그들 셋이 다시 호수 쪽으로 시선을 모으자 에이브히어는 저도 모르게 입술이 말려 올라가고 잇몸을 뚫듯이 송곳니가 솟는 것을 느꼈다.

이 자식들이 감히! 내 형의 딸이라니까…….

그때, 브란웬이 등 뒤로 검은 날개를 활짝 펼치고 이른 아침 태양들의 빛을 받아 검은 비늘을 반짝이며 그들이 서 있는 산등성이를 스쳐 날아올랐다. 그의 동료들은 그녀의 움직임을 하나라도 놓치지 않겠다는 듯 뚫어져라 바라보고 있었다.

"저 꼬리 좀 봐."

우서가 탄식하듯 말했다.

"내가 보기엔 좀 짧은 것 같은데."

에이단이 비평하듯 말했다.

"너희 모두 브란웬을 보고 있는 거야? 정말로?"

에이브히어가 물었다.

하지만 그들은 여전히 그녀를 지켜보느라 바빠서 그에게 대답할 생각도 없는 듯했다. 에이브히어로서는 그들이 그렇게 홀린 듯 바라보는 것을 이해할 수가 없었다. 그녀는 그저…….

브란웬일 뿐이잖아.

사촌 여동생이 몸을 뒤집더니 호수를 향해 뒤통수부터 뛰어들었다. 이지의 새된 비명 같은 소리를 들은 에이브히어는 산등성이 너머로 시선을 돌렸고 이지가 물가로 헤엄쳐 나오려 애쓰는 것을 보았다.

브란웬이 호수에 거칠게 내려앉자 물이 폭발하듯 튀어 올라 이지를 물가로 밀어붙였다. 에이브히어는 그녀가 물에 잠겼거나 그보다 나쁜 지경에 처했으리라고 확신했다. 하지만 이지가 벌거벗은 몸으로 구르듯 땅으로 올라섰을 즈음에는 물결이 가라앉았고 그녀는 미친 듯이 웃어 대고 있었다.

"이 미친 계집애!"

그녀가 웃음을 섞어 소리쳤다.

브란웬도 고요히 출렁거리는 호수에 누운 자세로 떠다니며 마찬가지로 웃어 대고 있었다.

이지가 몸을 추스르고 똑바로 앉았다. 벌거벗은 몸인데도 그녀는 완전히 편안해 보였고, 에이브히어는 그 이유를 이해할 수 있었다. 그녀는 완벽했다. 늘씬한 몸매에 힘 있는 두 다리, 강력한 어깨, 등과 가슴과 심지어 허벅지 안쪽까지 여기저기 새겨져 있는 상흔들. 그럼에도 불구하고 그녀의 움직임은 우아하고 힘이 넘쳤다. 가볍게 자리에서 일어난 그녀가 두 팔을 머리 위로 들어 올리고 전신을 쭉 뻗자 근육들이 요동을 쳤다.

"그런 식으로 자기 조카딸을 쳐다봐도 되는 거냐, 에이브히어 삼촌?"

에이단이 물었다. 우서와 캐스윈은 여전히 아무것도 모르는 브란웬을 탐욕스럽게 눈으로 좇고 있었다.

"닥쳐."

에이브히어는 한마디 으르렁거리며 내뱉고는 가끔씩 친구라고 부르기도 하는 개자식을 피하듯 몸을 돌렸다.

"맙소사, 저 가슴 비늘 좀 봐."

우서가 다시 브란웬에 대해 중얼거렸다.

여전히 역겨운 데다 열까지 치받는 것을 느낀 에이브히어는 그 얼간이 자식의 거대한 대가리를 바로 옆의 나무에다 갖다 박고는 야영지를 향해 걸음을 옮기며 말했다.

"십 분 후에 출발한다."

이지는 브란웬이 짜증스럽게도 높은 가지에 걸쳐 놓은 옷가지를 붙잡으려 애쓰고 있었다.

"야, 이 못된 것아!"

인간의 형태로 모습을 바꾸고 옷을 다 입은 후 야영지를 향해 달려가며 깔깔거리는 브란웬을 향해 그녀가 소리쳤다.

이지는 이 망할 나무에 기어이 올라가지 않고도 저 망할 바지를 붙잡을 수 있기를 바라며 다시 한 번 훌쩍 뛰었다. 발가벗은 채 사지를 쫙 펼치고 나뭇가지 사이로 뛰는 동작은 불안한 기분이 들게 만들었을 뿐이다.

손가락이 바지에 거의 닿을 뻔했지만 이번에도 아슬아슬하게 붙잡지 못한 그녀는 바닥에 다시 발이 닿기 무섭게 으르렁거리지 않을 수 없었다.

그녀가 나무 위를 올려다보면서 거기까지 올라가는 가장 좋은 방법을 궁리하고 있을 때였다. 믿기지 않을 만큼 거대한 팔이 그녀의 몸을 스쳐 올라가 그녀의 옷가지를 붙잡았다. 이지의 우선적인 본능은 팔을 들어 몸을 가리는 것, 최소한 가슴이라도 가리는 것이었다.

어머니가 언제나 경고했듯이, 그녀는 발육이 뒤늦게 폭발적으로 이루어진 경우였다. 이제 그녀는 병사들 사이에 있을 때면 가습을 옥죄어 묶고 다녀야 했다. 하지만 그녀는 당황해서 어쩔 줄 모르는 모습을 보여 줌으로써 에이브히어에게 만족감을 주고 싶지 않았다. 그래서 대신에 양손으로 엉덩이를 짚고 그를 향해 미소 지었다.

"내 생각인데 말이야, 너와 브란웬은 이 여행을 너희 둘이서만 하는 게 아니라는 점을 기억할 필요가 있어."

그가 말했다.

"브란웬이 왜 내 옷을 나무 위에 걸쳐 놓았을 거 같아요? 당신의 추잡한 친구들이 우릴 지켜보는 걸 알았기 때문이라고요."

이지는 그에게서 옷을 빼앗듯이 가져오며 말했다.

"고마워요."

"너희 둘 어쩌면 너무 오랫동안 붙어 다녔나 보다."

"그렇지 않아도 글레안나 님이 몇 번이나 그런 말씀을 하시긴 했죠."

그녀는 옷가지를 바닥에 내려놓고 에이브히어가 보는 앞에서 하나씩 걸쳐 입기 시작했다. 그는 인상을 찌푸렸지만 별말은 하지 않았다. 물론 몸을 돌리지도 않았다.

"그분은 제가 당신 딸에게 나쁜 영향을 미치고 있다고 말씀하시죠. 제가요! '지독한 자' 브란웬에게 나쁜 영향이라니! 어떻게 그런 결론을 내리실 수가 있는지 모르겠어요."

"글쎄…… 아마도 네가 늘 그 애를 취하게 만들기 때문이겠지. 그 애는 네 그 미친 켄타우루스 똥 같은 짓거리의 한중간에 정신을 차리곤 하잖아."

"그거 정확히 글레안나 님이 하신 얘기 중 한 대목이네요."

그녀는 미늘 셔츠를 꿰어 입은 다음, 젖은 머리칼을 털었다.

"그런데요."

일단 말을 꺼낸 이지가 에이브히어에게 한 걸음 다가서 그의 가슴에 손바닥을 올려놓았다.

"우리 사이가 괜찮아져서 정말 기뻐요. 지나간 일은 다 묻어 버려서요."

에이브히어는 그녀의 손을 내려다보고 다시 그녀의 얼굴을 바라보았다.

"어…… 그……래, 나도 그래."

"이제 우린 가족들 모두가 그토록 원했던 대로 '적절한' 삼촌 조카 사이가 될 수 있을 거예요."

에이브히어가 눈을 끔뻑였다. 그의 몸은 딱딱하게 굳어지고 있었다.

"삼촌과 조카?"

"'적절한' 삼촌과 조카 사이요. 굉장히 안심이 되죠? 머리카락을 잡아당길 틈을 노리며 주변에서 알짱거리고 뛰어다니는 계집애는 더 이상 없을 거니까요."

그녀는 가볍게 웃음 짓고는 그의 가슴을 톡톡 두들겼다.

"그때 그렇게 참아 준 거 정말 감사해요. 굉장히 어려웠을 텐데 말이죠."

"뭐…… 아니야, 그건……."

"하지만 걱정 마세요. 다 지나간 일이니까. 이제 우린 가족이잖아요, 일족. 그렇죠, 내 멋진 삼촌 에이브히어."

이지는 가벼운 충동에 휩싸여 발끝을 들고 그의 턱—상당한 노력을 들이지 않고는 뺨까지 닿지 않았다—에 키스했다.

곧바로 그에게서 몸을 뗀 그녀는 야영지로 돌아가기 위해 걸음을 옮겼다. 하지만 그곳에 거의 다다랐을 즈음, 나무 뒤에서 튀어나온 브란웬이 그녀를 잡아끌었다.

친구가 그녀를 지그시 바라보며 속삭였다.

"에이브히어 삼촌?"

이지는 가볍게 입술을 깨물었다.

"좀 지나쳤나?"

웃음소리를 죽이느라 몸을 접은 브란웬이 머리를 내젓고는 그녀의 반대쪽으로 몸을 기울였다.

"네가 최고야, 이 사악한 것아!"

그녀는 교묘하게도 꺅꺅거리는 동시에 속삭였다.

"완전 최고!"

두 친구는 서로를 붙잡고 웃음을 터트렸고, 에이브히어와 미루나크 동료들이 외쳐 부르는 소리를 듣고서야 일행에게로 돌아갔다.

그들은 곧장 가반아일을 향해 출발했다.

10

"안 돼. 절대로 안 돼."

탈라이스는 몸을 일으켜, 침실 안을 어슬렁거리며 걷고 있는 브리크를 뒤따랐다.

"당신은 지금 부당하게 굴고 있어."

그녀가 말했다.

"난 지금 아버지 노릇을 하고 있는 거야."

"아니, 당신 아버지처럼 굴고 있는 거지."

"뭐야, 그렇게 심한 소리를 할 건 없잖아."

쏘아붙이듯 대꾸한 그는 다시금 침대 주위를 천천히 걷기 시작했다.

"딱 하루만 그 애들끼리 보내게 해 줘. 당신이 그런 짓을 했는데도 여전히 둘이 만나려 한다면 그 애는 정말 라이를 좋아하는 걸 테니까."

브리크가 걸음을 멈추고 휙 돌아서서 그녀를 마주 보았다.

"물론 그 자식은 라이를 좋아하겠지. 라이는 완벽하니까. 그
애는……."

"당신 딸이지. 그래그래, 알아. 우리 모두 안다고. 그러니까 당
신도 알아야지. 당신 딸이 자기가 원하는 대로 일이 돌아가지 않
으면 얼마나 완고하고 까다롭게 굴 수 있는지 당신이야말로 잘
알 텐데."

"그 애는 너무 어려."

그는 이제 논쟁을 시작하려 하고 있었다.

"그 애는 열여섯이야, 브리크. 열여섯 살배기 아기 드래곤이
아니라 건강한 열여섯 인간 소녀라고. 남자애를 좋아하는 건 자
연스러운 일이야. 부끄러워할 게 없지."

"당신은 그 애가 저…… 저……."

탈라이스는 가슴 위로 팔짱을 끼고는 말했다.

"인간 따위?"

"난 물건 달린 놈이라고 말할 참이었지만…… 뭐, 인간이라고
해도 무방하겠네."

그녀는 두 눈을 문지르며 그에게서 몇 걸음 물러났다.

"라이가 원하는 거라곤 그 남자애와 마을에 내려갔다 오는 것
뿐이잖아. 구경하면서 물건도 좀 사고 간단한 점심도 먹고. 그
애의 아내가 되겠다는 게 아니라고."

"안 돼."

"난 이미 브라스티아스와도 이 문제를 얘기해 봤어. 그가 애들을 데리고 가 주겠대. 브라스티아스가 얼마나 조카딸을 싸고도는지 당신도 알잖아."

"그럼 난 왜 가면 안 되는데?"

"왜냐면 그 불쌍한 남자애가 당신을 보면 오줌을 지리고 말 테니까. 그래서 좋은 생각이 아닌 거야."

"약해 빠져서는! 내 딸이 왜 그따위 나약하고 쓸모없는 놈을 곁에 둬야 하는데?"

"당신이 정말로 원한다면, 라이를 막을 수는 있겠⋯⋯."

"좋아, 그래야지!"

그가 대번에 문 쪽으로 향했다.

"내 어머니가 날 막으셨던 것처럼 말이야. 이지야말로 그런 방식이 얼마나 성공적이었는지를 입증하는 산증인이잖아. 당신 정말 폼브레이 혈통의 부산물이 당신을 '할아버지'라고 부르는 상황이 오기를 바라는 건 아니겠지?"

브리크는 문손잡이를 붙잡은 그대로 딱딱하게 굳었다. 그가 생각만으로도 견딜 수 없는지 부르르 몸을 떨자 탈라이스는 웃음이 터지려는 것을 막기 위해 입술 안쪽을 깨물어야 했다. 꼼짝 못하고 서 있는 그를 향해 다가간 그녀는 두 팔로 그의 허리를 감싸 안았다. 그리고 그의 등의 뺨을 기대며 말했다.

"폼브레이 일가는 여기 오래 머물지 않을 거야. 딱 하루만 라이가 원하는 대로 하게 해 줘. 그리고 나면 그들이 떠날 때까지 조용히 시시덕거리기나 할 테니까."

"그러니까 브라스티아스가……."

"그 애들에게 꼭 붙어 다니며 감시할 거야. 내가 장담해."

"만약 당신이 이 모든 일에 대해 잘못 생각한 거라면?"

"그때부터는 당신이 맘껏 내 위에 군림해도 돼. 우리가 선조들을 뵈러 가는 그날까지."

그제야 브리크가 고개를 끄덕였다.

"그 점을 당신이 확실히 하기만 한다면야."

이지는 말을 몰아 에이브히어의 곁에 멈추게 했다. 그리고 그와 나란히 서서 발아래 펼쳐진 마을의 전경을 내려다보았다. 마을을 지나 시선을 옮기자 앤널의 성이 보였다. 높다란 첨탑들 꼭대기를 선회하는 드래곤들의 모습은 언제나 이지에게 집에 돌아왔음을 실감케 해 주었다.

"당신 괜찮아요?"

그녀가 물었다.

"그래. 그냥 좀…… 마지막으로 이 자리에 선 게 언제였는지 생각하고 있었어."

"정말 어머니부터 뵈러 가지 않을 거예요? 그분은 당신을 굉장히 그리워하시는데."

"네가 그걸 어떻게 알아?"

"그분이 직접 말씀하셨으니까요. 난 내 아들이 너무 보고 싶구나, 하고."

그는 살짝 코웃음을 쳤지만 입가에는 미소가 걸려 있었다.

"넌 정말 완곡하게 말하는 법이 없구나, 그렇지?"

"그게 무슨 뜻인지도 모르는데, 그러니까 그렇다고 해야겠네요. 난 완곡하게 말하지 않아요."

그녀는 손에 쥔 말고삐를 조정하고는 말을 이었다.

"당신이 데벤알트 산으로 가고 싶다면 내가 당신 말을 대신 끌고 가 줄게요."

데벤알트 산은 사우스랜드 드래곤들을 통치하는 여왕의 권좌가 있는 곳이었고, 에이브히어의 어머니이자 이지에게는 할머니가 되는 드래곤 퀸이 그곳에서 평온한 나날을 보내고 있었다.

"내 아버지와 억지로라도 마주치게 하려고?"

그는 단호하게 머리를 저었다.

"아니, 형들을 먼저 상대하는 게 낫겠어."

"아, 나라면 그 부분은 걱정하지 않겠어요. 그분들은 당신이 자리를 비웠다는 사실조차 모르고 있을 테니까요."

그녀가 놀리듯 말하자 에이브히어는 눈알을 굴렸다.

"고맙군그래. 아주 다정한 얘기야."

"어머, 친애하는 삼촌. 내 친애하는 다정한 삼촌, 당신이 내가 제일 좋아하는 삼촌인 거 아시잖아요."

이지가 그의 뺨을 더없이 다정하게 다독이며 말했다.

"악랄한 계집애…… 무정하고 사악한 계집애."

에이브히어는 한숨을 섞어 웅얼거렸다.

시원하게 웃음을 터트린 이지가 말에 박차를 가해 집으로 향했다.

거기서 그녀를 기다리고 있는 것이 무엇인지도 모른 채…….

에이브히어는 이지가 말을 몰아 집으로 향하는 길을 달려가는 것을 지켜보았다. 브란웬이 다가와 그를 슬쩍 훑어보았다.

"그런 꼴을 하고서 가반아일로 들어갈 거야, 정말?"

"내 모습이 어때서?"

사촌 동생이 한숨을 내쉬고는 머리를 절레절레 흔들며 이지를 뒤따라 말을 몰아갔다.

잠시 그녀들을 바라보던 에이브히어가 문득 으르렁거렸다.

"너 이 자식들, 대체 어딜 가려는 거야?"

"술집에."

에이단이 그들을 대표해서 대답했다.

"나랑 같이 안 가고?"

"내가 네 형들을 잘 알거든. 그러면 대답이 됐겠지? 캐스윈과 우서도 수년 동안 네 얘기를 들어 왔고…… 그러니까 안 가. 우린 술집으로 갈 거야. 가서 취할 거고, 여자도 만날 거고, 도박도 좀 하겠지. 넌…… 행운을 빈다."

동료들이 가장 가까운 술집으로 이어지는 길을 따라 내려가 버리자 에이브히어 혼자만 남겨졌다. 그제야 비로소, 생각하기를 미루고만 있었던 문제가 정면으로 떠올랐다. 이번의 방문이 얼마나 어려운 일이 될 수 있는가 하는 점이었다.

그의 일족은 왕실 쪽이든 카드왈라드르 쪽이든 미루나크를 대단치 않게 여겼다. 아니, 왕실 쪽은 그들을 기피했고 카드왈라드르 쪽은 결과를 개의치만 않는다면 전장에서 풀어놓기 좋은 미친 개쯤으로 생각했다. 에이브히어 역시 한때는 일족들과 마찬가지로 생각했다.……그들의 일원이 되기 전, 미루나크가 그들 종족의 생존에 얼마나 중요한 역할을 하는지 깨닫기 전까지는.

하지만 그런 문제로 일족들을 설득하려 애쓸 만큼 그는 어리석지 않았다. 드래곤은 불가피한 경우가 아닌 한 마음을 바꾸는 법이 거의 없었고, 이제 에이브히어는 한때 그랬던 것처럼 인내심 강한 드래곤이 아니었다.

어쨌든…… 십 년 만이었다. 그는 더 이상 일족들이 아끼고 사랑하던 아기 드래곤이 아니었고, 그들이 참아 주기 힘들어했던 불행한 청년 드래곤도 아니었다. 그는 이제 미루나크 분대의 분대장이자 아이스랜드 드래곤들이 증오해 마지않는 사우스랜더이며 아이스랜드의 드래곤 부족 열여섯 개—미루나크 최고의 기록이었다—를 멸절시킨 '무도한 자' 에이브히어였다.

그 모든 사실이 자신의 형제들에게는 무의미하리란 깨달음이 든 순간, 에이브히어는 잠시 동료들을 따라 술집으로 가 버릴까 고민했다. 하지만 그는 이 일을 영원히 피할 수는 없다는 사실도 알고 있었다. 가족을 영원히 피할 수는 없는 법이다.

그래서 그는 뒤꿈치로 가볍게 말의 옆구리를 찼다. 말이 그를 싣고 앞으로, 집—무엇이 기다리고 있을지 모를—을 향해 나아가기 시작했다.

다그마는 '막강한 자' 브리크가 자기 딸에게 폼브레이 경의 아들과 오후를 보내도 좋다고 '허용'하는 고압적인 언사에 반응을 보이지 않기 위해 비상한 노력을 기울이고 있었다. 그러는 한편으로 고개를 숙이고 웃음을 억눌러야 했다.

라이와 그 남자애의 관계가 가볍게 시시덕거리는 수준을 넘어서까지 발전할는지는 심히 의심스러웠지만, 과보호 아버지와 삼촌들과 몇몇 사촌들을 벗어나는 일 자체가 라이에게는 중요하다는 것을 다그마는 알고 있었다. 그녀는 브리크의 딸이 자신과 똑같은 삶을 살기를 바라지 않았다.

남자들이 모든 영광을 차지하는 동안 뒤에서 거짓말을 하고 못 본 척하고 은밀히 일을 해결하는 식의 삶은 어떤 여자에게도 공정한 것이라 할 수 없었다. 사우스랜더의 정치와 이 땅의 안정 속에서 신뢰받으며 살아온 세월이 있기에 이제 다그마는 노스랜드의 삶으로 돌아간다는 걸 상상조차 할 수 없게 되었다.

오빠의 아들이 대전으로 어슬렁거리며 들어서는 모습을 본 순간 그런 기분이 특히 더 사무치게 느껴졌다. 저 가엾은 멍청이는 여전히 혼란에 빠져 있는 것 같았다. 이곳에 머무른 지도 몇 날이나 지났건만 그에게는 모든 것이 어리둥절하게만 느껴지는 모양이었다. 누군가 말을 걸면 그는 멍한 얼굴로 상대를 바라보기만 했다.

그의 형제들과 사촌들조차 그에게는 거의 무관심했다. 그녀 일족의 남자들은 이미 그 아이를 포기한 것이 틀림없었다. 그들은 다그마처럼 영리한 사람—그렇다, 그녀는 자신이 영리하다는 사실을, 확실히 일족의 어떤 남자보다 영리하다는 걸 알고 있었다──과 함께 있는 걸 편히 여기지 않았지만, 너무 멍청해서 기본적인 대화도 불가능한 데다 검이든 배틀액스든 혹은 다른 어떤 무기든 전혀 다룰 줄 모르기까지 한다면 아주 쓸모없는 자로 여겼다. 그리고 저 녀석은 그 어떤 무기도 다루지 못하는 게 분명했다. 다그마만큼이나 나쁜 경우였으니, 말 다한 셈이었다.

다그마는 조카들이 한동안 프레더릭을 맡아 달라고 부탁한 이유가 바로 그것임을 알고 있었다. 그 개자식들이 자기들 힘으로는 저 비극적인 멍청이를 다루기 어려워 누군가 다른 이에게 떠맡기듯 치워 버리려 한 것이다.

물론 다그마로서는 그런 일이 일어나게 내버려 둘 생각이 없었다. 그녀는 자기 일족이 걸어온 이 어이없는 거래를 받아 주지 않을 작정이었다. 어쨌거나 당장은 그녀가 저 녀석을 참아 줘야 했다. 그것이 그녀가 그에게 해 줄 수 있는 최소한의 일이었다.

다그마는 한숨을 깨물어 삼키며 그에게 이리로 오라는 손짓을 보냈다. 하지만 그가 인상만 찌푸리고 서 있자 손가락을 튀기며 불렀다.

"프레더릭!"

드디어 그가 그녀를 보고 이쪽으로 걸어오기 시작했고, 탁자에 다리를 부딪쳐 가며 다가와 그녀 옆자리에 앉았다. 다그마는 그의 몸이 오늘 하루 종일 걸어 다니며 온갖 것들에 부딪쳐 생긴 멍들로 뒤덮여 있으리라 확신했다.

"좋은 아침이에요, 다그마 고모."

"그래, 좋은 아침이구나."

그녀는 대부분의 왕족들을 상대할 때 사용하는 의례적인 말투에 의지해 물었다.

"네 방은 맘에 드니?"

"에…… 예, 아주 좋아요."

"다행이구나."

더는 아무런 할 말도 생각나지 않자 그녀는 읽고 있던 문서로 주의를 돌렸다. 앤넬의 군대가 주둔하고 있는 몇 개의 항구로부터 날아온 전령들이었다. 그러는 한편으로는 라이의 흥분에 찬 재잘거림을 무시하려고 애써야 했다.

케이타가 근처에 없는 게 아쉬운 순간이었다. 그녀라면 여자애가 남자애와 함께 마을을 거닐고 시장을 구경할 때 입어야 할 드레스라든가 마땅히 갖춰야 할 태도 따위의 온갖 것들에 대해 즐겁게 이야기를 나눠 줬을 텐데…….

"노출이 있는 옷은 안 돼."

브리크가 경고하듯 말했다.

"아빠."

라이가 책망하듯 대꾸했다.

"그놈이 다른 어떤 인간 여자와 자식을 볼 때까지 살아 있기를 바라니, 아니면 그놈 장례식의 장작더미 앞에서 울게 되기를 바라니? 네가 선택해라."

"아빠!"

다그마는 고개를 저으며 조용히 미소를 짓다가, 가까운 곳에서 그들의 존재를 감지했다.

그녀는 고개를 들었고 어느새 자신의 오른쪽에 앉아 있는 탈란을 보았다. 그는 그녀가 탁자 위에 쌓아 둔 서류들 곁에 놓인 접시에서 버터 바른 빵을 집어 먹고 있었다. 탈원은 프레더릭—여전히 아무것도 알아채지 못한 듯 보였다—에게서 비스듬히 맞은편 자리에 앉아 낡은 나무 탁자 위에 두 다리를 올려놓은 채 선명한 초록빛 눈으로 탁자의 다른 쪽 끝에 있는 라이와 브리크를 지켜보고 있었다.

"안녕하세요, 다그마 숙모."

탈란이 그녀의 음식을 입에 물고서 웅얼거리듯 인사했다. 열여덟 살밖에 되지 않았는데도 그의 목소리는 이미 낮게 우르릉거리는 소리로만 들렸다. 실은 열두 살 때부터 쭉 그랬는데, 다그마를 심란하게 만드는 점이기도 했다.

"그래, 탈란."

"뭐 재밌는 일이라도 있대요?"

그녀가 검토하고 있던 문서를 엿보려 애쓰며 탈란이 물었다. 다그마는 양피지 위에 팔을 올려놓고서 그의 검은 눈동자를 똑바로 들여다보며 대답했다.

"단언컨대 네가 봐도 될 만한 건 없단다."

탈란의 미소가 그렇게 어린 인간의 것이라고 보기에는 불안할 만큼 음험한 기운을 띠었다. 제 쌍둥이 누이가 오직 무기에 관한 뭔가를 생각할 때만 떠올리는 미소와 비슷했다.

"저쪽은 무슨 일이래요?"

탈원이 사과를 잡은 손으로 탁자 반대쪽 끝을 가리켜 보이며 물었다.

"라이가 알브레히드 군과 하루를 보낼 거라는구나."

"뭐요?"

탈윈이 라이를 바라보았다.

"어이!"

라이가 한숨을 내쉬는 모습을 보고 다그마는 그녀가 마음을 단단히 다지고 있음을 알아챘다. 쌍둥이와 라이 사이의 유대는 믿을 수 없을 만큼 강했다. 하지만 일단 논쟁이 일어나면…….

맙소사, 이 아이들의 논쟁이라면!

라이가 천천히 사촌 언니를 향해 돌아섰다.

"응?"

"폼브레이 자식과 뭘 어쩐다고?"

"이건 언니와 아무 상관 없는 일이야. 나서지 마."

"나서지 않을 수 없지."

탈윈이 삼촌을 쳐다보며 물었다.

"삼촌은 이런 일이 벌어져도 괜찮은 거예요?"

"내가 허락해 줬다."

브리크가 대답했다.

"어디가 아프세요?"

"이 말은 꼭 해야겠구나, 탈윈. 네가 말을 하지 않았을 때가 훨씬 좋았다."

"가만있어, 탈윈."

탈란이 불쑥 끼어들었다. 남매가 서로를 마주 보았고 다그마는 즉시 의자에 기대듯 몸을 물렸다. 물론 프레더릭은 언제나처럼 아무것도 모른 채 탁자 위로 몸을 기울이고 하인들이 앞에 내려놓은 접시 위의 음식을 꼼꼼하게 살펴보고 있었다.

저 애는 대체 뭘 보는 거지? 계란과 고깃덩이 말고 또 뭐가 있다고?

"오빠는 빠져."

"라이를 내버려 둬라, 동생아."

"나한테 이래라저래라 하지 마시죠, 오라버니."

"라이가 그 녀석과 시간을 보내고 싶다면……."

"오빠 물건이야 움직이는 거면 뭐든 찔러도 좋다고 생각할지 모르지만……."

"내 물건 얘기가 여기서 왜 나와?"

"난 폼브레이도 그 아들놈도 믿을 수 없어. 어느 놈이든 라이와 시간을 보내게 두지 않을 거야."

"하지만 네가 상관할 일이 아니란 말이지, 동생아. 그러니까 그만둬."

"그만두게 만들어 보시지."

라이가 발을 굴렀다. 그녀가 좌절감을 느끼는 건 분명했고 그런 기분은 확실히 점점 커져 가고 있었다. 또다시 사촌들의 싸움이 그녀의 즐거움을 망쳐 놓으려 하고 있었다. 최근 몇 년 동안 더욱더 참을 수 없게 된 사실이었다.

"둘 다 그만해!"

하지만 너무 늦었다. 남매는 어느새 서로를 단단히 붙잡고 일어나 둘 다 언제나 지니고 다니는 무기들로 손을 뻗고 있었다.

"진지하게 말하는 거야."

라이가 다시 한 번 소리쳤다.

"그만하라고!"

다그마는 재빨리 문서들을 끌어안고 자리에서 벗어났다. 하지만 그렇게 반사적으로 몸을 피하다가, 프레더릭이 여전히 탁자 앞에 앉아 베이컨인지 뭔지를 깨작거리고 있는 모습을 뒤늦게 보았다. 완전히 아무것도 모른 채로…….

다그마가 그에게 다가가려는 순간, 그녀에게 너무나도 익숙한 거대한 팔이 뻗어 와 그녀를 지나쳐 가더니 프레더릭의 면 셔츠 목덜미를 붙잡고 의자에서 잡아채듯 끌어당겼다.

벽 쪽으로 서둘러 물러난 그녀는 감사의 의미로 자신의 짝에게 고개를 까딱여 보였다. 그는 여전히 두 팔로 프레더릭을 붙들고 있었다.

"내가 당신 혼자 두고 오 분을 못 넘긴다니까."

'미남자' 그웬바엘이 조용히 농담을 던지자 다그마는 그의 옆구리를 쿡 찌르며 대꾸했다.

"나도 알아. 난 그저 혼자 두면 안 되는 사람이지."

"비극적으로 약해 빠진 여자니까."

그는 짝에게 윙크를 날린 다음, 탁자 앞에서 단검을 빼 들고 서로를 향해 덤벼드는 쌍둥이 남매 쪽으로 걸어갔다.

그때, 라이가 다시금 바닥에 발을 구르며 소리쳤다.

"그만해!"

그대로 그녀는 입을 벌린 채 충격으로 얼어붙었고, 다그마는 탈란이 벽을 향해 팽개쳐지고 탈원은 대전을 가로질러 곧장 문밖으로 날아가는 것을 보았다.

그웬바엘이 중얼거렸다.

"허! 이런 건 또 처음이네."

다그마는 놀라움을 떨쳐 버리고 재빨리 프레더릭에게 말했다.

"넌 아무것도 보지 못한 거야. 알아들었니?"

"뭘 보지 못했는데요?"

소년이 물었다.

다그마는 프레더릭이 재빨리 상황을 파악한 것이라고 믿고 싶었지만, 실제로 그는 그저 극도로 둔할 뿐이라는 사실을 알고 있었다.

말들을 모두 마구간에 집어넣은 후, 브란웬은 가까운 호수들 중 하나로 향했다. 그녀의 드래곤 일족들이 가반아일에 용무가 있거나 이곳을 지키기 위해 방문할 때면 숙영지로 삼는 곳이었다. 에이브히어는 이지에게 자신들이 성으로 가고 있는 사이 그의 미루나크 동료들은 마을의 술집으로 시간을 보내러 갈 거라고 했다.

그들이 성의 안뜰을 가로질러 대전으로 이어지는 계단 근처에 이르렀을 때, 에이브히어가 갑자기 멈춰 서서 머리를 살짝 옆으로 기울었다. 이지도 그를 따라 걸음을 멈추었다. 이 드래곤은 그녀가 아는 한 최고의 청력을 가지고 있었으니 그가 무슨 소리를 들었다면…….

다음 순간 그가 한 팔로 그녀의 허리를 감싸고 잡아채듯 당겼고, 대전 쪽에서 쾅 하는 커다란 소리가 울리고 무언가가 열린 문을 통해 폭발하듯 터져 나왔다.

그 무언가는 쏘아진 화살처럼 그들을 지나쳐 가더니 가까운 건물 중 하나에 거세게 부딪쳤다. 미끄러지듯 바닥에 내려앉은 그 무언가를 보고 이지는 한숨을 내쉬었다.

"……탈원."

"이런, 맙소사! 저 녀석 굉장히 많이 컸네."

에이브히어가 감탄한 듯 소리쳤다.

"그렇죠, 뭐."

"저거, 탈란 짓일까?"

"모르겠네요. 격투장에 던져진 것처럼 둘이 엉겨 붙어 싸우는 꼴은 많이 봤지만 서로 막 집어 던지고 그러는 건 못 봤거든요."

그들 사이로 잠시 침묵이 내려앉았다. 그리고 이지는 문득 에이브히어의 팔이 여전히 자신의 허리를 휘감고 있다는 것을 깨달았다. 그녀는 그의 팔을 한번 내려다보고 다시 그를 올려다보았다. 하지만 그가 미소만 짓고 있자 한마디 중얼거리듯 내뱉었다.

"거참, 엉큼한 삼촌이시네요."

그는 더할 수 없이 재빠르게 팔을 풀었다.

이지가 사촌 동생이 무사한지 살펴보려고 막 걸음을 옮기려는 참에, 라이가 허둥지둥 대전에서 달려 나왔다. 계단을 몇 개 내려온 라이는 탈원을 보고 손으로 입을 덮으며 굳어졌다. 그녀의 두 눈이 경악으로 휘둥그레졌다.

그제야 이지도 이 상황을 누가 벌인 일인지 알아챘다. 그녀는 이런 순간 집에 도착했다는 사실에 난생처음으로 감사하면서 재빨리 대전을 향해 걸음을 옮겼다.

"라이."

그녀가 소리쳐 부르자 동생이 아버지와 똑같은 눈으로 그녀를 내려다보았다. 선명한 보랏빛 눈동자와 매혹적인 얼굴을 감싸듯 길게 흘러내린 은빛 머리칼, 흠집 하나 없이 완벽한 부드러운 갈색 피부의 라이는 너무나 아름다웠다.

"이지 언니?"

라이가 왈칵 울음을 터트렸다.

"언니!"

그녀가 계단을 달려 내려오자 이지는 맨 아래 서서 그녀를 맞았다. 몸을 던지듯 팔 안으로 뛰어들어 참을 수 없이 눈물을 쏟아내는 동생을 이지는 꼭 안아 주었다.

"괜찮아, 라이. 괜찮아."

그녀는 동생의 등을 다독이며 달랬다.

"내가 탈윈 언니를 죽였어!"

"넌 탈윈을 죽이지 않았어."

이지는 뒤를 흘끗 돌아보았다. 에이브히어가 뻗어 있는 탈윈 쪽으로 다가가 조카를 안아 들고 그들이 서 있는 계단 쪽으로 다가왔다.

"봐, 탈윈은 무사해."

라이가 고개를 들자 탈원이 미소를 지으며 손을 약간 흔들어 보였다.

"난 괜찮아. 진짜야."

하지만 라이는 언니의 품에 기대며 더욱 크게 흐느낄 뿐이었다. 에이브히어가 어깨를 추썩이더니 탈원을 안아 든 채 대전으로 향했다.

이윽고 자매만 남게 되자 이지는 동생에게 물었다.

"왜 그래, 라이? 탈원이 괜찮다고 했잖아."

"아니, 절대 괜찮지 않아."

라이가 고개를 들고 언니를 올려다보았다. 도저히 감출 수 없는 고통스러운 진심을 드러낸 채 그녀가 말을 이었다.

"……미소를 지었잖아. 언니, 탈원 언니가 미소를 지었다고!"

슬픔을 가누지 못한 그녀가 이지를 더 꽉 붙들며 더 크게 울음을 터트렸다. 이지가 할 수 있는 일이라고는 동생의 등을 다독여주며 한숨을 내뱉는 것뿐이었다.

에이브히어는 대전으로 걸어 들어갔지만 브리크가 하인을 시켜 부상당한 남자애를 데려가게 하는 것을 보고는 걸음을 멈추었다. 그 부상당한 남자애가 탈란이라면…….

허, 제 누이처럼 저 녀석도 인간치고는 제법 크게 자랐네.

갑자기 그의 팔에 안겨 있던 소녀의 몸이 긴장으로 굳어지더니 초록빛 눈이 그를 올려다보며 가늘어졌다. ……위험스럽게도, 딱 제 어머니처럼.

“당신 누구야?”

그녀가 물었다.

“나 모르겠니?”

“알았으면 묻지 않았겠지.”

그녀가 킁킁거리며 냄새를 맡았다.

“드래곤이군.”

에이브히어는 인상적이라고밖에 할 수 없었다.

“난…….”

“에이브히어?”

그는 고개를 들고 다그마 라인홀트를 향해 미소 지었다.

“안녕하세요, 다그마.”

“에이브히어!”

그녀가 들고 있던 문서를 탁자 위에 떨구고 달려와 두 팔로 그의 허리를 껴안았다.

“나 내려 줘도 돼요.”

탈윈이 웅얼거리듯 말했다.

“괜찮겠니?”

“괜찮아요.”

에이브히어는 그녀의 대답에 담긴 비웃음기를 감지했다. 하지만 한편으로 그녀는 만사에 비웃음을 띠지 않을까 싶기도 했다. 뭔가가 그렇다고, 그녀는 항상 비웃음을 띤다고 말하고 있었다.

그래서 에이브히어는 그를 내려 주었다. 탈윈은 두 다리로 바닥에 내려섰지만 곧바로 비틀거리며 물러나다가 바닥에 엉덩이를 찢으며 주저앉고 말았다. 그녀를 도와주는 대신에 그는 다그마를 마주 안았다.

"다시 보게 돼서 너무 반가워요."

다그마가 한 걸음 물러나 그를 올려다보았다.

"그런데 지금 이 모습은 대체 무슨 뜻인지 모르겠네요."

"저 아이슬란드에서 십 년이나 살았잖아요. 어떤 모습을 하고 있을 줄 알았어요?"

"이런 모습은 아니었죠. 하지만 뭐, 우리 모두 저마다 가능한 한도 내에서 맞춰 가며 살아야 하긴 해요."

"너 여기서 뭘 하고 있는 거냐?"

또 다른 목소리가 야단치듯 물었다.

에이브히어는 자신을 노려보고 있는 브리크를 향해 돌아섰다.

"나도 형이 보고 싶었어."

"난 너 안 보고 싶었는데."

에이브히어는 눈알을 굴렸다.

"물론 그러셨겠지."

"라이는 어디 있지?"

"밖에 이지랑 같이 있어. 우린 여기까지 함께 왔거든."

브리크가 그웬바엘에게 시선을 돌리더니 잠시 서로 응시하다가 다시 에이브히어와 눈을 맞추었다.

"그거 잘됐구나. 이지랑 함께 있으면 괜찮겠지."

그리고 성안의 깊숙한 어딘가로 들어가 버렸다.

다그마는 탈윈에게 다가가며 에이브히어에게 말했다.

"내가 탈원을 모르퓌드에게 데려다줄게요."

"고마워요, 다그마."

"얼마든지요. 모르퓌드에게도 당신이 여기 와 있다고 알려 줄게요. 당신을 다시 보게 돼서 정말 좋아할 거예요."

그녀가 다시금 그를 올려다보며 미소 지었다.

"당신이 집에 돌아와서 너무 기뻐요, 에이브히어."

에이브히어는 그녀의 말이 진심이라는 것을 알았다. 왕족과 얘기할 때 거의 진심을 드러내는 법이 없는 다그마였기에 의미심장한 일이 아닐 수 없었다.

"저도요."

에이브히어는 다그마가 탈원을 데리고 침실들로 이어지는 계단을 올라가는 것을 지켜보다가 그웬바엘의 곁으로 다가갔다.

"형, 안녕?"

"에이브히어."

그웬바엘이 그를 올려다보았다.

"머리 멋지다."

"고마워. 신경 좀 썼어."

에이브히어는, 탁자로 돌아가 음식 접시를 집어 드는 인간 소년을 몸짓으로 가리키며 물었다.

"쟤는 누구야?"

"다그마의 조카, 노스랜드에서 왔어."

그들은 소년이 어디론가 천천히 걸어가는 것을 조용히 지켜보았다. 에이브히어로서는 그게 어딜지 짐작도 가지 않았다.

소년이 완전히 사라지고 나자 그웬바엘이 중얼거렸다.

"아주 영리한 편은 아닌 것 같아. 하지만 그래도 가족이란 거겠지?"

"맞아, 그래."

형제는 서로를 마주 보고 미소를 지었다. 다음 순간 에이브히어는 형의 머리채를 붙잡고 벽에다 그대로 갖다 박았다.

"이제 나머지 개자식들이 어디 있는지 보러 갈까?"

한마디 내뱉은 그는 정신을 잃은 그웬바엘을 질질 끌고 대전을 걸어 나갔다. 이 멍청이 자식이 '화려하고 황홀한 나의 금발'이라고 부르기를 고집하는 머리채를 붙잡고서.

11

이지는 산책이 동생을 진정시켜 준다는 것을 알고 있었기에 자신이 가장 좋아하는 장소로 그녀를 데려갔다. 나무들과 거대한 바위들로 둘러싸인 시냇가였다.

개중 작은 바위를 골라 동생을 앉힌 이지는 여전히 메고 있던 여행 가방에서 깨끗한 천을 꺼내 동생의 얼굴에서 눈물을 닦아 주고 코에 천을 가져다 댔다.

"흥, 해."

그녀가 명령하자 리안웬은 몇 차례 딸꾹질을 한 후에야 시키는 대로 했다.

"자, 이제 어떻게 된 일인지 얘기해 봐."

"탈윈 언니랑 탈란 오빠가 싸움을 멈추질 않잖아. 대놓고 소리치며 싸우거나 내 머릿속에서 싸우거나 끊임없이 싸운다고. 알브레히트 님과 마을로 구경 가는 걸 아빠가 겨우겨우 허락해 주셨는데……."

"알브레히트는 또 누구야?"

"폼브레이 경의 아들. 저번 날 그분이 내게 꽃을 줬는데 아빠가 그의 손을 거의 구워 버릴 뻔하셨어."

이지는 터져 나오는 웃음을 미처 막지 못했다. 즉시 보랏빛 눈이 분노를 담아 번쩍였다.

"웃을 일이 아니잖아, 언니! 그분은 완전히 겁에 질렸다고!"

"틀림없이 그랬겠지."

그렇게 대꾸는 했지만 이지는 웃음을 멈출 수 없었다. 라이가 벌떡 일어나더니 혼자서 걷기 시작했다.

"언니도 아빠만큼이나 나빠! 둘이 똑같아!"

"아빠가 어떠신지는 너도 알잖아."

"가족이 아닌 남자는 누구도 내게 접근하지 못하게 하신다고."

"남자? 인간이든 드래곤이든 신이든 켄타우루스든 뭐가 됐든, 성별이 수컷이고 가족이 아니라면 아빠는 그 불쌍한 녀석을 잿더미로 만들어 버리실걸."

"난 영원히 처녀로 남고 말 거야."

라이가 울먹이며 말했다.

"좋은 일이지."

울음을 뚝 멈춘 동생이 그녀를 빤히 쳐다보았다.

"좋은 일이라니, 무슨 뜻이야?"

"좋은 일이란 뜻이지. 섹스는 만사를 복잡하게 만들기만 하는 법이거든."

절로 미소가 지어지려는 것을 참느라 라이의 입술이 비틀리고 두 뺨과 이마가 발그레 달아올랐다.

"언니!"

"멋진 섹스는 인생을 망칠 수도 있을 정도야. 그러니까 영원히 처녀로 살아. 그러는 게 훨씬 행복할 거야. 무엇보다, 너 정말 그 모든 죽음을 불러오는 존재가 되고 싶니?"

라이의 미소가 사그라졌다.

"그건 또 무슨 뜻이야?"

"널 탐내는 가엾은 수컷이 뭐건 간에 아빠한테 걸리는 날에는…… 죽음만이 뒤따를지니! 죽음에 이은 죽음에 이은 죽음! 아름답지만 끔찍할 만큼 오만한 실버 드래곤의 발톱이 사랑하는 그의 완벽하고도 완벽한 딸들을 위해 일으킬 그 모든 죽음이여!"

동생의 얼굴에 다시 미소가 돌아왔다. 하지만 이지는 거기에 약간의 안도감도 담겨 있음을 놓치지 않았다. 마치 자신이 뭔가 다른 의미의 말이라도 한 듯한 느낌이었다.

"맙소사, 아빠가 그 소리 좀 그만했으면 좋겠어. 고약하게 들린다고."

"난 아빠가 날 완벽하다고 생각하시는 게 좋은데. 신경질적인 우리 엄마의 의심스러운 혈통에도 불구하고 말이야."

라이가 한숨을 내쉬고 머리를 저었다.

"엄마가 어떻게 아직까지 아빠를 죽이지 않은 건지 진짜 모르겠다니까."

그녀는 눈을 깜빡이더니 두 손으로 입을 막았다.

"세상에, 내가 이런 말을 하다니 믿을 수가 없어. 어머니와 아버지에 대해 그런 끔찍한 소리를!"

이지는 동생을 물끄러미 바라보았다.

"넌 대체 네가 어떤 집안 사람이라고 생각하는 거니?"

에이브히어는 브리크와 피어구스를 찾아 작전실로 향했다. 그리고 그웬바엘의 머리를 이용해 작전실 문을 열어젖힌 다음, 안으로 들어가 형들이 모여 앉아 있는 거대한 나무 탁자 옆에 그웬바엘을 내던졌다.

피어구스와 브리크는 신음하는 그웬바엘을 흘끗 내려다보았을 뿐, 그때까지 둘이서 주고받던 대화로 돌아갔다. 여전히 둘만 있다는 듯이.

"앞으로 어떻게 할 건지 방법을 찾아야 해. 이런 식으로 계속할 수는 없잖아. 일이 진행되고 있다는 게 느껴진다고."

브리크가 말했다.

"어머니가 제안하시길……."

"안 돼."

브리크는 피어구스를 비난하듯 똑바로 보았다.

"절대로 안 돼. 라이는 어머니를 사랑하지. 하지만 난 그 애가 조그만 리아논으로 변해 가게 내버려 두지 않을 거야."

"어머니 이름을 따서 그 애 이름을 짓지나 말지 그랬냐."

브리크가 으르렁거렸다.

"내 딸의 이름은 그렇게 지은 게 아니야!"

에이브히어는 탁자를 향해 다가갔다.

"어이!"

두 남자가 서로 딱딱거리던 것을 멈추고 천천히 그를 건너다보았다.

"뭐 원하는 거라도?"

브리크가 물었다.

"너 머리에 뼈다귀 꽂았냐?"

피어구스가 물었다.

에이브히어는 큰형의 질문을 무시하고 되물었다.

"나한테 할 말이 있지 않아?"

브리크가 잠시 생각하더니 대답했다.

"없는데."

"여긴 왜 온 거냐?"

피어구스가 다시 물었다.

"내 지휘관이 나에게 집에 가서 사랑하는 가족을 만날 때가 됐다고 했거든."

피어구스는 인상을 찌푸렸다.

"누구 애길 하는 거야?"

브리크가 웃음을 터트리자 피어구스가 머리를 내저으며 질문을 바꿨다.

"아니, 내 말은 네 지휘관이 누구냐고?"

"그게 무슨 상관이야?"

"널 여기로 돌려보내기로 결정한 그자를 내가 신뢰해도 되는지 알고 싶으니까."

"날 돌려보낸…… 뭐?"

에이브히어는 잠시 사이를 두었다가 물었다.

"형들이…… 날 거기로 보낸 거였어?"

"널 위한 최선의 길이었으니까."

"우리 모두를 위한 최선이었지."

브리크가 분명히 했다.

"넌 점점 더 제대로 개망나니가 되어 가고 있었잖아."

"그렇다고 우리가 널 패 죽였다가는 어머니가 화를 내셨을 테니까."

"그래서 날 미루나크 부대로 보냈다는 거야?"

"그건 아버지 생각이셨지."

"우린 소금 광산으로 보내자고 했거든. 하지만 아버지는, 늘어만 가는 징징거림에다 명령을 따를 능력이 없는 너에게 다른 병사들이 등을 돌리지 않을까 염려하셨지."

브리크가 설명했다.

"그러니까 널 미루나크 부대로 보낸 건…… 널 위한 최선의 길이었다는 얘기야."

피어구스가 다시 한 번 말했다.

에이브히어는 털 망토를 거칠게 벗어 가까이 있는 의자에 팽개쳤다.

브리크가 헉, 하고 숨을 들이켰다.

"맙소사! 이 자식 덩치가 더 커졌네."

"……오 년 전에 성장이 멈췄는데, 뭘."

"더 일찍 멈췄어야지."

에이브히어는 그 모든 일을 이해하기로 마음먹으며 질문을 던졌다.

"뭐 좀 물어보자. 날 멀리 보낸 거…… 이지와는 아무 상관 없는 결정이었어, 그렇지?"

바닥에 뻗어 있던 그웬바엘이 부스스 몸을 일으키며 막냇동생을 올려다보았다.

"그걸 깨닫는 데 빌어먹을 십 년이나 걸린 거냐?"

형들이 일제히 웃음을 터트리자 에이브히어는 피어구스와 브리크가 마주 앉아 있는 탁자 가까이로 걸어갔다. 그리고 두 주먹을 쳐들어 백 년 묵은 두꺼운 나무 탁자를 쾅 하고 내리쳤다. 탁자가 세 조각으로 부서져 주저앉았다.

엉망진창이 된 바닥을 물끄러미 내려다보던 형들 중 피어구스가 말했다.

"앤닐에게 작전실 탁자를 부순 건 너라고 네 입으로 말하게 해주마."

이지는 동생의 어깨에 팔을 걸치며 물었다.

"뭐가 잘못된 건지 얘기해 봐."

"전부 다!"

짜증이 솟아 절로 눈이 돌아가는 걸 동생이 못 보게 하기 위해 이지는 눈을 감아야 했다.

맙소사, 열여섯 살 땐 나도 이렇게 과장되게 굴었나?

하지만 그랬던 것 같지는 않았다. 그 당시 이지의 삶은 과장이고 뭐고 할 것도 없이 실제로 너무나 심각했던 것이다.

그녀는 태어나자마자 어머니 탈라이스에게서 억지로 떨어져야 했고 열여섯 살이 될 때까지 어머니를 만나지 못했다. 그 세월 동안 이지는 그녀가 '수호자들'이라고 불렀던 세 명의 전사들과 함께 시골 지방을 떠돌아 다녀야 했다. 아르젤라 여신과 그녀의 추종자들로부터 이지를 보호하기 위해 자기 목숨도 가족도 도외시하고 떠나온 남자들이었다.

아르젤라의 추종자들은 탈라이스를 저희 마음대로 조종하기 위해 이지를 잃어버렸다는 사실을 숨겼다. 그리고 일은 그들이 바라는 대로 이루어져 갔다. 그러나 '막강한 자' 브리크가 나타났고 그로 인해 모녀의 삶은 송두리째 바뀌었다.

브리크는 탈라이스와 사랑에 빠져 그녀를 자기 짝으로 맞았다. 즉, 드래곤들이 쓰는 말로 하자면 '권리 주장'을 한 것이다. 그리고 브리크는 처음부터 두말없이, 의심의 여지도 없이 이지를 친딸로 여겼다. 생부가 누군지도 모르고 살았던 소녀에게 브리크의 무조건적인 사랑은 너무나도 큰 의미가 되었다.

"그 '전부 다'를 일단 우리가 감당할 수 있는 수준으로 좁혀 보면 어떨까?"

이지의 물음에 라이는 고개를 떨구고 손등으로 뺨과 눈을 닦아 냈다.

"내가 죽여 버렸다면 어떡해?"

그녀가 속삭였다.

"죽이다니, 누굴?"

"탈원 언니."

"그 단단한 돌대가리를?"

라이는 언니의 팔을 뿌리치고 혼자서 몇 걸음 걸어가더니 다시 몸을 돌렸다.

"나 농담하는 거 아니야, 언니."

정말로 농담을 하는 게 아니었다. 라이는 진심으로 괴로움에 휩싸여 있었다. 쥐어짜듯 틀어쥔 손가락과 떨리는 온몸이 그녀의 절망감을 그대로 보여 주었다.

"하지만 넌 탈원을 죽이지 않았잖아. 내가 봤어, 라이. 그 애는 괜찮아."

"하지만 죽일 수도 있었어."

"그래, 나도 지난 수년 동안 무수히 많은 이들을 죽일 수 있었지. 하지만 그러지 않았어. ……뭐, 대부분은."

"그거와는 달라, 언니."

"뭐가 다른데?"

"난…… 통제할 수가 없단 말이야. 이…… 이걸, 조금도……."

라이의 손이 눈에 띄게 떨리기 시작했다.

"마법 말이니?"

이지는 동생에게 다가섰다.

"탈원과 탈란에게 네가 하려던 게 뭐였는데?"

"난 둘이 싸우지 않기를 바랐어. 또다시 싸움이 시작되려 했으니까. 처음으로 아빠가 사리에 맞는 얘기를 하고 계셨는데, 언니 오빠가 그걸 망치려고 하잖아. 그래서 난 그 둘을 떼어 놓고 싶었어. 그냥 몇 걸음 정도만……."

"그런데 그 애들이 날아가 버렸구나."

"탈윈 언니가 훨씬 호되게 당했지. 왜냐면 날 가장 화나게 한 게 언니였으니까. 게다가 하필 열린 문 쪽에 가깝게 있었던 바람에……."

라이가 두 손으로 얼굴을 덮었지만 이지는 동생의 말을 똑똑히 들을 수 있었다.

"만약 탈란 오빠나 탈윈 언니가 아닌 다른 누군가였다면 아마 죽었을 거야. 머리가 짓뭉개져서……."

흐느낌이 다시 시작되자 이지는 동생을 두 팔로 부드럽게 끌어안았다.

"괜찮아, 라이. 언니가 여기 있잖아. 내가 집에 왔어. 우리 둘이 함께 해결할 수 있을 거야."

그녀는 동생이 더욱 절박하게 매달리는 것을 느끼며 자신을 집에 데려오려고 고집했던 저 거대한 블루 드래곤 자식에게 단단히 빚을 졌다는 사실을 깨달았다.

망할.

탈라이스는 출산이 임박한 여인을 방문하러 가까운 마을에 다녀왔다. 모든 일이 순조롭게 진행되고 있었지만 이번이 첫 출산이다 보니 여인이 불안해했기 때문이다. 무엇보다 탈라이스는 부녀가 그 사소한 문제를 자기들끼리 해결하기를 바랐다. 브리크는 라이의 말에 귀 기울이는 법을 배울 필요가 있었고, 라이는 눈물과 발 구르기 말고 당당하게 자기주장 하는 법을 배울 필요가 있었다. 탈라이스는 왕족이 아니었지만 그녀의 딸은 틀림없는 왕가의 핏줄이었다. 그리고 그녀가 제 아버지를 상대하는 법을 배울 수만 있다면 사실상 세상 누구든 상대할 수 있을 터였다.

말에서 내린 그녀는 무장한 호위를 고갯짓으로 불렀다.

"내일 다시 그 마을에 내려갈 거예요. 아침 먹고 좀 있다가. 그때 다시 보죠."

"알겠습니다, 레이디 탈라이스."

나이 든 호위가 그렇게 대답한 뒤, 그녀에게서 말고삐를 건네받아 동료들과 함께 마구간으로 향했다.

브리크는 탈라이스에게 '자기 일족의 잠재적인 간식거리의 생산을 돕기 위해 여기저기 싸돌아다닐 거라면' 호위대를 동반해야 한다고 고집했다. 그녀가 하는 일에 대한 정확한 묘사라고는 할 수 없었지만 탈라이스는 그냥 웃어넘기고 말았다.

그녀는 부녀가 '소리 지르는 아버지 대 울고불고하는 딸' 한 판을 벌이고 있지 않기를 기원하며 대전으로 이어지는 계단을 올라갔다. 부녀가 그러는 건 그녀에게 그저 골칫거리일 뿐이었다.

하지만 거대한 문을 지나 대전으로 들어선 그녀는 쌍둥이 조카들을 보고 걸음을 멈추었다. 모르퓌드가 탈란의 팔에 난 상처를 꿰매느라 정신이 없었고, 탈윈은 머리 한쪽에다 얼음주머니를 누르고 있었다.

"대체 무슨 일이 있었던 거야?"

쌍둥이가 서로 마주 보더니 곧장 시선을 피했다.

"아무 일도요."

탈란이 중얼거렸다. 즉, 뭔가 일이 터졌다는 의미였다. 정말 아무 일도 없었다면, 탈란은 문제를 일으킬 만한 거짓말을 신나게 떠들어 댔을 테고 탈원은 지겨워하며 다른 데로 가 버렸을 테니까.

탈라이스는 빠르게 실내를 훑어보았다. 라이도 없고 브리크도 없었다. 그 사실에 불길함을 느끼며 그녀는 작전실로 향했다. 최근 들어 브리크와 피어구스가 대부분의 시간을 보내는 곳이었기 때문이다. 하지만 작전실 문에서 서른 걸음도 못 미치는 곳에 이르렀을 즈음부터 이미 험악한 싸움질 소리가 들려왔다.

에이브히어는 그웬바엘을 때려눕혀 기절시키고 피어구스의 갈비뼈를 몇 대 부러트린 후 마침내 브리크의 목에 팔뚝을 거는 데 성공했다. 밧줄처럼 감은 팔뚝으로 형의 목을 단단히 조이던 그는 누군가 다가오는 소리를 들었다. 발소리의 가벼움으로 짐작하건대 확실히 앤벌은 아니었다. 그 민첩함을 감안하면 다그마도 아니었다. 그렇다면 남은 것은 탈라이스와 모르퓌드였다.

그는 공기의 냄새를 맡아 보았다. 인간 여자의 냄새였다.

탈라이스군.

그는 절로 떠오르는 미소를 억누르며 브리크를 그대로 들어 올려 방 반대쪽으로 던져 버렸다. 브리크가 벽에 부딪쳐 바닥으로 미끄러져 내리며 숨을 몰아쉬었다.

"개자식!"

머리에 난 상처에서 피가 터졌는지 벽에 길게 핏자국이 묻어나고 얼굴 아래로 피가 흘러내렸지만 그는 재빨리 자세를 바로잡아 벽에 등을 붙이고 앉았다. 그때, 작전실 문이 활짝 열렸다.

탈라이스는 실내를 한차례 돌아보고 에이브히어에 이르러 시선을 멈추었다. 그녀가 인상을 찌푸렸다. 아마도 그의 아이스랜드식 차림새에 혼란을 느낀 것일 터였다.

"……에이브히어?"

마침내 그녀가 입을 열었다.

"탈라이스."

에이브히어는 부드럽게 그녀의 이름을 불렀다.

그녀가 숨을 헉 들이켜더니 그의 곁으로 달려왔다.

"어머, 에이브히어! 형들이 당신에게 무슨 짓을 한 거예요?"

브리크가 바닥에서 몸을 일으키려 애쓰며 —결국 실패했다— 따져 물었다.

"우리가? 당신 이 난장판을 보고도 우릴 탓하는 거야?"

"시끄러워, 도마뱀!"

그녀는 에이브히어의 머리에 난 상처를 세심하게 살폈다.

"아휴, 가엾은 에이브히어. 형들이 당신에게 이런 짓을 하다니 믿을 수가 없네요."

"전 괜찮아요, 탈라이스. 정말 괜찮아요."

그가 말했다. ……힘없이.

"당신을 여기서 데리고 나가야겠어요."

탈라이스는 그의 팔을 잡고 그가 일어나게 도와주었다. 한 손으로는 팔을, 다른 손으로는 등을 부축한 그녀가 그를 문 쪽으로 이끌었다. 그 와중에 에이브히어는 슬쩍 고개를 돌려 피어구스와 브리크—그웬바엘은 아니었다. 그는 여전히 기절한 상태였으므로—에게 미소를 보내는 것을 잊지 않았다.

다음 순간 한 덩이 화염이 문 바로 바깥쪽 벽을 때렸지만 에이브히어와 탈라이스를 맞히지는 못했다. 그저 에이브히어의 미소만 더 진해졌을 뿐이다.

이지는 동생을 위해 좀 더 걷는 게 좋겠다고 판단했다. 몸을 움직이는 건 화가 난 그녀를 언제나 진정시켜 주었기 때문이다. 하지만 그녀는 잊고 있었다. 동생이 몸을 움직이는 일에 그다지…… 익숙하지 않다는 점을. 오 킬로미터도 못 가서 라이가 징징거리기 시작했다.

이지는 걸음을 멈추고 동생을 마주 보며 물었다.

"너 지금 헐떡거리고 있는 거니?"

"좀 천천히 가면 안 돼? 아니면 언니가 날 안고 가거나."

라이가 가슴을 손으로 누르며 되물었다.

"그렇게…… 허약할 나이는 아니잖니?"

"그렇게 혐오스럽다는 듯이 말할 건 없잖아?"

"그렇지, 그럴 건 없지."

이지는 문득 그들 쪽으로 다가오는 발소리—다수의 발소리였다—를 들었다. 칼을 뽑아 든 그녀는 라이에게 한쪽에 있는 거대한 바위 뒤로 숨으라는 몸짓을 보냈다. 훈련받은 대로, 라이는 불평 한마디 없이 명령에 따랐다.

근위대 갑주를 차려입은 병사들이 나무들 사이로 나타났다. 아무런 장식이 없는 방패를 든 청년들의 모습을 보고 이지는 그들이 아직 수련 과정임을 알아챘다. 즉, 그들은 아직 왕족의 호위로 가반아일을 떠나 본 적이 없는 것이다.

그녀는 자신이 누구인지 그들이 알아볼 거라고 생각할 수 없었다. 그녀 역시 그들이 누구인지 전혀 알 수 없었다. 게다가, 그녀는 소속을 알려 줄 만한 갑주를 걸치지도 않았고 여왕의 문장이 새겨진 선홍색 코트를 입지도 않았다. 그저 미늘 셔츠에 낡은 가죽 부츠, 진갈색 망토 차림을 하고 전신에 온갖 무기들을 갖추고 있을 뿐이었다. 젊은 병사들을 염려스럽게 한 것은 아마도 그 무기들일 터였다.

그 작은 무리의 우두머리인 듯한 청년이 경계신호를 외치자 나머지 병사들이 저마다 방패를 앞세워 일종의 벽을 만들었다.

"말하라! 여기 있는 이유가 뭐지?"

우두머리 청년이 요구했다.

―언니?

이지는 머릿속에서 속삭이는 동생의 목소리를 들었다. 눈앞의 청년들도 들을 수 있을 것만 같은 선명한 목소리였다. 물론 그들은 듣지 못했다. 아니, 사실은 이지 또한 들을 수 없어야 했다. 하지만 라이는 수년 동안 이런 식으로 그녀에게 말을 걸었고, 심지어는 그들 사이가 천 리그 이상 떨어져 있었던 때도 그랬다. 이지가 그런 식의 소통에 익숙해지기까지는 한참이나 걸렸다.

— 괜찮아, 라이. 거기 그대로 있어.

이지는 동생을 안심시켜 주었다. 그리고 병사들 앞으로 몇 걸음 다가갔다.

병사들이 즉시 무기를 뽑았다. 기다란 방패 뒤에서 그들의 몸이 일제히 긴장하는 게 느껴졌다. 이지가 양손으로 쥔 검을 당겨 공격을 준비하자 병사들도 마찬가지로 공격을 준비했다.

"중지!"

그러나 명령 소리가 들려오고, 병사들을 좌우로 밀치며 전사 하나가 걸어 나왔다.

붉은 머리 병사가 다급하게 말을 꺼냈다.

"여왕님……."

"그렇게 부르지 말라고 했지."

가반아일의 여왕이 그에게 명령했다.

"아! 죄송합니다, 여와…… 어…… 앤널 님."

'피투성이' 앤널은 가슴 위로 팔짱을 끼고 이지를 노려보았다.

"네가 감히 내 땅에 들어와 내 병사들을 도발해?"

"도발이 좀 필요한 애들처럼 보여서 말이죠. 차라리 충성스러운 종자 하나를 곁에 두시는 편이 나을 것 같습니다만. 젊고 활달하고 말도 잘 다루는 누군가로요."

"활달?"

앤닐이 웃음을 터트렸다.

"넌 활달한 거와는 전혀 거리가 멀었어, 이 거짓말쟁이야!"

이지는 어깨를 추썩였다.

"우린 '활달'의 정의가 다른가 보네요."

"그래, 나에게 '활달'은 '이지가 아닌'이거든."

씨익 미소를 지은 앤닐이 그녀 앞으로 다가와 두 팔을 활짝 벌렸다. 이지가 검집에 검을 갈무리하고 앤닐의 팔 안으로 뛰어들었고, 두 여자는 서로 끌어안으며 즐거운 웃음을 터트렸다.

"네가 집에 돌아와서 기쁘구나. 꽤 오랜만이지?"

"열 달을 꽤 오랜만이라고 하긴 좀 그렇죠."

"나한테는 오랜만이야."

앤닐이 뒤로 살짝 물러나 그녀를 훑어보았다.

"새 흉터네. 배틀액스?"

"막사로 뛰어든 너구리요."

앤닐이 다시 웃음을 터트리며 이지의 팔을 붙잡자 이지도 앤닐의 팔을 붙잡았다. 그리고 예전에도 종종 그랬듯이, 이지는 앤닐의 살에 새겨진 표식을 따라 엄지손가락을 부드럽게 쓸었다. 앤닐의 짝 피어구스가 새겨 놓은 표식이었다. 드래곤이 평생을 함께하기로 맹세한 상대에게 새기는 '권리 주장'.

앤닐은 그의 표식을 양쪽 팔뚝—이지는 앤닐의 종자로 있는 동안 같은 표식을 그녀의 허벅지 안쪽에서도 보았다—에 지니고 있었다. 탈라이스는 허리 아래쪽에, 다그마는 정통으로 엉덩이—가족들 사이에서 여전히 그녀를 놀리는 부분이었다—에 짝의 표식을 새겼다.

하지만 짝을 맺은 일족들이 새긴 그 모든 표식 가운데 이지가 가장 부럽게 여기는 것은 그녀에게 할머니가 되는 드래곤 퀸 리아논의 것이었다. 리아논의 표식은 발바닥에서부터 시작해 턱 바로 아래까지, 마치 조그만 용이 그녀의 전신을 타고 올라가는 듯한 형상을 이루고 있었다. 어렸을 적 이지는 자신에게 걸맞은 드래곤이 '권리 주장'을 요구하는 날을 꿈꾸며 그와 비슷한 표식을 새기겠다고 마음먹었다.

"정말 보고 싶었다, 이지."

"저도요."

앤널이 근위대를 향해 돌아섰다.

"얘들아, 이쪽은 이지다. 물론 너희는 이사벨 장군님이라고 불러야지. 팔, 십사, 이십육, 세 개 연대를 지휘하는 장군이니까."

그녀의 말을 듣는 사이, 청년들의 얼굴에서 핏기가 사라지고 그들의 눈이 점점 커졌다.

"장군님!"

처음부터 청년들을 대표해 나섰던 병사가 말했다.

"사과드립니다, 장군님. 저희가 잘 모르고……."

이지는 괜찮다는 듯 손을 내저었다.

"내가 신분을 밝히지 않았잖아. 우리 군의 제복을 입지도 않았고. 우리 여왕님을 보호하는 문제에 관해서라면 지나치다 싶을 정도로 조심하는 게 마땅하지."

"감사합니다, 장군님."

앤닐이 다시 한 번 이지를 껴안고서 물었다.

"그런데 무슨 일로 온 거야?"

이지는 몸을 살짝 떼고 자신의 여왕을 응시했다.

"여기로 오라는 부름을 받았는데요."

"부름? 나한테?"

이지는 어깨를 추썩였다.

"저도 정말 모르겠어요. 다만 어머니가 부르신 게 아니라는 건 알아요. 제가 집에 와야 할 필요가 있을 때면 어머니는 제게 직접 연락하시거든요."

놀웬 마녀인 어머니 탈라이스는 심언心言을 이용해 그녀에게 직접 말을 전할 수 있었다. 라이의 경우와 마찬가지로 그들 사이의 물리적 거리는 아무 의미도 없었다. 하지만 탈라이스는 그런 식으로 연락을 취하는 법이 별로 없었고, 이지는 그 점을 감사히 여겼다. 대신에 어머니는 궁정의 하루하루를 담은 편지를 정기적으로 보내 주었다. 심언을 통한 연락은 비상사태가 일어났거나 급한 경우에만 썼다.

"흠, 나도 아니야. 난 네가 그 오거 놈들에게 집중하기를 바랐으니까."

"그 문제는 해결했죠. 놈들의 두목을 죽였거든요. 낙오자 처리와 뒷정리를 제 부관에게 일임해 두고 왔어요."

"잘했구나. 하지만 솔직히 말해서 내가 지난 몇 달 동안 네게 원한 바는 그게 전분데."

"내가 부른 것도 아니야, 언니."

다른 목소리가 끼어들었다.

여왕이 눈을 깜빡이더니 여전히 이지에게 시선을 고정한 채 물었다.

"네 동생이 왜 바위 뒤에 숨어 있는 거야?"

"원래는 안전 때문에 숨어 있었죠. 하지만 지금은 진실을 말하기가 겁나서 숨어 있는 거라고밖에 생각할 수가 없네요."

"진실?"

한숨을 내쉰 앤널이 잠시 눈을 감았다가 뜨며 물었다.

"쌍둥이가 이번엔 또 무슨 짓을 했지?"

"아무 짓도 안 했어요! 이건 제 잘못이에요. 정말이에요."

라이가 바위 뒤에서 달려 나왔다. 여왕 앞에 선 그녀는 두 손을 모아 쥐어짜듯 비틀고 있었다.

"네 잘못일 리가 없지."

앤널이 말했다.

"하지만 이번엔 제 잘못이 맞아요. 제가…… 제가 너무 지나쳤어요."

"그러니까 '그 계집애'가 너에게 무슨 짓을 했다는 뜻이구나."

라이가 조그만 발을 콩콩 구르며 소리쳤다.

"숙모는 항상 탈윈 언니한테만 뭐라 그러시죠! 언니 잘못이 아닌 때조차요!"

"맞는 말이긴 하네요. 항상 탈윈 탓만 하시잖아요."

이지는 상기시켜 주듯 말하고서, 여왕이 초록빛 눈을 굴려 하늘을 쳐다보는 모습에 웃음을 참느라 애를 먹었다.

앤닐이 아주 무거운 한숨을 내쉬며 말했다.

"알았다. 그래, '그 계집애'의 잘못이 아니란 말이지. 그럼 네가 너무 지나쳤다고 한 건…… 왜? 아무 이유도 없이?"

"그건 상관없어요. 그저 제가 과도하게 반응한 거예요. 너무 지나쳤어요. 제가…… 탈원 언니를 다치게 한 것 같아요."

"'그 계집애'를 다치게 해? 어떻게?"

라이는 느슨하게 흘러내린 은빛 머리칼을 손가락 끝으로 쓸어 귀 뒤로 넘겼다.

"제가 마법을 써서…… 언니랑 오빠를…… 날려 버렸어요. 오빠는 대전 벽에 부딪치는 데 그쳤지만, 언니는 문밖으로 날아가 안뜰을 가로질러 건물 벽에 내동댕이쳐졌어요."

"그렇구나."

앤닐은 조카딸을 가만히 내려다보았다. 그녀의 표정이 딱딱하게 굳어졌다.

"이제 진실을 말해라, 리안웬 공주. 내 딸의 단단한 머리가 그 건물 벽을 부숴 놓은 거니?"

이지는 쿡, 하고 터질 뻔한 웃음을 삼키며 시선을 돌렸다. 하지만 라이는 언제나처럼 질겁을 했다.

"앤닐 숙모!"

"왜? 정당한 질문이잖아. 그 애 머리가 제 아버지만큼이나 단단하다는 건 너도 알잖니. 석공들을 또 불러야 할까?"

"정말 이해할 수가 없는 집안이에요!"

비난하듯 소리친 라이는 몸을 돌려 성큼성큼 걷기 시작했다.

가엾게도, 일족들과 함께 있다 보면 그녀는 종종 그렇게 반응할 수밖에 없었다.

"일 처리가 참 멋지십니다, 여왕님."

"난 여전히 정당한 질문이었다고 생각하는데. 너도 알다시피, 석공을 부르려면 돈이 많이 들잖아."

라이가 쿵쿵거리며 대전으로 들어섰을 때, 탈라이스는 에이브히어의 머리에 배어난 피를 부드럽게 닦아 주고 있었다. 그녀는 고개를 돌리고 계단을 올라오는 딸아이를 보며 물었다.

"무슨 일이니?"

"이 집안은 도대체 말이 안 돼요!"

절레절레 고개를 내저은 탈라이스는 하던 일로 돌아가며 나직이 중얼거렸다.

"저 애가 태어난 순간부터 누누이 경고해 준 사실인데 말이죠. 라이는 여전히 매번 저렇게 충격을 받네요."

"다 들리거든요!"

계단에 선 라이가 빽, 소리치는 바람에 그들은 움찔했다. 그녀가 예쁜 핑크빛 비단 옷자락을 휘날리며 사라지는 것을 보고 에이브히어가 말했다.

"저 애도 꽤나 요란하게 퇴장할 줄 아네요."

"당신 형은 늘 나더러 그런 걸 가르쳤다고 뭐라 하지만, 케이타가 저 애에게 '요란하게 퇴장하는 법'이란 걸 가르치는 모습을 내가 몇 번이나 봤다고요."

키득거리며 웃은 탈라이스는 손에 쥔 천을 물그릇에 담갔다가 가볍게 쥐어짰다. 그러느라 그녀가 고개를 숙이고 있는 사이, 에이브히어는 앤닐과 함께 대전으로 걸어 들어오는 이지를 보았다.

앤닐보다 먼저 그를 본 이지의 눈이 확 커지더니, 그의 모습을 훑어보면서 의심쩍다는 듯 가늘어졌다. 그가 빙그레 미소를 짓자 그녀의 눈은 더욱 가늘어졌다. 하지만 앤닐이 그를 향해 몸을 돌리는 순간, 그는 재빨리 미소를 지우고 손으로 머리를 감싸며 인상을 찡그렸다.

"에이브히어? 에이브히어 맞아?"

앤닐이 탈라이스의 곁으로 달려왔다.

"맙소사! 무슨 일을 당한 거야?"

"저 멍청한 형들 짓이죠."

탈라이스가 푸념하듯 말하고는 다시금 그의 머리에 물에 적신 천을 가져다 댔다.

"그 작자들은 뭐가 문젠지 모르겠다니까."

앤닐이 그의 뺨을 가볍게 다독이며 말했다.

"우리 가엾은 에이브히어."

두 여자의 뒤편에 서 있던 이지가 입을 딱 벌리고 멍하니 그를 바라보았다.

에이브히어는 눈을 내리깔며 ─이지의 어이없다는 표정에 반응을 보이지 않기 위해서이기도 했다─ 짐짓 진지한 어조로 대꾸했다.

"전 괜찮아요. 형들도 악의가 있어서 그런 건 아닐 거예요."

"당신 같은 동생이라니, 그 작자들에게는 과분하다니까요."

탈라이스가 거의 으르렁거리듯 말했다.

"내가 가서 얘기를 좀 해 보지, 당장에."

말은 그렇게 했지만 앤뉠은 벌써부터 손가락 관절을 뚝뚝 꺾고 있었다.

이지가 그녀 앞을 막아서며 억지웃음을 띤 얼굴로 말했다.

"제가 가 볼게요. 제 얘기라면 아빠도 귀를 기울이시니까요."

"내 검 빌려줄까?"

이지는 지그시 눈을 감았다 뜨며 대답했다.

"아니요. 그럴 필요가 있을 것 같지는 않네요. 제가 사랑하는 아버지와 삼촌들을 보러 가는 건데요, 뭘."

"그럼 워해머를 갖다 줄까?"

앤뉠과 더 얘기하지 말아야겠다고 마음먹은 이지는 몸을 돌려 어머니를 마주하고 섰다.

"저 왔어요, 어머니."

탈라이스가 뒤꿈치를 세우며 몸을 올려 딸을 꼭 끌어안았다.

"네가 집에 와서 너무 기쁘구나."

"어머니가 저를 부르신 건 아니죠?"

"그래, 난 아닌데."

탈라이스가 몸을 살짝 뒤로 물리며 되물었다.

"왜?"

"라그나가 이지를 집으로 데려가라고 했어요."

에이브히어가 설명했다.

"내가 부른 건 아니야."

"아버지실까요?"

"그건 네가 직접 물어봐야 할 거다. 당장은 내가 그 작자와 얘기할 생각이 없으니까."

이지는 인상을 찌푸렸다.

"또요?"

탈라이스가 불만스러운 듯 입술을 오므리더니 딸을 등지고 돌아섰다.

"작전실로 가 보렴."

곧장 자리를 뜨려던 이지는 두 여자가 에이브히어에게 다시 집중하는 것을 보고는 그를 향해 혐오스럽다는 표정으로 머리를 내저었다. 하지만 그녀로서는 기분 나쁘게도 에이브히어를 웃음 짓게 만들었을 뿐이다.

그웬바엘을 바닥에서 일으켜 주고 아버지와 삼촌들에게 상처에 쓸 차가운 천을 가져다준 후에야 이지는 질문을 할 수 있었다.

"그러니까 지금껏 어머니가 옳았다는 거네요. 아버지랑 삼촌들은…… 에이브히어와 계속 싸우고 있었던 거예요."

"그 자식이 시작했어."

"그놈이 문제지."

"그 녀석이 나빠."

세 형제가 일제히 대답했다.

이지는 손가락 끝으로 이마를 문질렀다.

"그것참, 한심하네요. 더 현명하고 더 나이 많은 형제들이 하는 소리라니…… 그웬바엘 삼촌도요."

그웬바엘이 미소를 지었다.

"나도 네가 그리웠단다, 이지."

이지는 드래곤의 황금빛 이마에 키스해 주며 대꾸했다.

"저도 삼촌이 그리웠어요. 하지만 제가 왜 여기 있는지는 아직도 모르겠네요."

세 드래곤이 시선을 주고받다가 다시 그녀를 바라보며 일제히 어깨를 추썩였다.

"넌 무슨 일로 왔는데?"

그녀의 아버지가 물었다.

"아버지가 부르신 게 아니에요?"

"아니."

피어구스가 목의 관절을 뚜둑 꺾어 풀며 말했다.

"우리가 마지막으로 들은 소식에 따르면, 넌 오거들을 죽이고 있었지. 그걸 우리가 왜 중단시키겠니? 네가 그 임무를 얼마나 즐거워하는지 아는데 말이다."

"라그나 님이 집에서 저를 부른다고 했대요. 적어도 에이브히어가 들은 얘기로는 그래요."

이지는 잠시 눈앞의 드래곤들을 탐색하듯 훑어보다가 물었다.

"그런데 세 분은 왜 에이브히어랑 싸우신 거예요?"

"그 녀석이 왜 미루나크로 가게 됐는지 얘기해 줬거든. 우리 얘길 좋아하지 않더구나."

"자식, 운이 좋았다는 걸 알아야지. 소금 광산으로 보낼 수도 있었다고."

브리크가 반박하듯 말했다.

"그를 보내 버린 것에 제가 조금이라도 상관이 있어요?"

"보내 버린 거?"

피어구스가 고개를 저었다.

"물론 아니야, 이지. 우린 그런 짓 안 해."

"좋아요."

"하지만 거기 묶어 둔 거라면? 그건 우리가 했지."

이지는 인상을 찌푸렸지만 인정할 수밖에 없었다.

"그건 그에게 공정하지 않은 처사 같은데요."

"아마도. 하지만 그러는 편이 쉬웠지."

브리크가 한숨을 내쉬었다.

"누구한테 쉬웠다는 거예요?"

"나한테지, 물론. 내가 얼마나 중요한 존재인지는 말할 것도 없잖아?"

이지는 피어구스와 그웬바엘을 돌아보며 미소 지었다.

"전 아버지를 너무나 사랑해요."

브리크가 코웃음을 치며 말했다.

"당연하지."

에이브히어는 탁자 위에 놓인 그릇에서 사과 한 알을 집어 들고 한입 베어 물며 머리를 저었다.

"라그나는 누가 그녀를 불렀는지 말해 주지 않았어요."

그는 잠시 사과를 깨물어 먹다가 말을 이었다.

"하지만 저도 물어보진 않았네요."

탁자 한쪽에 앉아 단검을 탁, 탁, 내리꽂던 앤널이 따지듯이 물었다.

"어떻게 묻지 않을 수가 있어?"

"입을 벌리지 않고 말을 꺼내지 않으면 되죠."

앤널의 눈이 가늘어졌다.

"그놈의 빈정거리는 말투는."

"솔직하게 말한 것뿐인데요."

탈라이스가 그의 머리 상처를 다시 한 번 확인했다.

"여기 발라 둔 연고가 밤이 될 즈음엔 상처를 상당히 낫게 해 줄 거예요."

"흉터가 남을까요?"

"신경 쓰여요?"

"글쎄요. 제가 흉측해져도 지금과 똑같이 저를 사랑해 주실 건가요?"

탈라이스는 가슴 위로 팔짱을 끼었다.

"누가 지금 당신을 사랑한다 그래요?"

"당신이요, 눈으로 말하고 있잖아요."

탈라이스와 앤널이 동시에 웃음을 터트렸다. 에이브히어도 그녀들을 향해 시선을 고정한 채 빙그레 웃으며 손만 뻗어 또 다른 과일을 잡았다.

하지만 이번에 손에 잡힌 것은 사과 같지 않았다. 그보다는 멜론에 가까웠는데…… 미늘이 덮여 있었다. 어리둥절해서 고개를 돌린 그는 무심코 자신이 잡은 것이 이지의 오른쪽 가슴임을 뒤늦게 깨달았다.

더 나빴던 것은, 형들이 그녀 뒤에 서서 그의 손과 그녀의 가슴이 만난 지점을 빤히 보고 있다는 사실이었다.

에이브히어는 시선을 들고 이지의 눈을 마주 보았다. 그들은 서로를 응시했고, 그러는 동안 에이브히어의 손은…… 여전히 그대로 있었다.

이지가 눈썹을 치켜세우며 물었다.

"계속 그러고 있어야겠어요?"

"뭐……."

그는 정직하게 대답했다.

"기분이 좋아서 말이야."

다음 순간 그웬바엘이 그의 손을 찰싹 쳐서 떼어 놓았고, 브리크와 피어구스가 한꺼번에 덤벼들어 그를 탁자 위로 때려눕혔다. 그 바람에 에이브히어는 이지가 자리를 뜨는 것도 보지 못했다.

이지는 몸을 씻을 생각으로 예전에 쓰던 방에서 깨끗한 옷을 챙겨 호수들 중 하나로 내려갔다. 차가운 물속에서 전신을 깨끗이 닦아 내면서도 그녀는 에이브히어의 손이 닿았다는 사실에 별 의미를 두지 않으려고 애썼다.

그 단순한 접촉이 그녀에게 미친 영향은 이지를 놀라게 했다. 놀라고 화나게 했다. 에이브히어의 손이 어디에 닿았건 ―아마 약간의 혐오감은 들겠지만― 아무런 느낌도 없어야 했다. 이지는 차가운 물이 모든 것을 잊게 만들어 주기를 바라며 잠수해 들어갔다. 하지만 그런 일은 일어나지 않았다.

어쩔 수 없이 물가로 걸어 나오던 그녀는 자신의 옷가지 곁에서 조용히 기다리고 서 있는 여인을 보고 미소를 지었다.

"레이디 다그마."

그녀는 정중하게 인사했다.

"이사벨 장군님."

"무슨 일이 생겼나요?"

"뭐……가 생기긴 했죠. 제 개 사육장에요. 쇠랑 나무랑 돌멩이를 먹는 놈이랍니다. 그런 걸 싸기도 하더군요. 그것도 아무데나."

"쇠랑 나무랑 돌멩이를 먹고 싼다고요? 그놈 참 굉장하네요."

다그마가 못마땅한 듯 입술을 오므리며 발끝을 톡, 톡, 차기 시작하자 이지는 키득거리는 웃음을 흘리고 말았다.

"나 그 녀석 싫어, 이지! 질색이라고."

마침내 편하게 소리친 다그마가 그녀와 함께 웃기 시작했다.

"그 녀석은 충성스럽고 전 그 녀석을 사랑하는데요. 숙모님도 개에게는 충성심이 전부라고 말씀하셨잖아요."

"거짓말이었어. 그놈은 흉측하게 생겼잖아. 방귀도 뀌어. 끊임없이 뀌어 대지. 침을 질질 흘리는 데다가 무엇보다, 그 거대한 물건을 끌고 돌아다닌다고!"

"그게 어떻게 그 녀석 잘못이에요? 그리고 그걸 저더러 어쩌라고요? 그 녀석에게 바지라도 강제로 입힐까요?"

"아무튼, 어떻게 좀 해 봐. 그 녀석이 사육장을 빠져나오기라도 한다면 제일 먼저 할 짓이 발정기인 암캐들을 닥치는 대로 덮치려 드는 것일 테니까."

"그럼 어머니가 화를 내실까요? 앤널은요? 아무래도 두 분 다 이미 '권리 주장' 표식을 새기셨으니까……."

다그마의 발끝이 다시 톡, 톡, 소리를 내기 시작했지만 그녀의 입술은 웃음을 감추느라 애를 먹었다. 결국 그녀는 참지 못했다.

"그 암캐들 얘기가 아니란다, 친애하는 조카야. 네발 달린 암캐들 말이지."

"아하."

두 여자는 다시 웃음을 터트렸다. 이지가 다그마를 껴안으며 말했다.

"걱정 마세요. 그 녀석을 제 집으로 데려갈 테니까요. 어쨌든 제가 여기 있는 동안은 제 집에 둘게요."

"너 때문에 나까지 젖고 있잖아. 호수 물을 뒤집어쓰면 냉정하게 계산을 할 수가 없단 말이야."

다그마가 장난스럽게 그녀를 밀쳐 떼어 놓으며 불평했다.

"그 점은 전혀 염려 마세요, 친애하는 숙모님. 숙모님은 그 어떤 상태에서든 냉정하게 계산하실 수 있을 테니까요."

"그래, 네 집에 머무를 거라고?"

뭐 하나 무심히 놓치는 법 없는 다그마가 물었다.

"전 제 집이 좋아요. 그웬바엘 삼촌이 절 위해 지어 주신 집이잖아요."

"그이가 그랬지. 하지만 네가 그 집에 머무는 건 오직 남자를 만날 때……."

"숙모!"

"……랑 네 어머니와 싸우는 걸 피하기 위해서잖아. 하지만 어머니와 제대로 시시한 싸움이라도 한판 벌이기까지는 시간이 좀 걸릴 테고, 네게 요즘 자는 남자가 있다는 얘기는 듣지 못……."

"잠깐. 제게 남자가 있는지 없는지 숙모가 어떻게 아시……."

"그렇다면 뭔가 다른 이유가 생겼다는 건데, 내 짐작에는 네가 친애하는 다정한 에이브히어를 피하고 있는 것 같구나."

에이브히어는 욕조 밖으로 나와 거대한 천을 집어 들고 몸을 닦기 시작했다.

집에 온 지 겨우 세 시간이 지났을 뿐인데 벌써 형들과 두 판의 싸움을 치른 데다 이지의 가슴을 붙잡기까지 했다. 물론 이지의 가슴을 잡은 건 순전히 사고였지만.

형들이 그런 종류의 사건을 싫어하는 것도 아니었다. 그저 다들 그가 아무런 가책 없이 여자 가슴이나 붙잡고 돌아다니는 개자식이라고 믿고 싶을 뿐이었다.

상대가 다른 누군가였다면 그도 즉시 손을 떼었을 것이다. 하지만 그때 그의 손은 너무나 행복했다. 그렇다면 달리 어쩌겠는가? 게다가, 이지 역시 별로 개의치 않는 것 같았다. 어쨌든 그 가슴의 주인은 이지가 아닌가 말이다.

그러나 그의 일족은 지극히 순수한 행동이라도 드래곤과 신들에게 알려진 세상에서 가장 나쁜 범죄로 바꿔 버리는 데 일가견이 있었다. 개자식들.

에이브히어는 검은색 바지를 집어 다리에 꿰었다. 그가 십 년 전에 남겨 두고 떠난 옷가지들 중 하나였다. 그리고 짜증스럽게도, 형들이 옳았다. 이 방에 마지막으로 머물렀던 이래로 그는 너무 커져 버렸다. 엉덩이는 여전히 단단히 올라붙어 있었지만 바지의 허벅지 부분이 터질 듯했고 발목까지 닿았던 밑단은 종아리를 간신히 덮는 정도였다.

"새 옷이 필요하겠군."

혼잣말로 중얼거린 그는 목욕하느라 좀 전에 벗어 두었던 옷으로 손을 뻗었다. 여행으로 더러워진 옷을 다시 입자니 절로 진저리가 났지만, 적어도 바보처럼 보이는 꼴은 피할 수 있을 터였다. 그러지 않아도 일족들이 그를 충분히 바보 취급 하고 있는데, 그걸 더 도와줄 필요는 없었다.

하지만 그가 소가죽 바지를 집어 들기도 전에 문을 두드리는 소리가 들려왔다.

"뭐야?"

문이 열리고, 앞서 대전에서 보았던 부상당한 남자애가 안으로 들어섰다. 에이브히어는 그 키 큰 남자애가 자신이 알고 있던 누군가라고 생각하기 어려웠지만, 그의 검은 눈동자만은 몰라볼 수가 없었다.

남자애가 그를 훑어보더니 히죽 웃으며 물었다.

"에이브히어 삼촌?"

"……탈란이구나."

"예. 다그마 숙모가 삼촌에게 필요할 거라고 하셔서요."

탈란이 등 뒤로 문을 닫고 안으로 걸어 들어왔다. 그리고 한 뭉치의 옷을 건네며 말을 이었다.

"그 바지를 보니까, 숙모 생각이 맞았네요."

에이브히어는 키득거리며 어깨를 추썩였다.

"여기서 떠나 있는 동안 내가 너무 커져 버린 모양이다."

"확실히 그러시네요."

에이브히어가 옷―감사하게도 다그마가 보내 준 옷들은 그에게 딱 맞았다―을 갈아입는 사이, 탈란이 침대로 다가가더니 그가 던져 놓은 털 망토를 집어 들었다.

"이건 뭐로 만든 거예요?"

"버펄로. 아이슬랜드에는 그놈들이 사방에 널려 있지. 아이슬랜더들은 그놈들의 고기를 먹고 가죽을 여러 가지 용도로 써. 쓸모없는 부분이 거의 없는 짐승이야."

"거긴 어떤 곳이에요?"

"추워. 아주, 아주아주 춥지."

"거기 있는 게 싫으셨어요?"

"아니."

무심결에 대답한 에이브히어는 그것이 진심이라는 데 스스로도 놀랐다.

"하지만 거기다 보금자리를 만들고 싶진 않아. 그러니까……
말년을 보내고 싶은 곳은 아니란 말이지."

그는 다시금 어깨를 추썩이고 말을 이었다.

"드래곤 비늘은 얼면 서로 엉겨 붙기 쉽거든. 그게 얼마나 불쾌한 감각인지 설명하기도 어렵구나. 특히 그 상태로 전장에라도 뛰어들어야 한다면 말이야."

이윽고 몸에 딱 맞고, 거친 짐승 가죽으로 만들어지지도 않은 옷을 다 입은 에이브히어는 한숨을 내쉬었다. 너무나 오래 잊고 있었던 사실들이 왈칵 떠오른 것이다. 인간의 몸을 하고 좋은 옷을 입었을 때의 기분이라든가 진짜 침대에서 자는 것, 직접 때려잡지 않아도 먹음직스럽게 준비되어 나오는 음식이라든가…….

"그러니까 삼촌이 그 악명 높은 '무도한 자' 에이브히어 님이시군요."

탈란의 말에 에이브히어는 조카를 마주 보고 섰다.

"내가 뭐?"

"그게 삼촌의 호칭 아니에요?"

"호칭은 맞아. '악명 높은'이란 수식어가 붙는 줄은 몰랐다는 거지."

탈란이 가슴 위로 팔짱을 끼며 그를 찬찬히 뜯어보았다. 그렇게 어린 나이치고는 놀랄 만큼 자신만만한 태도였다.

"저를 훈련시켜 주실래요?"

그가 물었다.

"네가 원한다면."

"삼촌이 제 아버지와 다른 삼촌들을 개 패듯 패 주는 걸 봤어요. 제가 배우고 싶은 게 바로 그런 거죠."

"그건 그냥 형제들 간의……."

"학대?"

"그렇게 말할 수도 있겠다만, 나로서는 악의 없는……."

"난투? 구타? 폭행? 파괴?"

에이브히어는 또다시 어깨를 으쓱였다.

"뭐, 누구와 얘기하느냐에 달린 문제겠지."

"그러니까 제가 왜 여기 있는지를 아무도 모른다는 거네요."
이지가 몸을 닦으며 물었다.
"내가 알기로, 우리 중 누구도 널 부르지 않은 것만은 분명해.
하지만 네가 여기 있어서 기쁘구나."
다그마가 말했다.
"왜요?"
"신경 쓰이는 일이 좀 있거든."
이런. 다그마가 '신경 쓰인다'고 말하는 건 '무지하게 걱정스럽
다'는 뜻이었다.
"무슨 일인데요?"
다그마는 한숨을 내쉬고 시선을 멀리로 던졌다.
"아, 어디서부터 시작해야 좋을까……."
이런, 이런.

그들은 마치 미루나크처럼 소리 없이 쳐들어왔다. 그가 탈란
과 얘기를 나누는 사이 방으로 슬쩍 들어선 것이다. 먼저 탈란의
쌍둥이 동생 탈원이 나타났다. 아름답지만 위험한 소녀.
믿을 수 없을 만큼 위험해 보여, 제 어머니처럼.
하지만 그녀의 초록빛 눈동자에는 에이브히어가 앤닐의 눈에
서 언제나 볼 수 있었던 광기 너머의 애정이 조금도 담겨 있지 않
았다.

이 쌍둥이 녀석들은 대체 어떤 지도자가 될까?

둘 다 놀랄 만큼 냉정하지만 호기심이 풍부하기도 했다. 마치 나무 아래 누워 있는 상처 입은 사슴을 발견하고 장난감으로 삼을 생각에 눈을 빛내는 살쾡이처럼. 놈들은 장난감을 앞발로 여기저기 찔러 보고 송곳니로 슬쩍슬쩍 깨물어 본다. 놈들은 계속해서 시험하고 맛보고 궁금해한다.

더 고문할 가치가 있나? 아니면 이미 죽어 버린 건가?

다행히도 다음으로 그 앞에 모습을 드러낸 것은 리안웬이었다. 이제 막 열여섯 살이 된 그녀를 모두들 라이라고 부르고 있었다. 그녀는 한마디로 아름다웠다. 절로 감탄이 튀어나올 만큼 아름다웠다. 형들이 왜 그렇게 그녀를 싸고도는지 한눈에 이해가 될 정도였다.

물론 그 점은 그녀의 아름다움 때문만은 아니었다. 아름다운 건 어디에든 얼마든 있지 않은가. 거기에 라이에게는 타고난 순진무구함, 강렬한 선의로 빛나는 불가사의한 미소가 있었다. 그녀의 따스함을 그대로 보여 주는 미소였다. 사촌 언니 오빠가 에이브히어를 침대 아래서 발견한 거대한 곤충 보듯 가늠하고 있을 때, 라이는 눈물이 글썽이는 눈으로 두 팔을 활짝 벌리고 그에게 다가왔다.

"이렇게 오랜만에 다시 보게 되다니 너무나 기뻐요, 에이브히어 삼촌. 다들 삼촌을 무지하게 그리워했어요."

그녀가 그의 허리에 팔을 두르고 꽉 끌어안으며 가슴에 머리를 기대었다. 코를 훌쩍거리며 머리를 뗀 그녀가 고개를 한껏 젖히고 그를 올려다보았다.

"물론 제 어머니랑 숙모들, 고모들 말고는 대놓고 인정하지 않겠지만요."

에이브히어는 조카의 이마에 키스하고는 다시 그녀를 끌어안았다.

"걱정 마라. 나도 이미 알고 있단다."

"삼촌이 우릴 훈련시켜 주신대."

탈란이 제 누이에게 말했다.

"좋았어. 새로 배울 게 생겼네."

"나중에 해. 둘이서 또 무슨 멍청이 같은 부탁을 하려 들기 전에 적어도 삼촌이 좀 편하게 쉴 틈을 드리라고."

라이가 꾸짖듯이 말했다.

"알았어."

"아무려나."

쌍둥이는 조용히 그리고 재빨리 사라졌다. 살짝 무서울 정도였다.

"언니 오빠는 걱정하지 마세요."

라이가 말했다. 에이브히어는 아무 말도 하지 않았건만.

"둘 다, 모두들 생각하는 것처럼 무시무시하지는 않아요. 그저 좀…… 성가실 뿐이죠."

"알려 줘서 고맙구나."

라이가 한 발짝 물러서더니 그의 두 손을 꼭 잡았다.

"삼촌이 책을 좀 읽으신다고 들었어요."

"좀이 아니지."

라이가 방긋 웃었다.

"저도요! 전 그림 그리는 것도 좋아하지만요. 삼촌이랑 저랑, 우린 많이 닮은 것 같아요."

음, 그런……가.

다그마가 깊은 한숨을 내쉬고 아무런 장식 없는 드레스의 앞자락을 부드럽게 쓸어내렸다. 그녀는 더 이상 사우스랜드에 처음 도착했을 때처럼 긴 머리를 수건으로 묶어 가린 모습——노스랜드 여자들에게 일종의 관습 같은 것이었다——이 아니었다. 이제 그녀는 단순하게 하나로 땋은 머리——이지는 그웬바엘이 밤마다 즐겁게 그 머리를 풀어 헤칠 것이라고 장담할 수 있었다——를 등 뒤로 길게 늘어뜨리고 다녔다.

하지만 그것을 제외하면 그녀는 오래전 그웬바엘이 이곳으로 데려온 노스랜더의 모습을 그대로 간직하고 있었다. 여전히 단순한 잿빛 드레스를 입었고 겨울에는 털 부츠를, 여름에는 가죽 부츠를 신었다. 그리고 안경을 쓰고 다녔다.

맙소사, 저 안경을 어떻게 잊을 수 있을까?

그웬바엘은 종종 그녀의 안경을 두고 살아 숨 쉬는 존재인 듯 얘기하곤 했다. 언제나 그렇듯 그녀의 콧잔등 위에 단정하게 올라앉은 안경 너머로 반짝이는 잿빛 눈동자가 이지를 지켜보고 있었다. 계산적으로. 다그마는 언제나 계산을 했다.

"난…… 신경이 쓰여."

"폼브레이 경의 아들 때문에요?"

그녀가 눈알을 굴렸다.

"오, 천만에. 그건 아니야. 그 애와 네 동생은 걱정거리라고 할 수도 없지."

이지는 바닥에 주저앉아 양말을 신고 부츠를 끄집어냈다.

"그럼 쌍둥이 문제겠네요."

"탈윈이지. 그 애는…… 퀴비치들과 가까워졌어. 특히 아스타 사령관과."

어깨만 으쓱해 보인 이지는 부츠를 신으며, 집에 한동안 머무르게 된다면 신을 것을 한 벌 더 마련해야 하지 않을까 생각했다. 그리고 자리에서 일어나 부츠가 딱 맞도록 발을 몇 차례 굴렀다.

"뭐, 아직 어리잖아요. 아스타는 매력적인 여자고요. 걱정할 건 아무것도 없다고 확신해요. 그저 어떤 여자들은 같은 여자들과 함께하는 걸 편안하게 여기는 것뿐이죠. 그렇다고 남자랑 아기를 만들 수 없다는 뜻은 아니니까. 그 애가 아기를 가질 준비가 되면 어디서 하나 만들어다가 자기 여자랑 함께 기르면……."

"아니, 아니야. 내 얘기는 그런 게 아니라고."

다그마가 눈을 똥그랗게 뜨고 이지를 보았다.

"아……."

이지는 다시 어깨를 추썩였다.

"그럼 뭘 걱정하시는데요? 퀴비치는 그 애의 수호자들이잖아요. 탈윈이 그녀들과 가깝게 지내는 건 당연하죠. 제가 제 수호자들과 가까웠던 것처럼요."

다그마가 말없이 바라보고만 있자 이지는 물었다.

"그들이 더 많은 걸 바란다고 생각하시는 거예요?"

"탈원은 강해. 전투술도 그렇지만…… 그 애의 몸속에 잠재된 마법에 대해 들은 얘기가 있어. 물론 라이 정도의 수준은 아니지. 적어도 그 애는 우리 앞에서 그 힘을 보인 적이 없으니까. 하지만 그 마법이 퀴비치들을 끌어당기는 것만은 분명해."

사실이었다. 퀴비치는 전사 마녀로, 대부분 외부자를 끌어들여 자기네 일원으로 만들었다. 하지만…….

"퀴비치는 아이들만 받아들이잖아요. 전 그렇다고 들었어요."

다그마가 안경을 고쳐 쓰며 말을 이었다.

"그 말도 맞아. 노스랜드에 전해지는 이야기로도, 퀴비치는 아이스랜드에서 넘어와 갓난쟁이 여아들을 어머니의 품에서 약탈해 간다고 하지. 그렇지만 대부분의 존재들처럼 그들이 가장 끌리는 것은 바로 힘이야."

"탈원은 힘을 가졌고요."

"굉장한 힘이지."

"그럼 제 동생은요?"

"라이는 타고난 놀웬 마녀야. 퀴비치는 그 애에게 말을 거는 일도 거의 없어."

"그리고 탈란은 남자애죠."

다그마가 코웃음을 치며 대꾸했다.

"지나칠 만큼."

"아하, 그렇단 말이죠. 그 삼촌에 그 조카?"

"여자관계를 숫자로만 따진다면야 '미남자' 그웬바엘에게는 크게 못 미치지만, 그 애 나름대로 열심히 하고 있지."

이지는 가방을 집어 들고 더러워진 옷가지와 무기들을 안에 쑤셔 넣었다. 그리고 다그마에게 다가가 팔짱을 끼었다.

두 여자는 성으로 돌아가는 길에 올랐다.

"제가 탈윈과 얘기를 나눠 봤으면 하시는 거예요?"

"모르겠다. 이지, 솔직히 말해서 탈윈이 여기 머무르든 퀴비치가 돼서 그들과 함께 떠나든 나에게는 별로 중요하지 않아. 난 그 애를 사랑하고, 그 애에 대한 환상 같은 건 품고 있지 않으니까."

"하지만……?"

"문제는 앤월이지."

물론 앤월이 문제였다. 탁월한 전사이자 자애로운 여왕. 그러나 그녀의 반대편에 선 자들에게는? 앤월은 오직 자신의 검과 분노만으로 대대 규모의 병력을 몰살시켜 버린 적도 있었다.

"그분이 무슨 일을 벌일까 봐 걱정하시는 거군요."

"퀴비치가 우리를 적으로 여기게 만들어서는 안 돼. 그 점은 내가 확실히 알지. 그들이 과거에 다른 군주들을 어떻게 상대했는지에 대한 기록들을 모조리 찾아서 읽어 봤거든. 혹시라도 넘어서는 안 되는 선 같은 게 있다면 우리도 모르는 사이에 그런 실수를 범하지 않도록 확인해 두고 싶었으니까. 하지만 퀴비치에 대한 기록 자체가 별로 없었어. 저들은 대개 내부적으로 비밀을 엄중히 지키며 살지."

"뭐…… 제가 할 수 있는 일을 찾아볼게요. 하지만 제가 아는 탈원이라면, 그저 새로운 전투술을 가르쳐 주는 상대로 여기는 것뿐일 거예요."

다그마가 한숨을 지었다.

"나도 정말 그게 전부면 좋겠다."

에이브히어는 라이가 선반에 높이 꽂혀 있는 책을 꺼낼 수 있도록 들어 올려 주었다.

"찾았니?"

"예!"

그는 미소를 지으며 그녀를 내려놓았다.

"여기요, 삼촌도 좋아하실 거예요."

그녀가 그에게 책 한 권을 건네며 말했다.

"앤닐이 좋아한 책이니?"

"전혀 아니에요. 이 책엔 전쟁도, 죽음도, 첩자도 안 나와요. 전쟁과 죽음과 첩자에 대한 딱딱한 역사적 설명조차 없죠. 그냥 연애소설이에요."

"완벽해."

그는 몸을 기울이고 조카의 뺨에 키스해 주었다. 그가 몸을 도로 세우기도 전에 그녀가 두 팔의 그의 목에 걸고 꽉 끌어안았다.

"삼촌이 집에 오셔서 참 좋아요. 너무 오랜만이잖아요."

"그래. 하지만 이젠 좀 더 자주 돌아오게 될 거 같구나."

그도 그녀를 마주 안아 주었다. 물론 너무 세게 안지 않도록 조심해야 했다. 라이는 너무나 조그마해서 부서뜨릴까 겁이 날 정도였다.

"너 괜찮니, 라이?"

그녀가 한숨을 내쉬었다. 무거운 한숨이었다. 문득 에이브히
어는 라이가 아직 아기였을 때 한숨지었던 모습을 떠올렸다. 그
렇게 깊고 의미심장한 한숨을 내쉬기에는 너무나 어린 나이였다.
하지만 그녀는, 징징거리기나 하는 형들처럼 그의 숨소리가 귀에
거슬린다거나 저녁거리로 잡은 말이 도망가 버렸다는 이유 따위
로 한숨지은 게 아니었다. 라이가 한숨을 내쉴 때는 보통 그러고
도 남을 만한 이유가 있었다.

그녀가 그를 놓아주고 한 걸음 뒤로 물러나더니 고개를 숙이
며 속삭이듯 말했다.

"삼촌의 도움이 필요해요. 어머니와 이지 언니 문제예요."

"네 어머니라면 내가 확실히 도와줄 수 있지. 하지만 이지에
관해서는……."

라이가 반짝 고개를 들고 그를 뚫어져라 바라보았다. 아름답
고도 진지한 얼굴이었다. 에이브히어는 그 얼굴에 대고 그녀의
마음을 상하게 하는 남자가 나타난다면 자신이 과연 어떻게 반응
할지 상상조차 할 수 없었다.

"삼촌이 잘 모르시는 거예요. 삼촌은 이지 언니에게 굉장한 영
향을 미친다고요."

"라이, 난 네 언니를 십 년 동안이나 보지 못했어. 그녀가 날
용서했다고 말하긴 했지만…… 난 그 말을 믿어도 되는지 모르겠
다. 이지는 날 싫어하는 것 같아."

"언니는 절대로 삼촌을 싫어하지 않아요. 그게 문제죠."

그녀의 말에 놀라 에이브히어는 저도 모르게 말을 더듬었다.

"그게…… 난, 어…… 그렇구나. 하지만 이건 폼브레이 녀석에 관한 얘기가 아니지? 그 문제에 관해서라면 네 어머니와 이지는 전혀 걱정할 필요가……."

라이가 손을 내저었다.

"아니요, 아니에요. 이건 다른 문제예요."

"그럼 어떤 문제인지부터 얘기해 주는 게 좋겠구나. 일단 얘기를 들어 봐야, 세상에서 가장 고집 센 두 여자를 어떻게 상대할지 계획을 세울 수 있을 테니 말이다."

라이가 다시 한숨을 내쉬었다.

"그럴게요, 나중에. 지금은 안 돼요."

그녀는 몸을 돌려 걸어가다가 멈추고 덧붙였다.

"삼촌, 어디 가지 마세요."

그리고 다시 몇 걸음 걷다가 다시 멈추었다.

"제 말은, 진짜로 오래 떠나 있지는 마시라고요. 그러니까 한 달 이상은요."

다시 몇 걸음, 다시 멈추고.

"물론 굉장히 중요한 일이 생겨서 삼촌이 꼭 가야 한다면 할 수 없죠. 그건 저도 완전히 이해해요. 하지만 가능한 한 삼촌이 여기 계셨으면 좋겠어요. 어쨌든 적어도 가까운 곳에……."

그녀가 말을 멈췄다.

"아휴, 제가 절 짜증 나게 하고 있네요."

에이브히어는 웃음을 터트리며 조카딸에게 다가가 손을 내밀었다.

"그렇게 걱정이 가득할 때는 뭘 하면 마음을 비울 수 있는지 내가 알지."

라이의 미소가 피어났다. 그녀가 조그만 손으로 그의 손을 붙잡더니 코를 살짝 찡그리며 물었다.

"책방에 가는 거요?"

희망이 담긴 물음이었다.

"책방에 가는 거지."

이지는 탁자 위를 얼빠진 듯 바라보았다.

"장난해요?"

그녀가 곁에 서 있는 드래곤에게 묻자 그는 거대한 어깨를 슬쩍 추썩였다.

"좀…… 걷잡을 수 없어졌어."

"좀?"

반사적으로 움찔한 그는 세 수레에 나눠 실어 온 책들을 가늠하듯 바라보았다.

"뭐, 너도 책 읽는 거 좋아하잖아? 안 그래?"

그녀는 그의 목소리에 어린 애원의 기색을 감지했다.

"별로 그렇지 않은데요."

하지만 그렇게 말하고 그의 어깨를 다독였다.

"이거 다 도서관으로 가져가서 정리하는 내내 즐거우시길 바라요."

"안 도와줄 거야?"

그녀가 거대한 문으로 향하며 대꾸했다.

"차라리 제 몸에 불을 싸지르고 말죠."

"난 그것도 도와줄 수 있는데."

그가 중얼거리자 이지는 걸음을 멈추고 어깨 너머로 그를 돌아보았다.

"뭐라고요?"

그가 한숨을 내쉬며 마지못해 대답했다.

"아무것도 아니야."

"그런 것 같네요."

이지가 남자애에게 눈이 간 건 그 순간이었다. 그는 구석에 서 있었는데, 아마도 에이브히어의 눈에 띄지 않으려고 거기 숨어 있은 모양이었다. 그녀로서도 이해가 되었다. 뭔가에 집중할 때 에이브히어는 무시무시하게 인상을 찌푸리곤 했기 때문이다. 그런 얼굴을 하고 있는 그를 보고 '대량 살인마 개자식'이라고 부른다는 얘기도 지난 수년간 적지 않게 들었다.

"저 많은 책들을 정리해야 하는데 네가 그를 좀 도와주는 게 어떠니, 어…… 네 이름이……?"

눈이 확 커진 소년이 더듬거리며 대답했다.

"프레…… 프레더릭요, 프레더릭 라인홀트."

"다그마 숙모의 조카로구나."

그 점은 어쩐지 소년의 외모만으로도 쉽게 알아볼 수 있었다.

태양 아래로 나서 본 적도 없을 것 같은 창백한 피부와 대부분의 노스랜드 남자들이 그렇듯 훌쩍 큰 키. 썩 괜찮게 생긴 얼굴에는 저 야수 같은 드래곤이 근처에 있기 때문인지 살짝 두려운 빛이 어려 있었다.

"글을 읽을 줄 아니?"

소년이 시선을 피하며 대답했다.

"조금요. 좀…… 애를 먹고 있죠."

"괜찮아. 읽는 건 읽으면서 배우는 수밖에 없거든. 그리고 에이브히어가 도와줄 거야."

이지는 소년의 어깨를 잡고 탁자 앞에 서 있는 에이브히어에게 데려갔다.

"저녁 식사 때까지 다 해치워야 한단다."

에이브히어가 깊은 한숨을 내쉬었다.

"망할, 저녁 식사가 있었지."

이지는 깔깔거리며 몸을 돌렸다.

에이브히어는 대전 밖으로 걸어 나가는 귀여운 엉덩이를 잠시 노려보다가 소년에게 시선을 돌렸다.

"프레더릭이라고?"

"예, 왕자님."

"만나서 반갑구나. 난 에이브히어다."

소년이 인상을 찌푸리며 그를 올려다보았다.

"당신은 굉장히…… 크시군요."

"너도 큰데…… 인간의 아이치고는 말이다."

"진짜 드래곤이세요?"

"그래."

"그럼 레이디도?"

"레이디?"

"금방 나가신 분요."

에이브히어는 웃음을 터트렸다.

"나라면 이지를 레이디라고 부르진 않겠다. 그랬다가는 한 방 얻어맞을 테니까. 그녀는 탈라이스의 딸, 이사벨 장군이야."

"이곳에는 여자 장군이 있어요? 그분이 전장에 나간다는 말이에요? 당신들은 그녀가 그러게 놔두고요?"

"너도 곧 배우게 되겠지만, 사우스랜드에서는 여자가 무슨 망할 짓을 하건 간에 남자가 놔두고 어쩌고 할 수 있는 게 아니란다. 다만 그 앞길에 방해가 되지 않도록 조심하거나, 거기 말려들어 같이 망하는 일이 없기를 기도해야지."

그는 책들을 향해 손짓하며 말을 이었다.

"일단 이것들을 도서관으로 옮기자. 정리는 나중에 하더라도."

이지가 대전의 계단을 다 내려왔을 즈음에 모르퓌드가 모퉁이를 돌아 나왔다. 그녀는 치유사의 흰색 로브를 입고, 약초 가방과 주문에 쓰는 용품들을 어깨에 걸치고 있었다.

"모르퓌드!"

이지는 손을 흔들며 그녀에게 달려갔고, 두 여자는 서로를 꽉 끌어안았다.

"이지! 네가 돌아왔다는 얘기는 들었어. 다시 보니 정말 기쁘구나."

모르퓌드가 한 걸음 물러나더니 그녀를 훑어보았다.

"그런데 너무 말랐잖아."

자신의 몸을 내려다본 이지는 인상을 찌푸렸다.

"제가요? 정말요?"

"내 눈에는 그래 보여. 그런데 어디 가는 거니?"

"제 집에요. 녹초가 됐거든요."

"저녁 식사 자리에 안 나올 거니?"

"안 나가요. 하지만 피어구스 삼촌이 그러던데, 하루 이틀 안에 뭔가 있을 거라면서요? 그땐 참석할게요."

그녀가 빙그레 웃음 지었다.

"무도회도 있겠죠?"

"물론이지. 아, 네가 여기 있어서 참 다행이다. 네 동생이 폼브레이 경의 아들과 시간을 보낼 계획이거든."

"브라스티아스 님이 따라가시는 거 아니에요?"

"맞아. 하지만 난 네가 네 아버지를 맡아 줬으면 좋겠다. 오빠는 벌써 그 불쌍한 남자애를 그슬려 놨어. 게다가…… 이지, 그만 웃어!"

"아빠가 어떠신지 아시잖아요. 크롬 경 기억하세요? 그는 제 등허리에 손을 올려놓았을 뿐이에요. 그런데 어떻게 됐죠? 바로 다음 순간 나무 꼭대기를 넘어 날아가 버렸다고요. 아빠는 발톱으로 그를……."

이지는 잠시 기억을 되새기다가 물었다.

"근데 그 사람 어떻게 됐죠?"

"죽었지. 추락해서 죽은 건 아니었어. 바닥에 부딪친 충격으로 죽은 것도 아니었고. 브리크가 쫓아가서 마을 하나를 통째로 날려 버릴 만한 화염으로 끝장내 버렸지."

모르퓌드는 이지의 팔을 가볍게 토닥였다.

"당시에는 너에게 그 부분을 말하지 않았단다. 그랬다간 너를 화나게만 했을 테니까."

진저리를 치며 이지가 따져 물었다.

"하지만 그는 제게 손을 댄 거라고도 할 수 없었잖아요!"

"네가 겨우 열여섯 살이 되었을 때야. 그자가 너에게 접근한 것 자체가 완전히 부적절한 짓이었고, 브리크는 일단 그자에게 경고도 해 줬어. 두 번이나. 하지만 그자는 계속해서 널 쳐다보고 있었지. 등허리든 어디든 손을 댄 건 결정적으로 선을 넘은 거야. 뭐, 폼브레이 경의 아들은 네 동생이랑 같은 나이이긴 해. 하지만 네 아버지에게는 그런 게 별로 중요하지 않겠지."

이지는 가슴 위로 팔짱을 끼었다.

"지난 세월 동안 다들 저한테 숨긴 게 또 뭐가 있죠?"

"오, 굉장히 많지. 하지만 전부 다 널 위해 한 일이란다."

이지가 더 따지고 들기도 전에 모르퓌드가 물었다.

"그래, 이번엔 무슨 일로 온 거니? 가을 추수 때나 되어야 널 다시 볼 줄 알았는데."

"저도 모르겠네요."

모르퓌드가 인상을 찌푸렸다.

"네가 여기 왜 왔는지 네가 모른다고? 그러니까 네가 그냥……
별 이유도 없이 전장을 이탈했다는 거니?"

"마음이라는 게 원래 그렇게 정처가 없는 거잖……."

"이지."

이지는 키득거리며 대답했다.

"라그나 님이 에이브히어에게 절 집으로 데려가라고 했대요.
하지만 에이브히어도 이유는 모르고요. 제 어머니도 부르지 않았
다고 하시네요. 아니, 아무도 모르는 것 같아요. 하지만 전 여기
있고요."

"그래도 넌 별로 개의치 않는 것 같은데?"

"케이타가 언제나 말하는 것처럼, 전 너무 예뻐서 아무것도 걱
정할 필요가 없으니까요."

"맙소사! 너마저 그 닭대가리 계집이 충고랍시고 해 주는 얘기
에 귀 기울이기 시작한다면……."

모르퓌드가 소리쳤다.

"농담이에요, 농담. 물론 신경 쓰이죠. 하지만 뭐, 제가 지옥의
불구덩이로 소환당한 것도 아니잖아요. 최악의 경우라 해도, 뭔
가 문제가 터졌을 때 전 집에 있는 거고요."

이지는 고모의 어깨를 부드럽게 다독였다.

"걱정 마세요. 저와 브란웬이 여기 함께 있으니까 다 괜찮을
거예요."

그리고 그녀에게 길을 열어 주며 개 사육장 쪽으로 방향을 잡았다.

"그래, 좋아. 그런데 이지?"

이지는 떼려던 걸음을 멈추고 고모를 돌아보았다.

"뤼데르크 하일은 여전히 접촉해 오지 않니?"

이지는 숨을 멈추고 아무렇지 않게 거짓말을 했다.

"예."

고모가 그녀를 탐색하듯 바라보았다.

"그가 접촉해 오면 내게 알려 줘야 한다."

"물론이죠."

역시 태연하게 대답한 이지는 다시 개 사육장을 향해 몸을 돌렸다.

그녀는 자신이 왜 모르퓌드에게 거짓말을 했는지 알지 못했다. 하지만 그녀의 직감이 그렇게 하라고 시켰고, 적어도 이 순간만큼은 그게 여러모로 최선의 대처인 것 같았다.

13

에이브히어는 언제나처럼 책에 빠져 정신을 놓아 버렸다. 그저 책들을 도서관 구석에 쌓아 놓고 저녁 식사 전에 낮잠을 자려 했던 계획과 달리, 그는 새로 산 책들을 모두 정리했을 뿐 아니라 앤닐의 아버지 시대 이전부터 거기 있었던 책들에 빠져들었다.

솔직히 말해서, 에이브히어는 다그마의 조카가 이미 어디론가 가 버렸을 거라고 ─항상 어딘가 멍해 보이는 아이였기 때문에─ 생각했다. 하지만 그는 에이브히어만큼이나 도서관을 편하게 여기는 것 같았다. 명령받은 대로 재빠르고 쉽게 새 책을 꽂을 서가를 비우고 적당한 자리를 찾아 책을 정리해 나갔다.

그렇게 조용하면서도 기분 좋은 시간이 흘러가는 사이, 에이브히어는 문득 이런 시간을 가져 본 게 정말 오랜만이라는 것을 깨달았다. 미루나크의 일원으로서는 일주일에 한두 번, 겨우 몇 시간 책을 읽는 것만으로도 주변의 눈총을 받아야 했다.

'술이 있고 계집이 있고 죽일 것들이 있는데 책 따위에 낭비할 시간이 어디 있나?'

앤널이나 탈라이스가 보내 준 책을 읽고 있는 그를 보기만 하면 앵고어 대장이 그의 손에서 책을 빼앗아 팽개치며 하는 소리였다. 그러고 나면 대장은 그를 잡아끌고 가장 가까운 술집에다 처넣곤 했다.

물론 에이브히어가 술과 여자와 살육을 마다하는 건 아니었다. 전혀 그러지 않았다. 하지만 그는 책을 사고 읽는 것 또한 그런 일들이나 마찬가지로 즐겼다.

프레더릭이 또 다른 책을 그에게 건네며 말했다.

"저도 좀 더 잘 읽을 수 있으면 좋겠어요."

"여기서 시간을 보내다 보면 저절로 그렇게 될 거다. 글을 읽는 능력은 계속 읽으면서 느는 법이거든. 누구나 어느 수준에 이르기까지는 끊임없이 연습하는 수밖에 없는 기술 중 하나지."

에이브히어는 소년 쪽으로 살짝 몸을 기울인 채 낮은 목소리로 덧붙였다.

"게다가 가족들을 피하고 싶을 때는 훌륭한 탈출구가 되기도 하고."

그리고 어깨를 추썩이며 몸을 세운 다음, 소년이 건네준 책을 내려다보며 말했다.

"물론 그럼에도 불구하고 기어이 널 찾아내고야 마는……."

"사랑하는 내 다정한 아들!"

에이브히어는 터져 나오려는 한숨을 깨물며 천천히 몸을 돌려 도서관 정문 쪽을 바라보았다. 그리고 미소를 지었다.

"안녕하세요, 어머니."

문을 두드리는 소리를 들었을 때, 이지는 보글보글 끓고 있는 스튜를 다시 한 번 저으려던 참이었다.

그녀는 미소를 지으며 국자를 탁자에 내려놓고 조그만 방을 가로질러 뛰어갔다. 잡아채듯 문을 활짝 열어젖힌 이지는 환하게 웃는 얼굴이었다.

베르세락이 손수 만든 술을 두 병이나 들고 있는 브란웬의 모습을 보자 그녀의 웃음이 더욱 진해졌다. 하지만 그녀를 더욱 기쁘게 한 것—이 경우 '것'이라기보다는 '존재'라고 해야겠지만—은 브란웬 뒤에 있었다. 이지는 친구를 밀치듯 지나쳐 거기 서 있는 드래곤의 팔 안으로 뛰어들었다.

"켈륀!"

커다란 팔이 그녀의 허리를 휘감고 바닥에서 들어 올리며 단단히 끌어안았다.

"내 귀여운 이지."

"그만하시지, 둘 다. 여기 스튜가 있고 빵이 있고 술이 있는데 말이야, 껴안고 어쩌고는 나중에 하라고."

브란웬이 집 안으로 걸어 들어가며 말했다.

에이브히어가 미소를 지으며 어머니를 끌어안자 어머니가 그의 귓가에 속삭였다.

"오! 내가 얼마나 널 그리워했는지 모른다, 아들아."

"저도 어머니가 보고 싶었어요, 너무나 많이요."

"나도 보고 싶었냐, 꼬마야?"

에이브히어는 그 목소리에 담긴 조소를 읽어 냈고, 문 앞에 서 있는 아버지의 모습을 본 순간 화가 치밀어 저도 모르게 입술이 말려 올라갔다.

하지만 어머니가 재빨리 그를 살짝 떼어 놓으며 물었다.

"저기 저 젊은이는 누구지?"

부자가 서로를 향해 으르렁거리려는 순간, 어머니가 그의 어깨를 밀쳤다.

"네가 소개해 줘야지, 아들아."

"프레더릭 라인홀트예요. 다그마의 조카죠."

"어머어어, 참으로 건장한 젊은이로구나!"

어머니가 탄성을 올리며 프레더릭에게 가까이 오라는 몸짓을 보냈다.

"난 리아논 여왕이란다. 하지만 넌 리아논 여왕님이라고 불러 야지."

살짝 입술을 벌린 채 리아논을 빤히 바라보던 프레더릭이 그녀가 내민 손을 잡고 허리를 반으로 접다시피 해서 절을 올렸다.

"여…… 여왕님."

리아논의 미소가 진해졌다. 그녀는 인간 소년을 향해 몸을 기울이며 말했다.

"너무나 사랑스러운 아이로구나. 통째로 삼켜 버리고 싶을 만큼 사랑스러워!"

"어머니!"

"아, 뭐…… 말이 그렇다는 거지."

이지가 스튜 냄비를 불에서 내려 탁자 한가운데 올려놓자, 브란웬이 그릇과 스푼을 내왔고, 켈뤼이 술잔을 채웠다. 그것은 몇 년 전 셋이서 시작한 일종의 의식 같은 것이었다.

그동안 벌어진 그 모든 난리들을 감안하면 믿기 어려운 일이긴 했다.

이지는 많은 이들이 자신의 말을 믿지 않는다는 것을 알고 있었다. 하지만 에이브히어와 켈뤼과 자신 사이에 벌어진 일이 그런 식으로 끝나리라고는 그녀도 생각지 못했다. 당시에 그녀는 어렸고 그저…… 호기심이 많았을 뿐이다.

사실 동료 병사들 중에 그녀의 호기심을 채워 주겠다고 나선 이들도 있었다. 그들은 정중하게 혹은 대놓고 물었다.

'제대로 섹스 한판 어때?'

물론 그 대답으로 이지는 가장 가까이 있는 무기를 집어 들거나 곧장 주먹을 날려 주었다.

하지만 켈뤼은 달랐다. 그는 다정하고 재밌고 자신감 넘치는 모습만으로 계속해서 그녀의 흥미를 끌었고, 아무것도 요구하지 않았다. 그럴 필요가 없었기 때문이다. 그리고 어느 날 밤, 숲 속에 둘만 남았을 때 그들은 자연스럽게 다음 수순—적어도 이지에게는 그랬다―으로 넘어갔다.

일이 그처럼 나쁘게 흘러갈 거라고는 생각도 하지 못했다. 게다가, 에이브히어가 그 사실을 알게 될 거라고는 더더욱 생각하지 못했다. 설사 알게 된다 해도 정말로 그가 조금이라도 신경 쓸 줄은 몰랐다.

열여섯 살 때 처음으로 푸른빛 머리칼의 그를 본 순간 홀딱 반해 버린 이지가 그 역시 자신을 아끼고 질투해 주기를 바랐던 것은 사실이지만, 세상을 좀 더 겪고 현실적이 된 열아홉 살의 그녀는 더 이상 그렇게 어리석지 않았다. 그러니까 자신이 아니라 그의 자존심과 사촌 간의 경쟁이 문제였다는 것을 알아챌 정도는 되었다.

어쨌든, 감사하게도 그것은 오래전 일이었고 그사이 많은 것들이 변했다. 적어도 이지에게는 그랬다.

"그래, 내 사촌은 만났니?"

켈뤼른이 물었다. 제 몫의 스튜를 해치우고 빈 그릇을 밀어 버린 그는 의자에 등을 기대며 긴 다리를 쭉 뻗고 술잔을 돌렸다.

"그가 날 여기까지 데려왔는걸."

"그런 일이 어떻게 벌어졌대?"

이지는 손가락으로 막센의 엉망으로 얽힌 더러운 털을 풀어 주려 애쓰고 있었다. 평소 그녀가 녀석의 털을 다듬어 주지 않는 것은 아니었다. 아니, 실제로 자주 다듬어 줬다. 하지만 그녀가 녀석의 꼬리까지 빗질을 마칠 즈음이면 어느새 머리 쪽 털이 다시 엉망으로 얽혀 더러워져 있곤 했다. 어찌 되건 녀석은 개의치 않는 것 같았으니…….

"왜 묻는 거야?"

"내가 한심할 만큼 호기심이 많아서지."

이지는 웃음을 터트렸다.

"적어도 솔직하긴 하네."

"선택받은 드래곤 퀸 근위대의 일원으로서, 난 정직할 것을 피로써 맹세한 몸이니까."

그는 시선을 슬쩍 돌리며 덧붙였다.

"물론 여왕님이 거짓말을 하라고 명령하신 경우는 예외지만…… 실제로 그러기도 하시지."

"충격이네."

브란웰이 중얼거리며 술병을 들어 자기 잔을 다시 채웠다.

"아아아, 동기간의 질투라. 내가 받은 임무가 너한테는 쓰라린가 보구나, 브란웰."

"아니. 그저 어머니가 끊임없이 하시는 얘기를 또 듣는 게 지겨워서 말이야."

"오! 귀여운 동생아, 너무 그렇게 민감하게 굴 것 없단다. 우리 어머니는 그저 너보다 날 더 사랑하신다는 사실을 너도 알잖……. 아오! 거긴 내 정강이야, 인간 여자야!"

"나도 알아!"

이지가 쏘아붙였다. 다만 오늘 저녁 맨발이라는 사실이 애석할 뿐이었다. 켈뤼의 정강이가 화강암처럼 단단했기 때문이다.

"아직도 깨닫지 못했나 본데요, 오라버니. 이지는 나한테 충실하거든요. 그러니까 이지를 풀어놓게 만들지 마시라고요."

"너, 나까지 놀림감으로 만들고 있잖아."

이지가 투덜거렸다.

"아니지, 이건 심각한 협박이야."

켈뤼이 인정했다.

"우리 일족 사이에서는 많이들 사용하는 방식이지. 특히 브리크가. 그는 협박하는 걸 좋아하잖아. 자기를 화나게 하는 존재라면……."

"세상의 모든 존재들이지."

브란웬이 말을 끼워 넣고는 마지막 남은 빵을 집어 세 조각으로 찢었다.

"……아름다운 큰딸과 함께 상대의 등에서 비늘을 왕창 뜯어내고 가슴속에서 박동하는 심장을 뽑아낸 다음 시체에 침을 뱉는 거야."

켈뤼의 말에, 이지는 가슴에 손을 올리고 눈물이 터지려는 것을 막는 듯 떨리는 목소리로 받아쳤다.

"내가 들어 본 중에서 최고로 달콤한 말이야!"

"그가 두 딸을 사랑하는 건 분명하니까."

이지는 브란웬이 건넨 빵 조각을 받아 들었다.

"진짜로 이런 말이 듣고 싶었어. 오늘 하루 종일…… 기분이 별로였거든."

켈뤼의 장난스럽던 표정이 걱정을 담은 얼굴로 바뀌었다.

"기분이 별로였다고? 왜, 무슨 일인데?"

"에이브히어가 가족들이 자신을 멀리 떠나 있게 한 건 내 주위에 두고 싶지 않았기 때문이었다고 말했거든. 그런데 아빠와 피어구스 삼촌은 그게 다가 아니라고 했지. 에이브히어를 미루나크 부대로 보내서 지난 십 년 동안 아이스랜드에 묶어 둔 건 할아버지셨대. 누구도 아이스랜드에 묶여 있어선 안 되는 거잖아. 그 누구라도 말이야."

켈륀과 브란웬이 한동안 그녀를 빤히 쳐다보았다. 서로 눈빛을 주고받은 남매가 그녀를 똑바로 응시하며 동시에 말했다.

"아니야."

"아니지."

"아니라니? 뭐가 아니란 거야?"

"그 누구도 미루나크에게 이래라저래라 할 수 없어. 물론 여왕님을 빼고 말이야. 여왕님이 원하는 바를 말씀하시면 미루나크가 그 일이 일어나게 만들지."

켈륀이 대답했다.

"일이 일어나게 만들어? 어떻게?"

켈륀은 어깨를 추썩였다.

"그들 내키는 대로. 미루나크의 일은 미루나크 내부에서 끝나. 그들은 명령을 따르지 않으니까. 적어도 여왕님을 제외한 그 누구에게서 나온 그 어떤 명령도 따르지 않아."

"그들이 명령을 따를 수 없다면 왜……?"

"아니, 따를 수 없는 게 아니라 따르지 않는 거야."

"그건 더 나쁘잖아."

"전사로서 그들은 너무나 뛰어나니까 도저히 써먹지 않을 수가 없거든."

"그게 바로 우리 할아버지란다."

브란웬이 말을 더했다.

"그분은 강력한 전사였지만 병사로서는 최악이셨지. 우리 할머니를 만나기 전에는……."

"그분은 여자랑 자는 거, 먹는 거, 마시는 걸 좋아하셨어. 그리고 제대로 된 싸움을 사랑하셨지. 하지만 명령받는 건 싫어하셨거든."

"장군들이랑 사령관들이라면 질색을 하셨지."

"아침에 일어나는 것도 싫어하셨고."

"특히 실컷 마시고 여자랑 밤을 제대로 즐긴 다음 날 아침에는 말이야."

이지는 깔깔거리며 웃다가 물었다.

"그래서 미루나크 부대로 들어가셨구나."

"미루나크 부대로 들어가는 경우는 없어."

"기꺼이는 아니지."

브란웬이 보충했다.

"그러니까 강제로 보내진단 말이네."

이지는 자기 짐작을 얘기하며 에이브히어가 처한 상황에 다시 한 번 안됐다는 기분을 느꼈다.

"그보다는 선택의 여지가 별로 없는 거라고 할 수 있지. 보통은 미루나크냐, 소금 광산이냐, 둘 중 하나를 골라야 해. 소금 광산 쪽을 많이들 택하고."

켈륀이 말했다.

"어쨌든, 이 년의 훈련 기간을 마치고…… 살아남으면 미루나크가 되는 거야."

"훈련에서 살아남아?"

"그것만으로도 충분히 어렵지. 하지만 완전한 미루나크가 되면 갑주도 없이 전장에 나가……."

"깃발도 없고."

"제대로 된 지휘관도 없이."

이지는 충격을 받아 저도 모르게 두 뺨을 누르며 물었다.

"적어도 무기는 들고 나가겠지?"

"뭐…… 가끔은 그러는 것 같아."

켈륀이 머리를 내저었다.

"이지, 솔직히 말해서 나라면 절대 하지 않을 짓이야."

이지는 믿을 수 없는 사실에 움츠러들지 않을 수 없었다.

"하지만 에이브히어는……?"

"레드 드래곤 아우스텔에게 일어난 일 이후로……."

그 젊은 드래곤워리어 신병은 강철 드래곤들을 상대로 한 전쟁의 마지막 전투에서 죽임을 당했다. 이지가 들은 바로, 에이브히어는 그 일로 상당한 타격을 입었는데 어떤 이유에서인지 스스로를 탓했다고 한다.

하지만 정확한 이유가 뭔지는 누구도 이야기해 주지 않았다. 얼마쯤 시간이 흐르자 이지도 더 이상 묻지 않게 되었다. 에이브히어가 스스로를 탓하는 이유가 무엇인지 자신이 진심으로 알고 싶지는 않다는 생각이 들었기 때문이다.

"그러니까…… 내 사촌은 더 이상 예전의 그가 아니었지."

켈뢴이 마침내 말을 이었다.

"훈련이 불가능한 상태였어. 누구 말도 듣지 않았으니까."

"닥치는 대로 싸우고 다녔지. 에이브히어는 분노로 가득 차 있었어."

"그래서 할아버지가 미루나크 부대로 보내 버리셨다고?"

이지는 브란웬이 가져온 술이 얼마나 남았는지 가늠해 보며 물었다.

"베르세락 삼촌이 그를 보내 버리셨다 해도 놀랄 일은 아니지. 하지만 여왕님이 그걸 보고만 계셨다니, 그건 놀랍네."

켈뢴이 말했다.

"에이브히어니까?"

"드래곤 왕자가 미루나크 같은 종류의 부대에 보내진 적은 없으니까."

"미루나크 같은 종류?"

브란웬이 어깨를 으쓱였다.

"미루나크는 거의 드래곤 군대만큼의 역사를 갖고 있어. 하지만 우리 할아버지 아일레안이 그들의 일원이 되기까지는 공식적인 이름이 없었지. 그 전에는 그냥 '술 한 잔이나 창녀 한 명을 얻기 위해서도 살육하는 미친 개자식들' 정도로 불렸을 뿐이야."

"사랑스럽네."

켈뤼이 웃음을 터트렸다.

"지금은 좀 더 조직화되었다고 하지만 미친 개자식들인 건 여전하지. 그리고 이렇게 말해서 뭐하지만, 내가 들은 바로 에이브히어는 완벽한 미루나크가 되었다더라."

"'무도한 자' 에이브히어가 마침내 자기네 영역을 떠났다는 소식에 아이스랜드 전체가 안도의 한숨을 내쉬었다는 소문이 있을 정도야."

이지는 더 이상 술을 마시고 싶지 않아져 반쯤 채워진 술잔을 밀어 버렸다.

"그러니까 미루나크가 그를 강제로 묶어 두었다고는 생각하지 않는다고?"

"미루나크로서 그가 아이스랜드에 머물러 있었던 건 지난 수년 동안 그곳에 미루나크가 필요했기 때문이야. 그의 명성과 전투술에 대해서는 의심할 여지가 없지만, 에이브히어가 그냥 떠나 버렸다 해도 미루나크 중 누구도 개의치 않았을걸."

"일단 미루나크가 되면 그들 모두는 한 가족이나 마찬가지거든. 오직 그들이 맞이하는 짝만이 더 중요한 의미를 가질 수 있다고 해."

브란웬은 잠시 생각한 후에 덧붙였다.

"그들 중 누구라도 실제로 짝을 맞이하기나 한다면 말이지만."

"그러니까 형제들이 미루나크 부대에 그를 십 년 동안 묶어 뒀다고 한 건……?"

"있을 수 없는 일이란 얘기지."

이지는 의자 등받이에 몸을 기댔다.

"그럼 대체 왜 에이브히어가 그렇게 믿도록 내버려 둔 거야?"

켈린이 손을 뻗어 그녀의 손을 가볍게 다독였다.

"네 아버지와 삼촌들이 잔인한 개자식들이기 때문이지. 넌 어떻게 아직까지 그걸 모를 수가 있냐?"

이지는 그의 손을 쳐 내며 쏘아붙였다.

"닥치시지."

드래곤 퀸 리아논은 가반아일 성과 성을 둘러싼 영지가 내려다보이는 언덕에 자신의 가장 어린 자식과 함께 앉아 있었다. 그녀가 막내아들과 이곳에 마지막으로 앉았던 때, 그는 아이에서 어른으로 옮아가는 필연적인 과정을 몹시도 지독하게 치러 내고 있었다.

여왕은 아들의 옆얼굴을 올려다보았다. 이제 그의 얼굴에는 그 전이의 대가가 고스란히 새겨져 있었다. 부드러운 윤곽은 조금도 남아 있지 않았다. 완벽하고 고운 인간의 피부도 사라지고 없었다. 대신에 강력한 턱—적어도 한 번 이상은 부서졌음을 알아볼 수 있었다—과 날카로운 관골, 얼굴과 목 여기저기의 흉터—강철로 된 칼날이 단단한 비늘을 가르고 그 아래 살까지 파고들었음을 의미했다—가 보였다.

미루나크에게 임무를 내릴 때마다 그녀는 자신의 아들이 그 임무를 수행하기 위해 파견될 무리의 일원이 될 수도 있다는 가능성을 생각하지 않기 위해 애를 써야 했다. 무장도 하지 않고 적의 영역으로 들어간 아들이 스스로 정한 목표를 달성할 때까지 달리고, 고함을 지르고, 살육을 계속하리라는 생각은 종종 그녀의 밤잠을 빼앗아 가곤 했다. 물리적으로 그에게 일어날 수 있는 일만이 아니라 그의 존재 자체를 바꿔 놓을 만한 일들 때문이었다. 그를 어떤 종류의 드래곤으로 변화시킬지 모를 그런 일들을 그녀는 말하고 싶지도, 듣고 싶지도 않았다. 심지어 자신의 자식에게 일어나는 일이란 사실조차 인정하고 싶지 않았다.

다시 말해, 미루나크가 된다는 것이 아들을 개자식으로 만들수도 있다는 사실을.

물론 저녁 식사 자리에서는 알아보기 어려웠다. 그녀의 짝과 아들들이 그를 그토록 괴롭혀 대고 있었으니까. 에이브히어는 별로 말을 하지 않았다. 그저 조용히 먹기만 하다가 식사를 끝내기 무섭게 일어나 어디론가 가 버렸다. 그 후로 리아논은 아들들과 그들의 짝들 사이에서 벌어진 온갖 논쟁을 듣고 앉아 있어야 했다. 정말이지, 그들의 싸움에 과연 끝이란 게 있을지 의심스러웠다. 하지만 적어도 인간 여자들은 할 수 있는 한 에이브히어를 보호하려고 애썼다.

리아논은 말을 꺼낼 준비가 되었다. 수년 동안 에이브히어에게 적어도 한 번 이상 해 주었고, 그의 형들에게는 훨씬 더 어렸을 때 해 준 이야기였다.

이를테면…….

'네 아버지도 진심은 아니었을 거야.'

'물론 아버지는 널 사랑하지.'

'아니야. 그이는 최고가를 부른 인간 입찰자에게 네 알을 팔려고 하지 않았어.'

'물론이지. 아버지는 자고 있는 널 죽이려 하지 않았단다.'

이런 말들이었다. 하지만 그녀가 지난 몇 세기 동안 되풀이했던 말들을 입 밖으로 꺼내기도 전에 아들이 말했다.

"이지가 저녁을 먹으러 오지 않았어요."

리아논은 그대로 입을 다물고 잠시 눈만 깜빡이다가 뒤늦게 대꾸했다.

"그래, 안 왔지. 모르퓌드가 그러는데, 녹초가 돼서 자러 갔다는구나."

"하지만 자기 방에 없던데요."

"그 애도 이제 집이 있어."

아들이 마침내 그녀를 돌아보았다. 그 빛나는 은빛 눈동자는 호기심을 담고 있었다. ……언제나처럼, 특히 이지에 관한 일이라면.

"집? 이지에게 집이 있어요?"

"그웬바엘이 그 애를 위해 만들어 줬지. 마을 바로 바깥쪽에 있단다."

리아논은 살짝 몸을 기울이고 목소리를 낮추었다.

"이지는 여기를 좀 답답하게 느끼는 것 같더라."

"탈라이스 때문에요?"

"쌍둥이 때문이지. 그 애들은 끔찍하게 시끄럽잖아."

아들이 그저 빤히 바라보고만 있자 그녀는 쏘아붙였다.

"나를 닮은 게 아니야!"

그가 불만스러운 듯 웅얼거리더니 다시 저 아래 영지로 시선을 돌렸다.

"저 성을 하나 샀어요."

"뭐하러?"

"침대에서 자는 게 좋거든요."

"동굴에도 침대를 놓을 수 있는데."

"물론 동굴도 하나 있죠. 하지만 성을 갖고 싶었어요."

그녀는 절레절레 머리를 내저었다.

"꼭 네 할아버지를 닮았구나. 네 아버지가 날 납치해다가 동굴이 아니라 아일레안의 성에 던져 놓았을 때는 믿을 수가 없었지. 상상이 되니? 드래곤 일가 전체가 성 하나에 억지로 모여 살다니 말이야."

"아버지한테 납치당했다는 걸 꼭 그렇게 매번 짚어서 얘기하셔야겠어요?"

"그게 사실이잖아."

"아버지 말씀으론, 당신 집 문 앞에 어머니가 왕족 쓰레기나 다름없이 던져졌다던데요. 어머니는 그런 상황에서도 거만하기 짝이 없으셨고요."

"난 거만하지 않았어. 그저 그이보다 우월했을 뿐이지. 일단 그 점을 그이도 인정하고 나자 우린 잘 지내게 되었단다."

다음 순간 그 모습이 돌아왔다. 리아논이 너무나 오랫동안 그리워한 모습이었다. 블루 드래곤 에이브히어가 그녀를 향해 미소 지은 것이다.

"보고 싶었어요, 어머니."

"나도 네가 보고 싶었다."

아들의 팔에 머리를 기댄 리아논은 귀 아래 느껴지는 근육의 크기에 속으로 감탄하며 말했다.

"네가 집에 있어서 기쁘구나. 적어도 한동안은 그렇겠지."

"예, 저도요."

친구들이 떠나고 탁자를 치운 이지는 막센을 잠시 밖으로 내보내 주고 몸을 씻었다. 하지만 막 침대로 기어들려는 참에 문을 두드리는 소리가 울렸다. 벗은 몸에 재빨리 잠옷을 걸친 그녀는 검을 집어 들고 틈을 벌리듯 문을 살짝만 열었다. 하지만 곧바로 검을 내려야 했다.

"왜?"

"나쁜 꿈을 꿨어."

이지는 문을 완전히 열었지만 동생이 안으로 들어오지 못하도록 가로막고 선 채 되물었다.

"나쁜 꿈이라고?"

"응."

"그래서 잠옷에 로브만 걸친 채로 성에서 여기까지 걸어왔단 말이니? 내 침대에서 잘 수 있을 거라 생각하고?"

"응."

"곰 인형을 들고 온 건 멋진 한 수였다."

"고마워."

"그래, 여기까지 혼자 왔단 말이야?"

"아니, 아니야. 언니 오빠랑 함께 왔지."

이지는 밖으로 몸을 내밀고 사방을 둘러보았다.

"그 애들은 어디 있는데?"

"나무 위에."

이지는 이게 무슨 상황인지 이해하려 애쓰며 나무를 올려다보았다.

"왜…… 그 애들이 왜 나무 위에 있는데?"

"거기서 잔대."

"집 안으로 들어오기 싫어서?"

"언니 오빠는 나무 위에서 자는 걸 좋아해. 하지만 난 아니라고. 점점 추워지는데……."

라이가 두 팔로 제 몸을 꼭 감싸며 말했다.

"너 나더러 막센을 밖으로 내쫓으라는 거야?"

라이가 그녀를 밀치고 안으로 들어섰다.

"막센은 날 사랑해! 언닌 너무 못됐고!"

웃음을 터트린 이지는 밖으로 나가서, 가까운 이웃들을 방해하지 않기 바라며 나무 쪽에 대고 말했다.

"둘 다 안에 들어와서 자도 돼."

"됐거든."

곧장 대답이 돌아왔다. 이지는 알아서 하라는 듯 어깨를 추썩이고 집 안으로 들어가 문을 닫았다. 하지만 빗장은 걸지 않고 그대로 두었다. 그녀는 쌍둥이가 안으로 들어올 수 없으면 밤새도록 나무 위에 머물러 있으리라는 것을 알고 있었다. 오직 라이를 안전하게 지키기 위해서.

침실로 걸어 들어간 이지는 동생이 침대 위에서 막센과 엎치락뒤치락하고 있는 것을 보았다. 개는 라이가 들고 온 곰 인형을 빼앗으려 애쓰고 있었다.

"이거 놔, 이 지저분한 놈아!"

"너희 둘 다 사이좋게……."

"둘 다?"

막센이 결국 라이의 손에서 곰 인형을 빼앗아 물고 침대 아래로 뛰어내렸다. 거의 작은 말만 한 녀석이 인형을 문 채 방 안을 이리저리 뛰어다니기 시작했다.

"저 녀석 아주 비열하게 굴고 있잖아!"

"거기까지."

이지는 개를 향해 손을 내밀었다.

"그거 내놔."

막센이 걸음을 멈추고 그녀를 빤히 쳐다보았다.

"얼른!"

개가 그녀의 발치에 인형을 뱉어 놓았다. 이지는 그것을 확 잡아채 높은 선반—이론적으로는 갯과 동물이 닿을 수 없는 높이였다—에 올려놓았다.

"침대로 올라가."

개에게 명령한 그녀는 동생에게도 말했다.

"시트 아래로 들어가."

그리고 둘 다에게 명령했다.

"밀어내기 없기야."

라이가 키득거리며 시트 아래로 파고들었다. 동생이 그렇게 행복해하는 모습을 보는 것은 이지에게 정말로 상당한 의미가 있었다. 장군으로서 그녀는, 모습을 보이는 것만으로 부하들에게 사랑받기도 했고 때로는 절대적인 두려움의 대상이 되기도 했다. 하지만 라이는 때와 장소에 상관없이 제 언니에게 열광했다.

이지는 침대로 올라가 라이 뒤에 누웠다.

"언니 발이 얼음장 같아!"

라이가 투덜거렸다.

"그러게 네 침대에서 자지 그랬어, 이 떼쟁이야."

이지는 그녀의 허리에 팔을 감고 동생의 존재를 충실하게 느끼며 서서히 긴장을 풀었다. 라이가 그녀의 어깨에 머리를 기대 왔다.

"언니 저녁 먹으러 안 왔더라."

어둠 속에서 동생이 속삭였다.

"그래. 가지 않아서 미안해. 그냥 좀…… 못 가겠더라. 넌 이해해 줄 줄 알았지."

이지는 동생을 좀 더 단단히 끌어안았다.

"아, 물론 이해했지. 나도 더 자주 저녁 식사 자리에 빠질 수 있으면 좋겠다고."

라이는 잠시 가만히 있다가 말을 이었다.

"에이브히어 삼촌이 특히 실망한 거 같던데."

"리안웬……."

"윽, 정색할 건 없잖아."

"그래. 그러니까 잘 들어 두렴, 동생아. 에이브히어에 관해서라면 난 할 얘기가 아무것도 없어. 앞으로도 없을 거고. 알아들었니?"

"알아들었어."

"삼촌을 입에 담는 것도 안 되나?"

어둠 속에서 남자의 목소리가 들려왔고, 이지는 어느새 쌍둥이가 방 안에 들어와 있음을 깨달았다. 그것도 침대 위, 그녀의 발치 쪽에 길게 누워 있었다.

"너희는 나무 위에서 잘 거라고 생각했는데."

"기대했던 것보다 편하지가 않더라고."

탈윈이 하품을 섞어 말했다.

"그래서 안으로 들어왔지."

탈란이 덧붙였다.

"막센은 어디 있는데?"

"나랑 탈윈 사이에."

이지는 눈알을 굴리며 막센에게 쏘아붙였다.

"주인을 참 잘도 지키는구나, 이 잠퉁이 자식아."

"쉬이이이."

탈윈이 속삭였다.

"이 녀석 잠들었단 말이야."

이 시점에서 언성을 높여 봐야 의미가 없다고 판단한 이지는 눈을 감고 잠을 청했다.

하지만 곧바로 시간 낭비라는 것을 깨닫게 되었다. 키득거리는 소리가 들려오고, 그 소리에 대한 불평이 이어졌으며, 이윽고 코골이가 뒤를 따랐다.

신들이여, 맙소사! 엄청난 코골이였다.

14

"너 꼴이 엉망진창이다."

연갈색 눈동자가 사납게 노려보자 에이브히어는 재빨리 두 손을 들어 올렸다.

"순전히 객관적인 관찰이야."

"하! 그 잘난 객관적인 관찰 따위 집어치……."

"행복한 아침이에요, 에이브히어 삼촌!"

라이가 거의 고함을 치듯이 인사하며 그와 이지 사이로 뛰어들었다.

"안녕, 귀여운 내 조카. 이 좋은 아침에 넌 더욱 아름다워 보이는구나."

그는 몸을 숙여 라이의 뺨에 입을 맞추었다.

"이 좋은 아침에 넌 더욱 아름다워 보이는구나아."

이지가 그의 말을 흉내 내 빈정대며 나지막이 중얼거렸다. 그러거나 말거나 라이는 제 옷을 자랑하고 있었다.

"이 드레스 때문인 거 같아요. 케이타 고모가 제 눈을 돋보이게 하는 색깔이라고 골라 주셨거든요."

이지는 곧바로 몸을 세우고 정신이 번쩍 든 얼굴로 물었다.

"케이타가 여기 있어?"

"응. 오늘 아침 일찍 도착했어."

"좋았어. 이제야 대체 어느 망할 위인이 날 여기 소환했는지 알 수 있겠군."

"너 아직도 그걸 궁금해하고 있었어?"

에이브히어가 물었다.

이지의 턱이 굳어졌다.

"사실을 말하자면 그래요. 그보다 저한테 말 걸지 마시죠."

"네가 이렇게 다정하게 굴어 주는데, 어떻게!"

라이가 그의 팔을 꼬집으며 속삭였다.

"그만하세요."

"네 언니가 자꾸 그렇게 만들잖아."

라이는 진저리를 치며 한숨을 내쉬었다. 그리고 에이브히어 뒤를 건너다보며 말했다.

"안녕하세요, 프레더릭."

"어…… 안녕하세요……."

소년이 인상을 찌푸렸다. 다들 그를 돌아보는데도 그는 얼굴을 찌푸린 채 서 있기만 했다.

결국 참지 못한 라이가 상기시켜 주었다.

"리안웬이에요."

그가 고개를 끄덕였다.

"아, 맞다! 그래요, 리안웬. 전 그냥 기억을 더듬느라……."

그러고는 누구를 향해서랄 것도 없이 손을 내저었다.

에이브히어는 그게 무슨 뜻인지 묻지 않는 게 아마도 최선이리라고 판단했다. 대신에 그는 근처의 훈련장으로 시선을 돌렸다. 탈원과 퀴비치 마녀들이 훈련 중이었다. 그중 한 여자는 얼굴과 팔에 검은 문신을 하고 있었는데, 그가 본 게 정확하다면 양손 다 손가락 몇 개가 없었다. 잘려 나간 게 분명했다.

"어깨에 힘을 줘, 멍청아! 전에도 말했잖아!"

탈원이 어깨를 굳혀 긴장시켰다. 퀴비치는 다시 그녀의 자세를 살피며 돌다가 허벅지 뒤쪽을 쳤다.

"이쪽 다리 힘에도 힘을 줘야지. 또 피를 보고 싶나?"

탈원과 그녀의 교관에게서 시선을 돌리지도 않은 채 에이브히어는 손을 뻗어 이지의 팔을 붙잡고 울타리를 뛰어넘으려는 그녀를 뒤로 끌어당겼다.

"내버려 둬."

그가 명령했다.

"저 계집이 내 사촌을 때리고 있잖아요."

이지는 그의 팔을 뿌리치려 애쓰며 으르렁거렸다.

"넌 지쳤어. 먹은 것도 없고, 여전히 나한테 화가 나 있지. 심지어 그렇지 않다고 거짓말까지 하고 있잖아. 지금 이러는 것도 저 불쌍한 불구의 마녀를 상대로 네 분을 풀어 버리려는 것일 뿐이라고."

"저 여자는 불구가 아니에요. 전장에서 손가락을 잃은 거죠. 그리고 난 당신에게 화나지 않았어요. 그만 좀 놓지 그래요."

"라이, 넌 거짓말쟁이를 판별하는 데 탁월한 재주가 있지. 네 언니가 날 용서한 거니, 아니면 날 구슬리면서 속으로는 내 어린 조카를 도와주려고 애쓰고 있는 불쌍한 마녀를 두들겨 팰 계획을 짜고 있는 거니?"

라이는 둘 사이에서 이쪽저쪽을 번갈아 보다가 말했다.

"제가 두 분께 빵을 좀 갖다 드리는 게 좋겠어요. 두 분 다 굉장히 배가 고프실 테니까요. 금방 다녀올게요."

그러고는 성 쪽으로 도망가 버렸다. 그 걸음이 얼마나 재빨랐던지 에이브히어는 저렇게 긴 드레스를 입고 그럴 수 있다는 게 놀라울 지경이었다.

"놔줘요."

이지는 더 이상 그에게서 벗어나려 애쓰지 않으며 말했다.

"네가 네 어머니의 마녀 동기들에게 필생의 숙적이 되는 저들을 우호적으로 대하겠다고 약속하기 전에는 안 돼."

허리띠에 꽂고 다니던 황금 단검에 손을 가져가던 이지가 웃음을 터트렸다. 그제야 에이브히어는 그녀를 놓아주었다. 이지는 단검을 뽑지도 않았고 다시 울타리를 넘어가려 하지도 않았다. 대신에 그와 나란히 서서 훈련장을 바라보았다.

"제법 하네."

에이브히어는 조카가 훈련하는 것을 거의 삼십 분쯤 지켜본 후에야 인정했다.

"저 애는 태어날 때부터 제법 했어요. 하지만 최고가 되고 싶어 하죠."

"저 애 오빠는?"

"그 녀석은 제법 하는 걸로 만족해요. 쌍둥이 아버지가 말하길, 그 녀석은 여자랑 자는 데에만 열중하는 것 같대요."

그웬바엘 삼촌처럼 말이죠, 하는 말은 삼키고 이지가 말을 이었다.

"하지만 제 생각에 그 녀석은 보이는 것만큼 단순하지 않아요. 그런 척 꾸미고 있는 거죠. 마치 당신 누이……."

"좋은 아침이에요, 내 사랑하는 가족들!"

"……케이타처럼요."

"케이타처럼 말이지."

동시에 말한 이지와 에이브히어는 다시금 동시에 웃음을 터트렸다.

이지는 케이타를 향해 돌아섰다.

"오, 내 귀여운 아가씨!"

케이타가 탄성을 올리며 그녀를 끌어안았다. 그리고 팔을 잡은 채 살짝 뒤로 물러나 그녀를 훑어보더니 감탄한 듯 말했다.

"언제나처럼 예쁘구나. 너무나, 너무나 아름답다니까!"

이지는 고개를 끄덕이며 물었다.

"원하는 게 뭐예요, 고모?"

케이타가 그녀를 가까이 당기며 어깨에 팔을 걸쳤다.

"그런 거 없어! 아무것도 없다고. 난 그냥 널 봐서 기쁠 뿐이란다. 너무나 오랜만이잖아!"

"열 달밖에 안 됐어요. 그때도 제게 원하는 게 있었죠."

"난 반겨 주지도 않는 거야, 누나?"

그들 뒤에서 에이브히어가 물었다.

"난 아직 너랑 말 안 해."

"아직? 언제부터 시작한 건데? 그, 말 안 하는 거 말이야. 내가 평소에 누나 입 닫치게 하는 법을 몰라서 애를 먹었기에 물어보는 거야."

이지의 어깨에서 팔을 내린 케이타가 으르렁거리며 몸을 돌리더니 동생에게 손가락질을 하며 소리쳤다.

"너랑은 할 말 없어. 정말이지 내가 단언하는데, 앞으로 몇 세기는 너랑 말 안 할 거야!"

"그런데도 여전히 그 입에서 말이 줄줄 쏟아져 나……."

이런 상황이 얼마나 어처구니없고 무의미하게 흘러갈 수 있는지 너무나 잘 알기에 이지는 그들 사이로 끼어들며 물었다.

"고모, 누가 절 여기로 부른 건지 말해 줄래요? 에이브히어는 아는 것 같지 않아서 말이죠."

"난 에이브히어에게 뭘 하라고 시킨 적 없다, 뭐. 그저 널 데리러 가지 말라고 했지. 그건 라그나와 내 생각이었어. 그렇게 하면 우리 모두 너랑 함께 시간을 보낼 수 있으리라 생각한 거야.

모두 함께 얘기도 나누고 즐겁게……."

"고모, 절 부른 게 누구예요?"

이지가 말을 잘랐다.

"내가 그랬다니까, 그래서 나도 이렇게 널 위해 온 거고."

이지는 고개를 저었다.

"고모가 날 왜 불러요? 뭐가 문제예요?"

케이타가 다시금 그녀의 어깨에 팔을 걸치고 가까이로 끌어당겼다.

"오, 문제 같은 건 없어. 아무것도 없지. 난 그냥 네가 누굴 만나 봤으면 해서. 너도 틀림없이…… 흥미를 느낄 거야."

이지는 케이타의 팔을 뿌리쳤다.

"고모 지금 날 전장에서 빼내 온 이유가 어떤 남자를 만나게 하려는 거였다는 말이에요?"

"그냥 어떤 남자가 아니야, 인간 왕족이라고!"

사랑하는 고모의 주둥이에 주먹을 날릴 수도 있을 것 같은 충동이 솟구치는 걸 피하기 위해 이지는 몸을 돌려 걷기 시작했다. 하지만 케이타가 그녀의 어깨를 잡아챘다. 육체적으로는 허약하기 짝이 없다고 알려진 케이타의 움직임이라기에는 놀랄 만큼 강한 힘이 느껴졌다.

"이런, 이런. 네가 무슨 생각을 하는지 알아."

"절대로 모를걸요. 안다면 그 손 치웠을 테니까요."

"내가 어디 아무 데나 굴러다니는 쓸모없는 수컷 얘길 하는 거라고 생각하지? 기껏 오르가슴 한 번, 예쁜 보석 쪼가리나 갖다 바치는 것들 말이야."

이지는 다시 걸음을 떼려 했지만 다시 뒤로 끌려갔다.

"하지만 난 그보다 훨씬, 아주 훨씬 잠재력이 뛰어난 남자에 관해 얘기하고 있는 거야. 그도 너 같은 타입을 좋아한단다."

또다시 고모에게서 벗어나려던 이지는 몸부림을 멈추고 케이 타를 돌아보았다.

"저 같은 타입이라고요?"

"그래, 너 같은 타입."

그녀가 의미하는 바가 뭔지 알 수 없기에 이지는 추측을 던져 보았다.

"그러니까…… 제 피부색 말이에요?"

데저트랜드에서 다크플레인으로 찾아드는 모험을 감행하는 인간은 그리 많지 않았기 때문에, 이지와 그녀의 어머니는 종종 피부색만으로도 남자들에게 '이국적인 상대'로 여겨졌다.

"아니야. 내 말은 그러니까…… 체구 쪽이랄까."

"체구요?"

"케이타는 네 그 다부진 어깨를 말하는 거 같은데."

에이브히어가 던지듯 말을 뱉었다.

"너랑은 더 이상 말 안 한다고 했는데 왜 자꾸 말을 거니?"

케이타가 그에게 쏘아붙였다.

이지는 좌절감을 느끼며 둘 사이로 끼어들었다.

"전 아직도 모르겠어요. 대체 저한테 뭘 원하세요?"

"널 팔아넘기려고 애쓴다는 소리처럼 들리는데."

케이타는 동생을 향해 주먹을 휘둘렀다. 그녀의 조그만 주먹이 그의 가슴을 친 순간 뜻밖에도 뼈 부러지는 소리가 울렸다. 이지는 움찔해서 그녀를 바라보았다. 케이타가 손을 붙잡고서 발을 구르고 있었다.

"망할 자식, 에이브히어!"

"왜 누나가 나한테 소리를 질러? 우리 조카를 팔아넘기려 한 건 내가 아니라고."

"난 누구도 팔아넘기려 한 적 없어, 이 오만불손한 개자식아!"

"이제는 욕까지 막 하네? 우리 남매의 사랑은 어디로 간 거야, 누나?"

"아우, 닥쳐!"

"전 아침이나 먹으러 가야겠어요."

이지가 말했다.

"넌 아무 데도 안 갈 거야, 이지. 우리 얘기가 끝날 때까지는 안 돼."

이지는 고모를 똑바로 보며 말했다.

"제가 단언하는데요, 고모님. 우리 얘긴 끝났어요."

다그마는 탁자 앞에 앉아, 다가오는 추수 축제 기간 동안 보안을 위해 필요한 사항들을 점검하고 있었다. 베르세락이 이미 몇 개 군단에 맞먹는 전력의 드래곤워리어들을 보내 주기로 약속했기 때문에 이제 그녀에게 필요한 것은 인간 병력을 얼마나 동원할 것인가를 정하는 일뿐이었다. 상당히 많은 왕족들이 오기로 했으니 그들의 보호책을 확실히 준비해 둬야 했다. 여왕의 보호 하에 있는 동안 그들 중 누구라도 암살당하거나 하는 일 따위가 일어나서는 안 되었다.

"레이디 다그마."

"아! 어서 오세요, 브라스티아스. 요청드린 수치를 뽑아 오셨나 보군요."

모르퓌드의 짝이자 앤빌 군대의 총사령관이 그녀에게로 다가왔다.

"예, 금방 뽑아낸 자룝니다."

그가 건네준 양피지를 받아 든 다그마는 재빨리 수치들을 확인하고 여유로 돌릴 수 있는 군단을 계산한 뒤 즉시 머릿속에 정리를 마쳤다.

"이거면 되겠네요. 감사해요."

"예, 그럼."

브라스티아스는 그대로 방을 나가려다가 갑자기 다시 몸을 돌렸다.

"잊어버리기 전에 한 가지, 여쭤 볼 게 있습니다. 그 관사들은 다 쓰신 거겠죠? 부대를 이끌고 올 사령관들을 머물게 할 곳이 필요해서 말입니다."

다그마는 총사령관을 올려다보았다.

"무슨 관사요?"

"조카분들이 머물렀던 곳 말입니다."

"확답을 드리려면 그 애들이 언제 떠날 예정인지 알아봐야 하는…….'"

"하지만 이미 떠났잖습니까?"

"예? 이미 떠나다니, 무슨 말씀이세요?"

"지난밤에 출발했다던데요. 성문 경비들에게 보고를 받았습니
다만."

다그마는 혼란스러움을 느끼며 천천히 자리에서 일어났다.

"제게 말 한마디 없이 떠났다고요? 그냥 사냥을 나가거나 한
게 아닌 거 확실해요?"

"축제가 끝날 때까지는 사냥을 제한하라는 여왕님의 명령이
내려졌기 때문에 경비대가 확인차 물어봤답니다. 그들은 노스랜
드 돌아간다고 대답했고요. 당신께 인사 전해 달라는 말도 했다
던데요."

뜨거운 죽 그릇을 들고 와 탁자 맞은편 자리에 앉으려던 탈라
이스가 두 사람을 보고 물었다.

"정말이에요? 하지만 내가 아침 일찍 프레더릭을 봤는데. 에이
브히어와 함께 있었어요. 그들이 사촌 하나를 남겨 두고 떠난 걸
까요?"

다그마는 두 눈을 감았다. 절로 주먹이 쥐어져, 여전히 손에
들고 있던 양피지가 와락 구겨졌다.

"개자식들! 그 자식들, 애초부터 이럴 계획이었던 거예요!"

그녀는 스스로가 그토록 둔감했다는 사실을 믿을 수가 없었
다. 이런 일이 생길 줄 알지 못했다니! 어느 날 아침 일어나 보니
조카들은 다 가 버리고 프레더릭만 남겨져 있더라, 하는 상황이

닥치리라는 것을 말이다. 그것은 가문의 관례 같은 것이었고, 라인홀트 가문은 그 짓을 잘하기로 유명했다. 집안의 쓸모없는 일원을 '외유'차 데리고 나가 그곳에 남겨 두는 짓. 다그마는 그 모든 조짐을 알고 있었다. 그런 일이 일어나리란 것도 알고 있었다. 하지만 그녀는 너무나 오래 사우스랜드에 살았고 자기 오빠들보다 훨씬 더 이성적인 존재들을 다루는 데 익숙해져 있었다. 그래서 그 모든 조짐들을 무시하고 말았던 것이다. 그리고 이제 꼼짝없이…… 그 짐을 떠맡게 되었다. 오!

"진정해요."

탈라이스가 그녀를 달랬다.

다그마는 단단하게 주먹 쥔 손으로 두 눈을 누르며 ―갑작스러운 두통 때문이었다― 으르렁거렸다.

"진정하지 않을 거예요! 그 자식들이 이럴 거라는 걸 제가 알았어야 했어요. 전 알았어야 했다고요! 그 일자무식한 아이를 떠넘기고 가다니, 지랄 맞을, 저더러 그 앨 데리고 뭘 어쩌라고요?"

브라스티아스가 흠, 흠, 하고 목을 가다듬었다. 다그마는 그에게서든 탈라이스에게서든 달래는 말 같은 건 더 이상 들을 기분이 아니었기 때문에, 두 눈을 누르고 있던 주먹을 내리고 시선을 들었다.

하지만 곧바로 그녀의 눈에 들어온 것은 그녀 자신과 많이 닮은 잿빛 눈동자였다. 프레더릭이 케이타, 이지, 에이브히어와 함께 대전 출입구 쪽에 서서 그녀를 바라보고 있었던 것이다. 장내는 완벽한 정적에 빠졌고, 심지어 하인들조차 아연실색해서 멈춰 있었다.

하지만 그녀가 뭔가 한마디 꺼내기도 전에, 케이타가 가슴 위로 팔짱을 긴 채 에이브히어를 올려다보며 거만하게 말했다.

"이쪽이 내가 이지를 팔아넘기려 한다는 것보다 더 나쁘지 않다고는 말 못 하겠지?"

탈라이스가 눈을 깜빡였다.

"잠깐만…… 이지를 어쩐다고요?"

케이타와 함께 쓰는 방을 나선 라그나는 하품을 하며 대전으로 향했다. 그리고 계단 가까이에 이르렀을 때, 난간 기둥 사이로 다리를 내밀고 걸터앉아 허공중에 그 다리를 가볍게 흔들고 있는 리안웬을 보았다. 그녀는 난간 기둥을 양손으로 붙잡고 그사이로 저 아래쪽 대전에서 벌어지는 일을 훔쳐보고 있었다.

라그나는 그녀 옆으로 다가가 앉았다. 그를 돌아보지도 않고서 라이가 미소 지으며 말했다.

"안녕하세요, 라그나 고모부."

"안녕, 사랑하는 라이. 내가 목욕을 하는 사이에 또 무슨 소동이 일어난 거라니?"

"조금 전까지만 해도 완전히 조용했어요. 전 그저 여기 앉아 생각에 잠겨 있었고요."

그녀가 그를 흘끗 보며 다시 미소 지었다.

"전 자주 그러거든요. 가만히 앉아서 생각하는 거죠."

"알아. 네가 그러는 걸 나도 좋아한단다."

"그런데 브라스티아스 고모부가 들어오시더니 다그마 숙모에게 밤중에 숙모네 조카들이 프레더릭만 남겨 두고 떠나 버렸다고 얘기했어요."

라그나는 움찔했다. 그건 노스랜더들이 잘하는 짓이었고, 노스랜드 남자들—종족이 뭐건 간에—이 유일하게 기꺼이 약점을 드러내 보이는 일이기도 했다. 그들은 무리에서 약한 자들을 죽여야 한다고 믿지는 않았지만, 그런 자들을 데리고 '외유'차 떠나 그곳에 남겨 두는 식으로 문제를 해결했다.

라이가 한숨지었다.

"가엾은 프레더릭. 우리 가족이 절 그렇게 버리고 떠났다면 끔찍한 기분일 거 같아요."

"자애로운 일이라고는 할 수 없지. 하지만 라이, 내가 장담하겠다. 그건 프레더릭에게 최선의 길이기도 하단다. 내 아버지도 겨우 열 살쯤 되었던 내게 같은 일을 하셨지. 날 마인하르트의 아버지에게 맡기면서 며칠만 있으면 될 거라고 하시더구나. 하지만 내가 아버지를 다시 만난 건…… 거의 아흔 살이 다 되어서였다. 그런데 누가 알았겠니, 그건 내게 일어난 일 중 가장 좋은 일이었단다. 그리고 내 생각이지만, 프레더릭이 여기 있게 된 건 그에게 일어난 일 중 가장 좋은 일이 될 거다."

"어쩌면요. 하지만 다그마 숙모는 달갑지 않으신가 봐요."

저 아래 대전에서 온갖 고함이 난무하고 있는 마당이니 굳이 그럴 필요도 없었지만, 라이가 목소리를 낮춰 속삭였다.

"숙모가 일자무식한 아이 어쩌고 하면서 소리치셨는데, 거기 프레더릭이 딱 서 있었지 뭐예요!"

"우우, 그건 좋지 않구나."

"숙모도 무슨 악의를 갖고 하신 얘기는 아니었을 거예요. 하지만 그로서는 신경 쓰이지 않을 수 없겠죠."

"그렇겠지."

"거기에, 누구라도 그에게 사과 한마디 할 새도 없이 케이타 고모가 이지 언니를 팔아넘긴다든가 하는 얘길 던졌죠. 그때부터 저 난리가 시작된 거예요."

라그나는 천천히 고개를 끄덕이며 슬쩍 시선을 피했다.

"그냥 막 웃으셔도 괜찮아요."

라이가 말했다. 그래서 그도 맘 놓고 웃었다.

"저 여자를 사랑하지 않을 수가 없구나!"

라이도 동감이라는 듯 맞장구쳤다.

"그러게요!"

"이번엔 또 뭐에 씌었을까?"

"고모는 당신이 한 말이 다그마 숙모의 말만큼 나쁘진 않다고 생각하신 것 같아요. 물론 어머니는 동의하지 않으셨죠. 그러고는 다들 그 문제로 저 야단법석이에요. 이지 언니가 모두를 진정시키려고 애쓰고 있는데…… 보시다시피 소용없네요."

"내가 가서 도와줘야 할까?"

"저라면 안 그러겠어요."

라이가 손을 뻗어 조그만 쟁반을 들어 올렸다.

"하인 하나가 제게 치즈와 빵을 가져다줬어요. 여기요, 좀 드세요. 이걸 먹으면서 구경하니까 훨씬 재밌게 느껴지더라고요."

"그렇겠구나."

라그나는 치즈 한 장과 빵 한 조각을 집어 들며 물었다.

"자, 저 난장판 얘기는 대충 알겠고. 그래, 넌 요즘 어떠니?"

한숨을 내쉰 라이가 그를 돌아보며 난간 기둥에 관자놀이를 기댔다.

"제가 원하는 만큼 좋지는 못해요. 제 생각에는요, 라그나 고모부…… 때가 된 것 같아요."

"나도 네 생각이 맞는 것 같구나."

"다들 동의하지 않을 거예요."

"하지만 이제 네 언니가 여기 와 있잖니. 그녀가 도와줄 거야."

보랏빛 눈동자가 다시 저 아래쪽을 향했다.

"그러겠죠. 하지만 전 두려워요."

"나도 안다, 라이."

"어느 시점에 이르면…… 결국 누군가를 죽이고 말 거라는 게 너무나 두려워요."

그래, 아마도 그렇겠지.

라그나는 그런 생각을 차마 말로 꺼내지는 못했다.

이지가 제 어머니와 케이타를 진정시키려고 애쓰고 있을 때, 에이브히어는 몸을 돌려 프레더릭을 이끌고 계단으로 나갔다. 그리고 소년 앞에 웅크리고 앉았다.

"부탁할 게 있다."

"괜찮아요. 제 형제들이 이런 계획이었다는 거 저도 알고 있었으니까요. 뭐, 적어도 짐작은 했죠. 전 그냥 다그마 고모가 안됐을 뿐이에요."

소년이 말했다.

"그럴 거 없다. 그녀는 여러 가지로 지고 있는 짐이 많은 것뿐이지. 그리고 지금 저 난리는 너와 전혀 상관없는 일이란다. 어쨌든, 난 진짜로 네게 부탁할 게 있어. 내 친구들을 좀 찾아봐 달라는 거야. 친구 세 명이랑 여기 같이 왔는데, 지난밤 이후로 누구도 보지 못했거든. 네가 마을로 내려가서 그 친구들을 찾아봐 주겠니?"

소년이 고개를 끄덕이자 에이브히어는 금화가 몇 개 든 가죽 주머니를 그에게 건네주었다.

"이건 뭐예요?"

"만약의 경우를 위해서야. 내가 장담하는데 필요할 거다. 에이단에게 물어봐. 보통은 그가 모두를 대표해서 얘기하니까."

"예, 제가 알아볼게요."

"고맙다."

에이브히어는 소년이 계단을 내려가는 것을 지켜보았다. 가족이 자신을 원치 않는다는 사실을 알게 되는 것만큼 충격적인 일도 없으리라. 그는 다그마를 탓할 수가 없었다. 저 어처구니없는 그녀의 오빠들이나 조카들도 마찬가지였다.

천천히 몸을 일으켜 대전으로 돌아가려던 에이브히어는 문 앞에서 이지와 마주쳤다.

"더는 못 참겠지?"

그가 물었다.

"한마디 끼어들 수조차 없는걸요. 브란웬이나 찾으러 가야겠어요."

"둘이서 새 옷이라도 사러 가려고? 케이타가 소개해 준다는 그 작자에게 잘 보일 만한 것으로?"

이지의 입술이 말려 올라가고 눈이 가늘어졌다. 그 혐오스럽다는 듯한 표정을 보고 에이브히어는 기분이 좋아졌다. 케이타의 꿍꿍이가 뭐든 간에 그녀가 거기에 장단을 맞춰 주리라고는 생각도 하고 싶지 않았기 때문이다.

끝내 아무 말도 꺼내지 않고 이지가 몸을 돌려 가 버린 후, 브리크와 피어구스가 안으로 들어섰다. 그들은 에이브히어의 양쪽에 서서 잠시 대전을 바라보았다.

"이번엔 또 무슨 일로 싸우는 거래냐?"

브리크가 물었다.

에이브히어는 그냥 '아, 별일 아니야. 걱정할 건 없어.'라고 말하려 했다. 그렇게 말할 수도 있었다.

하지만 그러지 않았다.

"케이타 누나가 형이 사랑하는 큰딸을 팔아넘기려고 했지."

브리크가 혼란스러워하며 인상을 찌푸렸다. 하지만 그의 말을 들었는지 케이타가 몸을 휙 돌리더니 그 조그만 맨발로 쿵쿵거리며 다가왔다.

"에이브히어, 그 소리 좀 그만하라니까! 난 이지를 팔아넘기려

하지 않았다고!"

"그럼 대체 뭔 지랄 맞은 짓을 하려는 건데?"

브리크가 따져 물었다. 누이동생을 너무나 잘 아는 그로서는 그녀가 굳이 변명을 하고 나서는 걸 보니 충분히 의심할 만하다는 생각이 들었기 때문이다. 이런 경우, 그녀가 부인하는 바로 그 일을 실제로도 꾸미고 있을 가능성이 높았다.

이제 언쟁은 브리크와 케이타의 한 판으로 넘어갔고, 탈라이스는 거기서 물러났다. 그대로 곧장 에이브히어에게 다가온 그녀가 물었다.

"이지는 어디 갔어요?"

"브란웬을 찾으러 간다던데요."

"알겠어요. 고마워요."

그대로 가 버리려는 그녀의 앞을 재빨리 걸음을 물려 막아선 에이브히어는 몸을 기울여 그녀의 얼굴을 똑바로 보며 물었다.

"다 괜찮은 거죠, 탈라이스? 케이타 누나가 하는 짓이……."

탈라이스가 대번에 손을 내저으며 눈을 굴렸다.

"걱정 말아요. 난 괜찮아요."

그렇게 말한 그녀는 손을 뻗어 그의 어깨를 다독였다. 하지만 손을 거두더니, 다시 뻗어 그의 어깨를 톡톡 두들기며 탄성을 올렸다.

"맙소사, 에이브히어!"

"예? 왜요?"

그는 어리둥절해서 자기 팔을 내려다보았다.

하지만 그녀는 대답도 없이 딸을 찾아 걸음을 옮길 뿐이었다.

이지는 누군가 자신의 이름을 부르는 소리를 듣고 걸음을 멈춰 돌아섰다. 어머니가 그녀를 쫓아온 것이었다.

"우리 얘기 좀 할까?"

탈라이스가 물었다.

"케이타 고모에 대해서요? 진심이세요?"

"케이타 얘기가 아니야. 그 문제는 네 아버지에게 맡겨 두고 왔지."

어머니가 가까이 다가서더니 주변을 한차례 훑어보고 목소리를 낮추었다.

"라이에 관해서야."

"제 집으로 갈까요? 차 마시면서 얘기하죠."

어머니가 고개를 끄덕였다.

"그거 좋지."

모녀는 팔짱을 끼고 이지의 집을 향해 걷기 시작했다. 사이좋게 잡담을 나누고는 있었지만, 이지는 어머니를 잘 알기에 뭔가가 어머니의 마음을 무겁게 짓누르고 있다는 것도 알아챌 수 있었다. 케이타의 말도 안 되는 정치적 수작과는 전혀 상관없는 무언가였다.

일단 집에 도착하자 이지는 어머니를 탁자 앞에 앉힌 후, 전날 저녁 켈뤈과 브란웬이 저녁 대신으로 사 왔던 케이크를 꺼냈다. 몇 조각으로 자른 케이크를 접시 담아 어머니 앞에 내놓은 그녀는 차를 만들러 갔다.

이지가 잔에 담긴 차를 들고 어머니 맞은편에 앉았을 즈음에는 어머니가 얼마나 걱정하고 있는지 눈에 보일 정도였다. 그녀는 어머니의 손을 부드럽게 쥐며 물었다.

"어머니, 무슨 일이에요?"

"네가 집에 와서 정말로 기쁘단다. 난 네 도움이 필요해."

"말씀하세요. 어떤 도움이 필요한데요?"

"네가 네 아버지를 맡아 줬으면 좋겠구나. 너랑 그이는 사이가 각별하잖아."

"뭐든요, 말씀만 하세요."

"네 동생……."

"라이가 왜요?"

이지는 재촉하듯 물었다.

"마녀로서 그 애의 능력이…… 그러니까 그게……."

탈라이스가 입술을 핥고는 숨을 가다듬었다.

"난 라이를 제 할머니에게 보내 수련시키고 싶다. 그 애에게 적당한 수련 말이다."

이지는 움찔했다.

"할머니라……."

그녀는 어깨를 추썩이며 말을 이었다.

"쉽지는 않겠네요. 하지만 제가 아버지에게 잘 얘기하면 동의 비슷한 걸 얻어 낼 수 있을 거예요. 그보다, 데벤알트 산에 사는 건 라이한테 어려운 일이 될 텐데요. 그 앤 날지 못하니…… 잠깐만. 라이가 날 수도 있어요?"

탈라이스가 고개를 저었다.

"아니, 아니야. 그 할머니 말고 너희 둘의 할머니."

그녀는 다시금 입술을 핥고 결심한 듯 말했다.

"내 어머니 말이다."

이지는 한동안 어머니를 멍하니 바라보았다. 그리고 마침내 어머니의 말이 제대로 이해된 순간, 잡고 있던 그녀의 손을 팽개치며 노성을 터트렸다.

"정신 나간 거 아니에요!"

"그만하면 됐어요!"

다그마는 브리크와 케이타 사이로 뛰어들며 소리쳤다. 그리고 동기간의 이 웃기지도 않는 말싸움을 끝내기 위해 두 팔을 내저었다.

"형 짝은 정말 용감하단 말이야."

에이브히어가 손에 쥔 과일을 한입 베어 물며 그웬바엘에게 말했다.

"정말 그렇지. 난 저 여자가 아무런 두려움도 없이 가장 지독한 부류의 폭군들을 제압하는 걸 몇 번이나 봤단다."

"우리 아버지 같은 부류 말이지?"

"그중 하나시지."

그웬바엘이 그를 흘끗 보았다.

"네가 이 난리를 일으켰냐?"

"그럴 리가. 시작은 케이타 누나였어. 난 그저 기름을 부었다고 할까, 누구든 참여할 수 있도록 문을 열어 준 것뿐이지."

"멋지게 해냈구나, 동생아. 이 정도 불화를 일으킬 수 있는 건 보통 나쁜이었는데 말이다."

"아이스랜더들 사이에, 형 표현대로 말해서 '불화'를 일으켜 놓으면 놈들을 죽이기가 훨씬 더 쉽다는 걸 배웠거든. 저들끼리의 불화에 주의가 분산되니까 말이야. 이런 걸 내가 유익하게 써먹었다는 사실을 인정할 수밖에 없네."

그웬바엘이 자기 가슴에 손을 올려놓으며 물었다.

"너 지금, 네가 더 훌륭한 살육자가 되는 데 내가 도움이 됐다고 말한 거냐?"

"그랬지, 형. 형이 도움이 됐어."

"무지하게 자랑스럽구나."

다그마가 케이타를 마주하고 섰다.

"마독 경 문제는 내가 처리하기로 한 줄 알았는데요."

"너무 오래 끌고 있었잖아요. 그의 여자 취향이 제 몸보다 큰 근육질의 허벅지란 걸 알아낸 순간 난 바로 이지를 떠올렸는데 말이죠."

"잠깐. 너 마독 경이 죽기를 바란다고 얘기하는 거야?"

브리크가 나섰다.

"이제야 알았어?"

"그러니까 이지가 그자를 죽여 줄 거라 생각했다고? 누군지 알지도 못하는 남자를?"

"이지가 날마다 하는 일이 죽이는 건데, 뭘. 직접 죽이든가 부하들을 시켜 죽이든가, 죽이는 것뿐이잖아. 그런데 다들 왜 그 앨 무슨, 내가 결혼시켜 치워 버리려 하는 나약한 어린애라도 되는 것처럼 취급하는 거야?"

케이타가 쏘아붙였다.

"그럼 그냥 이지에게 그렇게 해 달라고 부탁하지 그랬어요? 마독을 처리해 달라고요. 꼭 그렇게, 그 애보다 두 배는 나이가 많은 남자를 만나서 즐겁게 해 주라는 식으로 얘기를 꾸며 내야 했어요?"

다그마가 정말 궁금해서 묻자 케이타는 어깨를 으쓱해 보이며 대답했다.

"켈뢴도 그 애보다 나이가 두 배는 많았는데 문제없었잖아요."

그웬바엘이 쯧쯧, 혀를 찼다.

"왜 그래?"

에이브히어가 물었다.

"탈라이스가 지금 여기 없는 게 안타까워서. 있었다면 근사한 주먹다짐으로 이어졌을 텐데."

"케이타 누나가 졌을걸."

"그야 당연하지! 그 애는 제 얼굴을 보호하느라 바빴을 테니까, 탈라이스는 그 애가 나가떨어질 때까지 몸통만 두들겨 패면 되거든."

이지는 의자 깊숙이 몸을 기댄 채 어머니를 노려보고 있었다.

이윽고 그녀의 입술이 살짝 벌어졌다.

"대체 어떻게 그따위 생각을⋯⋯."

"이지, 네 걱정은 이해하지만⋯⋯."

"제 걱정이라고요?"

이지는 이마를 문지르며 마음을 가라앉히려 애썼다.

"어머니, 그 계집년은 어머니를 내다 버렸어요. 무방비한 상태로 쫓아냈다고요. 오직 어머니가 사랑에 빠져서 절 가졌다는 이유만으로 그런 짓을 했죠. 그런 여자를 도대체 어떻게 용서할 수가 있단 말이에요? 그 계집년 때문에 어머니가 어떤 일을 당했는데요? 아르젤라가 어머니를 잡을 수 있었던 건, 어머니가 그 계집을 가장 필요로 한 순간에 그 계집이 어머니를 버렸기 때문이잖아요. 어머니 삶을 십육 년이나 망쳐 놓은 계집년이라고요."

"그 여자를 용서했다고 말한 적은 없다, 이지. 난 모든 걸 기억해. 내가 사랑에 빠졌다고 했을 때 그녀가 말하고 행했던 온갖 끔찍한 일들, 널 가졌다고 얘기했을 때도 마찬가지였지. 의도적으로 널 낳으려는 순간까지 기다렸다가 자매들을 배신했다는 이유로 추방한다고 선언했던 것도 기억한단다. 그리고 내가 막 떠나려던 참에 그 소식이 도착했지. 네 친아버지가⋯⋯."

탈라이스는 목을 가다듬고 숨을 고른 후에야 말을 이었다.

"네 친아버지가 전사했다는 소식이었다. 하지만 그 여자는 아무렇지도 않게 날 신전 밖으로 내쳤어. 난 그 모든 걸 기억한다, 이지. 그러니까 내게 엘리사의 딸 할데인을 용서할 생각이 눈곱만치도 없다는 걸 이해하겠지? 하지만 우리 모두 네 동생 문제에 관해 현실적일 필요가 있어."

"모르퓌드 고모도, 리아논 여왕님도 가르칠 수 없는 걸 그 여자가 어떻게 가르친다는 거예요? 그녀들은 드래곤위치인 데다가⋯⋯."

탈라이스가 딸의 말을 잘랐다.

"맞아. 그녀들은 드래곤위치지. 드래곤이란 말이다, 이지. 인간이 아니야. 하지만 라이는 절반은 인간이잖니."

언제든 라이와 쌍둥이들이 얼마나 어려운 아이들인지를 설명해야 할 때마다 대는 이유이긴 했지만 사실 그 부분은 그들이 진정으로 깊은 이야기를 나눠 본 적 없는 화제이기도 했다. 지금까지 그 점이 문제가 된 적은 없었기 때문이다. 이지에게도 그랬고 다른 가족들에게도 마찬가지였다.

그런데 왜 이제 와서 그게 중요하다는 것일까?

"그 애가 절반은 인간인 거, 저도 알죠. 하지만 그게 대체 무슨 상관인데요?"

"마법에 관한 한, 힘에 관한 한 전부라고 말할 수 있지. 마법을 다스리고 통제하는 리아논 님의 능력은 드래곤으로서 타고난 거야. 하지만 인간의 마법은 통제하는 법을 배워야 한단다."

"그런데 어머니는 가르치실 수 없다는 거예요?"

"네 여동생은 못 가르쳐. 나도 해 봤단다, 이지. 맙소사, 정말이지 최선을 다했어. 하지만 그 애의 능력은⋯⋯."

탈라이스는 의자 깊숙이 몸을 묻고 방 건너편의 한 점을 물끄러미 바라보았다.

"지금으로써는 기분에 따라 변화가 심한 정도지만, 확실히 그 애의 능력은 꾸준히 성장하고 있어. 그 애가 아이였을 때만 해도 이렇게까지 나쁘진 않았지. 그런데 첫 생리가 시작됐을 때……."

탈라이스는 절레절레 고개를 저었다.

"라이는 그웬바엘에게 불을 붙여 놨단다."

이지는 반사적으로 몸을 세웠다.

"라이가 뭘 했다고요?"

"그래, 알아. 그웬바엘은 드래곤이지. 그런데도 불이 붙었어. 다행히도 드래곤인 덕분에 며칠 만에 회복되긴 했어. 물론 그를 보살펴 준 모든 여인들에게 엄청나게 징징거렸지만…… 생각해 보면 그 사건에서 가장 짜증스러웠던 게 그 부분……."

"어머니!"

탈라이스가 그녀를 돌아보았다.

"음?"

"라이가 그웬바엘 삼촌에게 불을 질렀다고요?"

"너도 그를 잘 알잖니. 물론 그가 도발을 했지."

"하지만 그게 그웬바엘 삼촌이 아니었다면……."

"내 말이 그거야, 이지. 그 일도 라이가 겨우 열네 살이 되었을 즈음에 일어난 거란다. 그 후로 나도 모르퓌드도, 리아논 님도, 라그나도, 강력한 드래곤 장로들 몇몇까지 그 애를 수련시켜 봤지만……. 무엇보다 라이 스스로가 열심히 수련했어. 너무나 열심히 수련했지. 하지만 일단 그 애가 화가 나면……. 더 안 좋은 건 라이가 두려움이나 공포를 느낄 때였어."

탈라이스는 찻잔을 두 손으로 감싸 쥐고 노려보듯 시선을 고정한 채 말을 이었다.

"피해가 점점 더 커져 갔지."

"탈란과 탈원은 어때요?"

"그 애들은 언제나처럼 라이를 보호하고 있어. 그 점은 변함 없단다. 사실 그 애들이 변하기나 할까 의심스럽구나. 그 애들도 강력한 건 마찬가지야. 하지만 종류가 다르지."

그녀가 이지를 돌아보며 미소 지었다.

"꼭 너처럼 말이다."

"저요? 강력해요, 제가?"

이지는 어깨를 추썩였다.

"어머니, 연대 세 개 규모의 병력을 배후에 지고 있으면 누구라도 강력할 수 있는 법이에요."

"너 자신을 과소평가하지 마라, 이지. 네게 마법 능력이 없는 건 네가 물리적 힘과 신체 능력에 특화되도록 타고났기 때문이야. 무엇보다, 마법 능력이 없는 이라면 일단 묵살해 버리는 건 딱 네 할머니가 했던 짓이야. 너도 같은 실수를 하고 싶진 않으리라 믿는다."

"그러니까 제가 어떻게 하기를 바라시는 거예요? 이 문제에 관해서요?"

"네 아버지를 맡아 줘. 그이는 네 말에 귀를 기울이잖니."

"글쎄요."

이지는 데저트랜드의 그 계집년을 증오했다. 그 계집이 어머니에게 저지른 짓을 절대로 용서할 수 없었다. 생각하는 것만으로도 화가 치솟았다.

"이지⋯⋯."

"생각해 볼 시간을 좀 주세요, 네?"

"그래, 알았다."

어머니가 의자를 밀고 자리에서 일어났다. 케이크와 차는 입도 대지 않은 채 그대로 남아 있었다.

"하지만 너무 오래 기다리게 하지는 말아 다오. 네 동생은 어제⋯⋯ 쌍둥이를 헝겊 인형처럼 날려 버렸지. 그 애가 그저 짜증이 난 정도였을 뿐인데 말이다. 난 두렵구나. 라이의 능력이 더 성장하고 진짜로 화나는 일이 생기기라도 한다면⋯⋯."

15

브란웬은 총안이 있는 가반아일의 성벽 위에 켈뤤과 나란히 앉아 있었다. 다리를 성벽 너머로 걸치고 두 팔을 난간에 의지한 편안한 자세였다.

남매는 거대한 궁정 안뜰 한중간에 멈춰 선 아버지 '자애로운 자' 브람을 지켜보았다. 열심히 걷던 그가 갑자기 우뚝 멈추더니 가방을 뒤지기 시작했던 것이다.

집에서 백 걸음 이상 떨어진 곳으로 떠나야 할 일이 생길 때마다 아버지는 그 가방을 지니고 있든가, 아니면 가방을 놓고 나오는 바람에 다시 집으로 돌아가곤 했다. 하지만 아버지가 그 무엇보다 시간을 많이 들이는 것은 가방을 뒤지거나 가방에 없는 것에 대해 불평하는 일이었다.

당장 지금만 해도, 집에서 족히 두 시간은 날아왔건만 아버지가 하는 일이란? 그 망할 가방을 뒤지고 있지 않은가!

남매는 잠시 서로를 바라보다가 다시 아버지에게로 시선을 돌렸다.

브란웬은 아버지와 닮은 점이 별로…… 아니, 거의 없었지만 ─이 점은 켈뤼도 마찬가지였다─ 그래도 아버지를 사랑했다. 일족의 남자들 대부분과 달리 그는 브란웬이 아는 한 가장 온화한 드래곤이었다.

자식들 모두가 '자애로운 자' 브람의 길보다는 카드왈라드르의 길을 따랐음에도 불구하고 그는 결코 실망하지 않았고, 전장보다는 도서관이나 궁정을 더 편안하게 여기는 자식들을 가진 드래곤들을 부러워하지도 않았다.

무엇보다도, 아버지는 어머니를 아주 행복하게 만들어 주었다. 둘이 짝이 된 후 몇 세기가 지난 지금까지도.

하지만 베르세락 삼촌과 리아논 여왕 커플과 달리 브란웬의 부모는 삶의 사적인 부분을…… 그러니까 사적으로만 간직했다. 가끔 인간의 모습을 한 어머니가 아버지의 무릎에 앉아 있거나 둘이서 드래곤의 본체를 하고서 꼬리를 휘감고 있는 모습을 본 적은 있었다. 아버지가 어머니를 사슬로 묶어 놓거나 하는 장면이라면…… 브란웬으로서는 굉장히 안도하는 바이지만, 한 번도 마주친 적이 없었다. 그녀의 왕족 사촌들이 같은 말을 할 수 없다는 건 참으로 안된 일이었다.

"아버지가 이번엔 뭘 찾고 계시는 것 같아?"

브란웬이 물었다.

"말짱한 정신?"

그녀는 웃음을 터트리며 난간 너머로 몸을 내밀었다.

"아빠."

그녀가 소리쳐 불렀지만 아버지는 여전히 가방만 뒤지고 있었다. 아예 아무 소리도 듣지 못한 듯했다.

"아빠!"

브란웬이 목소리를 높였다. 이번에는 아버지도 약간 당황한 기색으로 사방을 둘러보았다. 그녀는 오빠 켈뷘을 돌아보았지만 그는 그저 어깨만 으쓱일 뿐이었다.

"아빠! 위쪽이에요!"

아버지가 놀란 듯 번쩍 고개를 들더니 막내딸과 아들을 보고는 그제야 안도의 한숨을 내쉬었다. 그는 가슴에 손을 얹으며 말했다.

"맙소사, 블랙 드래곤 브란웬! 놀라 죽을 뻔했잖니! 네가 저세상에서 날 부르는 줄 알았구나."

브란웬은 인상을 찌푸렸다.

"저세상이라고요?"

이제 그녀의 오빠가 웃음을 터트렸고, 아버지는 절레절레 머리를 내저었다.

"브란웬, 내 아가! 너무나 그리웠단다."

그녀는 빙그레 웃음 지었다.

"저도요, 아빠. 그런데 여긴 웬일이세요?"

"여왕님들을 뵈러 왔지. 하지만······."

가방 뒤지기가 다시 시작되었다.

"문서를 다 찾을 수가 없구나. 맙소사, 이런 일이 또 일어나다니! 리아논 여왕님을 만나야 하는데 필요한 문서를 제대로 갖추지 못하는 건 정말 싫단다."

브란웬은 아버지가 앤벌 여왕에 대해서는 그런 걱정을 하지 않는 이유를 물어보지 않았다. 이유가 빤했기 때문이다. 아버지가 앤벌을 리아논보다 덜 두려워해서—그럴 리가!—가 아니었다. 다만 앤벌은 리아논과 달리 '가엾은 브람 고문하기'를 심심풀이 유흥으로 삼지 않았을 뿐이다.

물론 악랄한 공격 같은 건 아니었다. 사실, 그건 리아논이 그들의 아버지를 얼마나 좋아하는지를 표현하는 그녀만의 방식이라 할 수 있었다. 그걸 순전한 고문으로 받아들인 브람에게는 유감스러운 일이었지만.

"저희가 아버지께 필요한 문서들을 갖다 드릴까요?"

브란웬이 물었다. 그녀는 아버지가 예전만큼 많이 돌아다니는 걸 바라지 않았다. 여전히 너무나 잘생긴 덕분에 표가 나지 않긴 했지만 브람은 분명 늙어 가고 있었고 브란웬은 아버지가 걱정되었다. 특히 그가 대부분 혼자서 여행하기 때문에 더욱 그랬다. 브람은 오직 여왕의 명령이 있을 때만 경호대를 받아들였다.

"저희가 가면 내일은 돌아올 수 있어요. 아버지가 여왕님을 접견하기 전에요."

순간, 뼈대 굵은 팔꿈치가 그녀의 옆구리를 쳤다.

"아우!"

그녀는 저도 모르게 소리쳤다.

"난 오늘 밤 계획이 있단 말이야."

켈뤼이 속삭였다.

"신들이여, 맙소사."

브란웬은 한숨지었다.

"부디 이지와 다시 시작할 거란 얘긴 하지 말아 줘."

"아니, 난 이지와 다시 시작하려는 게 아니야. 그리고 너야말로 내가 계획이 있다고 말할 때마다 그 얘기를 꺼낼 거냐?"

"어쩌면!"

넌더리를 내면서 ─사실은 그녀 자신도 이유를 알 수는 없었지만─ 오빠에게 등을 돌린 브란웬은 하던 얘기를 끝내기 위해 아버지를 바라보……려고 했지만, 아버지는 이미 그 자리에 없었다.

"어디 가신 거야?"

"저기로 가시는데."

켈뤼이 대전 쪽을 가리켰다.

"난 아버지가 혼자 돌아다니시는 게 싫단 말이야, 오빠. 아버지는 더 이상 젊지 않으셔."

"너도 마찬가지잖아. 하지만 우린 그걸로 널 붙잡아 두진 않는다고."

브란웬은 더 이상 참지 못하고 켈뤼의 검은빛 머리칼을 잡아챘다. 그대로 몸을 일으킨 그녀는 성벽 너머 땅을 향해 그를 팽개치듯 내던졌다.

"이 악독한 계집애야!"

저 아래쪽에서 그가 소리쳤다.

브란웬이 되받아 소리치려는 순간, 그녀의 시야 구석에서 뭔가가 주의를 끌었다. 그녀는 그 뭔가를 따라 성벽의 반대쪽으로 가로질러 갔다. 그리고 이지가 그녀의 흉측한 개와 함께 걸어가는 모습을 보았다.

브란웬은 지금껏 꽤 오랜 시간을 이지와 함께했다. 그들은 수많은 전장과 수많은 술병과 수많은 일족을 함께 겪었다. 그래서 그녀는 뭔가가 친구의 마음을 괴롭히고 있다는 것을 알아챌 수 있었다.

그것이 에이브히어일지도 모른다는 생각에 더욱 걱정하면서 브란웬은 계단을 내려갔다. 그리고 아직도 꽥꽥 소리치고 있는 오빠를 지나쳐 문밖으로 나섰다. 그녀는 성을 빠져나가 깊은 숲속으로 향하고 있는 이지를 계속해서 따라갔다.

"이지!"

이지는 걸음을 멈추고 몸을 돌려, 자신을 향해 달려오는 브란웬을 바라보았다. 그리고 억지웃음을 지어 보였다.

"안녕, 브란웬."

브란웬이 우뚝 걸음을 멈추고 그녀를 노려보았다.

"너 나더러 그 웃음을 믿으란 거니?"

헛수고라는 걸 깨달은 이지는 웃음을 지우고 어깨를 축 늘어뜨렸다.

"대체 뭐가 문제야?"

친구의 물음에 이지는 두 팔을 펼치고 숲을 향해 선언하듯 소리쳤다.

"다 문제지!"

브란웬이 고개를 끄덕이며 정중하게 제안했다.

"당신의 연설을 위해 여기 연단을 만들어 드릴까요?"

이지는 웃음이 터지려는 걸 참느라 입술을 오므리고 짧게 내뱉었다.

"못된 것!"

브란웬이 그녀의 어깨에 휙 팔을 걸쳤다.

"알아, 알아, 그게 내 결점이지. 자, 이제 진짜 뭐가 문제인지 말해 봐."

이지는 친구가 시키는 대로 했다. 그녀가 어머니와 나누었던, 의외로 짧았지만 엄청나게 괴로웠던 대화를 들려준 것이다. 한 친구는 얘기하고 한 친구는 들으면서 계속 걸은 두 여자는 이윽고 그들이 가장 좋아하는 장소에 이르렀다.

그곳은 나무들과 바위들로 둘러싸인 조용한 호수였다. 드래곤의 본체를 감당하기에는 너무 작은 규모였기 때문에 주로 인간과 짝을 이룬 드래곤들이 저녁 무렵 찾아드는 곳이기도 했다.

하지만 낮에는 이지와 브란웬 차지가 되었다. 고요한 호수에 바윗돌을 던지듯 이지가 입을 열었다.

"난 그 여자를 믿지 않아."

"네 어머니를?"

"아니, 어머니를 낳은 그 계집년 말이야."

"그렇다고 해도 널 탓할 순 없지. 그런데 정말 네 어머니가 라이를 그 여자에게 보내려는 걸까?"

"그래. 하지만 그건 미친 짓이야. 그 여자가 라이를 우리에게 등 돌리게 만들면 어떡해? 그런 사악한 계집년에게 내 동생처럼 강력한 누군가를 내주는 건 바보 같은 짓이라고."

"하지만 그 애의 힘을 통제할 방법이 전혀 없는데도 계속 여기 두는 건 더 바보 같은 짓이잖아. 하지만 라이를 거기로 보낸다면, 설사 그 애가 주변의 모든 것을 파괴해 버린다 해도 최소한 거기 있는 라이와 멀리 떨어져 있는 우리는 안전하겠지."

이지가 그녀를 노려보자 브란웬이 덧붙였다.

"아, 데저트랜드 사람들이 어찌 되든 상관없다는 얘긴 아니야. 그저 그렇게 된다 해도 우리 문제는 아니란 거지."

다시 호수 쪽으로 시선을 돌린 이지는 생각에 잠겼다. 이 상황에서 최선의 결정은 어떤 것일까? 겨우 열여섯 살의 몸으로 임신한 자신을 내팽개친 여자에 대한 어머니의 판단을 최선의 것으로 받아들여야 할까?

"지금 네게 필요한 게 뭐야, 이지?"

그렇다, 이것이 브란웬의 방식이었다. 문제가 어떤 것이든 자신이 그 문제의 해결책을 갖고 있지 않다면 문제를 해결하는 데 도움이 될 만한 일들을 찾아 나서는 것. 전장의 동료로서는 중요한 자질이었고, 친구로서는 값어치를 따질 수 없을 만큼 귀중한 품성이었다.

"난 생각할 시간이 필요해. 이건 전장에 나갈 준비 같은 게 아니잖아. 내 동생의 인생이 걸린 문제라고. 하지만 이 집안에서 생각할 여유를 찾는다는 건…… 쌍둥이는 날 훈련장으로 끌고 가려고 하겠지, 라이는 새 옷 얘기를 하자고 붙잡을 테고…… 아, 케이타가 와 있으니까 이건 해결됐다고 봐도 되겠네. 아무튼 무엇보다 어머니가 내 대답을 기다리면서 집요하게 쫓아다니실 테니까."

"좋아, 지금 네게 딱 맞는 일이 하나 있다. 내 아버지 집으로 가는 거야."

브란웬이 흥분해서 말했다.

"왜?"

"아버지가 내일 앤널과 리아논 님을 만나기 위해 와 계시거든. 그러니까 지금 아버지 집은 비어 있는 거지. 아, 아버지 조수가 있긴 하지만 그자는 생쥐처럼 조용하니까 괜찮을 거야. 아버지가 중요한 문서 하나를 두고 오셨다는데, 넌 그것만 갖다 주면 돼."

이지는 마침내 미소를 지었다.

"난 네 아버지가 좋아. 참 다정한 분이시지."

"맞아, 정말 그래."

"하지만 그분 자식들은 하나같이……."

브란웬이 말을 잘랐다.

"알아, 안다고! 우리 모두 알지."

에이브히어는 넌더리를 내고 프레더릭의 조그만 어깨를 두 손으로 감싸며 걸음을 옮겼다.

"난 네가 왜 그렇게 화를 내는지 모르겠다. 우리가 생전 안 하던 짓을 한 것도 아니잖아."

에이단이 뒤에서 따지듯 말했다.

"그래도 어린아이를 말려들게 한 적은 없……."

"어린아이를 말려들게 한 건 우리가 아니야. 네가 그랬지. 네가 그 애를 보냈잖아."

"술집에나 처박혀 있을 줄 알았으니까. 감방에 갇혀 있을 거라고 생각이나 했겠냐!"

"그게 왜 우리 잘못인지 아직도 모르겠는데."

캐스윈이 불평하듯 말했다.

"그리고 어차피 그 녀석은 우리 모두를 꺼내 줄 만한 돈을 갖고 있지도 않았다고."

에이브히어는 걸음을 멈추고 뒤따라오던 드래곤을 향해 돌아섰다.

"너희 모두를 꺼내 줄 만한 돈을 갖고 있지 않았다고?"

어느새 바로 뒤에 서 있던 우서가 그를 쳐다보며 대답했다.

"그래."

"그럼 어떻게 너희 셋 모두 풀려……."

에이브히어는 두 눈을 질끈 감았다.

"네 녀석들 설마……."

그러고는 소년의 귀를 두 손으로 덮은 채 ―아이가 너무나 작아서 거의 아이의 머리통 전체를 감싸는 꼴이 되어 버리긴 했지만— 말을 맺었다.

"간수를 죽이고 탈옥한 거냐!"

"물론 아니지. 어, 잠깐."

우서가 잠시 뭔가를 생각하더니 물었다.

"그래도 되는 거였어? 여기서는 그런 짓을 하면 안 되는 줄 알았는데."

"간수를 죽인 게 아니면, 그럼 어떻게 나왔는데?"

"그 애가 그자를 설득했어."

캐스윈이 말했다.

"그것도 썩 훌륭하게 해냈지."

에이단이 소년을 향해 미소 지었다.

"그 녀석 말로는 못할 일이 없을 것 같더라."

에이브히어는 이번에야말로 진심으로 탄복해서 소년의 등을 두들겨 주었다.

"잘했다."

그 힘을 못 이겨 살짝 비틀거리며 프레더릭이 대답했다.

"감사합니다, 왕자님."

그러고는 다시 걷기 시작하는데 에이단이 덧붙였다.

"한 푼도 안 들이다니 말이야."

프레더릭은 다시 걸음을 멈추었다.

"땡전 한 푼 안 쓰고 우리 모두를 감방에서 꺼내 줬다고."

에이브히어가 자신이 준 돈은 어떡했냐고 묻기도 전에 ―사실 그 점에 대해서는 관심도 없었다― 소년이 연한 잿빛 눈을 동

그렇게 뜬 채 그를 향해 돌아서며 슬픈 어조로 말했다.

"전 그저 왕자님께 도움이 되고 싶었을 뿐이에요. 왕자님과 왕자님 친구분들께요."

그러고는 시선을 내리깔며 여전히 슬픈 목소리로 계속했다.

"누구도 자신을 원하지 않는다는 사실을 알게 되는 건 괴로운 일이죠. 하지만 여기선 쓸모 있는 사람이 될 수 있을지도 모르잖아요. 어쩌면요."

역시 슬퍼 보이는 얼굴로 한숨을 내쉰 그는 천천히 몸을 돌리고 걸음을 옮기기 시작했다.

에이브히어는 장담할 수 있었다.

"이런! 저 녀석 여기서 잘해 나가겠군."

에이단이 웃음을 터트렸다.

"맙소사, 정말 영리했다고. 나라도 그보다 잘하진 못했을걸."

"야, 저거 '너의' 이지 아니야?"

"그녀는 '나의' 뭣 따위가……."

에이브히어는 말을 멈추고 이지의 모습을 더듬어 찾았다.

잘 다져진 여행로에서 멀리 떨어진 숲에서 빠져나온 그녀가 근처 마을을 향해 걸어가는 많은 사람들 사이로 자연스럽게 섞여 들었다.

"어딜 가는 거지?"

"마을에 가는 거겠지……라고 하면 정신 나간 생각일까?"

에이브히어는 에이단을 한번 노려봐 주고 다시 이지에게로 시선을 돌렸다.

"말이랑 저 망할 흉측한 개를 데리고 마을엘 간다고? 그것도 여행복 차림으로?"

"저기 브란웬이다."

에이단이 그의 사촌 동생을 가리켜 보였다. 그녀는 가반아일을 향해 가고 있었다.

"네가 좋게 물어보면 그녀도 틀림없이 대답해……."

"야, 브란웬!"

에이단은 한숨을 내쉬었다.

"그게 좋게 물어보는 거냐, 바보 자식아."

에이브히어는 그의 말을 무시하고 사촌 동생을 붙잡았다.

"뭐야?"

그녀가 되쏘았다.

"이지가 어디를 가는 거야?"

"모르지."

브란웬이 거짓말을 했다. 에이브히어는 그녀가 거짓말하고 있다는 걸 알았고 그들이 아기 때 종종 그랬듯이 대처하기로 했다. 사촌 동생의 다리를 붙잡은 그는 그녀를 거꾸로 뒤집어 들어 올린 후 흔들며 다시 물었다.

"이제 대답해 줄 거야?"

"뒈져!"

"좋게 물어보라니까."

에이단이 항의하듯 끼어들었다.

"시끄러."

일단 친구에게 쏘아붙인 에이브히어는 사촌 동생에게 말했다.

"이지가 어디로 가는지 말해."

"난 아무 말도 안 할 거야, 이 나쁜 놈아! 내려놓지 못해!"

"내 질문에 대답하면 내려주지."

"내가 누군지 알고는 있는 거야?"

브란웬이 따지듯 말했다.

"난 드래곤 퀸 군대의 대위야! 넌 내 명령에 따라야 해, 미루나크 쓰레기 자식아. 그러지 않으면⋯⋯."

에이브히어는 사촌 동생을 거꾸로 붙든 채 땅바닥에 한차례 쾅 내리박은 후 똑바로 세웠다.

"뭣이라고?"

그는 좋게 물었다.

에이단이 한숨을 내쉬며 머리를 절레절레 흔들었다.

"친애하는 브란웬, 미루나크를 상대로 그런 식으로 나오면 안 된다는 것 정도는 알았어야지. 그러니까 내 말은⋯⋯ 아이고, 이 러기야?"

그녀가 길을 나선 지 한 시간쯤 되었을 때, 막센이 갑자기 걸음을 멈추고 고개를 쳐들었다. 녀석의 긴 꼬리와 목덜미께의 털이 빳빳하게 곤두섰다.

이지는 재빨리 다이에게서 내려 검을 뽑았다.

드래곤과 함께 혹은 드래곤을 상대로 싸워 본 적이 전혀 없는 전사들이 흔히 범하는 실수가 하나 있었다. 바로 말에서 내리지 않는 것이다. 말을 타고 있어야 필요할 때 재빨리 달아날 수 있다는 생각에서 비롯한 대응이지만, 사실은 바보 같은 짓이었다. 드래곤에게 있어서 말을 낚아채는 것은 여우가 닭을 낚아채는 것만큼이나 쉬운 일이기 때문이다. 드래곤들은 그런 식으로 식사를 해결하고 때로는 그저 간식을 즐기기도 했다. 그래서 그녀는 모르는 드래곤과 마주칠 때면 일단 말에서 내려 무기를 뽑았다. 그리고 기다렸다.

그녀를 둘러싼 주위의 공기가 요동을 치고 나무들이 흔들리기 시작했다. 이지는 자신을 날려 버릴 듯 거대한 날개의 움직임을 감지하고 자세를 낮추며 공격을 준비했다.

거대한 발톱이 먼저 바닥에 내려앉고 푸른빛 날개와 갈기가 잠시 시야를 가린 사이, 이지는 고함을 지르는 에이브히어의 목소리를 들었다.

"나야, 나! 아무 짓도 하지 마!"

이윽고 다시 시야가 회복됐을 때, 이지는 에이브히어가 고개를 저쪽으로 돌린 채 한쪽 팔을 들어 두 눈을 가리고 있는 것을 보았다. 그가 자신이 공격할 거라고 예상했음을 알아챈 이지는 하마터면 웃음을 터트릴 뻔했다.

물론 그건 정확한 예측이었다. 그녀는 검집에 검을 갈무리하며 물었다.

"여기서 뭐하고 있는 거예요?"

에이브히어가 발톱을 살짝 벌리고 그 틈으로 그녀를 흘끗 엿보았다.

어이고, 덩치는 커다래 갖고서!

이지는 두 손을 들어 올려 검을 거두었다는 것을 보여 주었다. 안심한 듯 에이브히어가 긴장을 풀고 두 팔을 내리며 그녀를 마주하고 섰다.

"너랑 함께 가려고 왔지. 길동무가 돼 주려고."

"길동무 같은 거 필요 없어요. 아니, 오히려 혼자만의 시간이 필요하죠."

"왜?"

"혼자만의 시간이 필요해서요."

"왜 필요하냐고?"

"필요하니까요."

이지는 재빨리 두 손을 들어 다시 아이들 장난 같은 말씨름이 이어지려는 것을 가로막았다.

"난 그저 브람 님 댁에 가는 거예요. 그분이 깜박 잊고 집에 두고 오신 문서가 있는데, 그걸 가지러 가는 거죠. 내일 아침에는 돌아올 거고요."

"아, 그렇군. 알았어."

이지는 고개를 끄덕여 인사하고 다시금 말에 올라 안장에 편하게 자리 잡았다. 에이브히어가 뒤로 물러나 그녀에게 길을 터 주었다. 하지만 그녀는 고삐를 쥔 채 그대로 앉아 그를 올려다보았다.

"어쨌든 날 따라올 셈이군요, 그렇죠?"

"그래."

그가 어찌나 쉽게 대답하던지 이지는 스스로가 바보처럼 느껴졌다. 마치 그녀가 원하든 원하지 않든 그는 그녀를 따라갈 것임을 마땅히 이해해야 한다는 듯한 어조였다.

이지는 버럭 소리치기보다 침착하게 묻는 쪽을 택했다.

"왜요?"

"여기서 브람 고모부 댁까지 가려면 위험한 길목이 몇 군데 있으니까."

"위험한 길목은 세상 어디에나 있어요. 지금껏 한 번도 당신이 따라다녀 주길 바란 적 없는 내가 왜 새삼스럽게 당신을 필요로 할 거라고 생각하는데요?"

"지금껏은 군대를 끌고 다녔잖아. 하지만 지금은 너 혼자고. 난 네가 위험을 무릅쓰게 하고 싶지 않아."

"'내가 위험을 무릅쓰게' 하고 싶지 않다고요?"

"그래."

"'내'가 위험을 무릅쓰게 하고 싶지 않다고요, '당신'이?"

"그렇지."

"당신은 바보 멍청이예요."

"하, 너랑 내 형제들이 동의하는 바가 있긴 하구나."

넌더리가 나기도 하고 걱정스러운 더 중요한 문제들이 있었기 때문에 이지는 고개를 내젓고 말았다.

"맘대로 해요. 새삼스러울 것도 없죠."

그리고 무릎으로 살짝 말을 건드려 앞으로 나아가게 했다.

막센은 에이브히어를 향해 으르렁거리다가, 이지와 다이가 굽

잇길을 돌아들고 나서야 그들을 따라갔다.

에이브히어는 고모부의 집에서 팔백 미터쯤 떨어진 지점에 내려앉았다. 볼버 평원 근처의 조그마한 저택이었다. 그는 인간으로 모습을 바꾸고 옷을 갈아입은 뒤 그 저택으로 이어지는 남은 길을 걸어갔다.

에이브히어가 열린 정문을 지나 안으로 들어섰을 때, 이지는 말에서 내리고 있었다. 그는 자신이 따라왔다는 사실에 그녀가 또 으르렁거릴 거라 예상했지만, 이지는 그러지 않았다. 대신에 그녀는 주변을 한차례 둘러본 뒤에 물었다.

"브람 님은 항상 정문을 열어 두시나요?"

"글레안나 고모를 짝으로 맞으실 때까지는 종종 그러셨지. 정문을 열어 두는 것만큼 고모를 화나게 하는 일은 없었으니까. 너도 그렇게 여길 찾은 거야?"

그녀는 고개를 끄덕여 보인 후, 말고삐를 쥔 채 본채를 향해 걸어갔다.

"고모부 조수 이름이 뭐라고 했지?"

"로버트요."

"넌 안으로 들어가 찾아봐. 난 다른 곳들을 둘러보지."

에이브히어는 안뜰 전체를 둘러본 다음, 정문 밖으로 나가 삼 킬로미터쯤까지 돌아보았지만 아무도 찾지 못했다.

그가 원래 자리로 돌아왔을 때, 이지는 한 번도 쓰인 적 없는 것 같은 마구간에 말을 넣어 두고 현관 홀 한가운데 놓인 거대한 탁자에 앉아 있었다. 그 탁자는 글레안나와 에이브히어의 사촌들이 함께 식사를 할 때만 쓰이는 물건이었다. 하지만 지금은 온갖 책들과 문서들로 덮여 있었다. 이지의 엉덩이도 한자리를 차지하고 있었다.

"아무도 없는데."

에이브히어는 안으로 들어서며 물었다.

"넌 뭐 좀 찾았어?"

"비어 있어요."

그녀가 주변을 둘러보며 말했다.

"로버트는 마을에 내려간 것 같아요. 좀 있으면 돌아오겠죠."

그녀 곁에 선 에이브히어는 가슴 위로 팔짱을 끼었다.

"할 일이 있는 게 아니라면 말이지. 브람 고모부가 조수에게 얼마나 많은 일을 맡겨 두는지를 감안하면 며칠이나 돌아오지 않을 수도 있어. 고모부가 원하는 문서가 뭔지 알아?"

"알아요. 그런 문서를 보통 어디에 두는지도 알죠. 그렇긴 하지만⋯⋯."

"굉장히 실망한 것 같은 목소린데⋯⋯."

에이브히어는 잠시 사이를 두었다가 물었다.

"로버트랑⋯⋯ 좋은 사이인가 보지?"

"난 많은 이들이랑 사이가 좋아요, 에이브히어. 하지만 당신이 묻는 게 '섹스하는 사이'냐는 거라면, 아니⋯⋯."

"그런 걸 물은 게 아⋯⋯."

"하지만 그는 맛있는 양고기 요리를 할 줄 알죠. 그리고 지금

난 진짜로 배가 고파요."

"나도 양고기 요리 만들 수 있는데."

"고맙네요. 하지만 난 정체불명으로 타 버린 고깃덩이가 아니라 적당히 조리된 고기를 좋아하거든요."

"그건 모르퓌드나 하는 짓이지. 누난 언제나 고기를 지나치게 구워 버리니까. 하지만 난 상당히 괜찮은 요리사야. 네 어머니를 위해서도 요리해 준 적 있는데, 탈라이스가 얘기해 주지 않았어? 그보다…… 신들이여, 맙소사! 대체 이 끔찍한 냄새는 뭐지?"

"아, 그래요. 그 죽 얘기 말이죠. 그 얘기 못 들은 지도…… 여섯 달이나 지났네요."

이지는 한숨을 내쉬고 그를 쳐다보지도 않은 채 말했다.

"그리고 이 끔찍한 냄새는 내 개한테서 나는 거예요. 탁자 아래 있거든요."

"그 녀석 좀 밖으로 내보낼 수 없어?"

"없어요."

"그럼 내가……."

"막센은 내버려 둬요. 녀석도 당신을 내버려 두잖아요."

"그 녀석 냄새가 날 내버려 두지 않는다고. 냄새는 물론이고 침을 질질 흘려 대는 꼴이……."

"알레르기 때문이에요. 그래서 침을 흘리는 거라고요."

"넌 그런 녀석하고 함께 자기까지 한단 말이지."

"막센은 등을 대고 누워 자요. 그러니까 침을 훨씬 덜 흘리죠."

그녀는 잠시 사이를 두었다가 마지못한 듯 덧붙였다.

"그 바람에 숨이 막혀 한밤중에 종종 깨어나긴 하지만."

에이브히어는 몸서리를 치며 탁자에서 물러났다.

"더 이상 얘기하고 싶지도 않다. 난 먹을 걸 찾으러 가 볼 테니까 넌 고모부가 원하시는 문서나 찾아봐."

그리고 식당을 향해 몸을 돌렸다.

"오늘 밤에 출발할 거야?"

그가 식당으로 걸어가며 물었다.

"당신이 뭘 하려는지는 알 바 아니지만, 난 여기서 자고 갈 거예요. 아까도 말했지만 생각할 시간이 필요하……."

에이브히어는 걸음을 멈추고 그녀를 돌아보았다.

"네 배 속에 음식을 좀 넣어 주면 그 신랄한 어투도 좀 덜해지려나?"

"그럴 수도 있죠. 아까도 말했지만 난 배가 고파요. 생각할 것도 많고!"

그녀가 되쏘았다.

"아이고, 이젠 고함까지 지르네. 사랑스럽기도 하지."

그는 중얼거리며 다시 식당을 향해 걷기 시작했다.

앤뉠은 거의 사용하는 법이 없는 책상 앞에 앉아 한 발을 책상 모서리에 올려놓은 채 색유리로 장식된 창을 바라보고 있었다. 문 두드리는 소리가 들려왔지만 못 들은 척 무시했다.

그러나 수년 동안의 경험으로 배운 바에 따르면, 가반아일에서 그녀와 함께 사는 이들 가운데 몇몇은 문을 두드리고 그녀가 무시해도 단념하거나 물러가지 않았다. 앤뉠은 또한 문 저쪽에 있는 이가 누구든 인간이라는 것을 알고 있었다. 드래곤들은 애초에 노크라는 걸 거의 하는 법이 없고, 노크를 한다고 해도 대답을 기다리지는 않았기 때문이다.

세 번째 노크와 함께 문 저편에서 탈라이스의 목소리가 들려왔다.

"이러지 좀 마요, 이 여자야. 안에 있는 거 안다고요."

피식 웃음을 터트린 앤뉠은 '하루가 다르게 음울해져만 가는' 상념에서 벗어날 수 있게 되었다는 사실에 살짝 안도하면서 대답했다.

"들어와."

탈라이스가 안으로 들어와 등 뒤로 문을 닫고는 물었다.

"당신 괜찮아요?"

"괜찮아야 하나?"

"적어도 시도는 해야죠. 아이들을 위해서."

다음 순간 두 여자는 동시에 웃음을 터트렸다. 그녀들의 아이들이 그녀들을 필요로 할 날 같은 건 당최 올 것 같지 않았기 때문이다.

탈라이스가 맞은편 자리에 놓인 의자에 앉아 책상 위에 두 손을 올려놓았다. 그녀는 언제나처럼 검은 면바지와 무릎까지 오는 검은 부츠, 거기에 어울리는 헐거운 면 셔츠 차림을 하고 있었다. 오늘은 밝은 푸른빛 셔츠였다. 긴 머리채를 목덜미께에서 가죽끈으로 헐겁게 묶어 등 뒤로 구불거리게 늘어뜨리고, 셔츠 아래로 심장 가까이에 닿게 걸고 있는 긴 은빛 목걸이를 제외하면 장신구는 전혀 보이지 않았다.

탈라이스는 단순한 취향을 가진 여자였지만 그럼에도 불구하고 앤닐이 아는 한 가장 아름다운 여자였다. 앤닐은 그 점 때문에 그녀를 미워하게 되지 않도록 애쓰기도 했다.

"이지랑은 어떻게 됐어?"

그녀가 물었다.

"엄청 흉흉했죠. 그 애가 내 어머니를 그렇게 증오하고 있을 줄 누가 알았겠어요? 그 앤 내 어머니를 만나 본 적도 없는데 말이죠."

"이지가 당신을 얼마나 끔찍하게 보호하려 드는지 몰랐단 말이야?"

"난 보호 같은 거 필요 없어요."

"그건 중요하지 않아. 특히 이지한테는 전혀 상관없지. 그 애가 보기에 당신 어머니는 악마의 환생이야. 당신에게 저지른 짓만으로도 영원한 불구덩이에 던져지기 충분하지."

탈라이스는 어깨를 으쓱였다.

"뭐, 그 애 말이야 맞죠. 하지만 중요한 건 그게 아니잖아요."

이지는 '자애로운 자' 브람의 책상을 꼼꼼히 살펴보면서 감탄을 금치 못했다. 이 드래곤은 세상의 모든 이들과 어떤 식으로든 관계를 맺고 있는 것 같았다. 브람은 퀸틸리안 독립국의 영토 경계를 훨씬 넘은 서쪽의 언덕들과 계곡들에서도 소식을 받았다.

그는 위험한 바다들을 건너 이스트랜드에 사는 이들과도 서신을 교환하고 있었다. 노스랜드, 아이스랜드의 부족들과 일족들 사이의 평화를 중재하기 위해 해당 영토의 군주들과도 연락을 주고받았다.

드래곤들로부터 받은 문서로 여겨지는 것들도 많았다. 드래곤의 고어로 쓰여 있었기 때문에 그녀로서는 그 내용을 읽을 수 없었지만 문서의 크기를 감안하면…… 그렇다, 드래곤으로부터 온 것이 분명했다.

"필요한 문서는 찾았어?"

에이브히어가 문간에 서서 물었다.

"그런 것 같아요."

그녀는 문서를 들어 보였다.

"이게 맞는 것 같죠?"

그가 그녀에게서 건네받은 양피지를 꼼꼼히 들여다보았다.

"네가 해 준 얘기대로라면 그러네. 하지만 앤뉠은 절대로 이 문서에 동의하지 않을 거야."

"이 세상에 앤뉠을 동의하게 만들 자가 존재한다면 그건 브람 님뿐일 거예요."

이지는 의자에 털썩 주저앉으며 말했다.

"하지만 당신 말도 맞아요. 우리 여왕님은 웨스트랜드의 기마족들과 그들이 섬기는 말의 신들을 싫어하시죠."

웨스트랜드의 그 유랑족들은 수년 동안 앤뉠의 골칫거리였다. 그들은 대부분 노예제를 옹호하는데, 힘없고 무방비한 마을들을 습격해서 아이들과 나약한 성인 남녀들을 납치해다가 퀸틸리안 독립국에 팔았다.

앤녈은 어떤 방식으로 행해지든 노예제 자체를 싫어했고, 그 때문에 웨스트랜드의 기마족은 그녀의 적이 되었다. 엄청 증오하는 적이었다.

"그자들이 우리 모두 강철 드래곤과 퀸틸리안 독립국을 상대로 한 전쟁에 나가고 없는 틈을 노려 쌍둥이와 라이를 죽이려 했으니까."

에이브히어가 기억을 더듬듯 말했다.

"맞아요. 그리고 앤녈은 가반아일에 돌아오자마자 그 일에 관련된 자 모두를 당신의 검과 분노만으로 휩쓸어 버리셨죠."

"네 배틀액스도 그 일에 한몫했던 것으로 기억하는데."

"그야, 난 그분의 종자였으니까요. 그분 혼자 싸우시게 둘 순 없잖아요."

"언제는 안 그랬고?"

그가 그녀에게 양피지를 돌려주었다.

"식사하러 가지?"

"아, 그러죠."

그녀는 한쪽에 따로 골라 둔 문서를 돌아보았다.

"이것들도 가져갈 생각이에요. 만약을 생각해서."

그리고 여행 가방에 그 문서들을 챙겨 넣었다.

이지는 에이브히어를 따라 중앙 홀로 향했지만 식탁에 이르기도 전에 걸음을 멈추고 두 눈을 지그시 감았다.

"맙소사…… 냄새 죽이는데요."

"멧돼지를 잡아 오는 수밖에 없었어. 양이 한 마리도 없어서."

"이렇게 배가 고픈데 무슨 상관이에요."

"와인도 없어. 사방을 다 찾아봤는데 없더라고."

"아, 그건 내가 알아요. 브람 님이 숨겨 두셨거든요."

"숨겨? 누가 훔쳐 간다고?"

그녀가 입을 딱 벌리고 어이없다는 듯 바라보자 그가 고개를 끄덕였다.

"그래그래, 그분 자식들이 있었지."

이지는 브람이 와인과 다른 술들을 감춰 놓은 서재 깊숙한 벽장으로 들어가 가장 맛있어 보이는 것들을 꺼냈다. 그녀가 중앙 홀로 돌아왔을 때, 식탁에는 음식이 차려져 있고 가까운 불구덩이에는 불이 피워져 있었다. 에이브히어는 접시와 식기들을 가져와 식탁 위 대각선 자리에 늘어놓았다.

"이거면 되겠죠?"

이지는 왕족으로서 에이브히어가 자신보다는 좋은 술에 대해 안목이 있기를 기대하며 물었다.

그녀에게서 두 개의 병을 받아 든 에이브히어는 병에 쌓인 먼지를 훅 불어 날려 버리고 봉인을 들여다보았다. 그의 눈이 서서히 커졌다.

"맙소사, 이지! 이거 할아버지 술이잖아."

"아일레안 님 말이에요?"

"이건 마시면 안 돼. 아마 고모부한테 남은 그분의 마지막 술

일 거야."

"서재 벽장 속에 상자째로 보관돼 있는 것들을 제외하면 그렇겠죠."

"할아버지 술이 상자째로 있다고?"

"그래요."

"이런 구두쇠 같으니라고. 고모부는 나눠 마실 생각 같은 건하지도 않은 거야?"

이지는 그의 손에서 술병을 낚아채 식탁 위에 내려놓았다.

"당신하고 나눠 마실 생각은 안 하신 게 분명하네요."

"이건 반주로 낭비해선 안 되는 술이야."

그가 술병들을 멀찍이 떨어뜨려 놓고 물병을 가까이 끌어당기며 말했다.

"반주가 아니면 어디다 써요?"

에이브히어는 씨익 웃음을 지었다.

"후식이지."

"탈원하고 얘기해 봤어요?"

탈라이스는 친구를 가만히 바라보았다. 앤녈은 근래 들어 지나치게 조용했다. 그녀답지 않았다. 물론 그녀가 잠시도 가만있지 못하는 군주라는 의미는 아니었다. 그렇지 않았다.

하지만 앤녈은 그렇게 조용한 군주도 아니었다. 사실 조용한 것과는 거리가 멀었다. 그보다는 금방이라도 일어날 수 있는 어떤 일을 기다리고 있는 것 같았다. 그리고 아마도 그렇게 느끼는 것이 맞으리라.

탈라이스 역시 자신의 아이에 대해 나름의 근심이 있었다. 물론 퀴비치는 그중 포함되지 않았다. 태초—적어도 그녀가 나고 자라면서 들은 바에 따르면—부터 놀웬 마녀의 숙적이었던 퀴비치들은 딸아이의 존재를 참아 내고 있을 뿐 그 아이에게 접근 자체도 하지 않았다.

최근 이 년 사이, 퀴비치들의 우두머리가 때때로 라이를 지켜보고 있긴 했다. 하지만 탈원의 경우와는 달랐다. 순전히 계산적인 관찰이었다. 무엇보다, 탈라이스는 퀴비치 사령관의 딱딱한 얼굴에서 염려의 기색을 감지했다. 그 기색은 라이의 힘이 커져 갈수록 점점 더 분명해졌다.

아스타는 라이를 위협으로 보았고, 그것만큼은 탈라이스도 확실히 알 수 있었다. 탈라이스가 모든 상황을 감안할 때 자신의 막내딸을 남쪽으로 보내는 것이 최선의 방안이라고 생각하게 된 또다른 이유이기도 했다.

"무슨 얘길 해?"

"그 애와 퀴비치 계집들의 관계에 대해서."

"얘기할 게 뭐가 있다고? 아스타와 퀴비치들은 그 애의 수호자들이야. 그 애가 그녀들을 가깝게 여기는 것도 당연하지. 내가 없을 때 그녀들이 그 애 곁에 있어 줬잖아."

탈라이스는 정색을 하며 손가락을 들었다.

"그만. 그때 얘기는 꺼낼 생각도 하지 말아요. 우리 모두가 그 당시 나름대로 희생을 치렀어요. 빌어먹게도 충분히 그럴 만한 이유가 있었죠. 그러니까 당신이 당신 아이들을 보호하기 위해 치러야 했던 희생은 모른 척하고 스스로를 탓하면서 저 망할 계집년들을 높여 말하는 소리 같은 건 듣지 않을 거예요. 내 말 똑똑히 알아들었어요?"

"그래그래, 알아들었어."

사우스랜드의 여왕은 재빨리 대답했지만 터져 나오려는 웃음을 참느라 입술이 비틀리고 있었다.

"알아들었으면 됐어요. 자, 그럼 이렇게 하죠. 이지가 돌아오면 우리 모두 그 애들이랑 얘기를 나눠 볼 수 있을 거예요."

"이지가 돌아오다니, 어디서?"

"브람 고모부 댁에 갔거든요. 그분이 두고 온 문서가 있어서 그걸 가지러 갔대요. 하여튼 고모부는 머리가 목에 붙어 있지 않았으면 그것도 잊어버릴 분이라니까요."

"이지가 갔단 말이지."

앤널이 살짝 코웃음을 치더니 시선을 딴 데로 돌렸다.

"왜요?"

탈라이스의 물음에 여왕은 코를 문지르며 머리를 내저었다.

"아무것도 아니야."

"뭐야, 왜 그러는 거예요? 얼른 말하지 못해요!"

탈라이스는 의자에서 엉덩이를 들썩이며 대답을 재촉했다.

"내가 그 애, 어…… 다그마의 조카에게 물어봤거든. 에이브히어가 저녁 식사 자리에 나오느냐고 말이야. 그 애 대답이, 에이브히어는 일이 있어서 브람 님 댁에 간다고 했대. 무슨 일인지는 그 애도 모르더라고. 나야 브람 님이 또 뭔가를 두고 왔구나 짐작했지만."

"이지가…… 그 사실을 알아요?"

"그럴 리가."

탈라이스는 친구를 물끄러미 쳐다보았고, 다음 순간 두 여자는 다시금 동시에 웃음을 터트렸다. 너무나 심하게 웃다가 탈라이스는 사레가 들려 콜록거렸고 앤벌은 눈물을 흘리기 시작했다.

대전으로 들어서던 브리크는 정신 나간 듯이 웃고 있는 두 여자를 잠시 지켜보다가 그대로 몸을 돌려 밖으로 나선 뒤 등 뒤로 문을 쾅 닫아 버렸다.

16

깨끗하게 비운 접시를 밀어낸 이지는 더 이상 피할 수 없는 지경에 이르렀음을 깨닫고 시선을 들어 왼쪽에 조용히 앉아 있는 드래곤을 바라보았다.

그리고 마침내 인정할 수밖에 없었다.

"그래, 좋아요. 굉장히 맛있었어요."

에이브히어가 그녀의 손을 가볍게 두들겼다.

"인정하기 힘들었으리란 거 알아."

그의 손을 찰싹 치며 뿌리친 이지는 의자를 뒤로 밀어 버리고 일어나 몸을 돌린 다음 식탁에 엉덩이를 걸치고 앉았다.

"너 의자에 무슨 억하심정이라도 있는 거야?"

"갇힌 느낌이잖아요."

"군대도 마찬가진데, 뭐."

"군대를 그렇게 느껴 본 적은 없는데요."

그녀는 한 다리를 끌어 올려 뒤꿈치를 허벅지 안쪽으로 접어 넣었다. 그녀의 몸이 살짝 기울어 에이브히어를 똑바로 마주하게 되었다.

"어쨌든, 정말로 맛있게 먹었어요."

자부심 가득한 미소를 띤 채 에이브히어가 고개를 끄덕였다.

"고마워. 네가 맛있게 먹었다니 나도 기분 좋다. 자, 그럼 도대체 무슨 우라질 일이 벌어지고 있는지 이젠 말해 줄 수 있겠지?"

에이브히어는 그 즉시 이지의 방어벽이 솟아오르는 것을 보았다. 거대한 벽돌 벽 같았다.

"무슨 일이 벌어져요?"

"내가 일족들과 하루하루를 함께 나누지 않게 된 지도 한참이나 지났다는 건 인정해. 하지만 이지, 뭔가 일이 벌어지고 있다는 것 정도는 나도 알아챌 수 있어. 아쉽지만 그건 변하지 않았다고. 지금 뭔가 일이 벌어지고 있는 게 분명해. 그리고 넌 그게 뭔지 알고 있지."

"날 여기까지 따온 이유가 이거였어요? 날 못살게 굴다 보면 내 아버지와 삼촌들이 해 주지 않은 얘기를 나한테서 들을 수 있을 거라고 생각해서?"

"난 널 못살게 굴어서 뭔가를 얻어 낼 생각 같은 건 하지 않았어. 하지만 구슬리고 꼬드길 생각은 했지. 어쩌면 달래기까지도……."

그는 잠시 생각해 본 뒤에 물었다.

"잘못한 거야?"

이지가 아무 대답 없이 그를 바라보기만 하자 그는 그녀가 살짝 웃음기라도 보여 주기를 고대하면서 말을 이었다.

"단언하는데, 너든 다른 누구든 못살게 구는 건 내가 절대로 하고 싶지 않은 일이야. 하지만 난 무슨 일이 일어나고 있는지 알고 싶다고. 네가 화나 있고 내 형들이 걱정하고 있다는 건 분명하잖아. 내 형들은 어떤 일도 걱정하는 법이 없지. 다들 무정한 개자식이니까."

그는 잠시 사이를 두었다가 덧붙였다.

"난 형들을 사랑해. 하지만 형들은 무정한 개자식들이야."

"그분들은 무정한 개자식들이 아니고 당신도 그렇다는 걸 알아요."

"대체 무슨 일인지 말해 봐."

"왜요?"

"내 일족의 일이니까. 형들이 어떻게 생각하건 간에 난 내 일족에게 일어나는 일에 신경 쓰고 있어."

이지의 분노가 사그라져 갔다. 하지만 그녀의 방어벽은 여전히 높이 솟아 있었다. 그대로 제자리였다.

"그분들이 왜 당신이 신경 쓰지 않는다고 생각하겠어요?"

그는 어깨를 추썩이고 말했다.

"모르지. 아마도 내가 미루나크의 일원이 되기로 결정한 게 형들을 실망시킨 모양이야."

"누가 그런 거짓말을 했어요?"

그가 인상을 찌푸리자 그녀는 말을 이었다.

"그분들이 당신과 당신의 그 야만스러운 친구들에 대해 얘기할 때마다……."

"그 녀석들은 야만스럽지 않아."

"내가 느낀 건 오직 약간의 두려움과 상당한 염려가 섞인 경외감뿐이었다고요."

"염려?"

"당신의 안전에 대한 염려죠, 당신 목숨에 대한."

그녀는 두 손을 꽉 움켜쥐고 살짝 몸을 기울이며 물었다.

"당신들 무장도 하지 않고 전장에 나간다는 게 사실이에요? 무기도 없이?"

에이브히어가 몸을 뒤로 기대었다.

"뭐?"

"벌거벗은 채, 두 발톱에만 의지해서?"

"잠깐, 잠깐, 잠깐만!"

에이브히어는 얼굴을 문질렀다.

"우린 전사들이야, 이지. 미친놈들이 아니라고."

맙소사, 형들이 대체 무슨 소릴 한 거야?

"우리도 가벼운 무장은 해. 물론 임무에 따라서는 갑주 없이 나가는 경우도 있지. 하지만 언제나 무기는 지니고 다녀. 내가 아는 한 그 누구보다도 많은 무기를 갖추고 있을걸."

"그럼 적의 피를 마신다는 얘기는요? 적의 머리를 부적처럼 걸치고 다닌다는 건요? 사실이에요?"

"아니야! 대체 형들이 네게 무슨 얘기를 한 거야?"

"사실, 마지막 부분은 켈뤼이 해 준 얘기예요."

에이브히어는 데굴 눈알을 굴렸다.

"그럴 줄 알았지."

"사실이 아니에요?"

"미루나크는 수 세기 동안 험난한 길을 걸어왔어."

"그러니까…… 어쨌다고요?"

"우린 적의 피를 마시지도 않고 적의 머리를 부적처럼 걸치고 다니지도 않아…… 더 이상은. 물론 난 절대로 그런 일 안 하지."

그녀가 눈을 가늘게 뜨고 탐색하듯 그를 살폈다.

"적의 피를 온몸에 문지르는 건요?"

그는 좌절감을 느끼며 쏘아붙였다.

"가끔은! 하지만 나도 좋아서 하는 건 아니야. 좋아할 수가 없잖아. 하지만 미루나크에게는 여전히 지키고 있는 신성한 의식들이 있고, 그건 네가 상관할 바가 아니야. 내 형들이 이러니저러니 할 일도 아니지."

그녀는 잠시 생각한 후에 말했다.

"흐음, 그건 맞는 얘기네요."

"들어 봐, 이지. 미루나크는…… 말하자면 일종의 돌격대라고 할 수 있어. 우린 보통 어둠을 틈타 은밀하게 침투해서 특정 표적을 죽이거나 가능한 한 많은 적병을 해치우지. 너도 상상할 수 있겠지만, 드래곤 본체로 있건 인간의 모습을 하건 그런 임무를 수

행할 때는 무장이 바람직하지 않을 수가 있어. 그래서 우린 가장 중요한 부분만 보호하는 식으로 가볍게 무장하고 각자의 이빨만을 무기 삼아 최선을 다하는 거야."

잠시 침묵을 지키던 이지가 이윽고 고개를 끄덕이며 말했다.

"그렇다면 당신에게 미루나크는 최고의 길이겠네요."

"무슨 뜻이야?"

"당신은 은신에 능하니까요. 어둠 속이건 밝은 대낮이건 당신은 누구에게도 발각당하지 않고 돌아다닐 수 있잖아요. 하지만 무장을 하면 약간이라도 소리가 날 수밖에 없고, 그럼 주변 환경에 녹아들어야 하는 목적에는 지장이 생기겠죠."

에이브히어는 충격을 받아 저도 모르게 더듬거렸다.

"자…… 잠깐…… 너 지금 무슨…… 난 대체 네가……."

거짓말로 얼버무리려는 시도를 물리쳐 버리듯 그녀가 손을 내저었다.

"난 알아요, 에이브히어. 언제나 알고 있었다고요."

"어떻게? 네가 어떻게 알아? 누가 말해 줬어?"

"아무도 말해 주지 않았어요. 내가 볼 수 있는 거죠."

"잠깐!"

에이브히어는 혼란스러움에 한차례 심호흡을 한 다음 물었다.

"볼 수 있다니, 그게 무슨 뜻이야?"

"난 당신을 볼 수 있어요. 지금껏 언제나 볼 수 있었죠."

그녀는 키득키득 웃으며 말을 이었다.

"사실, 처음엔 당신이 미친 줄 알았어요. 일족들 사이로 살금 살금 걸어 다니거나 은밀하게 지나다니는 걸 보고요. 완전히 정신 나간 것처럼 보였죠. 하지만 어느 순간 다른 이들이 당신을 무시하거나 모른 척해 주고 있는 게 아니란 걸 깨달았어요. 다들 당신을 볼 수 없었던 거예요. 나만 볼 수 있었죠."

이지는 잠시 사이를 두었다가 덧붙였다.

"하지만 걱정 마세요. 누구에게도 말한 적 없으니까. 당신에 대해서도, 그웬바엘 삼촌에 대해서도."

"그웬…… 그웬바엘이라니……."

"이런! 당신 몰랐어요?"

"형은 네가 알고 있다는 사실을 알아?"

"아니요. 그리고 부탁인데 당신도 말하면 안 돼요."

"왜?"

"다그마 숙모가 부끄러워할 테니까요."

"다그마가 왜 부끄…… 우으으."

그는 역겨움을 숨기려고도 하지 않았다.

"형이 아무도 보지 못한다고 생각하고서 다그마에게 뭔 짓을 하는 거구나."

"별별 짓을 다 하죠. 알고 싶지 않을 거예요."

"절대로 알고 싶지 않아."

그녀가 갑자기 빙그레 웃음 지었다.

"하지만…… 그웬바엘 삼촌은 진짜로 다그마 숙모를 사랑해요. 너무나 다정하게 굴죠."

"우웩."

"우웩? 그게 말이에요, 뭐예요?"

"말이라고 할 순 없지. 하지만 내가 느끼는 역겨움을 상당히 잘 잡아낸 표현이라고 생각하는데."

그는 아직 따지 않은 술병을 가리키며 물었다.

"후식 어때?"

"이건 날 얘기하게 만들기 위한 당신 대작전의 다음 수순인가 보죠? 날 취하게 만드는 게?"

"다른 인간들한테는 잘 통하던데."

이지는 그에게서 잔을 받아 들었다.

"난 글레안나 님과도 만취할 때까지 술을 마신 적이 있어요."

그녀는 손가락 두 개를 들어 보였다.

"두 번이나."

"아!"

에이브히어는 술병을 내려놓으며 한숨지었다.

"아돌가 삼촌은?"

그녀가 고개를 저었다.

"날 못 따라오시죠. 한번은 그분이 취해서 기절하신 후에 그분 이마에 '난 인간을 사랑해.'라고 써 드린 적이 있는데, 그 일로 아직까지 날 용서하지 않으세요."

에이브히어가 웃음을 터트렸다. 이지가 몇 년 동안이나 들어 보지 못한 웃음소리였다.

"나라도 삼촌을 탓하진 못하겠다."

그녀도 그와 함께 웃었다.

"그건 글레안나 님 잘못이었다고요. 그분이 시키신 일인걸요. 나야 정신을 잃을 정도로 취하진 않았지만, 맙소사, 그날 밤새도록 마신 베르세락 님의 술이 몇 병이나 되는지 모르겠네요."

"내 아버지 술? 네가 내 아버지 술을 마실 수 있다고?"

"난 베르세락 님의 술이 정말 좋아요. 마치 요새 하나를 말끔하게 불태우고 난 후처럼 폐가 깨끗이 씻기는 느낌이거든요."

"너 굉장한 여자가 됐구나."

"비꼬는 거예요?"

"천만에. 나조차도 내 아버지 술은 못 마셔서 그래. 네 폐는 깨끗이 씻기는지 모르겠지만 내 폐에는 그저 화르륵 불타는 느낌뿐이거든."

그는 머리를 절레절레 젓더니 그녀를 잠시 가만히 바라보다가 물었다.

"너 정말 날 볼 수 있는 거야? 그웬바엘도?"

"그래요."

그녀가 제 어깨 어름을 가리켜 보였다. 수년 전 저 개 같은 신이 낙인을 찍어 놓은 자리였다.

"난 그저 뤼데르크 하일이 준 힘인가 보다 생각했죠."

에이브히어는 자기 잔에 술을 가득 부었다.

"그자가 준 게 또 뭐가 있는데?"

"몰라요. 전에는 내 힘도 그에게서 온 거라고 생각했는데, 어머니 얘기가 그건 내가 태어났을 때 풀어 주지 못한 마법 때문이래요."

"무슨 말인지 모르겠는데."

"놀웬 마녀는 딸을 낳을 때가 되면 아이가 갖고 태어날 마법의 길을 잡아 주는 주문을 외고 의식을 행한대요."

"길을 잡아 줘? 어디로?"

"그건 나도 몰라요. 아마 영혼이나 뭐, 그런 거겠죠. 어쨌든, 내 어머니는 날 낳았을 때 그럴 여유가 없었어요. 그래서 마법이 사라져 버린 줄 알았는데, 대신에 내 근육과 힘에 묶인 거예요. 내가 생각해도 그게 맞는 얘기 같아요. 하지만…… 앤닐을 설명하진 못하죠. 그분은 저만큼이나 강하신데 말이에요."

"앤닐은 그 무엇으로도 설명하지 못해."

그는 술병을 탁자에 내려놓았다.

"하지만 앤닐의 힘이 그녀의 분노에서 비롯된다는 사실만은 분명하지. 그 어느 신도, 그 어떤 마법도 그녀의 분노는 감당하지 못해."

"완전 옳은 얘기네요."

그녀가 잔을 들었다.

"일족을 위하여."

에이브히어는 고개를 끄덕이고 잔을 들어 그녀의 잔에 가볍게 부딪쳤다.

"일족을 위하여."

그들은 각자의 술을 길게 들이켰다. 이윽고 잔을 내려놓은 이지가 손등으로 입술을 닦으며 말했다.

"나쁘지 않네요. 아주 부드러워요."

그리고 에이브히어를 건너다보았다.

"어때요?"

그는 아무 말 없이 고개만 내저었다.

"당신 괜찮아요?"

다시 도리도리.

이지는 탁자 위로 몸을 내밀고 그의 손을 살짝 건드려 보며 물었다.

"왜 그래요?"

"눈이…… 멀어 버린 것 같아."

마침내 그가 헐떡이며 기침을 토해 냈다.

이지는 웃음을 터트리며 그의 잔을 빼앗아 남은 술을 자기 잔에 옮겨 부었다.

"아이고, 그래요. 잘도 내게 얘기를 털어놓게 만들겠네요."

17

그들은 술 한 병을 다 비운 채 브람의 식탁 앞에 앉아 있었다. 하지만 에이브히어는 두 번째 병을 따고 싶은 생각이 들지 않았다. 자신의 폐가 제대로 작동하는 편이 좋았기 때문이다. 그러니까 제대로 숨 쉬는 것 말이다. 그는 여기서 술을 한 방울이라도 더 마시면 그러기는 영영 어렵게 될 것임을 단언할 수 있었다.

하지만 한편으로 조금이라도 마실 수 있는 만큼 마시고 싶은 마음도 있었다. 적어도 그와 이지 사이의 분위기가 누그러진 느낌이 들었기 때문이다.

이지는 취하지 않았다. 전혀, 취할 기미조차 보이지 않았다. 하지만 지금의 그녀는 그가 기억하고 있는 이지 같았다. 일족들 앞에서 그녀 때문에 당혹스러워하지 않아도 되었던 때의 이지. 가반아일 외곽 언덕에서의 그 마지막 밤, 거기 남겨 두고 돌아서

버렸던 그때의 이지가 아니었다. 그보다 훨씬 오래전 그의 무기
—인간으로서는 그걸 가지고 도망치기는커녕 들어 올릴 수 있는
이도 극히 소수인 데다 그걸로 '수련'까지 할 수 있으리라고는 생
각하기도 힘든—를 몰래 슬쩍하고서 좋아라 했던 이지. 그의 머
리칼을 가지고 장난을 치고 온갖 시시한 일들로 시비를 걸어 말
싸움을 벌이려 들었던 이지…….

그런 느낌은 그에게 희망 같은 것을 안겨 주었다. 지금 이 순
간, 그가 감지하고 있다고는 생각하지 못한 그녀가 그의 머리칼
을 바라보고 있는 이런 상황에서도. 그녀의 손가락이 머리칼 사
이로 미끄러져 들어와 가볍게 쓸어내리는 것을 상상하는 것만으
로도 기분이 좋아졌다.

이지가 웃음을 터트리더니 이 년 전 그가 뿔 드래곤에게서 빼
앗은 단검을 들어 올렸다. 그의 다리에 묶인 검집에 들어 있었던
그 단검을 언제 빼 간 것인지 알 수 없었다. 그녀가 움직이는 것
조차 보지 못했는데.

"금이잖아요."

"대부분은. 날 쪽은 강철이야."

"하지만 금을 많이도 썼네요."

"그자들은 금을 많이도 갖고 있거든. 온통 얼음과 눈으로 뒤덮
인 땅 아래 엄청난 금이 묻혀 있지."

그녀가 단검을 돌려주었다.

"당신도 많이 찾았어요?"

"금을? 그래, 우리 모두 그랬지. 쉴 틈이 있을 때마다 모두들

동굴 근처를 수색하거나 강의 얼음을 깨고 금을 찾아다녔으니까. 난 할아버지의 영토에서 멀리 떨어진 곳에 성도 하나 사 둘 수 있었어. 거기 머무는 걸 좋아하지."

"당신 소유의 성이 있다고요?"

"마을도 하나 갖고 있는걸. 멋진 곳이야. 사람들도 우호적이고. 굉장히 근사한 도서관도 하나 있지."

그녀가 코웃음을 쳤다.

"또 그 소중하신 책 얘기."

그러고는 주변을 둘러보며 말했다.

"브람 님의 저택은 당신에게 천국이나 마찬가지겠네요."

"여긴 너무 혼잡하지. 난 고모부가 여기서 원하는 걸 도대체 어떻게 찾으시는지도 모르겠다."

그는 바닥 여기저기에 더미를 이루며 무질서하게 쌓인 책들을 둘러보다가 그 제목들을 읽어 나가며 말했다.

"게다가…… 여기 책들을 봐."

"왜요?"

에이브히어가 짜증스럽다는 듯이 되물었다.

"그따위 질문이 어디 있어?"

"여기 있는 것 같은데요. 난 그저 당신이 왜 굳이 그러라는지 모르겠단 말이죠."

"난 책을 좋아하니까. 설마 아무도 너에게 글을 가르쳐 주지 않은 거야?"

"난 글을 읽을 줄 알아요, 이 무례한 드래곤 님아. 그저 중요한 것들만 읽을 뿐이죠."

"전쟁사 같은?"

"그것도 꽤나 도움이 되죠."

이지가 조금 더 가까이 다가왔다.

"여기서 지냈던 날들이 그리웠어요? 여기 사우스랜드에서 일족들과 함께했던 날들이?"

"그런 것 같아."

에이브히어는 마침내 인정했다.

"뭐, 처음엔 아니었지. 그때 난 뭐든 누구든 그리워하기엔 너무나 화가 나 있었으니까."

"아우스텔에게 일어난 일 때문에요?"

"부분적으로는 그래."

"동료를 잃는 건 힘든 일이죠."

그녀가 그에게 조금 더 가까이 몸을 기울이며 말을 이었다.

"물론 그런 얘기는 셀 수도 없이 들었을 거예요. 하지만 실제로 당하기 전에는 아무 의미도 없는 얘기죠."

"너도 당해 봤겠지."

"되새기고 싶지 않을 만큼요. 하지만 조금이라도 쉬워지는 건 아니에요, 그렇죠?"

에이브히어는 고개를 저었다.

"전혀, 절대로 쉬워지지 않아. 난 다시는 누구와도 가까워지지 않겠다고 마음먹고 실제로 그래 보기도 했어. 오직 나 자신에게만 온갖 극적인 감정들을 몰입한 거야."

이지가 먼저 웃음을 터트렸고 에이브히어도 곧 그녀의 웃음에 합류했다.

"별 소용은 없었나 보네요. 당신이랑 함께 온 세 친구들을 보면요."

"맞는 얘기야. 에이단과 난 아이스랜드를 함께 돌아다녔지. 캐스윈과 우서는 격투장에서 만났고."

"격투장? 아이스랜드에선 격투가 인기 있나 보죠?"

"그건 모르지. 우리가 만난 건 미루나크 격투장이었으니까."

"당신들 격투장도 갖고 있어요? 미루나크끼리 격투를 한다고? 왜요?"

"문젯거리를 해결하는 방식이랄까."

"문젯거리요?"

"노름빚이라든가, 삼각관계……."

"여자 문제도?"

에이브히어는 슬쩍 시선을 들어 이지를 보았다.

"가끔은……."

그리고 천천히 대답을 이었다.

"하지만 대부분 노름빚 문제지."

"후회되는 일이라도 있어요?"

이지의 물음에 그는 인상을 찌푸리며 되물었다.

"격투장에서?"

"아뇨."

그녀가 그의 손에서 잔을 빼앗아 가며 말했다.

"그만 마셔요."

"이미 그럴 생각이었어."

"내 말은, 미루나크로서 살아왔다는 데 대해 아무런 회한도 없느냐고요."

"회한 같은 걸 갖기엔 내가 좀 어리지, 안 그래? 난 아직 백오십 년도 못 살았다고."

"하, 그렇군요."

"왜? 넌 후회되는 게 있어?"

"딱 하나 있어요."

"그게 뭔데?"

"당신에게 키스할 기회를 잡지 못했다는 거요."

에이브히어는 잠시 그녀를 물끄러미 바라보다가 그녀의 손에서 잔을 빼앗으며 말했다.

"안됐지만 너도 그만 마셔야겠다."

이지는 웃음을 터트렸다.

"난 취하지 않았어요, 에이브히어."

"나도 네가 취했다고 말하진 않았어. 그냥…… 이 분위기가 불편해지는 걸 바라지 않아서 그래. 그리고…… 신들이여, 맙소사! 대체 이게 무슨 냄새야?"

한숨을 내쉰 이지는 뒤로 몸을 기울이며 손가락을 튀겼다.

"야, 인마. 나와."

막센이 낑낑거렸지만 이지는 그 애원을 들어주지 않았다. 그리고 재촉하듯 말했다.

"당장 나와. 나와서 산책하러 가든지 사냥하러 가든지 해라, 얼른."

그녀의 개가 긴 몸을 질질 끌듯이 탁자 아래에서 기어 나왔다. 녀석은 에이브히어를 보고 그의 얼굴 가까이에 송곳니를 들이밀어 보이며 딱딱거리고 나서야 밖으로 나갔다.

"난 저 개가 싫어. 진짜로 싫어."

막센이 완전히 밖으로 나가자 그가 웅얼거리듯 말했다.

"막센은 충성스럽고 난 저 녀석을 사랑해요. 내 막사에는 언제나 녀석을 위한 자리가 마련되어 있을 거예요."

에이브히어가 부르르 몸을 떨었다.

"네가 평생을 혼자 살고 싶어 하는 줄은 몰랐는데."

다시 웃음을 터트린 이지는 팔꿈치를 무릎에 올리고 주먹을 세워 턱을 괴었다.

"그러니까 당신 질문에 대한 답으로 내가 당신을 불편하게 만들었단 말이죠?"

"아니. 내가 불편해야 하나?"

"그럴 리 없겠죠. 내가 언제 당신을 불편하게 만든 적이 있던가요?"

"아니, 그런 적 없지."

"거짓말쟁이. 당신은 거짓말쟁이예요. 그것도 형편없는 거짓말쟁이죠."

"수년 동안 갈고닦은 덕분에 꽤나 잘하게 됐다고 생각하는데."

"그웬바엘 삼촌만큼 잘할까?"

"세상 누구도 그웬바엘만큼 거짓말을 잘하진 못하지. 아, 다그마를 예외로 해야 할지도 모르겠군."

이지는 두 팔을 내리고 등을 세워 똑바로 앉았다.

"아무튼, 미안하게 됐어요."

"뭐가?"

"당신을 불편하게 만들어서…… 또다시요. 이건 그냥, 내가 그런 사람인 것 같아요. 당신 앞에서만 그런 모습이 나오긴 해도."

"넌 그런 사람이 아니야. 날 불편하게 만들지도 않았고."

"좋아요."

그녀는 몸을 돌리고 다리를 풀어 탁자 아래로 늘어뜨리며 말했다.

"이제 자러 가야겠다. 내일은 아침 일찍 출발해야 하니까요."

그리고 탁자에서 미끄러지듯 내려섰다.

"우리가 한낮이 되기 전에 돌아가지 않으면 브람 님이 이리저리 서성거리기 시작하실 거예요. 글레안나 님은 그분이 그러시는 걸 아주 싫어하시죠."

그녀는 그를 살짝 돌아보며 미소 지었다.

"잘 자요."

그가 뭔가 대꾸를 하기도 전에 이지는 몸을 돌리고 계단을 향해 걸음을 옮겼다. 이 층으로 이어지는 그 계단을 올라가면 그녀가 브란웬과 함께 이곳을 방문할 때마다 머무는 방이 있었다.

막센에 대해서는 걱정하지 않았다. 녀석은 뭔가를 사냥해서 온몸에 피 칠갑을 한 채 잡아먹고는 가까운 시내로 달려가서 몸에 묻은 피를 어느 정도 씻어 낸 후에야 돌아올 터였다. 새벽이 되기 몇 시간 전에는 돌아와서 자고 있는 그녀의 침대로 파고들 테고 다시 출발할 때까지 코를 골아 가며 잠을 자리라.

솔직히 말해서, 그 개는 이지의 삶에서 브란웬과 그녀의 종자와 그녀의 말을 제외하면 가장 의지할 만한 존재였다.

계단 앞에 이른 이지가 그 첫 단에 발을 올리려는 순간, 뒤쪽에서 에이브히어의 목소리가 들려왔다.

"내가 거짓말을 했어."

"뭘요?"

이지는 하품을 하며 물었다.

"확실히 넌 언제나 날 불편하게 만들었지."

그녀가 가볍게 코웃음을 쳤다.

"알아요."

"왜냐면 난 언제나 너에게 키스하고 싶었으니까."

이지의 손이 계단 난간에 내려앉았고 그녀의 손가락이 낡아 빠진 나무를 꽉 움켜쥐었다.

"뭐……라고요?"

"문제는, 내가 이미 오래전에 그렇게 불편한 기분을 느끼는 데 지쳐 버렸다는 거야."

이지는 천천히 몸을 돌려 드래곤을 향해 섰다. 어느새 자리에서 일어선 그가 저 망할 푸른빛 머리칼 아래로 그녀를 바라보고 있었다.

맙소사! 저 머리칼!

그의 머리칼은 그녀에게 쥐약이나 다름없었다.

인간들과 달리 드래곤은 머리칼을 전혀 잃지 않는 것 같았다. 그녀의 할아버지 베르세락처럼 약간 잿빛으로 세기는 해도, 그의 경우 역시 길고 풍성한 데다 윤기 있는 머리채 대부분이 여전히 검은빛을 유지하고 있었다.

망할 자식! 한 놈 한 놈이 다 망할 자식들이야, 당신네 드래곤 들은……

뭐야, 계속 저기 서서 날 바라보기만 할 건가? 그렇게 쳐다보고만 있으면 나더러 어떡하라고? 게다가 이제 인상을 찌푸리기까지 하잖아. 아니면, 날 노려보는 건가?

음…… 진짜 모르겠네.

"지금 나에게 키스하고 싶다고 말한 거예요?"

그녀가 물었다.

하지만 에이브히어는 여전히 그녀의 어조를 어떤 의미로 해석해야 할지 알 수 없었다. 그래서 그저 어깨를 으쓱해 보였다.

"안 될 거 없잖아?"

그녀의 머리가 한쪽으로 기울었다.

"안 될 거 없잖아?"

"그래."

다음 순간 책 한 권이 날아와 그의 이마를 정통으로 때렸다. 거기 실린 힘은 그를 탁자 반대쪽으로 몇 걸음이나 물러나게 만들었다. 그는 살과 뼈에 책이 부딪친 자리를 손으로 만지며 바닥에 떨어진 책을 내려다보았다.

"너 지금 《세로라스의 고대 철학》을 집어 던진 거야? 이게 얼마나 오래된 책인지 알기나 해? 아니, 그보다 대체 왜 나한테 책을 던진 거야? 내가 뭘 어쨌다고?"

"이 세상에 존재하잖아요! 당신이 세상에 존재한다는 것 자체가 나한텐 고문이죠."

"이번 일은 네가 시작한 거야, 이지."

"난 아무것도 시작하지 않았어요. 그저 질문 하나를 던졌을 뿐인데, 당신이 대번에 '겁쟁이' 에이브히어로 돌아가서는 이 난리를 불러온 거죠. 언제나처럼요."

그녀가 그를 향해 성큼성큼 다가왔다.

"그래서도 나도 결심했어요. '좋아, 이 문제는 이걸로 끝이야.' 하고. 그러니까 당신은 또 지극히 당신답게도 '어, 이지에게 키스하는 게 좋겠어. 나쁠 거 없잖아.' 했겠죠."

"첫째로, 난 그런 식으로 말하지 않아."

맙소사! 이 여자가 날 망할 반편이 취급을 하고 있잖아.

"둘째로……"

"듣기 싫어요."

"뭐?"

"듣기 싫다고요. 당신은 맨날 그러죠. 말뿐이에요!"

에이브히어는 자신이 뭘 어쨌다는 것인지 알 수 없어 부글부글 화가 끓는 것을 느끼며 이를 악물고 으르렁거렸다.

"너, 온 우주의 모든 존재들 가운데 너만큼은 말이 많다는 걸로 날 비난하면 안 되는 거 아니야?"

"적어도 내겐 말할 거리라도 있죠."

"아니, 아니지! 넌 재잘거릴 뿐이야. 끊임없이! 내 귀에서 피가 날 지경이 되도록 재잘거린다고!"

그 순간 그녀가 주먹을 휘둘렀다. 하지만 이번에는 그도 그녀의 움직임을 어느 정도 예상하고 있었다. 그래서 그녀의 팔을 붙잡았고 그대로 그녀를 뒤집듯 탁자 위로 던졌다. 그녀가 곧장 그의 턱을 걷어찼다.

맙소사! 이 여자 다리 힘, 장난이 아니네!

그가 진짜 인간이었다면 그 한 방에 머리가 목에서 떨어져 나가고도 남을 발길질이었다.

뒤로 물러난 에이브히어는 턱을 쥐고 원래 자리로 밀어 넣었다. 그의 콧구멍에서 검은 연기가 소용돌이치며 피어오르고 입술 사이로 낮은 으르렁거림이 흘러나왔다. 그사이 이지는 두 손을 뒤로 짚고 거꾸로 몸을 뒤집어 탁자 반대편으로 내려섰다.

"도망치겠다고? 앤널 여왕 군대의 위대하신 장군님께서 도망을 치시겠단 말이야?"

그는 조롱의 어조가 튀어나오는 것을 참을 수가 없었다.

"지금쯤이면 당신도 알았어야죠, '웃기는 자' 에이브히어. 난 도망가지 않아요."

다음 순간 나무 의자가 그의 머리를 향해 날아왔다. 에이브히어는 몸을 뒤로 젖혔고 의자는 그를 아슬아슬하게 스쳐 지나가

반대쪽 벽에 콩 부딪쳐 산산조각으로 부서졌다.

"의자가 부서진 거에 대해서는 네가 고모부에게 해명해야 할 거야."

"난 당신 잘못이었다고 말할 거예요. 그분은 내 말을 믿으실 거고요."

그녀가 빙그레 웃음 지었다.

"다들 그러죠."

그들은 서로를 향해 시선을 고정한 채 그렇게 서 있었다. 시간이 얼마나 흘렀는지 에이브히어는 알지 못했다.

하지만 어느 순간 그녀의 눈이 흘끗 한쪽으로 향하는 걸 보았다. 그들이 식사를 하는 동안 무기들을 풀어 둔 곳이었다.

둘은 동시에 무기들이 쌓여 있는 그곳으로 달리기 시작했다. 이지는 빨랐다. 그녀의 긴 다리가 무기들을 향해 재빨리 움직였다. 하지만 그 역시 빨랐다. 탁자를 뛰어넘은 그는 그녀의 손이 배틀액스—그의 것이었다!—에 닿은 순간 그녀를 따라잡았다.

에이브히어는 그녀를 들어 올리고 휘두르듯 돌려 세웠다. 그녀의 팔은 결박하듯 붙잡을 수 있었지만 그녀의 다리는 여전히 자유로웠다. 자유로운 다리로 미친 노새처럼 발길질을 하던 이 망할 여자가 머리를 뒤로 젖히더니 그의 턱에 박치기를 날렸다. 그의 턱이 다시금 거의 빠질 뻔한 일격이었다.

넌더리를 낸 에이브히어는 그녀를 다시 돌려 세워 벽에다 사정없이 내던진 다음, 꼼짝 못하게 온몸으로 밀어붙였다. 그들은 헐떡이며 서로를 노려보았다.

그때 이지가 입을 열었다.

"이제 키스할 준비가 됐어요?"

그녀를 향해 고정된 은빛 눈이 가늘게 좁아졌다.

"네가 지금껏 어떻게 인간 군대를 이끌어 올 수 있었는지 나도 이제 알겠다, 이지. 넌 완전히 제정신이 아닌 거야."

이지는 깔깔거리며 웃다가 혀를 내밀어 찢어진 입술에서 흘러나온 피를 핥았다.

"그런 소리는 전에도 들어 본 적 있지만, 인정하지도 않았고 받아들이지도 않았죠. 자, 블루 드래곤 에이브히어. 이제 내게 키스해요. 하지 않을 거면 꺼져 버리든가!"

그의 시선이 그녀의 입술로 내려앉았다. 언제나처럼 그의 두뇌가 고통스럽게 결정을 쥐어짜느라 회전하고 있는 것이 눈에 보이는 듯했다.

이지는 잠시 상상해 보았다. 그가 전장에서도 혹은 다른 여자를 상대로도 이런 식일 리는 없었다. 그녀로서는 자신에 관해서만큼은 그가 왜 이토록 고집스럽게 집착하는지 이해할 수 없을 뿐이었다.

"얼마나 더 기다려야 해요?"

그녀는 으르렁거리며 재촉했다.

다음 순간, 그가 그녀를 놓아 버렸다. 눈높이까지 들어 올렸던 상태에서 문자 그대로 놓아 버렸기 때문에 이지는 떨어지듯 불안정하게 바닥에 내려설 수밖에 없었다.

"계속 기다려야 할 거야."

쏘아붙이듯 내뱉은 그가 몸을 돌리고 계단을 향해 걷기 시작했다.

이지는 히죽 웃으며 그의 뒷모습을 바라보았다.

"에이브히어?"

에이브히어는 이 망할 성에서 저 정신 나간 여자와 밤새도록 갇혀 있어야 한다는 사실에 지긋지긋한 기분을 느끼며 몸을 획 돌렸다.

"왜, 또……."

말을 맺기도 전에 날아든 부서진 의자 조각을 간신히 피하는가 했지만 다리뼈를 정통으로 얻어맞고 말았다. 엄청난 고통의 충격에 그는 저도 모르게 무릎을 꿇었다. 어느새 다가온 이지가 의자 조각을 쥐고 있지 않은 다른 손으로 그의 턱을 잡았다.

"이제 그만 좀 해치워 버리자고요."

그녀가 말했다.

그리고 먼저 키스했다.

유치한 계집애 같은 키스도 아니고, 분노해서 물어뜯을 듯한 키스도 아니었다. 폐 속 깊숙한 곳에서부터 호흡을 끌어내려는 듯 열정적이고 만족을 모르는 키스였고, 지금껏 그로 하여금 두려움에 주저하게 만들었던 바로 그 키스였다. 그 스스로 자부하고 있던 통제력과 이성적인 사고마저 철저하게 앗아 가 버리는 키스.

우라질! 우라질!

그녀가 다시 먼저 입술을 떼고 한 걸음 물러났다. 그녀의 얼굴에는 득의양양한 웃음이 떠올라 있었다.

"봐요, 그렇게 어려운 일도 아니잖아요. 그렇죠?"

그녀의 어조는 극도의 거들먹거림과 우쭐함을 담고 있었지만, 그럼에도 불구하고 에이브히어는 그녀를 더욱더 원하게 되었다.

대체 어째서! 한심한 놈! 네가 그러고도 드래곤이라고 할 수 있어? 고차원적인 존재들 중에서도 최강의 종족 드래곤의 일원이라고?

거만한 계집애가 그에게서 더 멀어졌다. 그녀는 일시적으로나마 그를 무력하게 만들었던 의자 조각을 던져 버리고 경쾌하게 걸음을 옮겼다.

"잘 자요."

그녀가 가벼운 손짓과 함께 내뱉은 그 말은 그의 화를 끌어 올렸고, 그 순간 에이브히어는 머릿속에서 무언가 끊어지는 듯한 느낌을 받았다. 마치 그가 아슬아슬하게 매달려 있던 동아줄의 마지막 가닥이 뚝 하고 끊긴 느낌이었다.

에이브히어는 똑바로 선 채로 손만 내밀어 그녀의 미늘 셔츠 목덜미께를 붙잡았고, 그대로 그녀를 돌려 세워 눈앞으로 끌어당겼다.

"장난해?"

그가 물었다.

이 정신 나간 여자와 함께할 때면 언제나 그렇듯, '위험한 자'

이지는 한 점의 두려움도, 아무런 관심도 보이지 않고 그저 그를 놀리는 듯한 얼굴을 하고 있을 뿐이었다.

"장난?"

대번에 되받아친 그녀가 두 팔을 뻗으며 말을 이었다.

"장난…… 그렇다면 어쩔 건데요? 말씀해 보시죠, 위대하시고 경건하시며 모든 이의 사랑을 받으시는 블루 드래곤 에이브히어 님. 그렇다면 당신은 어쩌실 건가요?"

그녀의 셔츠를 붙잡은 그의 손에 단단하게 힘이 들어가자 그가 보호구 삼아 손가락에 끼고 다니는 금속 반지가 살을 파고들었다.

바로 그 순간, 에이브히어는 깨달았다. '위험한 자' 이지가 말한 '위대하시고 경건하시며 모든 이의 사랑를 받으시는 블루 드래곤 에이브히어'는 이미 오래전에 죽어 없어졌다는 사실을 그녀에게 보여 줘야 한다는 것을…….

이지는 처음으로 인정하지 않을 수 없었다. 수년간 이런 종류의 일이 자신을 최악의 곤경에 빠트리곤 했음을.

음…… 브란웬도 함께였지. 불쌍한 내 친구.

브란웬은 그녀들 둘 중 어느 쪽이든 기꺼이 인정하는 정도 이상으로 이지의 입이 초래한 무수한 말썽거리로부터 그녀를 구해주었다. 하지만 지금 이곳에는 브란웬이 없고, 이 상황은 엄밀히 말하면 이지가 벗어나고 싶은 종류의 곤경도 아니었다.

그보다는 고약한 장난에 말려든 것 같은 상황이었다.

대체 내 어디가 잘못된 거야? 설마 내가 열여섯 계집애 적 열망을 아직도 놓아 버리지 못했나?

오직 그녀를 지키기 위해 목숨을 건 세 명의 수호자와 함께 세상을 떠돌다가 하루아침에 어머니와 아버지와 삼촌들, 고모들,

할아버지들, 할머니들…… 에이브히어까지 그녀만의 가족이 통째로 생겼던 열여섯 살 그때. 잘생기고, 예의 바르고, 성급하고, 퉁명스러웠던 에이브히어. 뭐, 성급하고 퉁명스러웠던 건 나하고 함께 있을 때에 한해서였지.

사실 다른 모든 이들에게 그는 다정하고 사랑스러우며 멋진 에이브히어였다. 모두가 사랑하는 블루 드래곤. 하지만 이지는 자신이 그를 상대로 사랑과 증오 사이를 끊임없이 오락가락했음을 이제 처음으로 인정할 수밖에 없었다. 수년 동안 에이브히어는 그녀를 완전히 미칠 듯한 지경까지 몰아가곤 했다. 한순간은 뜨겁다가 바로 다음 순간 차가워지는 식으로.

물론 지금 이 순간 그는…… 확실히 뜨거운 쪽이었다.

그가 그녀의 셔츠를 쥔 손으로 좀 더 가까이 그녀를 끌어당겼다. 그의 시선은 여전히 그녀의 입술에 붙박여 있었다. 솔직히 이지는 둘 사이가 너무 가까워져서 살짝이라도 성적인 분위기로 이어질 법한 상황에 처할 때면 언제나 그랬듯이 그가 반응하리라 예상했다. 하지만 자신이 먼저 그를 밀어내지는 않을 작정이었다. 이 상황을 모면하도록 순순히 놓아주지 않을 생각이었다. 그가 원한다면 얼마든지 이 자리를 벗어날 수 있었다. 하지만 그녀는 그가 맘 편하게 그러도록 도와주지 않을…….

그때, 에이브히어가 그녀를 확 잡아당겼다. 이지는 발끝으로 선 채 그가 몸을 기울여 가까워지는 것을 바라보았다. 그리고 그의 입술이 그녀의 입술에 내려앉았다. 그의 손이 그녀의 셔츠를 놓고 어깨로 옮겨 가 그녀를 벽에 밀어붙인 순간, 그의 키스가 시작되었고 그녀의 생각은 어지럽게 흩어져 버렸다.

물론 이지는 저항하며 그를 떼어놓을 수도 있었다. 그는 만만치 않은 전사였지만 그녀 또한 마찬가지였다. 하지만 진실로, 이지는 그를 물리치고 싶지 않았다. 그 긴 세월 동안, 순찰 중에 그를 생각했던 무수한 낮들과 막사에서 그를 꿈꾸었던 무수한 밤들 동안, 그녀가 언제나 바랐던 것이 바로 지금이었기 때문이다.

뭐, 한 가지가 더 있긴 한데…….

그 순간 이지는 더 이상 기다리지 않기로 마음먹었다. 그리고 오래전 블루 드래곤 에이브히어를 처음 만났던 그때부터 꿈꾸었던 일을 했다.

맙소사, 내 머리칼! 머리칼만은 안 돼!

그 오랜 시간 동안 에이브히어는 이지가 자신의 머리칼 가까이로 오는 것조차 순순히 응해 준 적 없었다. 이 같은 상황이 두려웠기 때문이다. 바로 지금 여기서 일어나고 있는 이 상황!

어머니나 탈라이스가 머리를 쓰다듬어 줄 때면 그는 크나큰 위안을 느꼈고 때로는 나른한 기분이 들기도 했다. 하지만 이지가 처음으로 그의 갈기에 두 손을 파묻고 하늘을 날아 달라고 말했던 그때의 기분은 위안이나 나른함과는 전혀 거리가 멀었다. 그리고 에이브히어는 이 망할 여자, 지금 이 순간 그의 머리칼을 손가락으로 쥐고 있는 그녀 탓을 했다.

오, 머리칼만은!

에이브히어는 그녀의 손을 뿌리치려 했지만 이지는 더 단단히 그의 머리칼을 붙잡고 더 강하게 키스했다. 그녀의 혀가 입안으로 미끄러져 들어오자 에이브히어는 온몸으로 그녀를 벽에 압박했다.

거기서부터 그가 할 수 있는 일은 많았다. 그녀를 밀어 버리고 이 자리를 떠날 수도 있었고 더 적극적으로 그녀를 유혹할 수도 있었다. 하지만 그는 어느 쪽도 택하지 않았다. 그가 한 일은 마치 자제력을 잃은 어린 드래곤처럼 그녀의 바지를 잡고 서둘러 엉덩이까지 끌어 내린 것이었다.

그나마 그가 스스로의 섬세하지 못함에 질색하지 않을 수 있었던 것은 이지가 그보다 더 서두르고 있었기 때문이다. 그의 바지는 이미 무릎께까지 내려와 있었다. 그가 그녀의 바지를 무릎까지 끌어 내렸을 때, 그녀는 이미 부츠를 벗어 버린 후였다. 이윽고 그녀는 바지까지 완전히 벗어 던졌다. 형언할 수 없이 잘 빠진 다리 중 한쪽이 그의 허리를 휘감았고 ─그 유연함이란!─ 다른 한쪽은 종아리를 감았다.

그 후로는 더 이상 아무 생각도 할 수 없었다. 조금이나마 남아 있던 자제력마저 완전히 날아가 버렸다. 그녀를 살짝 들어 올린 에이브히어는 때려 박듯 가차 없이 그녀의 안으로 뚫고 들어가 자신의 물건이 세상에서 가장 행복한 일을 하게 해 주었다.

이지는 순수한 쾌락의 비명을 간신히 눌러 삼키는 대신에 에이브히어의 목과 어깨 사이에 입을 묻었다. 그리고 두 팔로 그의 어깨를 끌어안으며 그의 살을 깊숙이 깨물고 버렸다. 그녀는 지난 세월 동안 스스로 쌓아 올린 자존감을 깨부숴 버릴지도 모를 그 어떤 말도 그 어떤 행동도 하지 않으려 애쓰고 있었다.

신들이여, 맙소사!

왜냐하면 이 갑작스럽고 무례하면서도 즐겁게도 야만적인 섹스가 그녀로서는 한 번도 경험해 본 적 없는 최고의 감각을 안겨 주었기 때문이다. 전희도 없고, 다정한 밀어 한마디 주고받지 않은 채, 심지어 침대조차 없는 섹스가!

하지만 상관없었다. 이 순간 그녀에게는 그 무엇도 상관없었다. 게다가 에이브히어가 움직이기 시작했다. 그의 진입은 강렬하고 무자비했고, 그의 굵은 물건은 더욱 깊숙이 그녀 안으로 파고들었다. 그녀는 더욱 단단히 그를 끌어안으며 그의 종아리에 감았던 다리를 풀고 활짝 몸을 열었다. 목덜미에 얼굴을 묻은 그에게서 낮은 으르렁거림이 흘러나오는 것이 느껴졌다. 그가 두 다리를 넓게 벌리고 버텨 서더니 더 강하게, 더 세게 부딪쳐 왔다. 그럴 때마다 그의 것이 점점 더 깊숙한 곳까지 느껴졌다.

이지는 몸을 떨기 시작했다. 그를 붙잡은 손에 저도 모르게 힘이 들어갔다. 그녀는 필사적으로 그를 붙들면서 에이브히어가 인간이 아니라는 사실에 감사했다. 목이 졸려 숨이 넘어간 그를 되살려야 하거나 뼈가 부러진 그를 치유사에게 데려가야 할 일은 없을 것임에 감사했다.

발끝에서 시작된 전율이 다리를 따라 내달려 척추에 이르고 전신으로 퍼져 나가 이윽고 그녀가 한 번도 느껴 본 적 없는 절정이 폭발했다. 그녀의 비명은 에이브히어의 목덜미께에 묻혀 사라졌다.

자신을 감싼 그녀의 전신이 강력한 힘으로 조여들고 그녀의
비명이 목덜미께로 사라지는 순간, 에이브히어는 무릎의 힘이 풀
리는 것을 느꼈다. 감은 눈꺼풀 안에서 그의 눈이 거의 머리 뒤쪽
에 이를 듯 돌아갔다.

절정이었다. 강렬한 절정, 그 어느 때보다도 강도 높은 절정이
었다. 너무나 강렬한 그 감각에 에이브히어는 그들 뒤쪽의 벽에
거의 화염을 내뿜을 뻔했다. 끓어오르는 충동으로 이지를 태워
버릴 것만 같아 필사적으로 스스로를 억눌러야 했다. 그건 몹시
도 무례한 짓이 될 터였다.

이윽고 두 다리의 감각이 돌아왔을 때, 에이브히어는 자신의
바지가 발목에 걸려 있고 반쯤 벗은 채 헐떡이고 있는 이지의 안
에서 자신의 물건이 여전히 단단함을 유지하고 있다는 사실을 깨
달았다.

맙소사!

그 누구라도…… 어색해할 만한 순간이었다.

19

에이브히어는 그녀를 탁자에 내려놓으려다 말고 생각이 바뀐 듯 여행 가방에서 커다란 천을 끄집어냈다. 고모부의 가구에 천을 깐 그는 그녀의 벌거벗은 엉덩이를 그 위에 조심스럽게 내려놓았다. 그러고 나서야 천천히 몸을 빼 —그녀에게서 완전히 빠져나온 후— 그녀 곁에 앉았다.

그뿐이었다. 그들은 거기 나란히 앉아 맞은편의 벽만 빤히 쳐다보고 있었다. 어색한 침묵은 이지가 마침내 참지 못하고 입을 열 때까지 계속되었다.

"뭐…… 해치워 버렸네요."

"그래, 해치워 버렸지."

"이제 홀가분하게 나아갈 수 있겠죠."

"그래, 홀가분하게."

이지는 그를 돌아보지도 않고 어깨를 가볍게 두들겼다.

"잘됐어요. 우리 둘 다 홀가분해져서 기분 좋네요."

시야의 구석으로 그가 고개를 끄덕이는 것을 볼 수 있었지만, 더 이상의 말은 들려오지 않았다. 이지는 그 점에 감사했다. 이 순간 그녀가 가장 바라지 않는 일이 바로 얘기를 나누는 것이었기 때문이다.

그녀는 둘 사이에 방금 일어난 일에 대해 분석하고 싶지 않았다. 무언가 더 깊은 의미를 찾고 싶지도 않았고, 무엇보다 후회 같은 종류의 얘기가 나오는 걸 바라지 않았다. 대신에 아직까지 느껴지는 오르가슴의 여운을 가능한 한 오래 음미하고 싶었다. 그러자면 에이브히어와 깊은 대화를 나누는 건 절대로 하지 말아야 했다. 그의 깊은 생각은 듣고 싶지 않았다.

이 순간 최선의 방책은 자리를 뜨는 것—장군으로서 그녀는 퇴각할 때가 언제인지를 잘 알았다—이라고 판단한 이지는 탁자에서 미끄러지듯 내려섰다.

"그럼 난 가 볼게요. 저녁 잘 먹었어요."

몸을 웅크리듯 해서 —허리만 숙일 수는 없는 상태였으므로 — 바닥에 흩어진 옷가지를 집어 든 그녀는 다시금 저 망할 놈의 계단을 향해 걷기 시작했다. 이번에야말로 무사히 오를 수 있기를 마음속으로 빌면서……

"그런데 말이야……"

하지만 에이브히어의 목소리가 또다시 그녀의 걸음을 붙잡았다. 그녀는 좌절감에 두 눈을 감고 계단 난간을 꽉 붙잡았다.

아휴, 거의 다 왔는데!

"네?"

그녀는 자신의 목소리에서 싫은 기색이 느껴지지 않도록 애써야 했다.

"그러니까 내 생각에……."

오, 안 돼! 생각 같은 건 하지 말아요.

"우리 오늘 밤은 여기서 묵을 거니까 말이야, 이번에야말로 진짜 분명하게……."

맙소사, 제발! 밤새도록 이 멋진 섹스에 대해 얘기를 나누는 짓 같은 건 하고 싶지 않다고요. 어째서 난 매번 감성 풍부한 남자들하고만 엮이는 거야? 게다가 이번엔 오롯이 내 탓이잖아!

"홀가분해졌는지 확인해 봐야 하지 않을까?"

거봐, 내가 또 이 지경에 처할 줄 알았…… 잠깐. 뭐라고?

이지는 휙 몸을 돌렸다.

"뭐라고요?"

내려다보지 마. 내려다보면 안 돼.

에이브히어는 알고 있었다. 그녀의 몸을 보기만 하면 자신의 시선이 붙박여 버리리라는 걸, 곧장 거기에 입을 가져다 대고 말리라는 걸. 그러니까 그녀의 얼굴만 보는 게 최선이었다. 하지만 그녀의 얼굴에 떠오른 놀라움의 기색을 보자 저도 모르게 웃음이 터지려는 것을 애써 억눌러야 했다.

그녀가 따지듯 물었다.

"그게 무슨 소리예요, 홀가분해졌는지 확인해 둬야 한다니?"

그는 가능한 한 무심한 듯 보이려 애쓰며 어깨를 추썩였다. 이지과 함께할 때 최악의 행동은 자신이 얼마나 절박한지를 드러내는 것이었다. 그리고 맙소사, 이 순간 그는 너무나도 절박했다. 절박하게도 다시 그녀 안으로 들어가고 싶었다. 어느새 척추를 타고 기어오른 욕망이 뇌를 갉아먹기 시작했다. 궁지에 몰린 가엾은 그의 뇌는 그녀의 얼굴에만 초점을 맞추기 위해 기를 쓰고 있었다.

"그래, 한 번 정도는 좋은 생각이었다고 넘어갈 수도 있겠지. 하지만 때때로 한 번이란 건 어쩌면 그보다 더한 뭔가가 있지 않을까 궁금하게 만들기도 하거든. 그런 생각은 일단 시작되기만 하면 쉽게 사라지지 않는다고. 계속되기 마련이지. 그럼 결국 우린 다시 어색한 상황에 처하고 말 거야."

"그러니까 당신 말은⋯⋯."

에이브히어는 다시 어깨를 추썩이고 탁자에서 미끄러져 내려왔다. 아직 발목에 걸려 있는 바지와 부츠를 벗어 던진 ─고맙게도 단번에 벗겨져, 발이 걸려 넘어지는 우스꽝스러운 꼴을 보이지 않을 수 있었다─ 그는 이지에게로 다가갔다.

"우린 오늘 밤 여기서 묵을 거야. 그러니까 말이 되잖아? 몇 번 더 해 보자고. 아, 물론 확실히 해 두자는 의미에서."

그녀가 그의 눈을 똑바로 들여다보았다. 하지만 그는 그녀의 얼굴에서 아무것도 읽어 낼 수 없었다. 그래서 그저 조용히 입을 닫고 있었다. 그러기를 잘했다는 생각이 든 것은 이지가 마침내 다시 입을 열었을 때였다.

"말도 해야 해요?"

"아니, 네가 하고 싶은 게 아니라면 그럴 필요 없지."

"그러니까 확실히 해 두기 위한 거란 말이죠? 다른 이유는 전혀 없고?"

"그럼."

아, 물론 마지막 말은 새빨간 거짓말이었다. 하지만 그는 이 순간 이지가 어느 쪽으로도 갈 수 있다는 것을 알고 있었다. 두 다리로 그의 머리를 휘감거나, 재빨리 계단을 올라가거나.

"나쁠 것 없잖아?"

그는 아무렇지도 않은 듯 평온한 목소리를 간신히 뽑아낼 수 있었다. 그의 물건이 이미 천장을 향해 빳빳이 고개를 세우고 있는 상황임에도 불구하고.

하지만 그녀가 시선을 돌리자 저도 모르게 입술이 경직되고 말았다. 이지가 갈등하고 있음을 알아챈 에이브히어는 그녀를 도와주기로 마음먹었다. 그는 한 팔로 그녀의 감싸고 자유로운 나머지 손으로 그녀가 들고 있는 옷가지들을 잡아 여행 가방 쪽으로 던져 버렸다.

"오늘 밤 달리 무슨 할 일이 있는 것도 아니고."

희미하지만 미소임이 분명한 것이 그녀의 얼굴에 어렸다. 그보다 더 좋은 신호는, 그녀의 셔츠를 벗겼을 때 이미 딱딱해져 있는 젖꼭지였다. 그리고 그녀가 가쁜 숨을 몰아쉬었다.

이지가 침을 꼴깍 삼키며 물었다.

"그저 확실히 해 두려는 거죠? 내일이든 언제든 다시 이런 일로 논쟁을 벌이는 일이 없도록, 그렇죠?"

에이브히어로서는 더 말할 나위가 없었다.

"그래, 다시는 없을 거야."

"그렇다면 뭐, 좋아요. 어, 음…….."

에이브히어는 그대로 몸을 기울여 이지의 젖꼭지를 물었다.

"아!"

그녀의 신음이 들려왔고, 그녀의 손가락이 다시금 머리칼을 파고들어 그러쥐는 것이 느껴졌다.

피어구스는 읽고 있던 책에서 눈을 들어 자신의 짝이 눈앞에서 왔다 갔다 하는 것을 바라보았다. 그는 오늘 밤 그녀를 데리고 자신의 동굴로 나와 있었다. 그녀에게 가반아일의 삶으로부터 떨어져 있을 시간이 필요하다는 것을 알아챘기 때문이다. 다크플레인은 그들의 피난처였다. 솔직히 말하자면, 가반아일에 사는 모든 이를 위한 피난처이기도 했다. 특히 인간 여왕의 신경이 점점 더 날카로워지는 상황에서는 더욱더.

확실히 지난 몇 달 동안 앤빌의 신경은 하루가 다르게 날카로워지고 있었다. 하지만 피어구스도 그녀를 탓할 생각은 들지 않았다. 그녀가 무엇을 걱정하는지 알았고 그 또한 그녀와 같은 걱정을 하고 있었기 때문이다. 다만 그는 현실적이기도 했다. 그저 이 상황에서 그들이 할 수 있는 일이 별로 없을 뿐이었다.

"그러다가 돌바닥에 구멍이라도 뚫겠다."

그녀가 걸음을 멈추고 그를 돌아보았다.

"당신은 왜 걱정하지 않는 거야? 당신한테는 상관없는 일이야? 그것들이 표적으로 삼은 건 당신의 귀하신 딸일 텐데?"

"그것들은 누구도 표적으로 삼거나 하지⋯⋯."

"그럼 뭐라고 할까? 꼬드기고 있다고?"

피어구스는 한숨을 내쉬고 책을 한쪽으로 치워 버렸다. 머리를 낮추어 앞발 안쪽에 내려놓은 그는 다른 쪽 발톱으로 바닥을 톡톡 두들겼다.

"왜 그런 눈으로 날 보는 거야?"

그녀가 엉덩이에 두 손을 올리고 따지듯 물었다.

"난 그저 당신의 화가 폭발하기를 기다리고 있는 거야. 그런 후에야 우리가 합리적인 드래곤처럼 이야기를 나눌 수 있을 테니까. 내 사랑, 당신이 소리 지르고 있을 때는 무슨 얘길 해도 소용 없다는 걸 오래전에 깨달았거든."

그녀가 엉덩이에서 손을 떼고 가슴 아래로 단단하게 팔짱을 꼈다.

"그것들이 우리 딸을 훔쳐 가려 하고 있어, 피어구스."

"나도 알고 당신도 아는 사실이지만, 세상 누구도 탈윈 스스로 원치 않는 일을 하게 만들지는 못해. 퀴비치라고 다를 건 없어."

"그것들이 그 애를 안전하게 지켜 주는 이들에게서 떨어지도록 꼬드기고 있다고. 그 애 오빠와 사촌에게서조차 말이야."

"당신에게서란 뜻이겠지?"

"그 애를 보호할 수 있는 건 나뿐이야! 그 누구도 나처럼 그 애를 보호할 순 없어!"

앤널이 스스로를 가리키며 고함쳤다.

"탈원 자신을 제외하면 그렇겠지."

"당신이 그렇게 말할 줄 알았어."

"그 애에게 스스로를 지키라고 가르친 게 바로 당신이잖아. 그놈도 그렇게 가르쳤고."

"그놈이라니, 그 애도 이름이 있어."

"그놈은 오늘도 내 성질을 긁었지."

"그 애는 언제나 당신 성질을 긁어."

"지금 그 얘기를 하고 싶어?"

"당신도 알잖아, 우리 아들은 정말이지……."

"정말이지? 정말이지, 뭐?"

"다른 누구보다도 당신을 잘 참아 주고 있다고."

"고맙기도 하시네. 낮잠에서 깨어나 그놈이 죽음의 천사처럼 근처에서 어슬렁거리고 있는 걸 볼 때마다 그 말을 위안으로 삼을게."

"당신 그거 피해망상이야. 좋아, 우리 솔직히 말해 보자고."

"오, 솔직한 거 좋지."

"탈란은 내 아들이고 탈원은 당신 딸이야."

"그래서?"

"그러니까 당신이 그 애와 얘기해야지."

"얘기했어."

앤널이 한 걸음 다가섰다.

"그랬더니?"

"당신에게 한 얘기 이상으로 나한테 해 준 말은 없어. 하지만 난 그 애를 알지. 뭔가 진행되고 있는 건 사실이야."

"그럴 줄 알았어!"

"하지만 이미 끝난 일은 아니야. 그 애는 완고하고 단호한 데다 반골 기질을 타고났잖아. ……꼭 제 어머니처럼. 그러니까 굳이 그 애와 입씨름은 하지 않을 거야."

"난 반골이 아니야."

피어구스는 두 눈을 모았다가 데굴 굴렸다.

"물론 그러시겠지."

"빈정거리는 소리 같은데."

"아마도."

그는 살짝 고갯짓을 하며 말했다.

"이리 와, 내 사랑."

앤닐이 다가와 그가 펼친 앞발 위로 올라섰다. 그대로 그의 가슴까지 타고 오른 그녀는 거기에 배를 깔고 길게 엎드렸다. 그녀의 머리가 그의 콧잔등을 마주했다. 언제나 그렇듯, 앤닐은 드래곤 본체의 모습을 조금도 두려워하지 않았다.

그는 설득하듯 말을 이었다.

"있잖아, 일어날지 일어나지 않을지 모르는 일을 두고 이렇게 걱정이나 하고 앉아 있을 게 아니라 뭔가 당신이 즐길 수 있는 일을 해 보는 게 어때?"

그녀가 그의 가슴을 두 손으로 짚고 몸을 들어 그의 두 눈을 들여다보았다. 그대로 씨익 웃음 지었다.

"아니, 아니, 뭔가 아이들과 함께 느긋하게 즐길 수 있는 일 같은 거 말이야."

"아……."

그녀는 다시 엎드렸다.

"오늘 밤 내가 당신에게 하려고 계획한 일은 오직 일이 다 끝난 후에야 느긋해질 수 있을 거야."

"알려 줘서 고마워."

앤널은 기분 좋게 웃고 두 손으로 그의 비늘을 쓸어 주었다. 피어구스가 좋아하는 일이었다.

"좋아, 그럼 애들하고 뭘 하는 게 좋을까? 사실을 말해서, 그 애들은 우리 곁에 오려고도 하지 않잖아."

"내일 당장 할 수 있는 뭔가를 생각해 봐. 그 애들이 핑계를 댈 여지가 없도록 말이야. 라이하고 먼저 얘기하는 게 좋겠지. 라이라면 그 애들을 쉽게 끌어들일 수 있을 거야. 그리고 그 비실거리는 애, 맨날 숨어 다니는 그 애도 데려가."

"그 애 이름은 프레더릭이야. 듣기로는, 한동안 여기 머물 거라던데."

"잘됐네. 다들 데리고 피크닉이든 뭐든 해 봐."

"당신도 갈 거야?"

"난 내일 그웬바엘, 브리크랑 데벤알트 산으로 아버지를 만나러 가야 해."

"무슨 일 생겼어?"

"아니, 그런 거 아니야. 그냥 어머니 군대를 둘러볼 때가 돼서. 우리가 뭔가 할 일이 있나 살펴보는 거지. 적어도 계획은 그래. 정말로 무슨 일을 하게 될지는 아버지와 브리크가 말싸움을 벌이고, 내가 한숨깨나 쉬고, 그웬바엘이 슬슬 아버지 화를 돋우다가 어느 순간 날아온 아버지 꼬리를 피해 몸을 숙이는 지경에 이른 후에나 알게 되겠지. 솔직히 말하면, 나도 비실거리는 애랑 피크닉 가는 쪽을 택하고 싶어."

앤닐이 주먹을 세우고 그 위에 턱을 올려놓으며 물었다.

"에이브히어는?"

"에이브히어가 뭐?"

"에이브히어는 안 데려가?"

"왜 그래야 하는데? 그 녀석은 드래곤 퀸 군대 소속이 아니야. 미루나크잖아."

"난 진짜 그게 무슨 뜻인지 모르겠어. 당신들 모두 그 얘길 할 때마다 목소리에서 경멸감과 두려움이 섞인 어떤 느낌을 풍기는데……."

"그건 그 녀석이 정규군으로서는 절대로 믿을 수 없는 난폭한 개자식이란 뜻이야. 그러니까 안 돼. 그 녀석은 안 데려가."

"난 말이야, 당신들 모두 에이브히어에게 너무 심하게 군다고 생각해. 모두들 여전히 그를 아기처럼 취급하고 있잖아. 이제 그는 다 자란 드래곤이야, 피어구스. 꽤나 어른스러워졌다고."

"하!"

피어구스는 코웃음을 치고 전혀 동의할 수 없다는 어조로 말했다.

"그래, 꽤나 어른스러워졌지."

이지는 정신없이 팔을 뻗어 손에 만져지는 벽을 짚었다. 그녀가 브란웬과 함께 브람의 집을 방문할 때마다 머무는 방의 돌벽이었다. 솔직히 말하자면 그녀는 아무 생각도 할 수 없었다. 자신이 어디에 있는지, 왜 여기 있는지, 심지어 자신의 이름이 무엇인지도……. 지금 이 순간 그녀가 의식하고 있는 건 자신의 손이 누르고 있는 벽과 난생처음 느껴 보는 거대하고 다재다능한 물건이 자신의 몸속에서 절정을 일으키고 있다는 사실뿐이었다.

……또다시.

그녀의 발가락들이 절로 말려들고, 거친 호흡이 짤막한 비명으로 변했다. 위에 올라타 키스를 퍼부으며 몸을 움직이는 그를 감싼 그녀의 전신이 단단하게 조여들었다.

정말이지 이럴 줄은 몰랐다. 이런 것이면 좋겠다고 꿈꾸긴 했지만, 실제로 이 같은 일이 벌어지리라고는 생각하지 못했다.

이지와 브란웬 그리고 가끔은 브란웬의 자매들까지 포함해서, 그녀들은 저마다 언젠가 만나게 될 남자들에 대해 얘기했었다. 기분 좋게 만났다가 다음 날이면 애석하게도 실망만 남길 남자들에 대해, 운이 좋다면 그들 중 하나는 즐거운 놀라움을 안겨 줄 수도 있고 심지어 행복감을 줄 수도 있다는 사실에 대해. 하지만 이런 건?

오, 맙소사! 이건…….

이지는 전신을 찢어발기는 오르가슴에 숨을 쉴 수가 없어 그의 입술을 피하듯 고개를 틀었다. 하지만 실수였다. 그녀의 입술을 놓아준 그가 목을 깨물기 시작한 것이다. 그녀가 비밀스럽게 즐기는 행위였다.

맙소사, 맙소사!

에이브히어도 그녀의 흥분을 알아챘고 —그의 입이 언제나 그러는 것과는 또 다른 방식으로— 그녀를 미칠 지경으로 몰아가기 시작했다.

흐느끼듯 신음하고 온몸을 떨면서, 이지는 에이브히어가 자신의 귀 아래 바로 그곳을 향해 깨물어 가는 것을 감지했다. 어떻게, 어떤 식으로인지 알 수 없지만 이 개자식은 앞선 오르가슴의 여운이 채 사라지기도 전에 그녀에게서 새로운 오르가슴을 끌어내고 있었다.

이지는 또다시 비명을 지르면서 이 모든 게 끝나고 나면 둘이서 아무 얘기도 하지 않기로 했다는 사실에, 분석하듯 파고들 필요가 없다는 점에 너무나도 감사했다. 이 일을 돌이켜 생각하기 시작했다가는 틀림없이 열여섯 시절의 자신으로 돌아가고 말 것이기 때문이었다. 자신이 진정으로 원하는 게 뭔지도 모르는 주제에 덩치만 커다란, 황홀한 푸른빛 머리칼의 빌어 처먹을 블루 드래곤 자식에게 홀딱 빠져 버린 어린 계집애로.

이지가 다시금 비명을 질렀고, 그녀의 환상적인 두 다리가 그의 허리를 더욱 세게 조였다.

에이브히어는 자신을 옥죄고 있는 그녀의 두 다리에서 시선을 뗄 수가 없었다. 그는 드래곤이건 인간이건 간에 이지처럼 강력한 다리를 가진 여자를 본 적이 없었다. 다리 힘이 어찌나 센지 정말로 눈앞에 별이 보일 지경이었다.

그는 몸을 뻗어 벽을 누르고 있는 이지의 손을 붙잡고 그녀를 침대 위로 고정시키듯 밀어붙였다. 그녀가 다시 흐느끼듯 신음하기 시작했다.

세상에! 그는 이지가 신음하는 것이 너무나 좋았다. 그 소리만으로도 발가락이 꼬이는 것 같았다. 흐느낌과 헐떡임 사이로 그녀의 믿을 수 없을 만큼 강력한 허벅지가 자신을 가두고 은밀한 그곳이 자신의 물건을 난생처음 경험하는 강도로 조이는 걸 느끼며, 에이브히어는 진심으로 자신이 지금껏 해 본 적 없는 큰 실수를 범하고 있음을 깨달았다.

그 오랜 시간 동안 그가 이지에 대해 생각했던 게 옳았음을 깨달은 순간이었다. 그는 어렸을지 몰라도 어리석진 않았고, 처음부터 그녀가 문젯거리가 될 거라는 사실을 알았던 것이다. 긴 다리와 밝은 웃음으로 포장된 문젯거리가.

게다가 이제 상황이 더 고약해졌다. 그가 더 이상 죄책감을 갖지 않게 되었기 때문이다. 아무런 죄책감도 없었다. 그녀 안에 잡혀 있는 시간이 길어질수록 —그는 이 밤이 새도록 그녀 안에 잡혀 있어 줄 의욕으로 충만해 있었다— 그 무엇도, 그 누구도 상관없어졌다. 지금 이 순간 그들 사이에서 일어나고 있는 일이 전부였다.

그래, 형이 이지를 자기 딸로 생각하든 말든 무슨 상관이야? 가족들 모두가 그녀를 조카로, 사촌으로, 손녀로 여기든 말든 무슨 상관이냐고. 그녀가 어머니 영토 안에서 가장 무시무시한 장군이란 게 뭐? 그녀의 발이 앤닐의 발만큼이나 크면 어때? 그런 게 다 무슨 상관이야?

그에게는 상관없었다. 더는 상관없었다.

에이브히어는 그녀의 목에서 입술을 떼었다. 그녀가 그를 따라 몸을 세우고 그의 턱에 이마를 누르더니 고개를 들고 그의 턱을 깨물었다. 순간, 그녀의 조이는 힘이 강해졌고 오르가슴이 솟구쳤다. 그는 전신으로 그녀를 침대 위에 고정시키고 한 방울 남김없이 비워 냈다. 그대로 잠시 그녀 위에 머물러 있던 그는 마침내 몸을 굴려 침대에 누웠다. 그들은 땀으로 흠뻑 젖은 채 헐떡이며 그렇게 누워 있었다.

한참 만에 이지가 입을 열었다.

"으음, 어째 난…… 아직도 홀가분하지가 않은데요."

"잘됐군."

에이브히어는 몸을 굴려 다시 그녀 위에 올라타 아직도 단단한 자신의 물건을 그녀 안으로 밀어 넣으며 한숨처럼 내뱉었다.

"나 역시 전혀 홀가분하지 않으니까 말이야."

"일어나요."

에이브히어는 몸을 굴려 털 망토 속으로 파고들었다. 아직 새 날을 맞을 준비가 되어 있지 않았기 때문이다. 이지의 분노와 마 주할 준비는 더더욱 되어 있지 않았다. 하지만 그렇게 되리라는 예감이 들었다. 둘이서 함께 그토록 환상적인 밤을 보낸 후고 보 니 어떤 식으로 아침을 맞이해야 할지 알 수가 없었던 것이다.

그러나 이지는 기다려 주지 않을 터였다. 절대로 그럴 리가 없 었다.

"일어나라니까."

이지가 재촉했다.

"누가 왔다고요."

에이브히어는 다시 몸을 굴렸다. 열린 스테인드글라스 창 곁에 이지가 서 있었다. 금방 몸을 씻은 데다 옷도 갖춰 입었고 젖은 머리칼을 얼굴이 드러내도록 말끔히 빗은 상태였다. 저택 뒤편의 호수에 다녀온 게 틀림없었다.

"누군데?"

그녀는 고개를 저었다.

"몰라요. 하지만 다들 무장을 하고 있어요. 소규모 분대 정도 되는데, 소속을 알려 줄 만한 깃발 같은 건 보이지 않아요."

이지가 그를 힐끔 돌아보았다.

"경호대 같은데요."

"브람 삼촌을 경호하러 온 건가 보지."

에이브히어는 털 망토를 밀쳐 버리고 일어나 벌거벗은 채로 창가로 다가가 이지 곁에 섰다. 그녀에게서 황홀한 향기가 났다. 그는 당장이라도 입을 맞추며 아침 인사를 하고 싶었지만 참기로 했다. 정말로 이 순간만큼은 그녀에게 밀쳐지고 싶지 않았기 때문이다.

"누군지 알아보겠어요?"

이지가 물었다.

"아니."

그는 몸을 기울이고 공기의 냄새를 맡아 보았다. 화염과 강력한 힘의 기운이 느껴졌다.

"드래곤들이군."

"확실해요?"

"그래."

"하지만 누군지는 모르겠고요?"

그가 고개를 젓자 이지는 긴 갈색 망토와 털 후드로 얼굴과 전신을 가린 채 말을 타고 있는 작은 무리에게 다시 시선을 주었다. 그리고 바닥에 놓인 검집 아래로 슬쩍 발끝을 밀어 넣는 동시에 그대로 차올려 손으로 낚아채며 말했다.

"지상은 내가 맡을 테니 당신은 공중을 맡아요."

에이브히어는 고개를 끄덕였다.

"그럼 밖에서 보지."

이지는 브람의 저택 옆문을 미끄러지듯 빠져나왔다. 지난밤 에이브히어가 중앙 홀로 통하는 현관문을 닫아걸어 두었기 때문에 그쪽으로 나갔다가는 바깥의 존재들에게 들킬 염려가 있었던 것이다.

상쾌한 아침 공기 속으로 나서는 순간, '우웅' 하는 부드러운 소리가 뒤에서 들려왔다. 돌아보니 막센이 발치께에서 기듯이 따라오고 있었다.

그녀의 개는 놀랄 만한 본능을 갖고 있었다. 마치 늑대처럼, 그림자 속에 숨어 있어야 할 때가 언제인지, 공격할 때가 언제인지를 알아냈다. 녀석의 그런 본능은 그녀가 야간 습격에 참가할 때 도움이 되었다.

막센은 온몸을 긴장시킨 채 그녀 곁에서 그녀의 신호를 기다리고 있었다. 이지는 자기 곁에 몸을 낮춘 채 기다리고 있으라는 신호를 녀석에게 보냈다. 그리고 뒤쪽에서 누군가 다가오는 기척이 들려오지는 않는지 귀를 기울여 주의하면서 은밀하게 앞으로 나아갔다.

건물의 모서리 가까이에 다다르자 그녀는 모퉁이 너머를 살짝 엿보았다. 이제 거리가 조금 더 가까워졌기 때문에, 말을 탄 침입자들이 작은 무리의 여행자들로 보이려고 최선을 다해 꾸미고 있음을 알아챘다. 망토 아래로 너무 비싸지도 너무 값싸지도 않은 평범한 복장을 하고 있었기 때문이다.

하지만 그들 거의 모두는 무기를 지니고 있었다. 그것도 상당량의 무기들을. 그리고 그들 중 몇몇이 움직이는 방식으로 짐작건대…… 전사들이 틀림없었다.

무리의 맨 앞에 있던 두 명―태도로 보아 우두머리들 같았다―이 주변을 둘러보더니, 그중 하나가 무리에게 몸짓을 보냈다. 나머지 세 명의 기수들이 말에서 내려 움직이기 시작했다.

하지만 우두머리 중 다른 하나―망토 아래로 드러나는 체구가 다른 이들보다 작아서 이지는 여자일 것이라 짐작했다―가 장갑 낀 손을 들어 올려 그들을 멈추게 했다. 여자의 얼굴이 보이지 않았음에도 불구하고 이지는 그녀가 브람 저택의 앞쪽을 탐색하듯 살피고 있음을 알아챘다. 살짝 걸음을 옮긴 이지는 그녀의 시선이 향한 곳에서 에이브히어를 보았다.

아이고! 그는 드래곤의 본체를 하고 건물 정면에 떡하니 서 있었다. 에이브히어가 그런 짓을 하는 걸 전에도 본 적이 있는 그녀지만, 여전히 그 모습은 그녀를 매혹시켰다. 그 몸집의 크기를 감안하건대, 드래곤들은 중력의 법칙에 그다지 크게 구애되지 않는 존재 같았다.

하지만 이 순간 이지를 염려하게 만든 것은, 침입자 무리의 우두머리인 듯한 여자가 에이브히어를 볼 수 있는 것 같다는 점이었다. 아니면 적어도 그의 존재를 느낄 수 있는 것 같았다. 이지는 강력한 드래곤위치인 화이트 드래곤 모르퓌드가 코앞에 있는 막냇동생을 보지 못하고 사실상 그의 머리를 짓밟고서 곧장 지나가는 모습을 본 적도 있었다.

에이브히어가 약간 몸을 움직이자 망토 아래서 여자의 머리도 살짝 움직였다. 어쩌면 그녀는 소리를 듣는 것일지도 몰랐다. 하지만 아닐 수도 있었다. 이지로서는 알 수 없었다.

순간, 여자가 숨을 들이켜는 소리가 들려왔다. 화염을 내뿜으려는 게 분명했다. 물론 이지가 걱정할 일은 아니었다. 화염 드래곤들이 동족에게 화염을 써 봤자 한 대 치거나 내동댕이치는 효과를 낼 뿐 화염 자체가 해를 끼칠 수는 없다는 사실을 알고 있었기 때문이다. 사우스랜드 드래곤은 화염으로 만들어졌고, 그들의 비늘은 화염으로부터 보호해 주는 갑주와도 같았다.

그러나 여자가 화염을 내뿜기 직전에 망토의 후드가 미끄러지듯 벗겨졌고, 이지는 즉시 여자를 알아보았다. 그와 동시에 그 특별한 여자의 화염이 에이브히어에게 어떤 해를 입힐 수 있는지도 기억났다. 자신에게 어떤 재앙이 닥칠지 감도 잡지 못하고 당당하게 서 있는 저 블루 드래곤에게!

에이브히어는 여자가 자신을 볼 수 없다고 확신했다. 하지만 느낄 수는 있는 것 같았다. 어쩌면 여자가 어떤 부류의 마녀일지도 몰랐다.

그의 어머니와 누이 모르퓌드는 가장 강력한 드래곤위치들 중 하나였지만, 그녀들과 힘의 수준이 다른 마녀들도 얼마든지 있었다. 어쨌거나 에이브히어는 진심으로 걱정하지는 않았다. 대신에 여자가 무슨 짓을 하려는지 그냥 기다려 보기로 했고, 여자가 깊은 숨을 들이켜는 소리를 들었을 때도 오히려 마음을 더 놓기만 했다. 자신의 덩치를 감안했을 때, 다른 드래곤들의 화염은 해를 끼치기는커녕 건물 앞에서 물러나게 만들지도 못할 것이라 생각했던 것이다.

하지만 여자가 안장 위에서 몸을 기울이고 망토의 후드가 뒤로 넘어가 아주 예쁜 인간의 얼굴이 드러나는 순간, 장내의 모두를 놀라게 할 만한 이지의 고함이 건물 한쪽 저 모퉁이에서 터져 나왔다.

"아그리피나, 안 돼요!"

여자의 고개가 반사적으로 휙 돌아가며 에이브히어를 향했던 화염도 방향을 틀어 곧장 이지에게 날아갔다. 그 화염은 너무나도 강력해서 에이브히어조차 본능적으로 몸을 뒤로 젖혔고 브람 저택의 한쪽 귀퉁이가 무너지며 녹아내렸다. 여자가 돌을 녹인 것이다!

에이브히어는 그와 같은 화염을 본 적이 없었지만 그에 대해 분석하고 말고 할 여유가 없었다. 화염이 향한 그곳에 이지가 숨어 있었기 때문이다.

마치 건물이 밀어붙이기라도 한 듯, 그는 곧장 날개를 펼치고 이지가 숨어 있던 모퉁이로 향했다.

"이지!"

그가 고함쳤다.

"이지! 대답해!"

"여기 있어요!"

이지가 거대한 바위 뒤에서 일어섰다. 그녀가 얼마나 민첩한지 잠시 잊어버렸던 그로서는 새삼 그 사실에 감사한 마음이 들었다.

에이브히어는 지진이 난 듯 땅을 진동시키며 그녀 곁에 내려앉았다.

"너 괜찮아?"

그녀의 얼굴이 눈물로 젖어 있었다. 이지가 고개를 저으며 말했다.

"막센⋯⋯."

그 녀석이 왜?

이지는 자기 개를 부르며 흐느끼고 있었다. 그녀가 녹아내린 돌과 불에 그슬린 목재 기둥이 엉겨 붙은 곳을 가리켰다.

"녀석이 저기 서 있었어요. 바로 나를 따라오고 있는 줄 알았는데⋯⋯."

흐느낌 사이로 그녀가 말했다.

에이브히어는 세심하게 공기의 냄새를 맡아 보았다. 과연, 개털의 탄내가 맡아졌다. 하지만 그런 얘기는 입 밖에 내지 않는 게 좋으리라.

"안됐다, 이지. 네가 녀석을 많이 아꼈다는 건 알아. 하지만 지금 우리가 걱정할 건……."

"막센!"

에이브히어는 멍하니 눈을 깜빡이며 이지가 자신을 밀치고 아직도 불타고 있는 한 덩이 잔해를 향해 달려가는 것을 바라보았다. 그 잔해 아래에서 꿈틀거리며 기어 나온 것은 이지의 개였다. 더럽게 여기저기 뭉친 털이 몇 군데 아직도 불타고 있는 거대한 야수가 구르듯 잔해를 완전히 벗어나 이지를 향해 달려왔다.

하지만 녀석이 갑자기 멈추더니 발랑 드러누워 흙 속에 몸을 굴렸다. 이지가 녀석에게 닿았을 즈음에는 몸에 붙은 불이 다 꺼졌고, 막센이 한차례 몸을 흔들어 흙을 털어 내자 이지가 웃음을 터트렸다. 그녀는 무릎 꿇듯 주저앉아 그 흉측하고 괴상한 야수를 끌어안았다.

"아휴, 불쌍한 녀석! 너 괜찮니?"

"이지!"

에이브히어는 쏘아붙였다.

"지금 그 망할 놈의 사악한 개를 걱정할 때가 아니잖아! 더 큰 문제가 있다고!"

"이사벨?"

그때 또 다른 목소리가 들려왔고, 에이브히어는 낯선 무리 중 하나가 말을 탄 채로 건물의 모퉁이를 돌아서는 걸 보았다. 그로서는 처음 들어 보는 목소리였다.

그자가 망토의 후드를 젖히자 길고 짙은 은빛 머리칼이 쏟아지듯 흘러내렸다. 그리고 안대가 드러났다. 그 드래곤은 한쪽 눈에 안대를 하고 있었다.

불에 탄 데다 무너진 건물의 잔해에 깔리고서도 전혀 다치지 않은 것 같음에도 불구하고 여전히 낑낑거리고 있는 야수에게서 고개를 든 이지가 미소를 지었다. 그녀의 미소가 너무나도 환하고 진했기 때문에 에이브히어는 자기 개가 안전하다는 사실을 확인한 이지가 행복해서 그러는 줄 알았다.

하지만 다음 순간 이지는 개를 놓아주고 외눈 드래곤에게 달려가더니 그의 팔 안으로 몸을 날렸다.

"가이우스!"

그녀가 소리쳤고, 에이브히어는 그제야 그자가 가이우스 루시우스 도미투스—퀸틸리안 독립국의 '반역왕'—란 것을 알았다. 사우스랜드 드래곤들에게는 대대로 이어져 온 숙적 강철 드래곤이자 이지에게 이상한 메모가 적인 책들을 보냈던 그 개자식.

그리고 지금 '위험한 자' 이지가 그 자식을 꺼안고 있었다.

우라질.

"여기서 뭘 하고 있는 거예요?"

이지는 그에게서 한 걸음 물러나며 물었다. 그녀가 가이우스를 마지막으로 본 지도 몇 년이나 지났지만 그런 것은 별로 문제되지 않았다. 그들의 우정은 퀸틸리안의 대군주 트라시우스의 피투성이 최후와 함께 다져진 것이었기 때문이다.

그 사건 이후로 가이우스는 퀸틸리안 독립국 전체를 아우르는 통치력을 갖기 위해 애써 왔다. 하지만 트라시우스의 아들딸이 살아남았고 그들이 아직도 문제를 일으키고 있었다. 그것도 크나큰 문제였다. 트라시우스의 후손이 왕좌의 정당한 계승자라고 생각하는 자들도 많았다. 따라서 가이우스는 제거되어야 한다고 믿고 기꺼이 이를 위한 시도를 계속하는 자들이었다.

그런 사정을 이미 들은 바 있었던 이지는 어지간히 중요한 일이 생기지 않고서는 가이우스가 퀸틸리안을 떠날 리가 없다는 사실도 알고 있었다. 그럴 여유가 없는 것이다.

"앤닐 여왕과 드래곤 퀸 리아논께 상의하고 싶은 게 있어서 온 거야. 가능하다면 브람 님이 우릴 도와주실 수 있다는 걸 알고 있거든. 일단 어제 그분 조수인 로버트에게 전언을 보냈지. 지난밤에 마을에서 그를 만나 우리 사정에 대해 의논도 했어. 그가 브람 님이 돌아오실 때까지 머물게 해주겠다고 해서 오늘 우리를 여기로 데려왔고. 하지만 문이 닫혀 있는 걸 보더니 자기가 떠날 때는 분명 문을 열어 두었다더군. 그래서 우리는 그를 저기 길 아래쪽에 남겨 두고 별일이 없는지 확인하러 왔지."

가이우스가 미소를 지었다.

"인정해야겠네. 그저 당신이었다니 기쁘군. 내 군사들을 이끌고 온 게 아니라서 말이야."

이지는 짧게 고개를 젓고 말했다.

"이해가 안 가요, 가이우스. 사절을 보낼 수도 있었을 텐데 왜 당신이 직접 온 거예요?"

"아…… 보냈었지. 그런데 가반아일로 곧장 보냈거든. 분명 앤 널은 그가 거짓말을 하는 거라고 생각했나 봐. 그래서 음…….."

이지는 손을 들었다. 더 이상 들을 필요가 없었기 때문이다.

"사절로 보낸 자가 당신과…… 가까운 이는 아니었겠죠?"

"아니야. 바로는 누구도 좋아하지 않는 자를 사절로 보낼 만큼 현명하잖아."

바로는 '반역왕'의 인간 장군이자 친구였다.

"그래서 그 소식이 전해졌을 때 우리 모두는…… 귀한 교훈을 얻은 걸로 여겼지."

이지는 인상을 찌푸리며 고개를 끄덕인 다음, 그의 어깨를 다독였다.

"이해해요. 그보다, 잘됐네요. 브람 님은 지금 앤널이랑 리아논 여왕님과 함께 계시거든요. 내가 직접 당신을 가반아일까지 데려다줄게요."

"그래 주면 정말 고맙지. 눈 하나를 잃는 거야 그렇다 쳐도 머리를 통째로 잃는 건…… 상당한 문제가 될 테니까."

이지는 웃음을 터트리며 다시 가이우스를 가볍게 안았다.

"내 물건을 챙기고 나서 출발하죠."

"그것도 좋은데, 음……."

가이우스가 말꼬리를 흐리더니 그녀 뒤쪽을 바라보았다.

"당신이 아는 자인가?"

그의 물음에 이지는 어깨 너머를 돌아보았고 에이브히어가 인간으로 모습을 바꾸고 자기 뒤에 서 있는 것을 그제야 알아챘다.

그것도 벌거벗은 채로.

아이고, 그것참 교묘하시네.

"이쪽은…… 내 삼촌이에요."

그 순간 에이브히어의 노려보는 표정은 이지에게 가치를 헤아릴 수 없는 즐거움을 주었다.

"리아논 여왕님의 막내아들이시죠."

"아, 그렇군."

가이우스가 대꾸했다. 망토 아래에서 그의 전신이 긴장하는 게 느껴졌다.

" '무도한 자' 에이브히어."

"삼촌, 이쪽은 가이우스 루시우스 도미투스, '반역왕'이세요."

에이브히어가 툴툴거리는 듯한 소리를 냈다. 분명 툴툴거리는 소리였다. 널리 알려진 투덜쟁이 피어구스조차도 같은 왕족 앞에서는 툴툴거리지 않건만!

가이우스의 한쪽 눈이 가늘어졌다.

"난 누이에게 가 봐야겠군."

그렇게 말하고 에이브히어를 가까이서 스쳐 지나가는 사이, 그의 표정도 원래대로 돌아왔다.

"정문 앞에서 만나자, 이지."

"그래요."

이지는 그가 모퉁이를 돌아 사라지고 나서야 에이브히어를 똑바로 마주하고 섰다.

"같은 왕족 간에는 인사를 그런 식으로 하라고 배운 거예요?

내 아버지도 당신보다는 나았겠네요. 그리고 맙소사, 그게 무슨 말이기는 했어요?"

"삼촌이라고?"

아하, 그 말에 신경이 곤두서셨군그래.

이 순간 이지가 에이브히어의 화를 누그러뜨리기 위해 할 수 있는 일은 많았다. 굉장히 많았다. 하지만 그녀는 그 어느 것도 하지 않았다. 대신에 이렇게 말했다.

"뭐…… 삼촌 맞잖아요."

그녀는 그의 벗은 어깨에 묻지도 않은 먼지를 가볍게 털어 보이며 뒤를 이었다.

"그리고 난 당신의 피보호자……였죠. 당신이 마침내 그 부도덕하고 부정한 삼촌의 본모습을 드러내기까지 수년 동안을요."

"이지."

"내 생각엔, 처벌이 필요 없었다는 데 그저 감사해야 할 것 같아요. 사슬이나 채찍이나 하녀 복장을 동반하는 부도덕하고도 부정한 처벌은요."

"이지!"

그녀는 손가락 끝으로 그의 뺨을 톡톡 두들기며 말했다.

"걱정 마세요, 에이브히어 삼촌. 누구에게도 말하지 않을 테니까. 지난밤의 일은 우리 둘만의 부도덕하고도 부정한 비밀이 될 거예요."

"내가 하려던 말은 그게……."

"이제 가야 해요. 무슨 일이 벌어지고 있는지 모르지만 앤널은 당장 알고 싶어 할 거예요."

이지는 몸을 돌렸다. 하지만 거대한 팔이 허리를 감고 그녀를 휙 돌아서게 만들었다. 에이브히어가 그녀의 몸을 당겨 자기 몸에 바짝 붙인 채 그녀의 얼굴을 똑바로 내려다보았다.

"너 정말, 지난밤 그런 일이 있었는데 내가 널 이대로 가게 둘 거라고 생각해?"

그가 물었다. 화난 어조는 아니었다. 그저…… 도발하는 듯한 물음이었다.

"정말 당신이 날 멈추게 할 수 있을 거라고 생각해요?"

이지는 씨익 미소 지었다.

"그것도 지금 당장 해 보겠다고요?"

그리고 둘 다 동시에 아래를 내려다보았다. 그들의 몸은 너무나 딱 붙어 있어서 이 순간 그의 몸에서 일어나고 있는 변화를 눈으로 볼 수는 없었지만 너무나 생생히 느껴졌다. 그의 것이 강철 창처럼 단단해져 있었고, 그것은 너무나…….

"뭐, 이게 대답이 되겠네요."

이지는 그에게서 몸을 떼고 자신의 개를 불렀다.

"가자, 막센."

개가 그녀 곁으로 달려왔다. 이지는 아직도 군데군데 지글거리는 녀석의 털을 떼어 주고 녹아 버린 돌덩이를 녀석의 입에서 끄집어내야 했다. 털의 일부가 불에 탄 여파로 바스락거리긴 했지만 막센은 여전히 씩씩해 보였다.

맙소사, 저놈의 야수는 뭐든 씹어 먹는군!

에이브히어는 이지가 그 괴상망측한 개—그로서는 정말 개가 맞는지 의심스러웠지만—와 함께 멀어져 가는 것을 바라보았다.

이지는 그를 떨쳐버렸다. 에이브히어는 그 모든 조짐을 알고 있었다. 일족들과 함께한 평생에다 노스랜드 드래곤들 사이에서 보낸 수년의 시간 덕분에, 그는 이지가 자신을 콧잔등 근처에서 성가시게 날아다니는 날파리처럼 떨쳐 버렸다는 사실을 금세 알아챘다.

사실을 말하자면, 그는 그런 식의 취급을 너무나 자주 당해 왔기 때문에 평소라면 상대가 자신의 신경을 제대로 긁지 않는 한 별로 개의치 않았을 것이다. 하지만 이지는 그의 신경을 긁은 게 아니었다. 그녀는 그를 화나게 하고 있었다. 아직도!

그러나 이제는 그녀도 자신의 실수가 무엇인지 배워야만 할 때였다.

앤널은 다그마의 어린 조카가 안에 뭐가 들어 있는지 보려고
피크닉 바구니 위로 몸을 기울이는 것을 보았다. 그녀는 너무 자
주 인상을 쓰지 않으려고 애쓰고 있었지만 ―인상 쓴 그녀의 얼
굴이 무시무시해 보일 수 있다는 얘기를 들었기 때문이다― 모
두가 함께 나눠 먹을 음식에 누군가 코를 들이미는 건 싫었다.

그래서 그녀가 가능한 한 부드럽게 두 손을 그의 어깨에 올려
놓고 당기려는 순간, 소년이 거의 피부 밖으로 빠져나갈 듯이 뛰
어올랐다.

앤널은 재빨리 말했다.

"미안. 놀라게 할 생각은 아니었는데."

"아, 아니…… 그게……."

"이쪽으로 와서 함께 앉을래?"

그녀가 권했다. 앤벌은 자신의 어린 시절, 저 천치 같은 오빠들이 자신을 괴롭히는 걸 유일한 유흥거리로 삼았던 그 시절을 떠올리고 소년에게 가엾다는 마음이 들었다. 그녀는 이 소년의 일족들도 그보다 더하면 더했지 못하지는 않았으리라는 걸 ─어쩌면 대놓고 증오심을 표출하지는 않았더라도─ 알 수 있었다.

"이건 그냥 내 아이들과 라이, 다그마, 탈라이스, 피어구스의 삼촌 브람 님이랑 함께하는 피크닉일 뿐이야. 책에 대한 얘기도 하고…… 뭐, 다는 아니어도 우리 중 몇몇은 책 얘기를 나눌 거야. 탈윈은 노려보겠지만."

소년이 고개를 숙여 발치를 내려다보았다.

"전 책을 많이 읽지 않아요. 저한테는 좀 어려운 일이거든요."

아이가 그다지 영리하지는 않다는 식으로 다그마가 몇 마디 중얼거렸지만 누구나 책을 좋아하는 것은 아니었다. 탈윈만 해도 전혀 아니었는데, 앤벌은 자신의 교활한 모사꾼 딸이 멍청하다고는 생각하지 않았다 다그마 역시 지식에 관한 한은 속물스러운 데가 있었다. 저 야만족 여자는 지식수준에 상관없이 누구든 이용해 먹는 데 거리낌이 없지만 오직 스스로 '충분히 지적이다.'라고 평가한 이들만을 자신의 측근으로 받아들였다.

하지만 프레더릭은 그냥 평범한 소년이었다. 외양만으로 어디에도 속하지 못한 보통의 아이. 그리고 앤벌은 그런 점을 완벽하게 이해할 수 있었다. 맙소사! 그녀 또한 주변의 모든 이들이 자신을 간신히 참아 준다는 식으로 여기는 완전히 다른 종족들 속에서 살아오지 않았던가.

"여기요! 저 여기 있어요!"

사랑스러운 진청색 드레스에 조그만 어깨 위로 털 망토를 걸친 라이가 계단 아래쪽에서 팔짝팔짝 뛰며 소리쳤다. 십 년 전쯤에 그녀의 아버지가 만들어 준 가죽 가방을 어깨에 메고 있었는데, 틀림없이 그 안에는 그림을 그리기 위한 양피지와 깃털 펜, 잉크가 들어 있을 터였다. 그녀가 성을 나설 때면 얼마나 멀리까지 가든 간에 지니고 다니는 물건들이었다.

"나들이하기에 정말 좋은 날씨잖아요! 겨울이 오기 직전이고요. 치즈를 싸 가면 좋겠는데!"

라이가 행복하게 재잘거리는 모습을 보며 앤닐은 웃음이 터지려는 것을 간신히 참았다.

"그래, 치즈도 싸 갈 거야. 네가 치즈를 얼마나 좋아하는지 알잖니."

"아빠도 함께 가세요?"

"네 아버지랑 피어구스, 그웬바엘은 데벤알트 산에 가셨단다."

"아, 남자들끼리 할 중요한 일이 있는 거군요."

"그건…… 글쎄다."

"케이타 고모는요? 라그나 고모부는요?"

"케이타의 동굴에서 하루 휴가를 보낸다더구나."

라이가 프레더릭에게 미소를 지었다.

"당신도 함께 가나요, 프레더릭 님?"

오직 라이만이 열네 살짜리 소년에게 '님' 소리를 붙이리라. 하지만 소년은 심하게 얼굴을 찌푸렸을 뿐 아무 대답도 하지 않았다. 라이가 뒷덜미를 긁적이며 웅얼거렸다.

"그러니까…… 음……."

앤널은 소년에게 뭐하고 있느냐고 다그치려 했지만, 그 순간 뒤에서 짖는 듯한 소리가 들려왔다.

"어머니."

"탈란, 습격하듯 다가오는 거 그만두라고 했지!"

그녀는 깜짝 놀라 소리치며 아들을 향해 돌아섰다.

"안 그랬는데요."

탈란이 의자에 털썩 주저앉으며 피크닉 바구니 하나를 잡아당겨 안을 뒤지기 시작했다. 녀석은 바닥이 없는 위장을 가진 것 같았다. 아무리 많이 먹어도 배부르다는 것을 보지 못했다.

앤널은 바구니를 도로 잡아채며 물었다.

"네 동생은?"

"안 간대요."

"안 가다니, 그게 무슨 소리야?"

아들이 두 손을 들고 어깨를 추썩였다.

"가지 않는다고요."

앤널은 짜증을 느끼며 따져 물었다.

"왜 안 가는데?"

탈란이 다른 바구니를 잡고 안에서 빵 한 덩이를 꺼내며 대꾸했다.

"저야 모르죠. 훈련장에 나가 있더라고요. '어이, 가자!' 제가 그랬죠."

"그랬더니?"

"아무 대답도 안 하던데요. 대신에 퀴비치 중 하나가 말했죠."

거기서 탈란은 원래 낮은 목소리를 더욱 내리깔았다.

"공주님은 가지 않으신다."

화가 꿈틀거리는 걸 느끼며 앤널이 물었다.

"퀴비치 중 누가?"

탈란은 다시금 어깨를 으쓱였다.

"모르죠. 덩치 큰 여자들 중 하나요."

"퀴비치는 다들 덩치가 좀 큰데⋯⋯."

라이가 속삭이듯 말했다. 그런 식으로 얘기한다는 것 자체를 끔찍하게 여기는 듯한 어조였다.

"나야 그런 건 상관없지. 그 여자들 얼굴에 새겨진 온갖 지랄 맞은 것들은 다른 문제지만."

탈란이 무심하게 말했다.

"지랄이라니!"

라이가 쏘아붙였다.

"그건 신성한 의식의 일부⋯⋯."

"어쩌고저쩌고 간에 난 상관없다고. 이제 그만 가면 안 돼요, 어머니?"

"네 동생 없이는 안 되지."

"그냥 두세요. 걔가 덩치 큰 마녀들이랑 칼싸움하고 놀겠다면 그러게 두시라고요. 피크닉에 함께 간다고 걔가 우리랑 도란도란 얘기를 나누고 어쩌고 할 것도 아니잖아요."

"요점은 그게 아니지! 난 여왕이다!"

앤벌이 으르렁거리자 탈란은 의자 등받이에 머리를 기대며 한숨을 내쉬었다.

"그리고 저희는⋯⋯."

"내가 여기 여왕이고 내가 여길 다스린다. 내가 지배한다 말이지! 저 망할 퀴비치도 아니고, 네 동생도 아니고, 내가!"

"어머니⋯⋯."

"닥쳐. 그 애가 피크닉을 갈 거라고 내가 말했으면 그 애는 피크닉을 가는 거야! 어디 저 빌어먹을 것들이 감히 나를 막으려드는지 보자!"

탈란은 어머니가 쿵쾅거리며 문을 나서는 모습을 바라보았다. 전신의 근육이 팽팽하게 긴장한 채였고, 손가락은 어머니가 어디를 가든 —그렇다, 심지어 가족끼리 가는 피크닉에도— 등에 메고 다니는 두 개의 검 중 하나를 당장이라도 뽑으려는 듯 꿈틀거리고 있었다.

그가 몸을 일으켜 어머니를 쫓아가는 데 에너지를 소모할 필요가 있을까 고민하는 사이, 그 조그만 여자애의 것이라고는 보기 힘들 만큼 큼직한 발이 그의 다리를 걷어찼다.

"아우!"

"참 잘한 짓이다, 오빠!"

라이가 비난하듯 소리쳤다.

"내가 뭘 어쨌다고?"

"자기 어머니한테 어떻게 그런 소리를 할 수가 있어?"

"난 제법 잘한 짓이라고 생각하는데. 내가 본 걸 그대로 전하진 않았다고. '염병할 여왕은 나가 뒈지라고 해!' 그 퀴비치 얼굴에는 그렇게 써 있었지. 그 얘긴 참았잖아. 그만하면 잘한 거 아니야?"

"아휴!"

라이가 그림 가방을 탁자 위에 던져 버리더니 드레스 자락을 살짝 들고 여왕을 따라 달려갔다.

그 시점에서야 탈란은 낯선 소년에게 주의를 돌렸다.

"어이, 거기! 프레디?"

"프레더릭인데요."

"그래, 아무려나. 다그마 숙모에게 가 보는 게 좋을 거야."

"왜죠?"

"이제 곧 내 어머니가 누군가의 목을 치실 가능성이 아주 높으니까."

"문자 그대로 말입니까?"

탈란은 웃음을 터트렸다.

"그렇고말고. 내 어머니가 누군가 맘에 안 드시거나 누군가 어머니를 화나게 하면 말이야, 그자는 모가지 뎅강이거든."

소년이 경악에 차 입을 벌린 채 주춤 뒤로 물러났다.

"하지만…… 그분이 설마……."

저도 모르게 목이 잠겨 더듬거리는 소리가 이어졌다.

"그런 짓을 할 분으로는…… 보이지 않는……."

"뭐, 너한테는 안 그러시겠지. 네가 걱정할까 봐 해 주는 말인데, 넌 가족이고 너무 좀…… 어리기도 하니까. 어쨌든 가장 큰 이유는 가족이라는 거야."

"아."

"그러니까 넌 안전하다고."

그렇게 말한 탈란은 충분히 사이를 두었다가 덧붙였다.

"단, 우릴 배신하면 안 돼. 가족이건 아니건, 네가 우릴 배신한다면 어머니는 틀림없이 네 머리를 치실 거야. 충성심을 굉장히 높이 사는 분이거든."

"배신할 생각 같은 건 추호도……."

"그냥 확실히 해 두는 거야."

탈란은 빵 덩이를 뜯어내 입속에 쑤셔 넣었다. 그리고 입에 든 것을 다 씹어 삼킨 후에야 소년이 아직도 그대로 서서 자기를 바라보고 있음을 알아챘다.

"너…… 뭐냐, 열네 살쯤 됐나?"

"두 달만 지나면 열다섯이죠."

"그래, 음…… 술 마시기엔 아직 어리네. 마셔도 되는 때가 오면 알려 줘. 내가 술집에 데려가 주지. 여자도 좀 붙여 주고. 여자 좋아하나?"

"예?"

탈란은 몸을 세우고 앉았다. 반사적으로 소년이 재빨리 뒤로 물러서는 걸 못 본 척한 그는 가 보라는 손짓을 보냈다.

"어서 가, 프레디!"

누이동생이 머릿속을 찢어발기듯 으르렁거리고 있었다.

— 여기로 와, 당장!

"가서 다그마 숙모를 모셔 와."

라이는 숙모를 멈추게 하려고 안간힘을 쓰고 있었다. 그녀의 걸음을 늦추게만이라도 하고 싶었다. 하지만 '피의 앤널'이 들고 일어났을 때 그녀를 막을 수 있는 건 세상 어디에도 없었다. 그녀가 화가 났을 때는 더욱 그랬다. 훈련장이 가까워져 갈수록 그녀의 분노도 진해져 갔다.

"제발요, 앤널 숙모. 제가 탈원 언니와 얘기해 볼게요. 제가 먼저 얘기하게 해 주세요."

그러나 앤널이 원한 것은 탈원이 아니었다. 천만에. 그녀는 자신의 딸보다 마녀들에게 책임을 물을 작정이었다. 탈원이 어린아이였던 시절 이래로 사우스랜드 여왕과 아이스랜드 마녀들 사이의 긴장은 하루가 다르게 차츰차츰 커졌다.

무엇보다, 대화 같은 건 앤널이 하려는 바가 결코 아니었다. 대화는 모르퓌드와 다그마의 몫이었다. 앤널은 행동—그것도 잔인하고 폭력적이고 치명적인—으로 보여 주는 여왕이었고, 라이는 여왕이 언젠가는 변하게 되리라고조차 생각할 수 없었다.

금방 닥쳐올 시간 안에 변할 리는 더더욱 없었다.

앤널이 훈련장을 향해 성큼성큼 나아가더니 열린 문을 지나 탈원과 뭔가 바쁘게 얘기를 나누고 있는 세 명의 마녀에게 다가갔다. 마녀들과 탈원의 모습은 아무 때나 흔히 볼 수 있는 광경이었기에 라이로서는 저 평이한 대화를 왜 피크닉을 다녀온 후에 하면 안 되었는지 이해할 수가 없었다. 하지만 앤닐 숙모는 이미 알아챈 어떤 사정이 있는 모양이었다.

— 탈윈 언니!

라이는 사촌 언니의 머릿속을 긁듯이 소리쳤다. 탈윈이 고개를 들고 초록빛 눈을 가늘게 접었다.

— 뭐야, 왜 그래?

탈윈이 물었다.

— 왜 그러는 거 같아?

— 이런 젠장.

라이는 사촌 언니의 머릿속에다 쏘아붙였다.

— 아휴, 거기 가만히 서 있을 거야! 어떻게 좀 해 보라고.

하지만 탈윈이 시선을 돌렸을 때, 라이는 그녀가 이 사태를 막기 위해 어떤 일도 하지 않으리라는 걸 알았다. 그 어떤 일도!

라이는 두려워지기 시작했고 동시에 화가 나기도 했다. 사촌 언니가 다가올 사태를 막기 위해 손가락 하나도 꿈쩍하지 않을 것이란 사실에 대한 분노였다. 그리고 라이의 두려움과 분노가 만나는 건 결코 좋은 일이 아니었다. 그러한 사실을 자각하는 건 더더욱 좋지 않았다.

앤닐 숙모가 그들 곁에 멈춰 섰다. 그녀의 몸은 조금도 긴장하지 않은 듯 느슨해 보였지만 라이는 전혀 그렇지 않다는 것을 알았다. 실제로 라이는 그녀에게서 솟구치는 물결처럼 뿜어져 나오는 분노와 격정을 볼 수가 있었다.

"필요하신 거라도 있습니까, 여왕님?"

마녀들 가운데 하나가 물었다. 오다라는 이름의 퀴비치였다. 그녀는 자주 웃음을 지었는데, 그 웃음이 거짓임을 알았기에 라이는 그녀를 피하곤 했다. 드러내지 않으려 애쓰긴 했지만 그녀는 성질이 나빴고 여기 머물고 있다는 사실을 싫어했다. 그녀는 특히 앤널 숙모를 싫어했다.

"없다."

앤널은 그렇게 말하고 탈원에게 손짓했다.

"가자."

오다가 미소를 지었다.

"죄송합니다만, 여왕님. 아스타 사령관께서 오늘은 저희에게 탈원의 수련을 맡기셨습니다. 그러니까 탈원은 여왕님의 작은 야유회에 참석하지 않을 겁니다. 유감스럽지만 말입니다."

"내가 네 허락 따윌 구하고 있다고 생각하는 거냐? 무슨 일에 대해서건, 그것도 내 영토 안에서?"

앤널은 다시금 탈원에게 말했다.

"움직여, 당장."

탈원이 걸음을 뗐지만 오다가 손가락을 들었다. 그 즉시 한마디 말도 없이 사촌 언니가 멈춰 서는 걸 보고 라이는 충격을 받았다. 언니가 언제부터 저랬단 말인가? 명령에 따른다고? 누구의 명령이건 대체 언제부터? 탈원은 절대로 명령을 따르지 않았다. 심지어 합리적이고 정상적인 명령조차도. 결단코!

"다음번에는 어쩔지 모르겠습니다, 여왕님. 하지만 오늘은 저도 명령을 받은 게 있어서 말이지요."

　다음 순간 벌어진 일은 너무나 빠르게 일어나서 라이로서는
예쁘게 차려입은 드레스 앞자락을 가로질러 피가 튀었음에도 불
구하고 아무것도 보지 못했다. 그저 앤널의 손에 쥐인 피에 젖은
단검과 오다의 왼쪽 뺨에 난 무자비한 칼자국을 보았을 따름이
다. 칼자국은 눈꼬리 바로 곁에서 시작되어 뺨을 지나고 입술 끝
까지 이어졌다. 턱을 따라 쏟아져 내린 핏물이 그녀의 어깨와 가
슴을 적시고 있었다.

　마녀의 푸른빛 눈이 짙게 물들고 그녀의 손가락이 절로 구부
러져 주먹을 쥐었다. 앤널은 그녀에게 바짝 다가가 말했다.

　"너희 마녀들이 상처를 치유할 수 있다는 걸 안다. 그러니 하
루 이틀 지나면 그 정도 상처는 희미한 기억으로나 남겠지. 하지
만 다시 한 번 나와 내 것 사이에 끼어들어 봐라. 그때 입을 상처
는 치유 같은 건 엄두도 내지 못할 만한 것이 될 테니까. 알아들
었나?"

　두 여자는 시선을 고정한 채 꼼짝도 하지 않았다. 하지만 라이
는 갑자기 퀴비치들이 여기저기서 나타나는 것을 보았다. 그녀들
은 자매와 같은 동료 마녀들이 해를 입거나 위험에 빠지는 순간
곧바로 알았고 그들을 보호하기 위해 나서곤 했다. 앤널이 자기
것을 지키려 하는 것이나 마찬가지였다.

　그래서 퀴비치들이 마구간에서, 대장간에서, 자기네 숙소에서
하나둘 나타나는 것을 보았을 때 라이의 몸도 떨리기 시작했다.
그녀는 두 팔로 제 몸을 감싸며 탈란을 올려다보았다.

오다가 앤닐에게 말했다.

"예, 여왕님. 알아들었습니다."

그리고 손등으로 앤닐을 후려쳤다. 여왕은 훈련장을 가로질러 날아가 나무 울타리를 부수며 처박혔다.

이지가 멀지 않은 곳에서 앞서가는 어머니를 본 것은 그녀 일행이 한달음이면 가반아일에 도착할 수 있는 지점에 이르렀을 때였다.

"어머니!"

탈라이스가 고개를 돌리더니 손을 흔들었다.

"어서 오렴."

이지는 말을 달려 어머니 곁으로 다가갔다.

"잘 계셨어요?"

어머니가 한 걸음 다가서며 그녀의 부츠에 손을 올려놓았다.

"기분은 좀 나아졌니?"

그녀가 목소리를 낮추어 물었다.

"어……."

이지는 어머니가 뭘 물은 건지 알고 있었다. 하지만 솔직히 말해서, 지난밤 에이브히어와 화끈한 섹스를 벌이기 시작한 이래로 그 부분은 생각도 하지 못했다. 물론 그런 이야기를 어머니에게 할 수는 없었다. 당장은. ……아니, 앞으로도 영영.

대신에 이지는 이렇게 말했다.

"얘기를 좀 더 해 봐야죠. 걱정되는 점이 한두 가지가 아니니까요."

"알아, 안다. 내 생각도 마찬가지야. 그래도 완벽한 타이밍이구나. 난 지금 성으로 돌아가는 길이거든. 피크닉을 갈 거란다."

탈라이스가 뒤를 흘긋 돌아보았다.

"손님을 모셔 왔구나."

"예, 가이우스 도미투스예요."

"그 '반역왕'? 그가 여기 왔어?"

"누이랑 함께요. 브람 님을 뵈러 왔대요. 앤널이랑 리아논 여왕님께 드릴 얘기가 있어서."

"맙소사. 좋은 일은 아니겠구나."

탈라이스는 딸에게 손을 내밀었다.

"나도 태워 다오. 앤널이라면 지금……."

그녀의 말이 갑작스럽게 끊기고 그녀의 시선이 이지의 반대쪽을 향해 고정되었다. 이지도 어머니의 시선이 향한 곳을 건너다보았지만 아무것도 보이지 않았다.

"어머니?"

탈라이스가 눈을 깜빡이더니 딸의 팔을 붙잡았다.

"네 동생……."

그뿐이었다. 그녀에게 필요한 말은 그게 전부인 듯했다. 이지는 어머니를 끌어 올려 말에 태우고 어깨 너머로 가이우스를 돌아보았다.

"여기서 기다려 줘요. 당신을 맞으러 사람을 보낼게요."

"알았어."

"막센, 여기서 저들을 지켜!"

"이지, 무슨 일이야?"

에이브히어가 머리 위에서 그녀에게 물었다. 그의 날갯짓으로 숲의 나무들이 이리저리 흔들렸다.

"그냥 따라와요."

그녀의 어머니가 명령했고, 이지는 말에 박차를 가해 집으로 내달렸다.

탈란은 사촌 동생을 멈추게 하려 애썼지만 그녀는 언제나 보기보다 강했다. 라이는 그를 간단히 뿌리치고 기절해 버린 앤널 여왕과 그녀를 향해 나아가는 마녀 사이로 끼어들었다.

"제발요."

라이가 마녀 앞을 재빨리 가로막으며 애원했다. 그녀는 두 팔을 쳐들었고, 그것은 십중팔구 마녀를 만류하려는 몸짓에 불과할 터였다.

하지만 상대가 퀴비치였다. 퀴비치의 관점에서 어린 라이는 놀웬 마녀 계집일 뿐인 것이다. 그들이 가장 증오하는 숙적. 라이는 마녀를 건드리지도 않았건만 퀴비치가 그녀의 팔을 잡고 비틀었다.

탈란은 훈련장 너머로 누이동생을 노려보았다. 그녀도 그를 노려보았고, 남매는 시선을 고정한 채 꼼짝도 하지 않았다. 다만 탈란은 누이보다 훨씬 더 마음이 좋았기에 한마디 충고를 해 주었다.

"내가 당신이라면 그러지 않을 거야, 오다."

놀랄 일도 아니지만 마녀는 그의 말을 무시했다. 애초에 그녀는 그를 좋아하지 않았다. 사실 퀴비치 모두가 그를 좋아하지 않았다. 그녀들은 오직 탈원에게만 관심을 보였다. 퀴비치가 보기에 탈원은 진정한 힘을 가진 자였다.

하지만 쌍둥이와 라이, 세 사촌 남매에 관한 한 그들의 근시안은 그들 자신의 적이 되었다. 이 순간, 지금 바로 이 순간처럼.

탈라이스가 먼저 말에서 뛰어내렸다. 곧바로 이지도 말에서 내린 후 말의 엉덩이를 쳐 마구간으로 달려가게 했다.

멀리서 훈련장을 한차례 훑어보는 것만으로 탈라이스는 무슨 일이 일어나고 있는지 쉽게 알아차렸다. 하지만 훈련장이 가까워질수록 끼어들기에는 이미 늦었다는 것도 알 수 있었다. 너무 늦어 버렸다. 그녀는 반사적으로 큰딸의 팔을 붙잡았다. 제 동생에 관한 일이면 언제나 그러듯 이지가 동생을 지키기 위해 무작정 훈련장으로 뛰어들리라는 것을 알았기 때문이다.

"어머니?"

이지가 왜 그러냐는 듯 물었다.

탈라이스는 조금도 지체하지 않고 소리쳤다.

"에이브히어, 이지를 데려가요!"

"어머니!"

"어서!"

끝을 날카롭게 벼린 강철 같은 푸른빛 꼬리가 아래로 내려와 딸의 허리를 감더니 낚아채듯 이지를 들어 올렸다. 탈라이스는 단숨에 몇 걸음을 돌진해 거의 무의식 상태인 앤널 앞에 먼지를 일으키며 이르렀고 두 손을 쳐들고 강력한 주문을 외웠다.

바로 다음 순간, 그들 주변의 모든 것이 폭발했다.

다그마는 대전 정문을 향해 달려갔다. 프레더릭이 그녀 곁을 따르고 있었다. 다그마는 모르퓌드가 계단을 달려 내려오는 것을 보고 그녀에게 몸짓을 보냈다.

"같이 가는 게 좋겠어요, 모르퓌드. 당신이 필요할······."

모르퓌드의 팔이 그녀와 프레더릭을 한꺼번에 감싸 뒤로 잡아챘고, 그녀의 입에서 내뱉듯 튀어나온 주문에 육중한 나무 문이 쾅 소리를 내며 닫혔다. 그리고 그들이 곤두박질치듯 대전 바닥에 널브러진 순간, 우르릉거리며 성이 진동했다. 사방의 벽에 걸린 온갖 무기들이며 장식물들이 떨어져 내리자 다그마는 재빨리 머리를 감싸 보호했다. 그들이 거의 매일처럼 음식을 나누던 기다란 식탁이 주르륵 밀려나고 의자들이 이리저리 뒤집혔다.

하지만 일은 시작되었던 것이나 마찬가지로 갑작스럽게 끝났다. 다그마는 이 새로운······ 사건에서 자기 안경이 무사히 살아남은 걸 기쁘게 여기며 고개를 들었다.

"대체 또 무슨 빌어 처먹을 일이 벌어진 거예요?"

그녀가 따지듯 물었다.

모르퓌드는 프레더릭이 똑바로 앉게 도와준 다음 어디 다친 데는 없는지 살피고 나서야 입을 열었다.

"라이예요."

이지는 어머니 곁에서 끌어 올려져 에이브히어의 등에 던져지자마자 그가 외치는 소리를 들었다.

"엎드려!"

그녀는 반사적으로 머리를 붙들고 그의 어깨뼈 사이로 몸을 숙였다. 다음 순간, 그들은 한꺼번에 훅 날아갔고 에이브히어가 비행의 통제력을 잃어 몇 번이고 몸이 뒤집히며 위로, 위로 치솟았다. 잠깐이지만 이지로서는 이대로 구름에 닿는 것은 아닌지 궁금할 지경이었다.

에이브히어가 통제력을 회복하기까지는 영원만큼 시간이 흐른 것 같았다. 하지만 기껏 해야 일 분 남짓이 지났을 뿐이리라. 마침내 그가 정신을 차리고 안정적으로 날기 시작하자 이지는 머리를 들고 물었다.

"대체 무슨 일이 일어나고 있는 거예요?"

에이브히어가 고개를 저었다.

"나도 몰라. 진짜 모르겠어."

이지는 아주 살짝만 몸을 내밀고 주변을 둘러보았다. 그리고 그제야 자신들이 단단한 땅바닥에서 얼마나 멀어져 있는지를 알게 되었다. 사실 그녀는 드래곤들의 등 위에서 그 어떤 인간보다 많은 시간을 보냈지만 이 같은 높이까지 올라와 본 적은 없었다.

"라이……."

그녀가 속삭이듯 말했다.

"뭐?"

"라이가 한 일이라고요."

"그럴 리가 있나."

에이브히어가 그녀를 똑바로 볼 수 있을 만큼 고개를 돌리더니 반박했다.

"그 애는 그냥 조그만……."

그들은 그렇게 한동안을 묵묵히 마주 보았다. 이윽고 이지가 명령했다.

"이제 날 저기 내려 줘요."

에이브히어는 즉시 몸을 돌렸다.

"꽉 붙잡아."

그리고 지상을 향해 속도를 올렸다.

에이브히어 역시 대체 그 어떤 망할 일이 벌어지고 있는지 알고 싶었지만 궁금증은 잠시 묻어 둬야 했다. 그의 주된 걱정은 어린 조카를 안전하게 보호하는 일이었기 때문이다.

그는 라이가 태어날 때부터 막강한 힘을 갖고 있었다는 사실을 잘 알았다. 마법이 강을 이루는 물처럼 그 애를 통해 넘쳐 났다. 그조차도 그것을 볼 수 있었지만 마법의 세계는 그의 재능이 미치는 곳이 아니었다. 그래서 이 순간에 이르기까지 진정으로 라이가 얼마나 강한지, 일족들이 왜 그토록 걱정하는지를 정확히 알지 못했다.

그들이 걱정하는 것은 라이에게 자기 힘에 대한 통제력이 없다는 점이 아니었다. 다른 이들이 그 애의 힘을 이용해 먹으려 들거나 아니면 파괴하려 들 거라는 사실 때문이었다. 그러한 사실이야말로 라이를 취약하게 만드는 부분이었다. 태어나서 지금껏 단 하루도 취약해져 본 적이라고는 없는, 그 애의 사촌들과는 다른 것이다

그가 지상에 가까워지자 등 위에서 이지가 일어섰다.

"라이를 찾아봐요! 찾아서 내 집으로 데려가 줘요. 거기서 만나죠."

그녀가 몰아치는 바람을 뚫고 소리쳤다.

"그럼 넌 뭘 하…… 이지!"

하지만 너무 늦었다. 이 정신 나간 여자가 그의 머리 위로 솟구치더니 콧잔등을 디딤판 삼아 절벽에서 바다로 뛰어들듯 몸을 날린 것이다.

에이브히어는 그녀를 붙잡으려 했지만, 몸을 뒤집어 그의 손길을 피한 이지가 어느새 그의 아래로 따라붙은 브란웬에게 내려앉았다. 그녀는 브란웬의 갈기를 붙들고 있었지만 브란웬이 좀더 고도를 낮추자 그마저 놓아 버렸다.

한숨을 내쉰 에이브히어도 —탈라이스가 왜 항상 큰딸을 걱정했는지 갑자기 몹시 잘 이해되었다— 내리꽂히듯 지상으로 향했다. 라이가 거기 지상에 멍하니 서 있었다. 그는 자신이 도망치라고 소리쳐 봤자 아무 소용 없으리란 것을 알았다.

움직일 수 없는 거야. 제대로 기능할 수 없는 거지.

이지가 라이 앞에 내려섰다. 그녀는 몸을 웅크린 채 칼을 뽑아

들고 있었다. 크게 숨이 내쉰 그녀가 똑바로 몸을 세웠고, 그녀의 어머니가 그녀 곁으로 다가섰다.

이지와 탈라이스는 자기 몸을 지킬 능력을 갖고 있음을 알기에 에이브히어는 이지가 해 달라던 요구를 그대로 들어주었다. 꼬리로 어린 조카를 감아올려 곧 위험한 일이 벌어질 참인 그곳에서 떼어 놓은 것이다.

그는 분명 위험한 상황이 벌어지리란 것을 알고 있었다. '피의 앤빌'이 정신을 차리고 이제 막 몸을 일으켰고, 화이트 드래곤 모르퓌드와 '노스랜드의 야수'가 대전을 나와 훈련장으로 향하고 있었기 때문이다.

그렇다, 진정으로 위험천만한 상황이…….

22

이지는 머리를 낮추고 맞은편의 세 마녀에게 시선을 붙박은 채 어머니 곁에 서 있었다. 훈련장 근처의 나머지 퀴비치들과 달리 그녀들은 무언가 그들을 떠받치기라도 하는 듯 바닥에서 떠올라 있었다.

셋 모두 똑바로 서 있기는 했지만 오다라는 이름의 마녀만은 손을 들고 있었는데, 이지는 그녀가 자신과 동료들을 일종의 보호 벽 같은 것으로 둘러치고 있음을 감지했다. 어머니 탈라이스역시 쌍둥이와 앤닐을 위해 비슷한 일을 했을 터였다.

여왕은 이제 막 자기 힘으로 일어선 참이었고 탈란이 동생 곁으로 다가가고 있었다.

"네 딸의 힘이 성장했구나, 놀웬. 여기서는 너를 넘어서까지 성장하겠지."

오다가 손가락에 힘을 주며 탈라이스에게 말했다. 그녀의 손이 주먹으로 단단하게 말리자 관절이 우두둑거리는 소리를 냈다.

"네 걱정이나 해라, 퀴비치. 그러지 않았다가는 내 딸 문제는 떠올릴 여력도 없게 될 테니."

탈라이스가 되받아쳤다.

"정말 그럴까?"

오다는 그렇게 말하고 불쑥 앞으로 걸음을 떼기 시작했다.

"그녀가 자기 힘을 억제하지 못하고 아끼는 이들을 모조리 죽이는 날이 오면, 여기 네 조그만 행복의 나라를 무너뜨려 버리는 때가 오면 어쩔 것이냐, 놀웬?"

그녀가 탈라이스에게서 몇 걸음 앞에 멈춰 서며 말했다.

"네가 해야 할 일이 뭔지 알 텐데. 아니지, 이미 했어야 하지 않나?"

이지는 어머니와 오다 사이로 재빨리 끼어들었다. 어느새 칼을 뽑아 들고 전신을 긴장시킨 채였다.

"내 동생 일에 상관하지 마라."

"상관하겠다면 어쩔 테냐, 장군?"

오다가 거만한 미소를 띠며 말했다.

"너 따위가 퀴비치를 어찌할 수……."

마녀의 말은 거기서 끊겼고 이지는 어머니와 함께 뒹굴다시피 물러났다. 새하얀 발톱이 마녀를 땅속으로 깔아뭉개며 내려앉았기 때문이다.

이지는 고개를 한껏 쳐들고 마녀 위에 선 드래곤을 올려다보았다. 할머니가 방긋 미소를 지었다.

"내가 없는 새 무슨 일이 일어난 거냐? 뭔가 일이 나는 듯한 느낌이 들었는데!"

리아논은 자기 발치를 내려다보았다.

"내가 뭘 밟았나? 뭘 밟은 것 같은 느낌이 드네."

이지는 어머니를 붙들지 않은 남은 손으로 입을 가리고 터져 나오려는 웃음을 참으려 애써 보았지만, 결국 실패하고 말았다.

할머니 뒤쪽에서 아스타 사령관이 훈련장을 향해 다가오는 모습이 보였다. 나머지 퀴비치들도 그녀의 뒤를 따라 정렬하고 있었다.

리아논이 그들을 보고 다시 이지를 향해 말했다.

"내 귀여운 이사벨, 착하기도 하지. 우리 모두를 위해 부디 네 동생이 괜찮은지 살펴 주겠니."

"예, 여왕님."

이지는 어머니에게 몸을 돌리고 한쪽 눈을 찡긋 감아 보였다.

"돌아와도 괜찮은 때가 되면 알려 주세요."

소리를 낮춰 말한 그녀는 에이브히어와 동생을 찾으러 갔다.

리아논은 가반아일 근처의 계곡에서 풀밭을 어슬렁거리던 소들을 몇 마리 잡아 탐식하다가 손녀딸의 공포와 분노를 감지했고, 뒤이어 그 아이의 마법이 가녀린 몸집을 넘어 확대되어 가는 것을 느꼈다. 그 즉시 이곳으로 날아왔지만, 그러는 내내 자기가 어떤 상황을 마주하게 될지, 다시 말해 손녀딸이 어떤 일을 벌여

놓았을지 염려스러웠다.

막상 현장에 도착해 한차례 둘러보니 다행히도 다들 간단히 화를 피한 듯했다. 하지만 과연 언제까지 이런 상황이 유지될 수 있을까? 리아논은 성질을 한껏 담아 쯧쯧거리며 고개를 저었다.

퀴비치 사령관이 그녀를 향해 시선을 고정한 채 울타리를 돌아 다가왔다.

"이건 좀 난장이군요, 그렇지 않습니까?"

그녀의 물음에 리아논은 대꾸했다.

"네 사람들이 시작한 일이다."

"물론 그렇습니다. 그 점에 대해서는 사죄드리지요."

그녀가 리아논의 발톱 아래 납작해진 마녀와 함께 있었던 나머지 두 마녀에게 물러나라는 몸짓을 보냈다.

리아논은 자기가 퀴비치 하나를 깔아뭉갰다는 사실을 알고 있었지만, 오다인가 뭔가 하는 마녀를 좋아하지 않았기 때문에 전혀 개의치 않았다. 애초부터 그 마녀는 맘에 들지 않았다.

그때, 울타리의 다른 쪽 끝에서 다그마가 모르퓌드와 함께 나타났다.

"내 생각엔 말이죠, 아스타 사령관. 우리의 협정을 재검토할 시점에 다다른 것 같군요. 쌍둥이가 올해로 열여덟 살이 되었고 당신들의 보호 대상에 리안웬은 들어 있지 않으니까요."

"아주 옳은 말씀입니다. 하지만……."

"그러니까 이제 끝낼 때가 된 거죠."

다그마가 차분하게 말했다. 두 손을 앞으로 단정하게 포개고 강철 같은 잿빛 눈은 퀴비치 사령관에게 고정한 채였다. 언제나 그렇듯 한 점의 두려움도, 의혹도, 분노도 내보이지 않았다.

다그마 라인홀트는 말 한마디도 허투루 내놓지 않았고 믿을 수 없을 만큼 예의 발랐지만, 거기 있는 누구도 그 모습에 속지 않았다. 아니, 그들 중 누구도 속는 일은 없을 터였다.

"물론 당신들도 더 이상 여기서 시간을 낭비할 필요가 없을 거예요. 수년을 이곳에서 보냈으니 당신들에게도 유대 관계 같은 게 여기 생겼을 테고, 그들에게 소식을 전할 필요가 있겠죠. 하지만 내 생각에 그 모두는……."

"물론입니다, 레이디 다그마. 저도 알아들었습니다. 아마 떠나기 전에 얘기를 전할 시간은 있겠지요."

"그렇고말고요. 우리도 그 정도는 해 드려야죠. 퀴비치에게 크나큰 빚을 진 셈이니까요. 우리 모두 잊지 않을 거예요."

"저희도 잊지 않을 겁니다."

사령관이 몸을 돌리자 퀴비치들도 그녀를 따라 근처의 요새를 향해 걸음을 옮겼다.

그녀들이 모두 가 버리고 나서야 다그마는 리아논의 발톱을 바라보았고 다시 고개를 들어 드래곤 퀸을 올려다보았다.

"아주 교묘하셨습니다, 여왕님."

"오, 다정한 다그마. 난 드래곤이잖니. 교묘함 같은 건 모른단다. 그렇게 내 아들을 겪고도 배운 바가 없단 말이냐?"

이지는 우선 브라스티아스를 찾아가 가이우스와 아그리피나 소식을 전하고 그들을 안전하게 맞아 달라고 부탁했다. 조금 전 일어난 작은 사건을 감안할 때, 앤닐이 더욱더 날 서 있는 지금과 같은 상황에서는 특별히 중요한 일이었다. 이지로서는 자신의 여왕이 우연히라도 누군가를 죽이게 되는 걸 바라지 않았다.

다음으로 그녀는 종자들 중 하나를 뽑아 브람을 찾아오라고 보냈다. 가이우스가 도착했을 때 브람이 있어야 그를 만나 보고 그가 그토록 염려하는 바가 무언지 알아낼 수 있을 것이기 때문이었다.

대체 어떤 걱정이 있기에 그 고난의 세월을 다 보낸 지금에 와서 아무런 통보도 없이 감히 앤닐의 영토에 발을 들이는 위험을 감수했단 말인가.

그렇게 급한 일을 처리한 후에야 이지는 자신의 집으로 달려갔다. 그녀가 문을 열고 들어서자 인간의 모습을 하고 옷을 갖춰 입은 채 차를 만들고 있던 에이브히어와 침대에 앉아 있던 동생이 일제히 그녀를 돌아보았다.

솔직히 말해서 이지는 눈물범벅을 예상하고 있었다. 최소한 흐느낌이라도. 조금 전 과 같은 상황이 벌어진 다음이면 동생이 으레 보이는 반응이 그런 것이었기 때문이다. 라이는 신경질적으로 흐느끼곤 했다. 문자 그대로 지쳐 나가떨어질 때까지 흐느꼈다. 하지만 이번에는 아니었다. 라이는 그저 조용히 앉아 그녀를 바라보았을 뿐이다.

그녀가 들어서는 것을 본 에이브히어는 어깨 너머로 인상을 찌푸리며 짧게 고개를 저어 보였다.

이지는 라이 곁으로 다가앉아 동생의 무릎을 가볍게 도닥이고는 말했다.

"다들 괜찮아. 넌 아무도 다치게 하지 않았어."

물론 오다야 드래곤 퀸 리아논에게 죽은 것이니 셈에 넣지 않았다.

"으응."

"그러니까 네가 걱정할 건 없다고."

"그래."

"왜 그래, 라이? 말을 해 봐."

"말할 게 없어."

"나 네 언니 이지야. 내가 널 알지. 너 뭔가 하고 싶은 말이 있는 거잖아. 그러니까 그냥……."

"내가 모두를 죽이고 말 거야!"

동생이 갑작스럽게 고함을 지른 데다 그녀의 말이 의미하는 바에 놀라 이지는 저도 모르게 동생의 무릎에서 손을 떼었다.

"뭐라고?"

라이가 벌떡 일어나 서성거리기 시작했다.

"빤히 보이지 않아? 그게 장차 벌어질 일이야. 난 결국 내가 사랑하는 모두를 죽이고 말 거라고. 아니면 배신하게 되거나. 오, 그건 더 나쁘지."

"왜 그런 생각을 하는 거야?"

"난 철저하게 순수한 악의 화신이니까! 게다가 걷잡을 수도 없지! 언니는 그걸 어떻게 모를 수가 있어?"

이지도 자리에서 일어났다.

"누가 그런 소릴 했지?"

그 말에 라이가 벌컥 화를 냈다.

"누구도 나한테 어떤 말이건 해 줄 필요가 없어."

하지만 그녀의 대꾸는 방어적인 기색을 띠었고, 그 순간 이지는 분명 누군가 동생에게 그런 식의 얘기를 한 거라고 생각하게 되었다.

"내가 그냥 아는 거야. 내 안에 있는 그게 느껴진다고. 내가 분노를 통제하지 못하는 순간 터져 나오기만을 기다리고 있는 그게 느껴진단 말이야!"

이지는 에이브히어를 흘끗 돌아보았다. 하지만 그가 할 수 있는 거라곤 어깨를 추썩이는 것뿐이었다. 그 역시 그녀처럼 혼란스러운 것이다.

"어머니는 뭐라고 하셔? 아버지는? 할머니는?"

"아무 말도 안 하셔. 그 누구도 내게는 아무 말 안 하지. 분명 다들 닥쳐올 운명을 그냥 받아들이기로 했기 때문일 거야. 모두에게 닥쳐올 죽음을 그저 기다리고 있는 거라고."

이지는 주먹 쥔 두 손으로 한차례 눈을 문지르고서 다시금 물었다.

"뭐라고?"

탈라이스는 앤빌의 콧날에 얼음 조각을 조심스럽게 올려놓았다. 여왕의 콧날은 부기가 더욱 심해져 있었다.

"기분이 어때요?"

앤벌이 대답 대신 어깨를 으쓱이자 탈라이스는 그녀가 앉은 의자 곁에 몸을 웅크리고 친구의 팔에 손을 얹었다.

"걱정하지 마요. 우리가 다 해결할 테니까."

친구가 그녀를 바라보았다. 한쪽 눈은 까맣게 멍이 든 데다 뺨에도 상처가 난 얼굴이었다.

"그 말 당신 스스로는 진심으로 믿어?"

"아뇨. 하지만 희망을 가져야죠."

그때, 대전 문을 통해 브리크와 피어구스, 그웬바엘이 들어왔다. 그들은 이곳의 상황이 통제 불능의 지경에 이르는 동안 아버지 베르세락과 함께 데벤알트 산에 있었지만, 사태가 진정되자마자 탈라이스가 브리크를 부른 것이다.

그녀는 브리크의 '완벽하고도 완벽한 딸들' 중 하나도 아니고 둘 다에게 관련된 문제가 생겼다는 소식을 그에게 알리지 않는 편이 낫다는 사실을 알고 있었다.

브리크가 그녀와 앤벌 앞에서 멈춰 섰다. 짜증을 담은 한숨을 내쉰 그는 두 팔을 휘둘러 피어구스와 그웬바엘의 걸음을 막고 그 즉시 형제들의 거대한 주먹을 피해 몸을 젖혔다.

"당신네 여자들에게 겨우 오 분쯤 맡겨 뒀을 뿐이잖아. 그런데 또다시 내 완벽하고도 완벽한 딸들을 위험에 빠트려!"

그가 비난하듯 말했다.

"우리 잘못이 아니었어."

앤벌이 반박했다. 그녀의 얼굴 위에서 얼음 덩어리가 녹아 어느새 자갈만큼 작아져 있었다.

"그럼 누구 잘못인데요?"

앤널은 탈라이스를 돌아보았고 둘은 일제히 방의 맞은편을 가리켜 보였다.

"다그마야."

노스랜더가 흠칫하더니 두 여자를 가만히 노려보았다.

"지금 두 분이 날 쇄도하는 마차 앞으로 던져 버린 거 맞죠?"

앤널이 콧잔등에 새로운 얼음을 얹어 놓으며 웅얼거리듯 대꾸했다.

"머리부터 정통으로."

"다들 자리에 앉아서 이 문제에 대해 얘기를 나눠 보는 게 어떨까?"

에이브히어가 제안했다.

"얘기 나눌 게 뭐가 있어요? 난 이제 끝장이라고요! 우리 모두 끝장이죠! 그런 판국에 얘기고 뭐고 다 무슨 소용인데요?"

라이는 두 팔을 내밀며 따져 물었다.

"그러니까 음, 뭐부터 시작하냐면…… 내가 만든 차와 함께 비스킷을 좀 먹어 볼래?"

에이브히어의 물음에 라이가 코를 훌쩍이며 고개를 끄덕였다.

"비스킷이라면 괜찮겠네요."

"좋았어."

이지는 어이없다는 눈으로 그들을 바라보았다.

"잠깐, 잠깐. 비스킷? 차? 둘이서 지금 무슨 얘기를 하고 있는 거야?"

에이브히어와 라이는 서로 마주 보며 미소를 지었고 뒤이어 에이브히어가 설명했다.

"차와 비스킷도 없이 철저한 악에 대해 얘기를 나눌 수는 없잖아. 그래서는 안 되는 거라고."

피어구스는 앤널 앞에 쪼그리고 앉아 그녀의 얼굴을 누르고 있는 얼음덩어리를 치웠다. 그리고 그녀의 얼굴에 새로 생긴 상처를 본 순간 한숨을 내쉬었다.

"당신 머리는 확실히 당신의 다른 부분들보다 몇 배는 더 혹사 당하고 있어."

"다들 나의 놀랄 만한 미모를 질투하거든. 그러니까 이 아름다움을 부숴 버리려 드는 거라고."

그저 그녀가 괜찮다는 사실에 감사하며 미소를 지은 피어구스는 몸을 기울여 짝의 뺨에 입을 맞추었다.

"당신 정말 괜찮은 거지?"

그가 목소리를 낮추어 그렇게 묻는 사이, 브리크와 탈라이스는 탁자를 가운데 두고 마주 앉아 그들 특유의 논쟁을 시작했고 그웬바엘과 다그마는 재빨리 한구석으로 물러나 머리를 맞대고 뭔가 음모 같은 것을 꾸미고 있었다.

"그래, 괜찮아. 좀 바보 같다는 기분이 들긴 하지. 퀴비치와는 절대로 정면 대결을 생각해서는 안 된다는 걸 이미 오래전에 배웠으니까 말이야. 난 그 계집들을 습격했어야 했다고."

"당신 오늘 피크닉을 가기로 한 줄 알았는데."

피어구스는 짝에게 상기시키듯 물었다.

앤닐이 먼 데를 보더니 그의 물음에 대답하는 대신 다른 말을 꺼냈다.

"그 애가 퀴비치를 존중하더라. 그들의 일원이 되고 싶어 해."

"누가? 탈윈? 우리 딸 딸윈이? 앤닐, 솔직히 말해서 난 그 애가 누군가를 존중한다거나 누군가처럼 되고 싶어 한다고는 생각할 수 없는데. 우리 딸은 유례없이…… 무시무시한 아이야. 내가 그 애를 사랑하는 것도 그래서지."

"그럼 왜……?"

"우리 딸이 갈망하는 건 지식이야, 앤닐. 그 애는 자신에게 뭔가를 가르쳐 줄 수 있다고 생각하는 대상이라면 가리지 않고 이용하지. 퀴비치도 마찬가지로 이용하는 거라고."

"그들은 탈윈을 자기네 일원으로 만들고 싶어 해, 피어구스. 그리고 내가 자기들 뜻을 막도록 내버려 두지 않을 거야."

"내 사랑, 그들은 우리 딸을 갖지 못해. 진정으로는 아니지. 자기들이 원하는 대로는 아닐 거라고. 탈윈의 영혼은 그 애 자신만의 것이야. 당신도 아는 사실인 줄 알았는데."

"하지만 내가 그 계집들 때문에 우리 아이를 꼴같잖은 피크닉에도 데려가지 못하고 있잖아!"

"당신 설마 우리가 탈윈과 탈란을 영원히 품고 있을 거라고 생각하는 건 아니겠지?"

"그럼 왜 안 되는데? 많은 왕족 아이들이 어느 한쪽이 죽을 때까지 자기네 부모와 함께 살잖아."

피어구스는 웃음을 터트렸다.

"그거야 타고나기를 명줄이 그것밖에 안 되는 종족에게나 해당되는 얘기지. 하지만 드래곤은 달라. 절반이 드래곤인 우리 아이들도 마찬가지일 거야. 우리가 일정 기간 동안만 부모와 함께 사는 건 선택 사항이 아니라고."

"왜?"

"드래곤 자식들이란 부모의 삶을 엉망진창으로 만드는 존재인 법이니까. 녀석들이 자고 있는 사이에 우리가 그 애들을 죽여 버리는 사태가 벌어지지 않도록 보장해 주는 건 오직 자식들이 일정 기간만 부모와 함께 산다는 사실뿐이지."

"아."

앤널이 어깨를 추썩였다.

"뭐, 그렇다고 해 두……."

"앤널?"

자기를 부르는 이가 누군지 보려고 앤널이 몸을 살짝 앞으로 내밀었다. 브라스티아스였다. 그리고 그는 혼자가 아니었다. 그 뒤로 망토를 걸친 드래곤 둘이 서 있었다. 피어구스는 그들이 일족인지 아닌지 확인하기 위해 냄새를 맡았고 화염의 기운을 감지했다.

"당신을 만나러 왔답니다."

드래곤들 중 키가 더 큰 쪽이 앞으로 나서며 망토의 후드를 젖혔다.

"잘 있었나, 앤널?"

흘러내린 강철빛 머리칼을 본 것만으로 피어구스는 자리에서 일어났다. 하지만 다음 순간, 상대의 얼굴을 알아보았다. 무엇보다 한쪽 눈을 가린 검은색 안대를.

퀸틸리안 독립국의 '반역왕'이었다.

자신보다 훨씬 먼저 앤널이 그 위험한 여행 끝에 가이우스 도미투스를 만났고 그와 함께 전쟁을 치렀던 것을 생각하며, 피어구스는 그녀가 당연히 그 드래곤을 기억할 줄 알았다. 하지만 피어구스라면 그보다는 앤널을 더 잘 알았어야 했던 것이…….

"뭐?"

앤널이 물었다.

강철 드래곤은 눈을 깜빡이다가 피어구스를 확인하듯 흘끗 보고는 말했다.

"나야, 가이우스."

앤널이 이마를 찌푸렸다.

"가이우스가 누군데?"

"웨스트랜드의 가이우스라고."

"웨스트랜드의 누구?"

그 시점에서 그웬바엘은 참지 못하고 킬킬거렸고 브리크는 고개를 저을 수밖에 없었다. 다행히도 다그마가 저 강력한 드래곤 군주에게 적절한 응대를 하기 위해 방을 가로질러 달려왔다.

가이우스가 허식 따위는 벗어던지고 가슴 위로 팔짱을 끼며 쏘아붙였다.

"맙소사, 이 여자야! 당신이 계속 얘기하던 그 늑대가 이번에는 당신 둔한 머리를 핥아 기억을 날려 버리기라도 한 거야?"

"이봐……."

앤널이 말을 꺼냈지만 그웬바엘이 가로챘다.

"잠깐만. 미안한데, 늑대라니 무슨 얘기야? 핥는 건 또 뭐고?"

앤널은 손을 내저었다.

"당신이 생각하는 것 같은 일은 아니야, 그웬바엘."

"내 상상력은 아주 풍부하다고요. 그러니까 진짜 확실히 해 줘야겠는데요."

앤널이 어깨를 으쓱했다.

"날 도와준 신이 늑대였거든. 그는 내 이마를 핥는 걸 좋아했지. 그러면 난 정신이 맑아졌어."

"늑대 신? 당신을 도와준 신이 난눌프였어요?"

탈라이스의 물음에 앤널은 한숨을 내쉬었다.

"그럴걸."

그리고 다시 강철 드래곤에게 말했다.

"그러니까 당신이 가이우스란 말이지. 그래, 이제 기억난다. '반역왕'이 어쩌고저쩌고 했던 거."

"'반역왕' 맞아. 당신이 내 누이를 구해 줬지. 아그리피나."

가이우스는 그렇게 말하고 살짝 몸을 틀어 자기 뒤에 서 있던 여자를 보여 주었다.

"그리고 당신과 함께 전투를 치러 대군주 트라시우스를 무찔

렀던 그 '반역왕'이야."

"그래그래, 기억나."

앤널은 한동안 그를 탐색하듯 뜯어보다가 물었다.

"당신 원래 짝눈이었나?"

"앤널!"

다그마가 소리쳤다. 그녀는 어느새 자기 조그만 몸뚱이로 강철 드래곤을 보호하기라도 하듯 그 앞에 서 있었다.

"물어볼 만한 얘기잖아! 그러니까 내 말은, 내가 짝눈으로 만든 거냐고? 그랬다면 상황이 어색해질 수 있으니까!"

"아니, 당신이 그런 게 아니야. 왜 당신이 그랬다고 생각하는지는 모르겠지만."

강철 드래곤이 대답했다.

"그때는 내가 좀…… 속이 복잡했거든. 거기서 사방을 돌아다니며 닥치는 대로 베고 죽이고 그랬지. 그러니까 확실히 당신 눈도 그때의 상흔일 수가 있잖아."

앤널은 미소를 지었다.

"어쨌든 내가 한 게 아니라니 다행이네."

다그마가 재빨리 강철 드래곤에게로 돌아서며 머리를 숙였다.

"가이우스 님, 잠시 혼란스러웠던 점 용서하세요. 전 다그마 라인홀트라고 합니다. 가반아일의 가신이자 총군사……."

"내 소유 궁둥이기도 하지!"

그웬바엘이 탁자 반대쪽 끝에서 의자에 앉으며 당당하게 소리쳤다.

"그러니까 당신 그 추잡한 퀸틸리안산 발톱은 내밀지 않는 게 좋을 거야."

다그마는 절망적인 기분으로 말을 이었다.

"……총군사죠. 가반아일에 오신 두 분을 환영합니다. 두 분이 인간들과 함께 지내는 걸 꺼리지 않으신다면 숙소를 내 드리죠. 물론 아늑한 동굴들도 있습니다만……."

"숙소도 괜찮소."

강철 드래곤이 자르듯 말했다. 그의 시선은 여전히 앤녈에게 못 박혀 있었다.

"그보다, 우리가 여긴 온 이유는 '자애로운 자' 브람 님을 만나기 위해서인데……."

"이지가 그분을 여기로 모셔 오도록 조치를 취해 뒀습니다."

브라스티아스가 끼어들었다.

"잘됐네요. 고마워요, 브라스티아스."

다그마가 다시 나섰다.

"가이우스 님, 기다리는 동안 저희 영빈관에서 좀 쉬시겠어요? 긴 여행을 하신 후니 충전하실 필요가 있을 것 같네요. 음식을 숙소로 보내 드려도 되고, 아니면 여기서…… 대체 누가 이 흉측한 짐승을 집 안에 들여놓은 거죠?"

이지의 개가 즉시 바닥에 주저앉아 침이 질질 흐르는 혀를 입 밖으로 빼문 채 그녀를 올려다보았다.

"이지가 우리 손님들을 지키라고 붙여 두고 갔습니다. 자기는 좀 다른…… 볼일이 있다면서요."

브라스티아스가 설명했다.

"음…… 냄새가 심하네요. 그러니까 이 녀석을 밖으로 내보내 주겠어요? 투견장이든 어디 다른 데든…… 아니면 살짝 묻어 버린다든가."

"마지막 부분은 이지가 좋아할지 모르겠군요. 어쨌든 제가 처리하죠."

브라스티아스가 탁자에서 빵 한 덩이를 집어 들고 개의 코 위로 흔들었다.

"가자, 이 녀석아."

막셴은 실로 아무거나 먹을 수 있고 아무거나 먹었으므로 즉시 그를 따라갔다.

다그마는 깊은 한숨을 내쉰 다음, 다시 왕족들에게 주의를 돌렸다.

"자…… 제가 어디까지 했죠?"

"우리가 가반아일에 온 걸 환영한다고 했소."

"아, 그래요."

에이브히어는 자매를 식탁 앞으로 데려가 앉히고 차를 따라 주었다. 그런 다음, 달콤한 비스킷이 담긴 접시를 내놓고 자기도 식탁 앞에 앉았다.

그가 미소를 지으며 물었다.

"이제 기분이 좀 나아지지 않았어?"

"아주 많이요. 고마워요, 에이브히어 삼촌."

라이가 차를 홀짝이며 말했다.

"고맙긴."

이지는 팔꿈치를 탕 소리가 나도록 식탁 위에 올려놓고 두 손에 얼굴을 묻었다.

"뭐가 잘못됐어?"

에이브히어의 물음에 그녀는 손을 떨구며 그와 동생을 바라보았다.

"이거요! 이게 우리 가족의 문제라고요."

"차를 좋아하는 게?"

이지는 두 눈을 감고 한숨을 내쉬었다.

"아뇨. 우린 그 어떤 일도 곧장 얘기하지 않는다는 거죠."

"나 아무 얘기도 하면 안 된다고 하진 않았는데. 그냥 차를 마시면서 얘길 나누는 게 좋겠다고 생각한 거지."

"마음을 가라앉혀 주잖아."

라이가 말을 더했다.

둘이 서로를 향해 미소 짓는 것을 보고 이지는 다 그만두기로 했다. 의자를 뒤로 밀며 일어난 그녀가 말했다.

"일어나요. 가죠."

에이브히어의 눈이 가늘어졌다.

"어딜?"

'자애로운 자' 브람은 가이우스 남매를 그들의 방에서 만나기로 했다. 사우스랜드의 여왕들과 퀴비치 마녀들 사이에 벌어진 최근의 사건을 카드왈라드르 일족을 통해 전해 듣고서, 가반아일에 긴장된 분위기가 고조되어 있다는 것을 알아챈 것이다.

이런 분위기는 으레 사소한 말다툼이나 격렬한 논쟁, 주먹다짐 같은 일을 불러오기 마련이었다. 그중에서도 주먹다짐은 필수적이라 할 수 있었다.

카드왈라드르 일족이 천출인 데다 사우스랜드 드래곤들의 전투견 노릇을 해 왔음에도 불구하고, 동시에 가장 폭력적이고 예측 불가능한 드래곤 퀸 왕좌의 계승자이기도 하다는 사실은 여전히 브람을 경탄하게 했다.

그는, 가장 작은 영토이긴 하지만 퀸틸리안 독립국의 현 통치자가 와 있는 상황에서 그런 종류의 일이 벌어지는 것을 원하지 않았다.

대군주 트라시우스를 상대로 한 전쟁을 끝내고 가이우스 도미투스와 그의 쌍둥이 누이 아그리피나가 통치권을 잡았지만, 대군주 트라시우스와 함께 퀸틸리안 독립국을 지배했던 자들―특히 그의 아들들 중 하나―은 '반역왕' 앞에 머리 조아리기를 거부했다. 그런 이유로 퀸틸리안은 분열되었고, 지금껏 내전이 끊이지 않고 있었다.

브람은 트라시우스의 아들들이 어떤 평판을 듣고 있는지 잘 알았고, 리아논에게 '반역왕'은 잃어서는 안 되는 우방이라는 것도 알고 있었다. 트라시우스의 후손은 그게 누구든 사우스랜드 드래곤들의 안전에 위협이 된다는 것 또한 브람이 잊어서도, 간과해서도 안 되는 사실이었다.

"우리가 무슨 일을 도와주기를 바라는 거요, 가이우스 왕."

"그냥 가이우스라고 부르세요."

젊은 드래곤이 의자에 앉더니 긴 다리를 쭉 뻗었다. 그는 지친 것 같았다. 아마도 통치권을 획득하는 것과 그것을 유지하는 일은 아주 다른 일임을 깨닫게 된 여파인 듯했다.

"지금으로써는 제가 미묘한 절차를 따질 여유가 없군요."

그는 누이를 흘끗 보고 침대를 가리키며 말했다.

"앉아, 누나. 그러다 쓰러지겠어."

아그리피나가 브람에게 시선을 주더니 동생에게 물었다.

"우리 여기 있어도 정말 안전한 거니? 그 미친 여왕은 우리를 기억하지도 못했어. 게다가 우린 드래곤 퀸을 만나 본 적이 없잖아. 그러니 여왕과 그 후손들은 아무 거리낌 없이 우릴……."

"두 분은 안전하오, 공주."

브람이 장담하듯 말했다.

"내 명예와 이름을 걸고 단언컨대, 당신들과 당신들이 데려온 전사들 모두 가반아일에 머무는 동안 안전하게 보호받을 거요."

"예. 하지만……."

아그리피나가 침대에 주저앉아 브람 쪽을 향했다.

"그 인간 여왕요, 그 여자를 믿어도 되나요?"

"아그리피……."

"그 여자는 네 이름도 기억하지 못했잖아, 가이우스."

"앤윌은 개의지 않을 거요."

브람이 인정했다.

아그리피나가 눈을 깜빡이다 물었다.

"무슨 말씀이시죠?"

"앤널은 개의치 않는다오. 당신이든 당신 동생이든, 웨스트랜드에서 당신들에게 닥친 문제가 뭐든…… 그녀에겐 상관없단 말이지."

"그럼 저희가 왜 여기 있는 거죠? 또 여기서 저희가 어떻게 안전할 수가 있고요?"

"아, 이보다 더 안전할 수는 없지."

쌍둥이 남매가 동시에 인상을 찌푸리자 브람은 설명을 해 주었다.

"내 말은, 앤널은 정치를 신경 쓰지 않는다는 뜻이오. 누가 통치자인지 어디를 지배하는지 같은 건 그녀에게 아무 의미도 없지. 하지만 당신이 위협이 된다면 앤널은 당신을 깨부수고 말 거요. 반대로 당신이 동맹이라면 그녀는 목숨을 걸고 당신을 지켜 줄 테고."

"저희가 누군지 기억조차 못 한다고 해도요?"

가이우스가 물었다.

"앤널은 피 튀기는 전장과 전투와 배신을 기억하지. 그러니까 당신들이 그녀를 매일같이 보고 싶은 게 아니라면 그녀가 당신들을 기억하기를 바라지는 않을 거요."

"아…… 그것참, 안심이 되는 말씀이네요."

아그리피나가 반어적인 어조로 말했다.

"두 분은 인간 여왕과 드래곤 퀸의 보호하에 있소. 그러니까 누구도 당신들을 건드리지 않을 거요. 자, 이제 정말 용건을 들어 봅시다."

두 강철 드래곤이 서로를 마주 보았고 둘 사이에 말이 아닌 대화가 잠시 오갔다. 이윽고 가이우스가 입을 열었다.

"저나 저의 대리자를 데저트랜드로 들여보내 주실 수 있는지 궁금합니다."

"몇 달, 어쩌면 몇 년은 걸리는 조약 협상이 끝난 후에나 가능한 일이지. 모래 드래곤과 우리 사이에 현재의 조약이 맺어지는 데만도 십 년이나 걸렸으니 말이오. 협상이 끝난다고 해도 조인 역시 간단한 일은 아니고……. 왜 데저트랜드에 들어가려고 하는지 물어도 되겠소?"

다시 쌍둥이 남매가 마주 보았다. 잠시 후, 이번에는 아그리피나가 입을 열었다.

"저희 쪽 첩보망에 따르면, 저희 사촌 바테리아가 지금 데저트랜드에 있답니다."

"바테리아를 아직도 위협으로 여기는 거요?"

"오, 물론이죠. 그 여자는 자기 일족의 기치 아래로 복귀하려고 안달이 나 있어요. 그러기 위해서라면 수단과 방법을 가리지 않을 거고요."

"모래 드래곤들이 당신네 군대를 공격할까 봐 걱정이 된다는 거요?"

가이우스가 고개를 끄덕였다.

"그렇습니다. 우리가 모래 드래곤들과 맺으려 했던 관계가 어떤 종류의 것이든 삼촌이 통치권을 잡은 초기에 완전히 망쳐 놓았죠."

"그랬지, 기억하오. 그가 선대 왕의 딸 하나를 납치해다가 살해해 버렸지. 아바시 왕이었던가."

"맞습니다."

가이우스는 누이를 돌아보며 말했다.

"나 혼자라면 들키지 않고 잠입할 수 있을지도 몰라."

"나로서는 그러지 말라고 말리고 싶소만."

브람은 '리아논이 여기 있는 존재를 모조리 죽여 버리는 광경은 보고 싶지 않아.' 하는 생각이 들 때마다 쓰곤 했던 가장 부드러운 어조로 말을 이었다.

"모래 드래곤은 가벼이 여겨서는 안 되는 자들이라오."

"저는 모래 드래곤을 치러 가려는 게 아닙니다. 그저 반역자 사촌 하나를 찾겠다는 거죠."

"나도 이해는 하오. 하지만……."

"아뇨, 이해 못 하십니다. 그 계집은 제 누이를…… 고문했습니다. 그것도 몇 달 동안이나."

가이우스가 누이를 돌아보았지만, 그녀는 창밖에 시선을 두고 있었다.

"그 사실 하나만으로도……."

"대답해 보시오, 가이우스. 당신의 백성들과 영토를 지키려는 거요, 아니면 당신이 사랑하는 누이를 괴롭힌 데 대한 복수를 하겠다는 거요?"

"어느 쪽이든 상관있습니까."

동생이 연결을 끊고 있었기 때문에 탈란이 그녀를 찾는 데는 시간이 좀 걸렸다. 하지만 생각해 보면, 진작에 숲으로 가서 찾아봐야 했을 것이다.

혼자 두 발로 걷기 시작한 때부터 탈원은 대부분의 나날을 숲에서 보냈다. 그런 사실은 그들 남매의 유모 에바를 언제나 열 받게 하는 점이기도 했다. 에바는 켄타우로스였고 어떤 모습을 하고 있건 간에 나무에 오르는 건 그녀가 좋아하는 일이 아니었다.

에바. 탈란은 그녀가 그리웠다. 돌아오겠다고는 했지만, 아버지의 병환 탓에 그녀가 집으로 돌아간 지도 석 달이나 지났다. 정말 아쉬운 일이었다. 그녀는 언제나 탈원을 다룰 줄 알았기 때문이다. 무엇보다 중요한 점은 에바가 퀴비치 사령관을 꼼짝 못하게 할 수 있다는 사실이었다.

하지만 지금으로써는 그 모두가 무의미했다. 탈원이 이미 마음의 결정을 내렸기 때문이다. 하늘에 태양이 두 개인 것처럼 그것은 결코 변하지 않으리라는 의미이기도 했다.

탈란은 오래된 나무의 가장 낮은 가지를 붙잡고 위로 몸을 끌어 올렸다. 동생이 앉아 있는 가지까지 나무를 타고 오른 그는 그녀 곁에 편하게 자리를 잡은 후에야 긴 숨을 내쉬었다.

"그래, 오다가 어머니를 죽이는 걸 보고만 있을 작정이었어, 아니면 그냥 심각한 상처 정도에서 끝날 거라고 생각한 거야?"

"어머니가 무슨 연약한 꽃 같은 사람은 아니잖아."

"하지만 마녀도 아니지. 어머니가 투견처럼 아무하고나 싸우신다고 해서 반드시 그래야만 하는 건 아니야. 그리고 애초부터 어머니와 오다는 사이가 좋지도 않았잖아."

"그 정도로 나쁘진 않았어."

"어머니는 그 마녀를 '오다 그것'이라고 부르셨어."

"어머니는 맘에 들지 않는 상대는 누구 됐든 '그것'이라고 불러. 특히 남자들을."

탈란은 동생을 탐색하듯 뜯어보았다.

"그러니까 넌 정말로 그렇게 할 셈이구나?"

"그래야만 해."

"하! 왜, 누가 네 머리에 석궁을 겨누고 있기라도 해서?"

"오빠는 반대할지 몰라도, 어머니는 결국 받아들이실 거야."

"내가 걱정하는 건 어머니가 아니야. 라이지. 훈련장에서 풀려난 그 애 힘을 봤잖아. 우리가 거기 있지 않더라면……."

"알아."

"그런데도 그 애 곁을 떠나는 게 좋은 생각이라는 거야? 그것도 지금?"

"그럼 오빠가 가 버리고 없는 동안에도 나는 여기 남아 있어야 한다고?"

탈란은 동생이 지그시 노려보는 시선을 피해 딴 데로 눈을 돌렸다. 그 순간 그녀가 쏘아붙였다.

"아이고, 이 바보야!"

"내가 여기 있는 게 최선이야."

"최선은 아니지. 그들이 오빠를 데리러 오고 있잖아. 나도 좀 알아봤다고. 그건 보통 일이 아니야."

"너, 우리 모두가 그리울 것 같지도 않아?"

탈원의 기세가 수그러들었다.

"그런 문제가 아니잖아. 오빠도 알고 있으면서."

"내가 확실히 아는 건 우리 둘은 함께 있을 때가 가장 강하다는 거야."

"내가 확실히 아는 건 우리 둘 다 지난 오 년 동안 제자리걸음만 하고 있다는 거야. 우리 기술은 정체 상태라고."

"기술 얘기야, 힘 얘기야?"

"둘 다."

"뭐야, 탈원. 너 드래곤 퀸과 사우스랜드 여왕 둘 다 되겠다는 거야?"

"아니. 난 우리 혈족이 무사하길 바라. 건재하게 다음 몇천 년을 번성하길 바란다고. 만약 우리 셋이 부모님이 우릴 돌봐 주시는 걸 여기 그저 앉아서 지켜보고만 있어야 한다고 생각한다면, 오빠 바보야."

"어이, 거기 두 녀석."

남매는 몸을 내밀고 아래를 내려다보았다. 이지가 나무 아래서 있었다. 그녀 뒤에 에이브히어와 라이도 보였다.

"가자."

"어딜?"

탈란은 물었다.

"가족들에게. 문제를 매듭지을 때가 됐어."

탈원이 불퉁거렸다.

"내 어머니한테는 할 말이 없는데."

결코 좋은 조짐이 아니었다.

"누가 뭐래. 얼른 내려오기나 해."

탈원이 입술을 오므리며 시선을 딴 데로 돌렸다. 탈란은 동생이 이지의 말을 무시할 것이며 어디로도 갈 생각이 없다는 의미임을 알아차렸다.

그러나 이지는 앤널 군대의 총사령관이었고 굉장한 덩치를 자랑하는 남자들을 휘하에 거느리고 두말없이 명령에 복종하게 만드는 데 익숙했다. 그래서 탈란은 재빨리 팔을 뻗어 머리 위의 튼실해 보이는 가지를 붙잡았다.

하지만 탈원은 여전히 딴 데를 보고 있었고, 배틀액스가 날아와 그들이 앉은 가지를 쳐 낸 걸 추락하는 순간까지 알아차리지 못했다. 그래서 바닥에 되게 엉덩방아를 찧으며 내려앉았다.

이지가 양손으로 허리를 짚으며 물었다.

"이제 갈 준비가 되셨나, 사촌들?"

탈란이 가지를 잡고 있던 손을 놓고 떨어져 내렸다. 두 발로 바닥에 내려선 그는 이지를 향해 미소 지었다.

"준비됐어."

그리고 동생의 팔을 잡아당겨 제 발로 서게 한 다음, 엉덩이에서 느껴지는 쑤시는 고통을 으르렁거림으로 달래고 있는 그녀를 무시하고 말했다.

"완전 준비됐지."

그는 호기롭게 소리쳤다.

"가족들을 보러 가자고!"

《드래곤을 미치게 하는 법》 2권에서 계속